Alice Hunter

Die Schwester des Serienkillers

Weitere Titel der Autorin:

Die Frau des Serienkillers
Die Tochter des Serienkillers

ALICE HUNTER

DIE SCHWESTER DES SERIENKILLERS

FÜR DEINEN BRUDER GIBST DU ALLES – AUCH DEIN LEBEN?

THRILLER

Übersetzung aus dem Englischen
von Rainer Schumacher

Lübbe

NACHHALTIG PRODUZIERT

Die Bastei Lübbe AG verfolgt eine nachhaltige Buchproduktion. Wir verwenden Papiere aus nachhaltiger Forstwirtschaft und verzichten darauf, Bücher einzeln in Folie zu verpacken. Wir stellen unsere Bücher in Deutschland und Europa (EU) her und arbeiten mit den Druckereien kontinuierlich an einer positiven Ökobilanz.

FSC www.fsc.org MIX Papier | Fördert gute Waldnutzung FSC® C014496

Titel der englischen Originalausgabe:
»The Serial Killer's Sister«

Bei Fragen zur Produktsicherheit wenden Sie sich bitte an:
Produktsicherheit@bastei-luebbe.de

Textredaktion: Anja Lademacher, Bonn
Umschlaggestaltung: www.buerosued.de
Einband-/Umschlagmotiv: © Aleksandr Kurennoi / Trevillion Images
Satz: Dörlemann Satz, Lemförde
Gesetzt aus der Adobe Caslon
Druck und Verarbeitung: GGP Media GmbH, Pößneck

Printed in Germany
ISBN 978-3-7577-0098-0

5 4 3 2 1

Sie finden uns im Internet unter luebbe.de
Bitte beachten Sie auch: lesejury.de

Für Emily.
Die beste Schwiegertochter, die man sich wünschen kann.
Danke, dass du mir so eine wunderbare Enkelin geschenkt hast.
Und dafür, dass du meine Bücher liest!

Prolog

»Müssen wir wirklich reingehen?« Der Junge ist klein für seine acht Jahre. Er bleibt stehen, bevor sie das Tor mit der abblätternden grünen Farbe erreichen, und schaut aus seinen großen braunen Augen flehend zu seiner Schwester hinauf.

»Wir sind auch so schon spät dran. Du willst doch nicht schon wieder einen hintendrauf bekommen, oder?«

»Nein.« Seine Unterlippe bebt, und das Mädchen seufzt, dreht sich zu ihm um und stellt ihren Rucksack auf den Bürgersteig. Mit beiden Händen packt sie den Jungen fest an den Schultern und bückt sich, um ihm in die Augen zu sehen.

»Komm schon. Ich werde dich reinschmuggeln und dann ab, die Treppe rauf. Dann mach ich uns ein paar Sandwiches mit Dariya.«

»Können wir die in deinem geheimen Zelt essen?« Als er das fragt, nickt er mit dem Kopf, und ein Büschel sandfarbenes Haar fällt ihm über das rechte Auge. Es liegen nur ein Jahr und elf Monate zwischen den beiden, aber das Mädchen ist schon viel erwachsener. Das muss sie auch sein.

»Natürlich«, antwortet sie.

Da lächelt der Junge und atmet tief durch. »Ich bin froh, dass ich dich habe.«

»Und ich bin auch froh, dass ich dich habe«, erwidert das Mädchen, und das meint sie auch so.

*

Der Gestank von kalten Kippen, Alkohol und, so glaubt sie, Pisse trifft sie wie ein Schlag, als sie die Haustür öffnet und den Kopf reinsteckt, um sich zu vergewissern, dass die Luft rein ist. Sie hat darüber nachgedacht, die Hintertür zu benutzen, doch die müsste dringend geölt werden. Das Ding quiekt wie hundert Mäuse. Da hätten sie sich nie vorbeischleichen können, nicht an *ihm*, egal wie betrunken er heute auch sein mag. Er spürt es immer irgendwie, wenn sie zuhause sind. Er riecht sie wie der Riese in *Jack und die Bohnenstange.*

Es ist jedoch nicht *er*, den das Mädchen sieht, und sie atmet erst einmal mit einem leisen Zischen aus. Vielleicht kommen sie diesmal ja damit durch. Die Frau trägt ein schmuddeliges, übergroßes T-Shirt, und ihre dünnen Beine stecken in fleckigen, grauen Leggins. Sie liegt rücklings auf einem schmutzigen beigen Sofa. Ein Arm hängt herunter. Die Hand ist geöffnet, und daneben steht eine leere Weinflasche. Zerquetschte Bierdosen liegen überall auf dem Boden verstreut. Es sind so viele, dass man den Teppich darunter kaum noch sehen kann. Ein Übelkeit erregender Gestank hängt in der Luft, und das Mädchen rümpft die Nase, sie hält sie sich mit Daumen und Zeigefinger zu. Klumpen von unverdautem Essen liegen in einer dicken Flüssigkeit neben dem Gesicht ihrer Mutter. Sie reichen bis zum Rand des Sofas.

Sie scheint nicht zu atmen. Ist sie tot? Das Mädchen versperrt ihrem Bruder die Sicht. Er soll das nicht sehen. »Geh«, flüstert sie, legt ihm die Hand auf den Rücken und schiebt ihn zur Treppe.

Der Junge hat gerade den Fuß auf die erste Stufe gestellt, als er das Gebrüll hört.

»Wo zum Teufel wart ihr?« Er steht oben an der Treppe, muss auf dem Klo gewesen sein. Das Mädchen zieht den Jungen zu sich, und beide weichen zurück, bis sie gegen die Wand prallen. Könnten sie darin verschwinden, sie würden es tun. »Ihr solltet besser mein Zeug mitgebracht haben.«

Als er herunterkommt, nimmt das Mädchen den Rucksack von der Schulter, öffnet ihn und greift mit zitternden Händen hinein. Der Mann macht einen schnellen Schritt nach vorne und reißt ihr den Rucksack aus der Hand. Er holt eine Flasche Whisky heraus und wirft dem Mädchen den Rucksack wieder zu. Der metallene Reißverschluss trifft sie im Gesicht. Der Mann schnaubt verächtlich und drängt sich an den Kindern vorbei. Doch als sie schon glauben, das Schlimmste überstanden zu haben, wirbelt er noch einmal herum und stürzt sich auf den Jungen.

»Du erbärmlicher Schwächling! Ich wette, du hast deine Schwester vorgeschickt, damit sie das stiehlt.« Er knallt dem Jungen die Flasche vor die Brust. »Als ich in deinem Alter war, da habe ich meinem alten Herrn alles besorgt, worauf er Bock hatte. Keine Fragen. Und eine große Schwester hatte ich auch nicht. Bekomm endlich mal Eier.« Er greift nach dem Jungen, packt ihn zwischen den Beinen und drückt hart zu. Der Junge schreit. Der Mann lacht. »Genau wie ich gedacht habe. Keine Eier.«

Dem Jungen laufen die Tränen über die Wangen, doch das lässt den Mann nur noch lauter lachen.

Das Mädchen stürzt sich auf den Mann und schlägt ihm auf den Arm. »Lass ihn in Ruhe!«, schreit sie. »Oder ich rufe die Polizei!«

»Ach, ja? Wer spricht denn da, Kleine? Wie alt bist du überhaupt? Sieben?«

»Nein, ich bin zehn, und du bist nicht unser Dad. Du gehörst gar nicht hierher.« Das warme, beengende Gefühl, das seinen Ursprung in ihrem Bauch hatte, wird immer größer und heißer. Es steigt auf, bis es aus ihrem Mund explodiert wie ein Feuerwerk: ein flackerndes, Funken schlagendes Feuerrad, das sich in einem hohen Kreischen manifestiert. Der Junge hält sich die Ohren zu und kauert sich in die Ecke, während das Mädchen immer weiter schreit und schreit.

Erst als die Haustür auffliegt und das Holz birst, als hätten Kugeln es zerfetzt, verstummt der Schrei.

Und dann sie sind gerettet.

*

Die große, hölzerne Doppeltür des Finley Hall Kinderheims schwingt auf wie das Tor zu einem Zauberschloss. Einen hoffnungsvollen Augenblick lang stehen sie mit offenen Mündern staunend da, als sie nach oben an die reich geschmückte Decke blicken.

Doch dieser Bruchteil einer Sekunde, in der der Optimismus die Oberhand gewinnt – das Gefühl, dass sie ihrem schrecklichen Leben entronnen sind und endlich einen sicheren Ort gefunden haben, wo sie in Frieden leben können –, endet abrupt mit einem hohen Schrei. Kreidebleich beobachten sie, wie ein Mann einen Jungen durch die Halle schleppt. Die Füße des Kindes berühren kaum den Boden, finden keinen Halt.

»Worauf wartet ihr noch? Herkommen!« Eine von Kopf bis Fuß in Schwarz gekleidete Frau mit wildem, strohigem Haar kommt rechts von ihnen aus einem Raum. »Kümmert euch nicht um Frank. Wenn ihr brav tut, was man euch sagt, dann werdet ihr ihn gar nicht kennenlernen.« Sie macht auf dem Absatz kehrt und marschiert in ihr Büro. Ihr Name, Miss Graves, steht in Schwarz auf einer silbernen Plakette an der Tür.

Das Mädchen schluckt seine Angst herunter, dreht sich zu ihrem Bruder um und setzt ein Lächeln auf. »Alles bleibt, wie es ist. Es gibt nur dich und mich, okay?«

»Versprochen ist versprochen?«, fragt der Junge mit zitternder Stimme.

»Und wird auch nicht gebrochen«, antwortet das Mädchen und macht als Zeichen des Schwurs mit dem Zeigefinger rasch ein Kreuz auf ihrer Brust. Der Junge tritt vor sie, sodass sie sich nicht bewegen kann.

»Sonst wird die Nadel in dein Aug' gestochen«, sagt er kalt.

Das Mädchen seufzt, schaut zu ihrem Bruder hinunter und erklärt: »Dann wird die Nadel in mein Aug' gestochen.«

Dann nimmt sie die Hand ihres Bruders, und gemeinsam betreten sie ihr neues Heim.

9. Mai

NOCH VIER TAGE

Kapitel 1

Der Gestank von Rauch dringt mir in die Nase und brennt in meiner Kehle, aber ich atme tief ein und aus, als ich mich auf die Glasbalustrade des Balkons lehne und beobachte, wie die Möwen über die Dächer in Richtung Meer fliegen. Mein Seidennachthemd flattert sanft in der Brise und verschafft meinen Schenkeln eine gewisse Kühle, die mit der Morgensonne in Wettstreit liegt, deren Strahlen mein Gesicht wärmen. Ich schließe die Augen und genieße den Augenblick.

»Seeluft zu atmen, wäre sicher besser.« Ross tritt hinter mich. Ich kann die Kippe einfach nicht vor ihm verbergen. Vermutlich hat er sie schon unten gerochen. Seit über einem Jahr habe ich keine mehr geraucht, aber ich habe immer ein paar versteckt – natürlich nur für den Notfall.

»Erwischt.« Ich drehe mich nicht um. Ich habe keine Lust, die Enttäuschung auf seinem Gesicht zu sehen.

»Erinnerst du dich noch daran, wie wir kurz nach unserem Einzug Stunden auf diesem Balkon verbracht und auf Ness Cove geschaut haben? Wie wir vom Rauschen der Wellen wie hypnotisiert waren?«, fragt er und schlingt die Arme um meine Hüfte.

»Ja, und ich liebe es noch immer. Aber heute kann die salzige Luft auf meinen Lippen es nicht mit dem hier aufnehmen.« Ich halte die Zigarette hoch. »Nikotin ist besser für meine Nerven.«

»Aaah … Jaja. Heute kommen die Ergebnisse von der Prüfungskommission, nicht wahr?« Er lässt mich wieder los.

»Jep«, sage ich, drücke die Zigarette aus und stecke die Kippe in einen Topf mit Stiefmütterchen. Eine ordentliche Reihe von Blumentöpfen aus Terrakotta und Pflanzbehältern aus Aluminium reiht sich den ganzen Balkon entlang auf. Das ist unser ›Garten‹. Wenigstens ist er leicht zu pflegen. »Ich weiß, es ist nicht das erste Mal, dass ich in meinem Job begutachtet werde, aber …«

»… aber jedes Mal zweifelt man wieder an sich selbst«, beendet Ross den Satz. »Ich weiß. Ich erinnere mich noch sehr gut daran, dass es beim letzten Mal genauso war.«

Diesmal, in der Nacht vor dem Prüfungsbericht, hat Ross mich ein wenig abgelenkt, indem er mich zu einem Überraschungsessen bei unserem Lieblingsitaliener in Teignmouth eingeladen hat. Im Colosseum feiern wir jedes Jahr unseren Hochzeitstag, und die Eigentümer waren immer so warmherzig und freundlich zu uns, ich fühle mich dort richtig wohl, vor allem, wenn mir alles zu viel wird. Vermutlich hätte ich vorhersehen können, wie gestresst ich auch diesmal sein würde, ich hätte genauso gut auch direkt selbst einen Tisch buchen können.

»Tut mir leid«, sage ich. »Ich weiß, es ist nicht leicht mit mir, wenn ich eine Prüfung habe und die Ergebnisse noch nicht kenne.«

»Sei doch nicht albern«, erwidert Ross. »Das ist doch nur so, weil der Job dir so am Herzen liegt. Ich würde mir eher Sorgen machen, wenn die Prüfung dich kaltlassen würde.«

Ross hat natürlich recht. Ich habe hart gearbeitet, um diese Lehrerstelle an der Privatschule in Staverton, einem Dorf in der Nähe, zu bekommen. Anfangs hatte ich ein schlechtes

Gewissen, weil ich da mit Kindern arbeite, deren Eltern sich den Luxus einer privaten, exklusiven Bildung leisten können, etwas ganz anderes als die Erziehung, die ich genossen habe. Dabei hatte ich mir fest vorgenommen, etwas für benachteiligte Kinder zu tun. Ich wollte sie in ihrem Leben unterstützen, genau wie ich es mir immer für meinen Bruder und mich erhofft habe. Doch dann schlichen sich Zweifel in meinen Kopf wie Gift, und die schreckliche Angst, nicht gut genug zu sein, drohte mich zu überwältigen. Falls ich versagen sollte, würde ich diese Kinder im Stich lassen müssen, genauso wie ich im Stich gelassen wurde? Wie sollte ich damit klarkommen? Mir wurde bewusst, dass die Vorstellung, ich könnte über Elend und glückliche Zukunft eines Kindes entscheiden, einfach viel zu viel Druck für mich bedeutete. Die Last der Verantwortung würde mich umbringen.

Dann lernte ich Serena kennen, eine Lehrerin an der Seabrook Prep School, und das genau zur richtigen Zeit. Sie zeigte mir einen Weg auf, wie ich als Lehrerin etwas bewirken und mir das Leben gleichzeitig erleichtern konnte.

Ross schlingt wieder die Arme um mich, ich entspanne mich und lasse mich gegen seine Brust fallen.

»Du hast nicht den geringsten Grund, nervös zu sein. Du bist eine fantastische Lehrerin. Die Kids können von Glück sagen, dass sie dich haben.«

»Das hoffe ich zumindest. Ich liebe sie wie meine eigenen …« Ich verstumme sofort, als ich spüre, wie sich jetzt Ross verspannt – nur leicht zwar, aber ich bemerke es sofort und zucke innerlich zusammen. Einen unangenehmen Augenblick lang erwarte ich, dass er etwas sagt, doch dann schmiegt er das Gesicht in meinen Nacken, atmet meinen Duft ein, küsst mich, und meine aufkeimende Panik verfliegt wieder.

»Ich mache dir einen Kaffee«, sagt er und löst sich von mir. »Oder hättest du lieber einen Wodka?« Sein tiefes, kehliges Lachen versichert mir, dass er sich meine flapsige Bemerkung nicht zu Herzen genommen hat. Ich will das Thema ›Kinder‹ nicht wieder aufwärmen, vor allem nicht, nachdem wir es letztes Jahr begraben haben.

»Ein Kaffee reicht. Danke. Das harte Zeug spare ich mir für heute Abend auf.«

Nach einem letzten Blick auf Ness Cove verlasse ich den Balkon und schließe die Tür hinter mir, nachdem ich dem Universum wie immer für alles gedankt habe, was ich besitze. Denn das alles ist meilenweit von dem entfernt, was ich als Kind hatte, und noch viel weiter entfernt von der Zukunft, von der ich sicher glaubte, dass sie mir drohte – von der Zukunft, von der ich annahm, dass ich sie verdient hätte.

Ich brauche mehrere Versuche, um meine Ärmel zuzuknöpfen, doch nach ein paar rasselnden Atemzügen habe ich mich ein wenig beruhigt und trete einen Schritt zurück, um mein Erscheinungsbild im Spiegel zu überprüfen. Smart, chic und elegant. Ein Drittel davon stimmt sogar. Smart bin ich. Der Rest könnte eine Illusion sein, eine Verzerrung der Realität. Aber solange es das ist, was die Eltern, Mr. Beaumont, der Direktor, und die Schulinspektoren glauben, habe ich einen guten Job gemacht. Seit meinem zehnten Lebensjahr bin ich dem Prinzip ›Durch Schein zum Sein‹ gefolgt, und es hat mich nie wirklich auf den falschen Weg geführt. Jetzt lächele ich mein Spiegelbild an, zupfe einen losen roten Faden von meinem Top und streiche schließlich mit beiden Händen meinen Nadelstreifenrock glatt. Ross hat recht: Alles andere als eine gute Bewertung ist unvorstellbar.

»Wie wär's mit ein paar Verlorenen Eiern?«, fragt Ross,

als ich die Küche betrete. Seine Anzugjacke hängt über einer Stuhllehne, und die Ärmel seines weißen Hemdes hat er hochgekrempelt, während er Eier aufschlägt und in kochendes Wasser gleiten lässt. Ich schüttele den Kopf. Allein bei der Vorstellung wird mir schon schlecht.

»Nein, danke. Auf dem Weg zur Arbeit hole ich mir einen Bagel aus der Bäckerei.« Das werde ich natürlich nicht tun, aber das muss Ross ja nicht wissen. Er schaut mich mit zusammengekniffenen Augen an, und das verrät mir, dass er meine Lüge durchschaut hat. Ich lache leise. »Wow! Dir kann ich heute wohl gar nichts vormachen.«

»Wirst du das jemals können?« Ein scharfer Unterton liegt in seiner Stimme, und ich runzele die Stirn. Ich will gerade näher darauf eingehen, als es an der Tür klingelt. Ich schaue Ross fragend an.

»Das könnte Yasmin sein«, sagt er. »Sie wollte mir heute Morgen ein neues Immobilienportfolio vorbeibringen, damit ich nicht extra ins Büro muss.« Ross verlässt die Küche, und ich höre, wie die Haustür geöffnet wird. Eine Männerstimme hallt durch den Flur. Es ist also nicht Yasmin. Ross' Immobilienfirma, The Right Price, liegt in Shaldon, direkt bei uns um die Ecke. Dort arbeiten nur vier Angestellte, und zwei davon kenne ich: Oscar, den stillen Gesellschafter, und Yasmin, die Bürohilfe. Die beiden anderen sind Makler, die Ross mir noch vorstellen muss. Ich beuge mich vor, um meinen Becher in die Spülmaschine zu stellen, und ich schnappe unwillkürlich nach Luft, als ich mich wieder aufrichte und plötzlich einen großen, kräftigen Mann vor mir sehe. Er trägt einen Anzug, in dem er tatsächlich wie ein Makler aussieht.

»Oh … Hi … Sie sind doch sicher einer von Ross' Kollegen.«

Mir fällt Ross' angespannter Gesichtsausdruck auf, als er hinter dem Mann hervorlugt, und mir ist sofort klar, dass unser Besuch kein Kollege ist.

»Guten Morgen, Mrs. Price. Ich bin Detective Inspector Walker von der Kriminalpolizei für Devon und Cornwall.« Er duckt sich unter einem der Deckenbalken hindurch, streckt die Hand aus und präsentiert mir ein Ledermäppchen mit seiner Dienstmarke. Ich starre das Ding an. Dann schüttele ich ihm die Hand. Sie ist groß wie eine Schaufel, und meine Finger verschwinden fast vollständig darin. Mein Herz setzt einen Schlag lang aus, als wollte es mich vor dem warnen, was da kommt.

»Stimmt etwas nicht?«, frage ich. Mein Puls rast. Der Detective Inspector schaut mich an, nicht Ross. Aber, so schließe ich, wäre jemand verletzt worden oder gar gestorben, dann wären sie zu zweit gekommen. Zumindest läuft das im Fernsehen so. Außerdem ist Ross mein einziger naher Verwandter, und Ross geht es definitiv gut. Dann kribbeln meine Beine.

Nein, da gibt es noch jemanden …

»Können wir uns setzen, Mrs. Price?« DI Walkers Tonfall ist befehlsgewohnt, seine Worte nicht wirklich eine Frage, sondern eher ein Befehl.

Dann setzt Ross sich wieder in Bewegung. Auch er war durch den unerwarteten Besuch kurz wie benommen.

»Will Ihre Kollegin nicht auch reinkommen?«, fragt Ross, und wieder setzt mein Herz einen Schlag lang aus. Wenn es zwei von ihnen gibt, dann hat meine Theorie keinen Bestand mehr. Ich schaue in den Flur, sehe aber niemanden. Dann bemerke ich aus dem Augenwinkel heraus eine Bewegung, und ich schaue aus dem Küchenfenster. Menschen in Schwarz und Gelb gehen dort vorbei. Ein paar Augenblicke lang läuft alles wie in Zeitlupe. Dann erkenne ich, dass es alles Polizisten sind. Es dauert ein wenig, bis ich das verarbeitet habe, und schließlich erfasst mich eine Mischung aus Neugier und Misstrauen.

»Nein«, antwortet DI Walker. »Sie geht mit dem Rest des Teams von Tür zu Tür und führt Befragungen durch.«

»Natürlich.« Ross schaut zu mir und verzieht das Gesicht, bevor er einen Stuhl zurückzieht, damit DI Walker sich an den Küchentisch setzen kann. Ich hingegen bin wie erstarrt, während meine Gedanken auf Wanderschaft gehen. *Befragungen in der Nachbarschaft?* Okay, das ist ja nichts Schlimmes. Vielleicht ist DI Walker ja nur hier, weil es in der Gegend einen Einbruch gegeben hat oder so. Die Stimme in meinem Kopf kauft mir das jedoch nicht ab. Die Copper würden sicher keinen derart hochrangigen Detective schicken, wenn es sich nur um einen Einbruch handeln würde. Auch die Aktivität draußen deutet auf etwas Größeres hin. Ich schlucke den Kloß in meinem Hals herunter und atme tief durch, als ich mir das blühende Gesicht des Mannes noch einmal anschaue und dann ohne nachzudenken sage:

»Sind Sie nicht ein wenig jung für einen Detective Inspector?«

Ross funkelt mich mit großen Augen an, während DI Walker mir ein leichtes Lächeln schenkt. Dabei bilden sich auch ein paar Fältchen in seinen Augenwinkeln, die sein wahres Alter verraten.

»Das höre ich oft. Wenn Ärzte heutzutage schon wie Teenager aussehen, warum dann nicht auch Polizisten?«, erwidert DI Walker trocken. Im Geiste trete ich mir selbst vors Knie. Den Mann zu beleidigen, ist vermutlich keine gute Idee. Dabei bin ich sicher, dass er hart gearbeitet hat, um so weit zu kommen, und wenn andere diese Leistung in Frage stellen, ärgert ihn das wahrscheinlich.

»Tut mir leid«, sage ich. »Ich schaue wohl einfach zu viele Krimis.« Ich zwinge meine Muskeln, sich zu bewegen, und setze mich neben Ross, DI Walker gegenüber. Doch sofort springe ich wieder auf. »Oh! Tut mir leid. Ich habe Ihnen ja gar nichts zu trinken angeboten. Tee? Kaffee?« Ich fühle das Gewicht von Ross' Blick, schaue ihn aber nicht an.

DI Walker streckt den Arm aus, bis eine Armbanduhr unter seiner Manschette zum Vorschein kommt, und schaut auf die Zeit.

»Für mich nicht. Danke.« Er legt ein kleines, elektronisches Notizbuch auf den Tisch, räuspert sich und bereitet sich darauf vor, uns den Grund seines Erscheinens zu nennen. Ich lasse mich wieder auf den Stuhl fallen und habe ein flaues Gefühl im Magen. Mein Puls rast, und immer mehr Adrenalin strömt durch meinen Körper. Ich schiebe die Hände unter die Schenkel, um ihr Zittern zu verbergen.

»Was können wir für Sie tun, Detective Walker?« Ich lächele.

Walker schaut mich mit seinen azurblauen Augen an, und sein Blick ist so intensiv, dass ich instinktiv den Kopf senke. Was will er uns sagen? Der Raum wird immer kleiner, während ich warte und den Atem anhalte.

»Wir versuchen nun schon eine ganze Weile, Sie aufzuspüren, Mrs. Price.«

Mein Mund ist wie ausgetrocknet. Ist es so weit? Ist das der Augenblick, vor dem ich mich die ganze Zeit gefürchtet habe? Aber warum ist die Polizei direkt mit einem ganzen Team angerückt? Ich schlucke schmerzhaft.

»Oh! Wirklich?« Aus dem Augenwinkel heraus sehe ich,

wie Ross angespannt die Schultern strafft. Ich wünschte, er wäre schon bei der Arbeit.

»Ihr Name ist doch Anna Price, geborene Lincoln, korrekt?«

Das Blut pocht in meinen Ohren. »Ja, das stimmt.« Ich starre DI Walker an, ohne zu blinzeln.

»Tut mir leid, aber ich muss Sie darüber informieren …« DI Walkers Augen huschen von mir zu Ross und wieder zurück, und ich schlucke die Verärgerung zusammen mit den Worten herunter: *Jetzt machen Sie schon! Sagen Sie mir, dass er tot ist!*

»Ihr Bruder, Henry Lincoln …«, DI Walkers Gesicht verschwimmt vor meinen Augen. Mein Blutdruck ist viel zu hoch, »… ist zur Fahndung ausgeschrieben …« – also *nicht* tot – »… und zwar wegen mehrfachen Mordes.«

»Was?« Ich stoße mich vom Tisch ab und springe so plötzlich auf, dass der Stuhl umkippt und mit einem lauten Krachen auf den Fliesen landet. Ross springt ebenfalls auf, wenn auch nicht ganz so heftig, und stellt den Stuhl wieder hin. Dann legt er mir die Hand auf die Schulter.

»Anna, atme«, höre ich ihn sagen. Und das tue ich. Meine Brust hebt und senkt sich, während ich nach Luft schnappe.

»Das muss ein ziemlicher Schock für Sie sein. Tut mir leid.« DI Walker schaut mich besorgt an. »Brauchen Sie einen Moment für sich? Oder vielleicht können wir uns ja auch irgendwo hinsetzen, wo Sie sich wohler fühlen.«

»Ins Wohnzimmer«, sagt Ross. »Ich denke, das wäre besser.«

Ross führt mich zum Sofa, wo ich mich einfach fallen lasse. DI Walker hat mir vollkommen den Wind aus den Segeln genommen. Ich war auf Tod vorbereitet, aber nicht auf Mord.

Henry? Ein Mörder? Das kann nicht wahr sein.

Kapitel 2

Ross nimmt meine Hand und zieht sie sanft von meinem Mund weg. Ich spüre ein Stechen, dann läuft Blut über mein Kinn. Ich habe gar nicht bemerkt, dass ich mir die Lippe aufgebissen habe – eine Angewohnheit aus meiner Kindheit, aus einer Zeit voller Angst und Stress, unter der ich zuhause gelitten habe. Ich habe alles Mögliche versucht, um sie loszuwerden, doch ohne Erfolg. Jetzt tupfe ich das Blut mit dem Kosmetiktuch ab, das Ross aus der Box auf dem Tisch gezogen hat.

»Ist es okay, wenn wir fortfahren?«, fragt DI Walker.

Ich nicke, schreie aber innerlich *NEIN!*

»Ihr Bruder wird in Verbindung mit insgesamt fünf Morden gesucht …«

»Fünf?« Ich blinzele und schüttele den Kopf. *»Fünf?«*, wiederhole ich.

»Ich weiß. Das ist schwer zu verdauen.« DI Walker beugt sich vor und legt die Ellbogen auf die Knie. »Die Morde wurden in einem Zeitraum von zweieinhalb Jahren begangen. Bei den Opfern handelt es sich ausschließlich um Frauen, und sie wurden jeweils an ganz bestimmten Tagen getötet. Der fünfte Mord ereignete sich erst vor ein paar Monaten.«

Ein Serienmörder! Henry ist ein Serienmörder! Die Worte, gesprochen mit meiner eigenen Stimme, wiederholen sich immer wieder und wieder in meinem Kopf wie ein nerviger

Ohrwurm. Und dieser Ohrwurm verschluckt die Stimmen von Ross und dem Detective, und das Schwindelgefühl, das er verursacht, weckt das Verlangen in mir, mich hinzulegen. Aber nicht hier. Ich muss ins Bett. Ich beuge mich vor, doch Ross hält mich energisch fest und verhindert meine Flucht.

»Die Morde sind in verschiedenen Countys verübt worden. Deshalb hat es auch so lange gedauert, bis wir eine Verbindung zwischen ihnen herstellen konnten«, erklärt DI Walker. Mir ist vage bewusst, dass das nicht der Beginn des Gespräches ist. Ich habe bereits einen großen Teil verpasst, doch jetzt versuche ich, mich so gut es geht zu konzentrieren.

»Die Beweise, die wir zusammengetragen haben, belegen jedoch eindeutig, dass es diese Verbindung gibt. Natürlich veröffentlichen wir diese Beweise nicht – aus offensichtlichen Gründen –, aber alle Morde folgen dem gleichen Muster.« Es ist, als würde ich durch einen Tunnel gehen und mit dem Handy telefonieren. Die Stimmen knistern, und die Sätze sind fragmentiert – wie bei einem Dalek. Ich atme durch die Nase ein, doch die Übelkeit wird nur noch schlimmer. Ich habe Henry schon seit Jahren nicht mehr gesehen. Wir sind nicht gerade im Guten auseinandergegangen – und das, obwohl wir so viel gemeinsam durchgemacht haben –, aber dass er ein Serienmörder sein soll, kann ich einfach nicht fassen.

»Ich … Ich weiß nicht … Ich kann nicht …« Ich schüttele den Kopf, doch der Nebel löst sich nicht auf. »Warum sind Sie hier und erzählen mir das?«

DI Walker lächelt. Sein Gesicht nimmt einen sanften Ausdruck an, und er beugt sich näher zu mir, als wollte er einem Kind ein schwieriges Thema erklären. »Wir haben gehofft, dass Sie Kontakt zu ihm haben. Dass Sie vielleicht wissen, wo er ist.«

»Ja, das würde es wohl vereinfachen«, sage ich. DI Walker nickt enttäuscht, denn ihm ist sofort klar, dass ich keine Ahnung habe, wo sich mein Bruder aufhält. Und das stimmt. Ich habe schon lange nichts mehr von Henry gehört, und ich habe auch nicht versucht, Kontakt zu ihm aufzunehmen. Es gab keinerlei Grund dafür.

»Es gibt bestimmte Tage, an denen Ihr Bruder seine Morde begangen hat, einer davon ist der 15. Februar.« DI Walker schaut mich aufmerksam an, um zu sehen, wie ich reagiere. Und er muss nicht lange warten, ich reagiere sofort. Ich kann nichts dagegen tun. Meine Augen werden immer größer, und ich verkrampfe mich.

»Das ist mein Geburtstag.«

»Ja.« DI Walker schürzt die Lippen und nickt wieder. Als ich nicht weiterrede, schaut er in seine Notizen. »Und dann am 13. Mai«, sagt er und schaut mir in die Augen.

Mein Herz setzt einen Schlag lang aus, doch Gott sei Dank überlagert der erste Schock noch meine Reaktion.

»Das ist in vier Tagen«, fügt Ross hilfsbereit hinzu.

»Die Bedeutung dieses Datums kennen wir noch nicht, und uns läuft die Zeit davon, Anna.«

Ich kann nicht mehr atmen. Meine Lunge ist wie gelähmt. Sie nimmt keine Luft mehr auf. Ich schiebe Ross' Hand von meinem Bein und stehe auf. Mir wird schwindelig. Der Raum dreht sich, und DI Walker und Ross verschwimmen miteinander. Dann fallen mir die Augen zu, und da ist nur noch schwarze Stille.

Kapitel 3

»Anna! Baby! Anna! Mach die Augen auf! Komm schon!«

Meine Wange brennt. Ich lege die Hand darauf und öffne die Augen. Ross' Gesicht ist dicht an meinem.

»Was …?«

»Du bist ohnmächtig geworden.«

Ich habe schon viele stressige Situationen durchgemacht, aber ich bin noch nie in Ohnmacht gefallen.

»Ich rufe den Arzt an«, sagt Ross und scrollt durch sein Handy.

»Nein. Das ist nicht nötig. Bitte, mach nicht so einen Aufstand.« Ich nehme die Beine vom Sofa und setze mich auf. DI Walker scheint sich nicht bewegt zu haben. Ich frage mich, wie vielen Menschen er in der Vergangenheit schon so eine Nachricht überbracht hat. Ich hoffe, es waren nicht allzu viele.

Jedenfalls wirkt er nicht gerade verstört, als er sich wieder bewegt und seine dunklen Augenbrauen zusammenzieht. Ich habe den Eindruck, dass meine Reaktion nur Zeitverschwendung für ihn ist. »Bitte, entschuldigen Sie«, sage ich. Die Hitze steigt mir in den Kopf, und ich reibe mir den Nacken, doch das macht es nur noch schlimmer.

»Wie gesagt … Ich weiß, dass das ein Schock sein muss, aber ich muss Ihnen trotzdem ein paar Fragen stellen. Wie Ihr Mann bereits gesagt hat, bleiben uns nur vier Tage, bis

Henry vermutlich wieder zuschlägt. Wir wissen jede Hilfe zu schätzen, egal wie unbedeutend sie auch erscheinen mag.«

»Natürlich.« Ich schaue auf meinem Handy nach, wie spät es ist.

»Ich werde versuchen, Sie nicht allzu lange aufzuhalten«, sagt DI Walker. »Schließlich möchte ich nicht, dass Sie zu spät zur Arbeit kommen.«

»Oh, ich … Es ist nicht …« Na, toll. Jetzt glaubt er, ich würde die Gefahr, die er für Frauen darstellt, nicht ernst nehmen, er denkt, dass es mir wichtiger ist, pünktlich zur Arbeit zu kommen. »Nehmen Sie sich so viel Zeit, wie Sie wollen, Detective Walker.« Ich zwinge mich zu einem Lächeln und straffe die Schultern. »Ross, Liebling«, sage ich und drehe mich zu ihm um. »Könntest du uns bitte eine Tasse Kaffee machen?«

Ross zögert, doch dann nickt er und steht auf. Ich warte, bis er das Wohnzimmer verlassen hat, bevor ich wieder das Wort ergreife.

»Sie haben gesagt, Henry werde in Verbindung mit Morden aus den letzten drei Jahren gesucht. Was ist mit den Jahren davor? Ich meine, warum hat er ausgerechnet jetzt damit begonnen?«

»Ich habe gehofft, dass Sie mir in dieser Frage helfen können.«

»Ich habe keinen Kontakt mehr zu Henry, seit …« Ich kneife die Augen zusammen und versuche nachzurechnen. »Ich weiß nicht wie lang. Seit fünfzehn Jahren? Sechzehn? Vielleicht sogar mehr. Ich habe ehrlich geglaubt, Sie wären hier, um mir zu sagen, dass er tot ist.«

»Jedenfalls gibt es definitiv einen Grund dafür, dass er genau an diesen Tagen tötet. Der Geburtstag seiner Schwester ist offenbar von großer Bedeutung für ihn, und ich nehme an, mit der Wahl dieses Datums will er eine Botschaft senden.« DI Walker hebt eine Augenbraue. »Und damit meine ich, eine Botschaft an Sie, er kommuniziert mit Ihnen.«

»Die meisten Menschen greifen nach dem Telefon, wenn sie kommunizieren wollen. Oder sie schreiben eine Mail, einen Brief oder was weiß ich.« Ich lache verlegen.

»Es sei denn ...« DI Walker zupft an seiner Krawatte herum. »Ich will Sie ja nicht beunruhigen, Mrs. Price, aber ich denke, wir sollten in Betracht ziehen, dass Sie in Gefahr schweben. Wie Sie gesagt haben, haben Sie sich entfremdet. Vielleicht hat er bis jetzt ja nicht gewusst, wo Sie wohnen, und konnte deshalb keinen Kontakt zu Ihnen aufnehmen.«

»Nun, wenn er die Ermittlungen verfolgt, dann weiß er das jetzt wohl, nicht wahr? Sie haben ihn direkt zu meiner Tür geführt.« Der Vorwurf in meiner Stimme ist nicht zu überhören, doch das ist mir egal. Wie dumm kann man sein, hierherzukommen, wenn es sich so verhält, wie er glaubt? Es sei denn natürlich, das war Absicht.

Ross kommt wieder zurück und stellt drei Becher auf den Kaffeetisch. »Er hat wen zu unserer Tür geführt?«

»Henry natürlich«, schnappe ich. Rasch senkt Ross den Blick. »Tut mir leid, Babe«, lenke ich sofort ein. »Aber das ist einfach nur irre. Ich kann nicht glauben, was gerade passiert.« Ich fahre mir mit den Fingern durchs Haar.

»Ich kann Ihnen versichern, dass wir bei unseren bisherigen Ermittlungen äußerst umsichtig vorgegangen sind. Sollte Henry tatsächlich Ihren Aufenthaltsort herausgefunden haben, dann nicht unseretwegen.« DI Walker greift nach seinem Becher, und ich zucke innerlich zusammen, während er mehrere kräftige Schlucke der heißen Flüssigkeit trinkt. »Ihre Akten aus dem Kinderheim in Sutton Coldfield, wo Sie und Henry gelebt haben, hat man vernichtet, bevor das Heim endgültig geschlossen wurde. Deshalb hat es auch eine ganze Weile gedauert, bis wir herausgefunden haben, dass Henry eine Schwester hatte, zumal Sie ja auch geheiratet und Ihren Namen geändert haben. Deshalb können wir auch sicher davon ausgehen, dass Henry uns mehrere Schritte voraus ist. Wahrscheinlich wusste er schon vor heute Morgen, wo Sie wohnen.«

»Oh, Gott«, keucht Ross und setzt sich. »Glauben Sie wirklich, dass meine Frau Angst vor ihrem eigenen Bruder haben muss?«

»Ich kann das zumindest nicht ausschließen.«

Ich runzele die Stirn und klammere mich an den offensichtlichen Fehler in dieser Theorie. »Aber mein Geburtstag ist dieses Jahr schon vorbei. Da müsste ich doch sicher sein, oder?«

»Das ist durchaus möglich, ja, aber ich fürchte, wir können da nicht sicher sein«, antwortet DI Walker. »Nichts hält ihn davon ab, Sie auch an einem anderen Tag ins Visier zu nehmen.«

Ich schaue DI Walker in die Augen und erwidere: »Und das ist der Grund, warum Sie die Bedeutung des zweiten Datums wissen wollen, nicht wahr? Weil es sein Motiv verrät? Und weil es Ihnen helfen könnte, auf sein nächstes Opfer zu schließen?«

Noch während ich diese Worte sage, wehrt sich mein Geist gegen die Vorstellung, dass wir gerade wirklich über ›Opfer‹ reden – Mordopfer – und das in Bezug auf Henry. Vielleicht ist das alles ja nur ein schlimmer Fehler, und der Detective kommt später noch einmal zurück, um sich für das Missverständnis zu entschuldigen. Er habe sich geirrt. Das alles sei nur eine schreckliche Verwechslung gewesen.

»Ja. Wenn wir wüssten, welche Bedeutung das Datum für Henry hat, dann hätten wir zumindest eine Chance, ihn zu schnappen, bevor er einer weiteren, unschuldigen Frau das Leben nimmt.« Er verstummt und wirkt plötzlich müde. Vielleicht verlangt der Fall ihm ja mehr ab, als er nach außen hin zeigt. Er tritt näher an mich heran, so nah, dass ich seine Körperwärme spüren kann. Diese Art von Nähe ist mir unangenehm. Unwillkürlich weiche ich zurück. Aber auch dann noch rieche ich den Kaffee in seinem Atem, als er sagt: »Kennen Sie die Daten wirklich nicht? Es sind die Geburtstage Ihrer Eltern …«

»Ich kann Ihnen garantieren, dass es nichts mit ihnen zu tun hat«, falle ich ihm ins Wort.

»Ach, ja? Wie können Sie da so sicher sein?«

»Sie haben doch sicher unsere Vergangenheit recherchiert, oder?«

»Wir wissen, dass Henry es zuhause schwer hatte. Er ist häufig mit anderen Kindern aneinandergeraten und mehrmals wegen kleinerer Delikte angezeigt worden. Ihre Mutter ist laut Standesamt verstorben. An Leberzirrhose.«

»Ja, danke für die Zusammenfassung. Mom war Alkoholikerin und ein Junkie. Sie hat alles für ihren nächsten Fix getan. Sie hatte keine Ahnung, wo unser Vater war – oder auch nur, *wer* er war –, und sie hat mit jedem geschlafen, der noch einen Puls hatte. Sie hat ihre eigenen Kinder vernachlässigt und immer irgendwelche Schlägertypen angeschleppt, die uns misshandelt haben. Sie hat uns leiden lassen. Henry hat nicht gewusst, wann sie Geburtstag hatte, und das war ihm auch egal. Also, wie schon gesagt: Der Mord am 13. Mai hat nichts mit unseren Eltern zu tun.«

Jahrelang verdrängte Wut kocht in mir hoch. Dann und

wann weckt irgendwas eine Erinnerung an meine Kindheit und damit auch an das Trauma. Allerdings versuche ich stets, das rasch zu verdrängen und nicht länger darüber nachzudenken. Sollte ich auch nur einem Funken dieser Wut die Chance geben zu keimen, dann weiß ich nicht, wie schnell er wachsen und wie viel Schaden er anrichten wird. Ich frage mich, ob Henry dieser Wut wohl erlegen ist, ob sie die Kontrolle übernommen hat. Nach allem, was ich gerade erfahren habe, würde mich das zumindest nicht überraschen.

Kaputte Menschen tun kaputte Dinge.

DI Walker seufzt vernehmlich und steht dann auf. »Ich würde gerne noch einmal mit Ihnen sprechen, Mrs. Price. Allerdings wäre das Revier der geeignetere Ort dafür, und angesichts der Dringlichkeit des Ganzen sollten wir das eher früher als später angehen. Ich werde meinen DS bitten …«

»Nein, ich denke nicht«, unterbreche ich ihn abermals und erhebe mich ebenfalls. Ich schlucke, als Gedanken in meinen Geist strömen, die ich schon seit Jahren nicht mehr gehabt habe. Überraschung zeichnet sich sowohl auf Ross' als auch dem Gesicht des Detectives ab. DI Walker kneift die Augen zusammen, und mir wird klar, dass ich ihm eine plausible Erklärung geben muss. »Wenn Henry die Ermittlungen verfolgt, dann wäre es vielleicht besser, ihm klarzumachen, dass Sie mich nicht einbeziehen? Wenn er ständig Polizei hier sieht, wird er keinen Kontakt zu mir aufnehmen. Gleiches gilt, wenn er mitbekommt, dass Sie mich aufs Revier schleppen.«

DI Walker schaut mich an. Sein Gesichtsausdruck ist schwer zu deuten, doch ich spüre, wie er meine Worte überdenkt.

»Okay«, sagt er schließlich. »In Ordnung. Ich werde Sie

erst mal in Ruhe lassen.« Er greift in die Innentasche seines Jacketts und holt eine kleine weiße Karte heraus. »Hier sind meine Kontaktdaten. Sie müssen mich sofort anrufen, wenn Sie etwas von Henry hören oder wenn Sie Angst um Ihre Sicherheit haben. Und sollte Ihnen noch etwas einfallen, egal wie unwichtig es auch erscheinen mag, dann rufen Sie mich an, auch mitten in der Nacht. Ich will es wissen.« Er drückt mir die Visitenkarte in die Hand und schaut mir tief in die Augen. »Ich möchte nicht in vier Tagen bei jemandem anklopfen und ihm sagen müssen, dass seine Frau, seine Mutter, seine Schwester oder seine Tochter brutal ermordet worden ist.« Die Intensität in seiner Stimme jagt mir einen Schauder über den Rücken.

DI Walker nickt Ross zu, der schnell blinzelt und sich dann schüttelt, als er aus seiner Trance aufwacht.

»Was wollen Sie denn jetzt unternehmen? Wegen Anna, meine ich. Bekommt Sie Polizeischutz?« Ross klingt panisch.

»Wir werden ein Auge …«

»Das ist mir zu vage«, unterbricht ihn Ross in scharfem Ton. »Was heißt das überhaupt?«

»Ross, Liebling«, sage ich und lege ihm die Hand auf den Arm. »Wenn Henry mir etwas antun wollte, dann hätte er das längst getan.«

DI Walker geht zur Haustür, doch er dreht sich noch einmal um und lächelt beruhigend. Ich bin nicht sicher, ob das mir gilt oder meinem Mann.

»Aber er hat gesagt, du könntest in Gefahr sein«, zischt Ross mir zu. Aus irgendeinem Grund sorge ich mich nicht so sehr um meine Sicherheit wie Ross. Ist das der Schock? Vielleicht bin ich durch diese Neuigkeiten ja wie betäubt. Ein Teil von mir glaubt schlicht nicht, was der Detective mir erzählt hat. Es ist einfach unmöglich, dass Henry fünf Frauen getötet hat … oder? Wie sicher ist DI Walker, dass wir wirklich vom selben Henry Lincoln sprechen?

»Ich möchte Sie nachdrücklich ermahnen, wachsam zu bleiben«, sagt der Detective. »Beobachten Sie aufmerksam Ihre Umgebung, und informieren Sie mich über jede noch so kleine Veränderung. Wie gesagt … Sie können mich jederzeit anrufen. Und sollten wir Ressourcen frei haben, dann werde ich einen Beamten vor Ihrer Tür postieren.«

Ich öffne den Mund, um ihm zu widersprechen. Schließlich habe ich doch gerade erst gesagt, dass das kontraproduktiv ist. Doch DI Walker kommt mir zuvor und fügt hinzu: »Verdeckt natürlich.«

Ross jedenfalls scheint erst einmal beruhigt, als er den Detective hinausbegleitet.

Vollkommen verspannt stehe ich in der Tür und schaue zu, wie DI Walker vor unserem Haus mit ein paar Uniformierten spricht. Worüber reden sie da? Über mich? Über Henry? Weist Detective Walker die Beamten an, gleich jetzt vor unserem Haus Posten zu beziehen?

»Lass uns wieder reingehen«, sagt Ross und geht vor. DI Walker beendet das Gespräch mit seinen Kollegen, und ich schaue ihm hinterher, bis er aus meinem Sichtfeld verschwunden ist. Ein Polizist bemerkt meinen Blick, und ohne darüber nachzudenken, stapfe ich auf ihn zu.

»Müssen Sie alle hier herumstehen?« Mein Tonfall ist unabsichtlich scharf. Also lächele ich rasch. »Es ist nur so … Sie erregen unnötig Aufmerksamkeit.« Der Polizist, an den ich die Frage gerichtet habe, zuckt nur mit den Schultern, doch eine Frau schlängelt sich zwischen den Beamten hindurch und tritt auf mich zu. Sie ist schlicht gekleidet, genau wie DI

Walker. Daher gehe ich davon aus, dass sie ebenfalls Polizistin ist.

»Bitte, entschuldigen Sie, Ma'am«, sagt sie. »Ich bin Detective Tully. Ich gehöre auch zum Ermittlungsteam.« Ihr Lächeln ist warm und echt. Sie strahlt Mitgefühl aus, und ich wünschte, sie hätte die Bombe mit Henry platzen lassen und nicht DI Walker. »Wir haben Befragungen an den Haustüren durchgeführt, aber wir sind in dieser Gegend so gut wie fertig. Also werden die Beamten nicht mehr lange hier sein. Mir ist durchaus bewusst, wie beunruhigend das alles für Sie sein muss.«

»Ja, das stimmt«, sage ich. »Ich weiß natürlich, dass Sie nur Ihren Job machen, aber wie ich bereits DI Walker gesagt habe, wird Henry wohl kaum auftauchen, wenn es hier von Polizei nur so wimmelt.« Ich schaue mich um, als würde er hier irgendwo lauern.

»Ich werde meine Kollegen wegschicken, Ma'am. Keine Sorge.« Tully nickt mir zu. Dann dreht sie sich um und wendet sich an die Beamten. Wie ein Bienenschwarm zerstreuen sie sich langsam und steigen in ihre Fahrzeuge.

Als ich überzeugt bin, dass alle Polizisten verschwunden sind, gehe ich wieder rein und in die Küche. Dort schaue ich mir erst einmal die Visitenkarte an, die DI Walker mir gegeben hat. Bei dem Gedanken, dass all dieser Aufwand Henry gilt, kribbeln meine Finger. Wenn das, was sie über Henry sagen, stimmt, dann kann ich es mir nicht leisten, mit in seinen Mist reingezogen zu werden. Ich muss mich von dieser Ermittlung so weit wie möglich fernhalten.

Also trete ich auf das Pedal, um den Deckel des Mülleimers zu öffnen, und werfe die Visitenkarte hinein.

Kapitel 4

Selbst das Autoradio, aus dem der fröhliche Sound von Heart FM plärrt, kann meine Gedanken nicht übertönen, als ich zur Arbeit fahre. Jede Ampel, an die ich komme, ist rot. Es ist, als hätten sie sich gegen mich verschworen. Ich kann von Glück sagen, dass ich nicht wieder im Lockdown bin, diesmal angeordnet von Ross und nicht von der Regierung. Seine erste Reaktion auf DI Walkers Enthüllung, dass Henry ein gesuchter Serienmörder ist, war zunächst gar nicht so heftig. Wie wohl die meisten Menschen in so einem Fall war auch er erst einmal still. Es war der Schock. Doch kaum war DI Walker weg, da ist er ausgeflippt und wollte, dass ich daheim bleibe. Aber das werde ich nicht tun. Ich werde nicht zulassen, dass diese Informationen meinen Alltag beeinträchtigen. Ich werde mich nicht verstecken. Ich habe einen wichtigen Job, einen Job, den ich liebe, und wie ich Ross erklärt habe, bin ich inmitten meiner Kollegen und Schüler vermutlich ohnehin sicherer als daheim. Aber vor meinem geistigen Auge sehe ich noch immer Ross' angespanntes, verängstigtes Gesicht. Er war kaum wiederzuerkennen. Ich umklammere das Lenkrad, bis mir die Hand wehtut. »Warum, Henry? Und warum ausgerechnet jetzt?«

Ein lautes Hupen ertönt, und sofort schaue ich wieder auf die Straße. Diesmal stehe ich vor einer grünen Ampel. Ich hebe die Hand, um mich bei dem Fahrer hinter mir zu entschuldigen, und beschleunige. Es dauert nicht lange, und der Tacho zeigt fünfzig Meilen, als ich auf die Schnellstraße fahre. Dabei war ich heute ohnehin schon aufgeregt. Der Gedanke an den Prüfungsbericht des Schulamts hat mich verrückt gemacht. Das ist jedoch nichts gegen das, was ich jetzt empfinde. Jeder einzelne Muskel in meinem Körper steht unter Hochspannung.

Ross weiß, dass ich eine beschissene Kindheit gehabt habe, und er weiß auch, wie sehr ich darum kämpfen musste, dort zu sein, wo ich heute bin. Er weiß, dass ich nichts mit Henry zu tun habe. Aber er weiß nicht warum – zumindest kennt er nicht den wahren Grund.

Meine Gedanken gehen auf Wanderschaft, als ich die Schnellstraße verlasse und wieder abbremse. Ich fahre direkt nach Seabrook. Da finde ich auch blind hin.

Ich habe Henry nie als wirklich schlechten Menschen betrachtet, nur als fehlgeleitet. In seiner Jugend hatte er üble Tendenzen, und er hat Fehler gemacht. Aber das? Wenn DI Walker die Wahrheit gesagt hat, dann hat Ross allen Grund, besorgt zu sein. Geheimnisse sind stets ein Risiko. Aber wenn ein Serienmörder dein Geheimnis kennt, dann ist das etwas vollkommen anderes. Als ich ein Bild von Henrys Gesicht heraufbeschwöre und wie er bei unserem letzten Treffen gewirkt hat, gefriert mein Blut zu Eis. Werde ich wirklich verraten müssen, warum dieses Datum so wichtig ist, um ein weiteres Opfer zu retten? Doch wenn ich das tue, dann steht nicht nur meine Ehe auf dem Spiel.

»Himmel!« Ich trete mit beiden Füßen auf die Bremse, und die Reifen kreischen, dann werde ich nach vorne geschleudert. Nur wenige Zentimeter vor meiner Motorhaube schaut mich das kleine Mädchen wie erstarrt an. Die Augen so groß wie Untertassen und der Mund zu einem stummen Schrei geöffnet. Ich schnalle mich ab, springe aus dem Auto und laufe zu dem Kind. »Bist du verrückt! Warum bist du einfach losgelaufen? Hast du mich denn nicht gesehen?« Das Blut schießt durch meinen Körper, und ich habe das Gefühl, dass mein Herz gleich zerspringt. Ich will das Mädchen gerade an den Schultern packen und kräftig durchschütteln, als andere Stimmen mich wieder in die Realität zurückholen. Langsam schaue ich mich um. Ich habe Zuschauer.

Und dann sehe ich es. Die weißen Markierungen. Scheiße. Das ist ein Zebrastreifen. Mich verlässt die Kraft, und meine Beine zittern.

»T… tut mir leid, Mrs. Price.« Jetzt erkenne ich das Mädchen auch. Es geht auf meine Schule, und es ist den Tränen nahe. Ich schlage die Hände vors Gesicht und atme erst einmal tief durch. Ich bin hier die Dumme, nicht das Kind. Ich habe einfach nicht aufgepasst.

»Nein, nein. Es war meine Schuld. Bitte, entschuldige.« Sanft lege ich dem Mädchen die Hände auf die Schultern und führe es auf den Bürgersteig. Dabei versuche ich, das besorgte und wütende Raunen des Publikums zu ignorieren. Die meisten sind Eltern meiner Schüler.

Na toll, Anna. Reife Leistung.

Ich stelle sicher, dass das Kind in Ordnung ist. Dann steige ich wieder ins Auto, doch der Schaden ist bereits entstanden. Das Bild des kleinen, verängstigten Gesichts hat sich tief eingebrannt. Sorgfältig achte ich noch immer darauf, die Umstehenden nicht anzusehen. Meine Wangen brennen vor Scham. Dann fahre ich langsam weiter und konzentriere mich auf die Straße.

Als ich den Wagen schließlich parke, zittere ich noch immer. Nachdem ich die Kreuzung hinter mir gelassen hatte, konnte ich mich auch wieder an den Namen des Mädchens erinnern, und als ich jetzt aus dem Auto steige, fällt mir noch etwas ein, und mir zieht sich der Magen zusammen. Als ich einmal die Schulhofaufsicht hatte, da ist Isobel zu mir gekommen, hat meine Hand genommen und gefragt, ob sie bei mir bleiben könne, weil sie sich mit ihrer besten Freundin zerstritten hatte. Oh, Gott ... Was mag sie jetzt von mir denken?

Ich erreiche mein Klassenzimmer im selben Augenblick, als die Glocke läutet. Für einen zweiten Kaffee ist jetzt keine Zeit mehr, egal wie sehr ich ihn auch brauchen könnte. Ich knalle meine Tasche auf den Schreibtisch und schaue zu, wie meine Kinder reinkommen. Schweigend gehen sie zu ihren Tischen. Nur Mikey grinst mich verstohlen an. Er ist dieses Jahr verdammt weit gekommen, was seine sozialen Fähigkeiten betrifft, und es geht mir wahrlich ans Herz, wenn ich sehe, wie sein Selbstvertrauen täglich wächst. Diese Kinder haben sicherlich Möglichkeiten, die die von weniger vermögenden Eltern weit übersteigen, aber dass sie trotzdem so bereitwillig lernen und versuchen, jede Herausforderung zu meistern, erstaunt mich immer wieder.

Ich lächele, als ich sie anschaue, wie sie hinter ihren Stühlen stehen und darauf warten, dass ich sie mit einem Nicken auffordere, sich zu setzen. Kurz halte ich inne und denke über diese alltägliche Routine nach. Dabei ist es nur ein kleines, belangloses Detail, eine Regel, die alle Kinder befolgen, ohne sie zu hinterfragen. Und sie warten auf eine Geste von mir. *Ich* habe die Macht, ihnen zu sagen, ob sie sich setzen dürfen oder nicht. Zugegeben, das ist nichts Großes, aber ich habe tatsächlich die Möglichkeit, ihnen ein bestimmtes Verhalten zu diktieren. Für eine Lehrerin ist das natürlich normal. Aber bin ich wirklich anders als die, die mich kontrolliert haben, und auch Henry und die anderen Kinder in Finley Hall? Ich habe mich angepasst, gelernt, und jetzt bin *ich* diejenige, die die Kontrolle über andere hat.

Ich nehme an, Henry hat sich auch angepasst – auf seine eigene Art.

*

Zur großen Pause will ich endlich einen Kaffee, und so bin ich die Erste im Lehrerzimmer. Zum Glück habe ich heute nicht die Schulhofaufsicht. Also kann ich mich die nächste Viertelstunde hier verstecken. Aus dem Raum kann man über die Felder von Staverton blicken, und an manchen Tagen kann man sogar den Rauch der Dampflok sehen, die über die Gleise nach Totnes fährt. Ross und ich sind auch mit der Dampflok zur Schmetterlingsfarm gefahren, als wir zum ersten Mal miteinander ausgegangen sind, und er hat mir auf der Fahrt ein paar der Lieblingsplätze aus seiner Kindheit gezeigt. Ich erinnere mich noch an den Neid, den ich empfunden habe, als er von früher erzählt hat, von den Erinnerungen an seine Familie. Ich hatte mir so sehr gewünscht, Teil einer solch großen Familie zu sein, aber Henry und ich sind irgendwann zu dem Schluss gekommen, dass wir zu zweit besser dran sind.

Ross steht seiner Mutter, seinem Dad und seinem Bruder noch immer nahe, denn sein Leben war so anders als alles, was ich je erlebt habe, und deshalb verstehe ich es auch niemals ganz. Ich werde immer eine Zuschauerin sein, und das hat in der Vergangenheit schon häufiger für Spannungen zwischen uns gesorgt. Ross' Eltern haben sich so sehr bemüht, mich in ihrer Familie willkommen zu heißen, vor allem, da sie wissen, dass ich in dieser Hinsicht viel nachzuholen habe. Aber es fällt mir nicht leicht, und deshalb versuche ich, Familientreffen so gut es geht zu meiden. Ich glaube, Ross würde es vorziehen, wenn ich mehr Zeit mit ihnen gemeinsam verbringen würde. So versucht er mich zum Beispiel in regelmäßigen Abständen zu einer Kriminacht mit seinen Eltern zu überreden, doch ohne Erfolg. Aber nach dem Besuch von DI Walker heute Morgen habe ich das Gefühl, dass er diese Versuche einstellen wird, jetzt, da wir einen echten Mörder in unserer Mitte haben.

Die Tür des Lehrerzimmers öffnet sich, und das Geräusch reißt mich aus meinen Gedanken.

»Guten Morgen, Liebes.« In ihrem Kleid im Boho-Style wirkt Serena irgendwie schrullig. Sie geht direkt zum Schrank. »Wie kommt es, dass du heute Morgen nicht am Treffpunkt warst?« Sie hebt den Arm und kramt im Schrank herum. »Gott sei Dank!«, flüstert sie und holt ein Paket Müsliriegel heraus. »Ich hatte irgendwie das Gefühl, dass Beaumont mein Versteck gefunden hat.« Sie dreht sich um, öffnet das Paket und lächelt, als sie den Riegel in meinen Kaffeebecher tunkt.

»Hey!« Ich schüttele den Kopf, lasse sie aber machen. Braune Tropfen fallen von dem Riegel, als Serena ihn sich in den Mund stopft. »Ich war spät dran«, sage ich. »Tut mir leid.«

Serena schluckt und zuckt dann mit den Schultern. »Ach, egal. Ich wollte dir nur was erzählen. Das ist alles. Ich wollte dich schon anrufen, aber als er gegangen ist, war es schon fast Mitternacht, und das war dann doch ein wenig spät. Schließlich bist du im Moment ja schon um zehn im Bett.« Sie grinst mich breit an. Krümel kleben ihr zwischen den Zähnen.

»Willst du mich auf den Arm nehmen?«

»*Moi*? Mais non!«

»Und? Hat er deine Erwartungen übertroffen?«, frage ich und versuche, so enthusiastisch wie sonst zu klingen. In jedem Fall ist Serenas Liebesleben unterhaltsamer als jede Seifenoper, und ich freue mich eigentlich immer auf täglich neue Episoden. Doch heute habe ich das Gefühl, als hätte ich bereits selbst eine Folge hinter mir, und deshalb bin ich nicht mehr ganz so leidenschaftlich bei der Sache. Das lasse ich mir jedoch nicht anmerken. Serena hält mich am Leben: die Aufregung einer neuen Liebe, ein nächtlicher Drogenrausch … All das macht süchtig, aber selbst habe ich inzwischen vergessen, wie sich das anfühlt. Nach acht Jahren scheint meine Beziehung zu Ross einen sanfteren, langsameren und bequemeren Rhythmus angenommen zu haben. Hätten wir Kinder, wäre das anders.

»Es war … interessant«, antwortet Serena und schaut unschuldig drein.

»*Gut* interessant oder *seltsam* interessant?«

Serena tunkt einen weiteren Riegel in den Becher und steckt ihn sich auffallend langsam in den Mund, um die Spannung zu erhöhen. »*Anders* interessant, könnte man wohl sagen.«

Ich habe das Gefühl, sie will, dass ich weiterfrage, aber ich bin nicht wirklich bereit, jetzt Einzelheiten aus Serenas schmutzigem Sexleben zu hören. Ich starre in meinen Becher, und mir wird ein wenig schlecht, als ich durchnässte Müslibrocken in meinem Kaffee schwimmen sehe. Dann hebe ich den Blick. Serena hat die Hände in die Hüften gestemmt und schaut mich erwartungsvoll an.

»Du wirkst ein wenig … abwesend«, sagt sie. »Du machst dir doch keinen Kopf wegen der Prüfungsergebnisse, oder?«

»Nicht wirklich … Na ja, ein bisschen schon. Ach, ich weiß nicht, Serena.« Ich lege den Kopf in die Hände und seufze. Serena ist meine beste Freundin. Ich wünschte, ich könnte alles rauslassen, ihr erzählen, was ich heute Morgen erfahren habe. Vielleicht würde es mir ja helfen, es mit jemandem zu teilen. Vielleicht würde ich dann ja einen Sinn in dem Ganzen sehen. Aber was wird sie dann von mir denken? Im Kopf spiele ich es durch: *Oh, hey, Serena … Rate mal? Ein Detective ist zu mir gekommen und hat mir erzählt, dass mein Bruder ein gesuchter Serienmörder ist. Er hat fünf Frauen umgebracht. Ist das nicht verrückt?* Und ich weiß sofort, dass ich niemals zulassen darf, dass mir diese Worte über die Lippen kommen. Irgendwie wird man dann auch mir zumindest eine Teilschuld geben, und dann ist mein ruhiges, glückliches, kleines Leben vorbei.

Was machst du nur, Henry? Warum willst du mich ausgerechnet jetzt bestrafen?

»Ich weiß ja, dass du wegen des Prüfungsberichts nervös bist, aber jetzt mal ehrlich … Du hast eine Spitzenbewertung bekommen. Da bin ich mir absolut sicher. Das ist doch immer so.«

Ich lächele. Dabei wäre es nicht unaufrichtig, wenn ich sie glauben lasse, dass es das ist, worüber ich mir Sorgen mache, darüber, welchen Eindruck ich bei der Prüfung hinterlassen habe. Bis zu dem Klopfen an der Tür heute Morgen war das ja auch tatsächlich noch so.

»Du kennst mich doch«, sage ich. »Ich will nur, dass meine Kids und ihre Familien die beste Version von mir bekommen.«

»Du gibst wirklich alles. Das weiß jeder. Wenn die Schulinspektoren das in ihrer kurzen Zeit hier nicht sehen konnten, dann sind sie nutzlos und gehören gefeuert.«

Die Tür zum Lehrerzimmer fliegt wieder auf, und das Erscheinen des Direktors erstickt jedes Gespräch wie Wasser das Feuer.

»Da sind Sie ja«, sagt Mr. Beaumont. Seine Wangen sind rot. »Ich habe nach Ihnen gesucht.« Er schaut keine von uns direkt an. Dennoch bin ich sicher, dass er mich meint, also springe ich auf.

»Oh?«, sage ich, und mein Blick huscht zu Serena, deren weit aufgerissene Augen meine Nervosität nur noch vergrößern. Mr. Beaumonts Tonfall ist nicht so gelassen und freundlich wie sonst. Er klingt eher panisch, als würde etwas nicht stimmen. Das fällt uns beiden auf. Ich fühle förmlich, dass Serena ihre Bemerkung von vorhin, dass sie absolut an mich glaubt, am liebsten wieder zurücknehmen würde. Ist meine Beurteilung womöglich doch negativ ausgefallen?

»In mein Büro. Sofort. Bitte.« Mr. Beaumont dreht sich um. Er blickt mir immer noch nicht in die Augen, bevor er verschwindet. Das ist ein schlechtes Zeichen. Derart herbeizitiert zu werden, ist mir in Finley Hall ständig passiert; aber ich hätte nie gedacht, dass ich das auch als Erwachsene erleben würde. Meine Hände schwitzen, als ich zur Tür gehe, und ich wage es nicht, zu Serena zurückzuschauen. Als ich Mr. Beaumont hinterherlaufe, klappern meine Absätze auf dem Parkett des Flurs. Er geht so schnell, dass ich nicht mit ihm mithalten kann, als wäre er auf einer Mission. Dann kommt mir ein Gedanke: Ich bin davon ausgegangen, dass es um meine Bewertung geht, aber vielleicht ist das ja nicht alles?

Was, wenn DI Walker hier herumgeschnüffelt hat? Himmel! Wenn Craig Beaumont mich auch nur ansatzweise mit so etwas Schrecklichem in Verbindung bringt, dann wird er mich vermutlich feuern. Die Schwester eines Serienmörders als Lehrerin, das passt mit Sicherheit nicht zu dem Bild der Eliteschule, wie er es sich vorstellt. Und wer könnte ihm das schon übel nehmen? Im Vorbeigehen schaue ich aus dem Fenster und zum Parkplatz, und ich recke den Hals, um zu sehen, ob dort ein Streifenwagen steht. Ich sehe keinen, aber es kann natürlich sein, dass die Beamten bereits wieder weg sind.

Als ich Beaumonts Bürotür erreiche, ist sie bereits wieder geschlossen. Was für eine beschissene Machtdemonstration. Er will, dass ich mich schlecht fühle, dass ich nervös werde. Soll ich einfach reingehen, weil er mich ja gerufen hat und weiß, dass ich direkt hinter ihm bin? Oder soll ich klopfen? Meine Muskeln zucken verärgert, während ich mit erhobener Hand dastehe und versuche, eine Entscheidung zu treffen.

Schließlich klopfe ich zweimal laut und gehe rein, ohne auf eine Antwort zu warten.

Mr. Beaumont sitzt am Schreibtisch und hackt auf seiner Tastatur herum. Ich stehe vor ihm, und meine Knie zittern, während ich mich bemühe, ihn direkt anzuschauen. Ich kann es mir nicht leisten, meinen Blick durch den Raum schweifen zu lassen, ich würde nur nervös wirken. Die Luft in dem mit dunklem Holz vertäfelten Raum ist feucht und stickig. Mr. Beaumont öffnet nie die Fenster, noch nicht einmal einen Spalt. Ich weiß nicht, wie er das erträgt, zumal er ständig einen Dreiteiler trägt. Bei ihm ist alles Show. Ich balle die Fäuste an der Seite und versuche, meine Atmung zu beruhigen. Ich darf diesen Job nicht verlieren. Ich habe ewig dafür gearbeitet. Diese Kids sind mein Leben. Ich werde nicht zulassen, dass Henry mir das nimmt.

»Das ist nicht das Gespräch, das ich heute mit Ihnen führen wollte«, beginnt Mr. Beaumont, ohne den Blick zu heben. »Nun, eigentlich wollte ich dieses Gespräch *nie* mit Ihnen führen müssen. Aber besonders heute nicht.«

Dass er eine Pause macht, heißt nicht, dass ich etwas sagen soll. Also schweige ich, warte, bis er die Lücken füllt. Ich muss wissen, was er weiß. Ich muss wissen, wie ich hier rauskommen kann. Mr. Beaumont schüttelt den Kopf und verschränkt die Finger auf eine Art, die ihn weit älter wirken lässt als die gut dreißig Jahre, die es in Wahrheit sind. Der Umstand, dass er in so jungen Jahren bereits solch einen prestigeträchtigen Job bekleidet, ist ein Mysterium, und trotz unserer detektivischen Fähigkeiten ist es Serena und mir bis jetzt nicht gelungen, ihm die Antwort darauf zu entlocken. Es kursiert das Gerücht unter den Lehrern, dass Mr. Beaumonts Onkel der letzte Direktor war und dass er ein paar Gefallen für seinen Neffen eingefordert hat. Ich neige jedoch eher dazu zu glauben, dass der Schulvorstand schlicht keine Zeit hatte, einen adäquaten Ersatz zu suchen, nachdem Mr. Gally den Posten vor sechs Monaten so plötzlich geräumt hat. Beaumont war einfach zur richtigen Zeit am richtigen Ort. Das ist alles.

Sein Blick löst sich nicht eine Sekunde vom Bildschirm, und das macht mich in der Tat nervös. Am liebsten würde ich vorspringen, seinen Kopf packen und ihn zwingen, mich anzusehen. Er kann mir noch nicht einmal in die Augen schauen. Andererseits ist Blickkontakt seit der Weihnachtsfeier ohnehin nicht mehr so sein Ding. Ich schaudere, als ich mich daran erinnere, wie er mich den ganzen Abend lang angestarrt hat. Das war mir äußerst unangenehm, und kurz vor dem Ende der Feier habe ich ihn vor der versammelten Lehrerschaft einen ›Lustmolch‹ genannt. Also sollte ich wohl nicht so viel hineindeuten, wenn er meinem Blick auch jetzt ausweicht.

Beaumont schließt die Augen. Ich unterdrücke ein Seufzen und kämpfe gegen das Verlangen an, ihn anzuschreien. *Jetzt mach schon, Mann!* Und dann dreht er den Computerbildschirm so, dass ich ihn sehen kann. Ein leichtes Flattern in meinem Bauch schwillt rasch zu einem wilden Flügelschlagen an, als ich begreife, was ich da sehe. Das Bild ist eingefroren, und das in dem wenig schmeichelhaften Augenblick, als die Frau den Mund zum Schrei aufreißt. Sie fletscht sie Zähne wie ein Tier kurz vor dem Angriff. Sie hebt die Hände, und es sieht so aus, als würden sie gleich die Schultern eines kleinen, verängstigten Kindes treffen. Ich schnappe nach Luft. Die Frau auf dem Zebrastreifen sieht irre aus, vollkommen derangiert, fast nicht zu erkennen … aber eben nur fast.

»Hätte ich diese Aufnahmen nicht mit eigenen Augen gesehen, ich hätte das nicht eine Sekunde lang geglaubt. Aber das sind Sie, Anna, in prächtigem Schwarz und Weiß.«

»Die Aufnahmen?« Ich schlucke meine Nervosität herunter. Es wäre ja schon schlimm genug, wenn es sich nur um ein einzelnes Foto handeln würde, aber wenn es da noch mehr gibt …

»Ja. Und ich denke, Sie sollten sich das anschauen … zumal viele andere das auch schon gesehen haben.«

Das Herz schlägt mir bis zum Hals, als er weiterredet, und schließlich fließen seine Worte ineinander und verschwimmen. Aber was er damit sagen will, ist mir ohnehin schon klar. Die Aufnahmen haben irgendwie ihren Weg in die WhatsApp-Gruppe der Eltern gefunden und sind dann auch auf der Facebookseite von ›Spotted Staverton‹ gelandet. Außerdem hat

Beaumont mit Sicherheit schon mehrere Anrufe von besorgten Eltern bekommen. Er drückt auf ›Play‹, und ich schaue in stummem Unglauben zu, wie die Frau, die wie ich aussieht, aus einem Auto springt, das meins sein könnte, und sich auf das verängstigte Mädchen stürzt. Ich kann einfach nicht glauben, wie wütend die Person ist. Mein Verstand versucht, die Gesichtszüge der Frau, die ich da auf dem Bildschirm sehe, mit mir selbst in Einklang zu bringen. Das bin ich nicht. Und doch weiß ich natürlich, dass ich mich selbst da sehe.

»Oh, mein Gott«, keuche ich und schüttele den Kopf. Das Video hört abrupt auf, und ich schaue zu Mr. Beaumont. »Wo ist der Rest? Das ist nicht alles, was passiert ist.«

»Das ist aber das, was hochgeladen wurde. Mehr gibt es nicht.«

»Dann sieht es schlimmer aus, als es war, Mr. Beaumont. Ich meine, schauen Sie!« Ich laufe um den Tisch herum und spule die letzten Sekunden zurück. Kurz bevor das Video aufhört, hebe ich die Hand wie zu einem Schlag. »Ich habe sie nicht geschlagen. Ich habe Isobel *nicht* geschlagen. Aber so sieht es aus, als würde ich genau das tun.«

»Ja. Genauso sieht es aus, Anna. Da verstehen Sie sicherlich, warum so viele Eltern mich gebeten haben, etwas zu unternehmen.«

»Was?« So vollkommenen verwirrt und voller Angst bin ich kaum zu verstehen. *Etwas unternehmen?* Die Worte springen in meinem Schädel hin und her, und mein Blut gefriert. Wenn ich das Büro jetzt verlasse, wieder in meinen Klassenraum gehe und so tue, als wäre nichts geschehen, wird das ganze Thema sich dann in Luft auflösen? Doch das Gewicht dessen, was da auf mich zukommt, ist bereits so groß … Beaumonts Gesichtsausdruck spricht Bände.

»Ich muss Sie bitten, sich freizunehmen, Anna.« Und da ist es. Meine Nase kribbelt, und ich weiß, dass die Tränen nicht mehr lange auf sich warten lassen. Ich lasse den Kopf hängen. »Und zwar mindestens eine Woche«, fährt Mr. Beaumont fort. »Bis ich alle relevanten Informationen beisammen habe, um zu entscheiden, ob wir es hier wirklich mit einem Fehlverhalten zu tun haben oder nicht.«

Ich reiße den Kopf hoch. »Wer hat das aufgenommen?«

»Ist das wirklich alles, was Sie dazu zu sagen haben?« Beaumont seufzt ungläubig und schüttelt den Kopf.

»Ich habe ein Recht, das zu erfahren.« Ich kann mich kaum noch zusammenreißen. Mein Ärger trieft förmlich aus meinen Worten, es fehlt nicht mehr viel, und ich kann meine Wut nicht länger im Zaum halten.

»Das Video ist anonym online gestellt worden.«

»Natürlich. Ich werde also noch nicht einmal erfahren, wer meine Karriere ruinieren will.« Normalerweise bin ich sehr gut darin, die Fassung zu bewahren, und bis zum heutigen Tag habe ich in meiner Funktion als Lehrerin nicht ein einziges böses Wort gesagt. In jedem Fall habe ich Mr. Beaumont nicht den geringsten Grund gegeben, meine Integrität in Frage zu stellen. Trotzdem stehe ich jetzt unter Beschuss.

»Ihnen muss doch klar sein, wie das hier aussieht, Anna. Sie sind eine Lehrerin mit einer eigenen Klasse, und das an einer angesehenen Privatschule. Und jetzt gibt es einen Beweis für ein verabscheuungswürdiges Verhalten Ihrerseits. Ausgehend von dieser Aufnahme haben die Eltern der betroffenen Schülerin jedes Recht, zu juristischen Mitteln zu greifen …«

Juristische Mittel! Die Worte wecken Verzweiflung in mir, das Blut rauscht mir in den Kopf und mein Gesicht glüht.

»Ich habe sie nicht angefasst, Mr. Beaumont«, erkläre ich mit fester Stimme, doch ohne zu schreien. »Das müssen Sie mir glauben. Es gab Zeugen. Nicht einer von denen wird sagen, dass ich das Kind angefasst habe.«

»Tatsächlich hat sich bereits ein Elternteil gemeldet, Anna.«

»Gut, gut.« Ich bin erleichtert. »Dann wissen Sie also, dass das Ganze übertrieben ist.«

»Die fragliche Person hat Ihre Hände auf den Schultern des Mädchens gesehen.«

»Nun … Ja. Ich habe ihr die Hände auf die Schultern gelegt, Craig. Ich wollte sichergehen, dass sie okay ist.«

»Mr. Beaumont, Anna. Bleiben wir doch bitte professionell.«

Heiße Wut breitet sich in meinem Magen aus, und es kostet mich all meine Kraft, nicht zu explodieren. Das wird mich nur in ein schlechtes Licht rücken – Beaumont gegenüber und all jenen gegenüber, die das hier angezettelt haben. Das darf ich nicht zulassen.

»Okay. Wie Sie wollen, *Mr. Beaumont*. Danke für Ihr Vertrauen. Ich nehme an, Sie haben schon eine Vertretung für meine Klasse.«

»Ja. Das wird Serena übernehmen. Sie ist gut dazu in der Lage, sich heute um zwei Klassen zu kümmern, bis ich jemanden gefunden habe, der Sie während Ihrer Suspendierung vertritt.«

Ich nicke, während das Wort in meinem Kopf widerhallt: *Suspendierung*. Vor ein paar Stunden lief alles noch ganz normal. Meine einzige Sorge war eine Leistungsbewertung durch die Schulbehörde. Und jetzt muss ich mich um einen Serienmörder sorgen, der mich als Opfer ausgesucht haben könnte, während mir eine Strafanzeige wegen Kindesmisshandlung und der Verlust meines Jobs drohen. Den Blick zu Boden gerichtet, marschiere ich in die Klasse zurück, schnappe mir meine Tasche und verschwinde ohne ein Wort zu den Schülern oder zu Serena.

Als ich schließlich hinter dem Lenkrad meines Autos sitze und alles, was heute Morgen passiert ist, noch mal in Gedanken an mir vorbeiziehen lasse, kommen mir die Tränen. Ich fühle mich völlig taub, als würde ich in einer Wanne voll Eis liegen. Wie zum Teufel soll ich da noch kämpfen?

Kapitel 5

Plötzlich bin ich wieder daheim. Das Auto steht an seinem üblichen Platz auf der Straße vor unserem Haus. Ich habe null Erinnerung an die Fahrt – noch nicht einmal daran, dass ich über die Brücke nach Shaldon gefahren bin, wo ich immer ein wenig langsamer fahre, um die Boote auf dem funkelnden Wasser zu bestaunen. Alles ist verschwommen. Was hätte nicht alles passieren können, weil ich mich nicht auf die Straße konzentriert habe. Ich lege den Kopf auf das Lenkrad und sehe Isobels Gesicht vor meinem geistigen Auge, erstarrt vor lauter Panik. Wie habe ich nur zulassen können, dass ich so wütend auf ein Kind geworden bin?

Doch die eigentliche große Frage, die gerade ein Loch in meinen Verstand brennt, ist eine andere: Wer hat das Video online gestellt? Eine Stunde vor dem Geschehen am Zebrastreifen habe ich von Henry erfahren. Könnte er es da schon irgendwie geschafft haben, das Video aufzunehmen und hochzuladen? Nein. Niemand hätte voraussehen können, dass ich fast eine Schülerin überfahre, ganz zu schweigen von meiner Reaktion. Die beiden Dinge können unmöglich zusammenhängen. Aber vielleicht hat ja jemand anderes die Gelegenheit genutzt, um mich anzuschwärzen. Mit meiner Reaktion habe ich diesem Jemand dann noch in die Hände gespielt. Die Frage ist nur *warum*?

Eine gräuliche Flüssigkeit spritzt auf die Windschutzscheibe und reißt mich aus meinen Gedanken. Sofort entdecke ich den Übeltäter. Auf einem Telefonmast sitzt eine Möwe, und ich schwöre, das Vieh lacht mich aus. Ich springe aus dem Wagen, knalle die Tür zu und stemme die Hände in die Hüfte.

»Glaub ja nicht, dass du das einzige Mitglied im Scheiß-auf-Anna-Price-Club bist, Kumpel!«, schreie ich das Tier an. Ein Mann, den ich nicht kenne, geht auf der gegenüberliegenden Straßenseite über den Bürgersteig und schaut in die Richtung, in die ich gebrüllt habe. Dann dreht er sich wieder zu mir um.

»Ich wünsche Ihnen einen schönen Tag«, sagt er, nickt und lächelt mich dann mitfühlend, ja mitleidig an. Ich murmele ein schnelles »Hallo« und laufe mit knallrotem Kopf den Weg zur Tür hinauf.

Im Haus werfe ich meine Tasche aufs Sofa und gehe die Treppe rauf. Mein Laptop liegt aufgeklappt auf der Ankleide, und ich schalte ihn ein. Sofort finde ich das üble Video auf der Facebookseite ›Spotted Staverton‹, und während ich am Kugelschreiber nage, schaue ich es mir noch mal an. Diesmal beobachtet niemand, wie ich darauf reagiere, und ich lasse mir Zeit und studiere es Frame für Frame. Der Winkel verrät mir, dass die Aufnahme von einer Kamera zur Verkehrsüberwachung stammen muss und nicht von einem Handy, wie ich zuerst vermutet habe. Aber wie ist jemand so schnell da rangekommen?

Ich knalle den angekauten Stift auf den Tisch. Das *muss* etwas mit dem Besuch des Detectives heute Morgen zu tun haben. Das Timing kann kein Zufall sein. Ich gehe nach unten in die Küche und fische die Visitenkarte aus dem Mülleimer. Bevor ich es mir anders überlegen kann, wähle ich die Nummer. Es klingelt mehrmals, und ich will schon auflegen, als sich plötzlich der Klingelton ändert. Dann bleibt es still. Als ich schon glaube, dass sich niemand melden wird, höre ich die tiefe, hypnotisierende Stimme, die ich erwartet habe.

»Detective Inspector Walker. Wie kann ich Ihnen behilflich sein?«

Für den Bruchteil einer Sekunde verschlägt es mir die Sprache. Es ist noch nicht lange her, dass mir mein Bauchgefühl gesagt hat, ich sollte mich aus den Ermittlungen raushalten, und jetzt rufe ich ihn an. Was mache ich da? Aber ich brauche Antworten. Also beende ich den Anruf nicht, sondern räuspere mich erst einmal.

»A… Anna Price hier«, sage ich. Es folgt ein kurzes Zögern von seiner Seite, und ich erkläre: »Sie waren heute Morgen bei mir. Wegen Henry Lincoln.« Ich höre ein Geräusch wie ein Lachen, gedämpft, weil jemand die Hand auf den Hörer gelegt hat.

»Das habe ich nicht vergessen, Mrs. Price«, sagt DI Walker, und ich höre deutlich, dass er grinst. Ich laufe rot an, obwohl er mich nicht sehen kann. »Haben Sie was von Henry gehört?«

»Nein, nein. Ich rufe wegen etwas anderem an. Ich bin nicht sicher warum, aber … Es ist eigentlich unmöglich, dass das etwas damit zu tun hat«, sage ich, und meine Worte überschlagen sich. Ich bereue den Anruf bereits. Mit Sicherheit klinge ich für DI Walker, als würde ich unter Verfolgungswahn leiden. Oder schlimmer noch: Ich wirke hoffnungsvoll. Als könnte ich mein Verhalten und die darauffolgende, öffentliche Demütigung Henry in die Schuhe schieben, damit ich mich endlich wieder besser fühlen und den Ärger auf der Arbeit beenden kann.

»Sie klingen gestresst, Mrs. Price«, sagt DI Walker. »Wollen Sie nicht lieber persönlich mit mir reden?«

Ein paar Sekunden lang denke ich darüber nach. DI Walker kann mit Sicherheit schneller herausfinden, wer hinter dem Zebrastreifen-Video steckt, als ich – besonders, da ich inzwischen weiß, dass es von einer Überwachungskamera stammt.

»Das würde ich sehr zu schätzen wissen.«

»Hervorragend. Ich bin auf dem Revier in Newton. Wissen Sie, wo das ist?«

»Oh«, sage ich und lasse die Schultern hängen. »Ich … Ich will eigentlich nicht …« Ich hätte damit rechnen müssen. Schließlich hat er schon beim ersten Mal versucht, mich aufs Revier zu locken, um mit mir über die Morde zu sprechen. Ich muss mir was überlegen. Schnell. »Ich habe kein Problem damit, allein mit Ihnen zu reden, Detective Walker. Aber wenn ich Ihnen helfen soll, dann würde ich es vorziehen, wenn das alles etwas unauffälliger ablaufen würde.« Es folgt ein kurzes Schweigen, und ich stelle mir vor, wie DI Walker das Telefon anfunkelt, den Kopf schüttelt und sich denkt, dass ich absichtlich so unkooperativ bin. Ich beiße mir auf die Lippe, während ich auf seine Antwort warte.

»Ich kann in fünfzehn Minuten bei Ihnen sein.« Seine Stimme klingt abgehackt, und ich will ihm gerade danken, doch er hat schon aufgelegt. Ich nehme an, er ist so erpicht auf das Gespräch, dass er sich sofort sein Jackett geschnappt hat und aus dem Büro gestürmt ist. Ich schaue auf die Uhr. Er müsste so gegen drei hier sein.

Kurz vor Schulschluss, denke ich. Ich spüre einen stechenden Schmerz im Bauch. Ich sollte bei meinen Kindern sein und sie mit interessanten Hausaufgaben in den Abend entlassen. Ich nehme an, Serena hat sich meinen Lehrplan schon angeschaut und entsprechende Aufgaben verteilt. Sicher ist sie außer sich vor Sorge. Ich werde sie später anrufen. Natürlich könnte sie sich inzwischen auch schon selbst informiert haben, ansonsten wird sie das daheim mit Sicherheit nachholen. Ohne Zweifel wird das Video morgen auch das Hauptthema in den Gesprächen der Eltern am Schultor sein. Ich stöhne und reibe mir die Schläfen. Da kündigt sich eine Migräne an. Ich brauche unbedingt ein paar Paracetamol.

»Verdammt noch mal, Ross!« Wie oft muss ich ihm noch sagen, dass es mich unendlich ärgert, wenn er sich die letzten Tabletten nimmt und die leere Schachtel wieder in den Schrank legt? Ich schleudere die Schachtel durch den Raum und nehme mir eine neue. Mit dem Fingernagel löse ich die Silberfolie um die Tabletten. Das Geräusch ist seltsam beruhigend. Schließlich halte ich zwei Tabletten in meiner Hand. Gerade lege ich den Kopf zurück, um sie zu schlucken, als es an der Tür klingelt. Es geht los.

DI Walker steht steif vor der Tür, wie ein Soldat in Habachtstellung. Ich frage mich, ob er wohl beim Militär war. Heute Morgen wirkt er besonders jung. Seine Haut ist wie mit Airbrush gemalt, doch noch während ich das denke, scheint er rapide zu altern. Sein etwas zu langes Haar, das er mit Gel zurückgekämmt hat, saß beim letzten Mal absolut perfekt, aber jetzt ist es ein wenig zerzaust. Und da sind graue Strähnen, die mir bis jetzt nicht aufgefallen sind. Er erinnert mich irgendwie an Keanu Reeves. Und obwohl seine Augen strahlen, ist die Haut darunter leicht geschwollen.

»Das lag vor Ihrer Tür«, sagt er und reicht mir einen großen, weißen Umschlag. Ich nehme ihn, ohne hinzusehen. Der Postbote legt alles, was größer als eine Briefmarke ist, vor die Tür, denn unser Briefkasten ist winzig.

»Das ist bestimmt für Ross.« Doch als ich nach unten

schaue, sehe ich meinen Namen auf dem Umschlag. Allerdings fehlt die Briefmarke. Meine Finger kribbeln, und sofort schaue ich besorgt zu DI Walker.

»Offenbar haben Sie nicht darauf gewartet«, sagt er und hebt die Augenbrauen.

Meine Kehle ist so eng, dass ich kein Wort herausbringe. Also schüttele ich nur den Kopf.

»Fassen Sie nichts weiter an.« DI Walker dreht sich um und geht zu seinem schwarzen Audi, während ich wie erstarrt dastehe, in der Hand den Briefumschlag, als könne er gleich explodieren. Er schließt den Wagen auf und kehrt dann mit einem Paar Latexhandschuhen wieder zu mir zurück. Geschickt zieht er sie sich über und nimmt mir dann den Umschlag ab. »Sollen wir?« Er nickt in den Flur, und ich gehe wieder rein. DI Walker folgt mir ins Wohnzimmer, und wir setzen uns, genauso wie erst sieben Stunden zuvor.

»Es könnte etwas Persönliches sein«, sage ich. Ich weiß nicht warum, aber die Tatsache, dass Walker die Initiative übernommen hat – dass er *meine* Post öffnen wird –, ist mir zuwider. Ich habe nicht die geringste Ahnung, was in dem Umschlag ist. Aber wenn der Brief von Henry stammt, wie DI Walker offensichtlich vermutet, dann könnte er etwas enthalten, was ich niemand anderem zeigen will. Innerlich verfluche ich mich selbst. Wenn ich doch nur zur Tür gegangen wäre, bevor DI Walker hier war, dann hätte ich den Brief ungesehen öffnen und anschließend entscheiden können, ob er etwas enthält, was ich teilen will oder teilen sollte. Jetzt sieht es jedoch so aus, als hätte ich keine Wahl. Ich atme tief durch, während DI Walker den Umschlag in der Hand dreht.

»Könnten Sie mir bitte ein Messer holen?« Seine Aufmerksamkeit ist voll und ganz auf den weißen Briefumschlag gerichtet. Deshalb sieht er auch nicht, dass ich das Gesicht verziehe, denn schließlich ist der Brief noch immer an mich adressiert. Aber ich sehe, wie er kurz zusammenzuckt, als ich leise seufze und widerwillig aufstehe, um in die Küche zu gehen. Meine Gedanken überschlagen sich. Ich suche nach einem Weg, den Brief zu lesen, bevor Walker es tut, aber mir fällt nichts ein.

Was könnte Henry mir mitteilen wollen, sollte dieser Brief wirklich von ihm stammen? Enthüllt er das Geheimnis, von dem wir beide geschworen haben, es für uns zu behalten? Meine Haut kribbelt. Ich muss mir irgendeine Geschichte zurechtlegen, nur für den Fall. Ich bringe DI Walker ein Messer, und während er langsam die Spitze unter die Lasche schiebt, stehe ich neben ihm und halte die Luft an. Am liebsten würde ich die Augen zukneifen, um das Unvermeidliche hinauszuzögern, aber ich zwinge mich, weiter zuzusehen. Mein Mund ist wie ausgetrocknet, und als ich versuche zu schlucken, ist nur ein ersticktes Geräusch zu hören. Ansonsten ist es so still, dass man eine Nadel fallen hören könnte.

Und dann zieht DI Walker vorsichtig etwas aus dem Briefumschlag, das wie eine Zeitungsseite aussieht.

»Was … Was ist das?«, krächze ich. Ich hätte mir ein Glas Wasser nehmen sollen, als ich in der Küche war. Ich verschränke die Arme vor der Brust und lege den Kopf auf die Seite, um den Text zu entziffern, während der Detective konzentriert die Augen zusammenkneift und das Blatt auseinanderfaltet.

»Das ist eine Seite aus einer Zeitung«, sagt er, ohne den Blick davon abzuwenden.

»Jaja, das sehe ich auch.«

»Da steht etwas.« Jetzt schaut er mich an, und zwar so

intensiv, dass es mir kurz den Atem verschlägt. Schließlich beugt er sich vor, legt das Blatt auf den Kaffeetisch und streicht es mit dem Handschuh glatt. Das Herz schlägt mir bis zum Hals. Ich kann nicht mehr klar sehen. Ich muss mehrmals blinzeln, bevor ich die roten Buchstaben auf der schwarz bedruckten Seite erkennen kann.

Jede ist anders, der ich das Leben stehle.
Jede ein Teil des Ganzen, ein Fenster zu deiner Seele.
Jede erzählt eine Geschichte, es liegt ein Hinweis in ihr.
Jede hat mich näher gebracht zu dir.
Mitten im Bullseye liegt dein Los.
Wähle weise, beginne jetzt und warte nicht groß.

Es fühlt sich an, als hätte mir jemand in den Magen geschlagen, ich bekomme keine Luft.

»Sagt Ihnen das was, Mrs. Price?«

»Rätsel sind nicht so mein Ding, DI Walker«, antworte ich, ohne ihm in die Augen zu schauen. »Und nebenbei … Sagen Sie einfach Anna. Das reicht völlig.«

»Okay. Ich nehme an, in den nächsten Tagen werden wir viel Zeit miteinander verbringen, Anna.«

Es folgt ein peinliches Schweigen, während ich diese Bemerkung verdaue. Bis jetzt hatte ich keine Gelegenheit, DI Walker zu sagen, warum ich eigentlich angerufen habe, jetzt geht er davon aus, dass das etwas mit dem Brief zu tun hat. Henry hat herausgefunden, wo ich lebe, und er ist hierhergekommen und hat mir diese bizarre Nachricht hinterlassen, die eindeutig impliziert, dass alles, was er bis jetzt getan hat – jeder Mord –, ihn seinem Endspiel einen Schritt näher gebracht hat, nämlich mir.

Will er also auch mich töten?

Ich sträube mich gegen meinen eigenen Gedanken und schüttele unwillkürlich den Kopf. Diese ganze Situation ist einfach nur Wahnsinn. Der Henry, den sie suchen, muss jemand anderes sein. Sie sind auf der falschen Fährte.

Aber das Rätsel …

»Moment … Da ist noch etwas.« DI Walker hat das Blatt umgedreht. Ich setze mich neben ihn. Ich vertraue meinen Beinen nicht mehr. Und es wäre mir mehr als peinlich, wenn ich zum zweiten Mal vor dem Detective in Ohnmacht fallen würde.

Ich runzele die Stirn, als ich begreife, was ich da sehe. Unter einem Klebestreifen steckt eine Nadel.

»Was zum …?«, murmele ich.

DI Walker lehnt sich zurück und legt die Hände in den Schoß. Sein Blick wirkt gedankenverloren, und ich stelle mir eine leere Sprechblase neben seinem Kopf vor. Ich schweige und lasse ihm Zeit zu verarbeiten, was das Rätsel und die Nadel wohl bedeuten könnten.

»Das erste Opfer hat man … Nun, sagen wir, man hat sie in einem ›besonderen Zustand‹ gefunden.« Er dreht sich um und beugt sich zu mir, sodass unsere Gesichter nicht mehr weit voneinander entfernt sind. Ohne zu blinzeln, starrt er mir in die Augen. Es ist, als wollte er mich auf den Prüfstand stellen, als wisse er noch nicht so recht, ob er Informationen mit mir teilen soll oder nicht. Ich nehme an, es verstößt gegen die Regeln oder so, Details einer laufenden Ermittlung mit mir einfach zu teilen. Doch andererseits hat er bereits angedeutet, dass wir zusammenarbeiten werden, denn seien wir ehrlich: Uns allen läuft die Zeit davon und ich bin vermutlich die beste Quelle der Polizei. Deshalb wird er mir schon einige Dinge sagen müssen, damit ich ihm entsprechend helfen kann. DI Walker atmet tief durch. Er scheint sich entschieden zu haben.

»Er hat sie auf eine bestimmte Weise zur Schau gestellt.«

Ich ziehe zischend die Luft ein, und DI Walker hält kurz inne und schaut mich besorgt an. »Tut mir leid«, sage ich und schüttele leicht den Kopf. »Bitte, fahren Sie fort.«

Sein Kiefer verspannt sich, und er reibt sich das Kinn. »Das Auffallendste war ihr Mund«, sagt er. »Er war zugenäht.«

»Oh, mein Gott!«

»Das war ein Statement.«

Für diese Erkenntnis braucht man keinen Psychologen. Oder vielleicht ist das ja nur für mich so offensichtlich, weil ich plötzlich mit Sicherheit weiß, dass es eine Botschaft an *mich* gewesen ist.

»Er wollte das Opfer zum Schweigen bringen«, fährt DI Walker fort. »So, wie ich auch glaube, dass er Sie zum Schweigen bringen will.«

Meine Lippen kleben an meinen Zähnen. Ich lecke darüber, um sie zu befeuchten, aber ich sage nicht, dass ich denke, dass die zusammengenähten Lippen eine etwas andere Bedeutung haben. Ja, es geht darum, nicht zu sprechen, aber nicht darum, mich zum Schweigen zu bringen.

Unsere Lippen sind versiegelt.

Ich glaube, dass DI Walker sich irrt. Ich bin ganz und gar nicht sicher, dass Henry mich töten will. Er will mit mir spielen. Mich provozieren.

Ja, das alles ist ein Spiel.

Und es hat in Finley Hall begonnen.

Kapitel 6

Kinderheim Finley Hall

»Kannst du mir helfen, Anna?«

»Was ist denn?« Anna legt Henry sanft die Hand auf die Schulter, doch da ist ein Unterton in ihrer Stimme, der die Geste Lügen straft. Kirsty schnalzt verächtlich mit der Zunge und verdreht die Augen. Annas Bruder nervt sie, wie immer. Er geht einem einfach nur auf den Geist. Anna wendet sich von Kirsty ab, ihr Magen zieht sich zusammen. Sie ist hin- und hergerissen zwischen der Liebe zu ihrem Bruder und ihrem Verlangen, der ersten echten Freundin zu gefallen, die sie jemals hatte. Henry schaut sie flehend an, und Anna schließt die Augen, um sich nicht davon beeinflussen zu lassen. Sie sind jetzt schon sechs Monate hier, und trotzdem sucht Henry noch immer fast jeden Tag ihre Hilfe. Er mag ja schon ein paar Zentimeter gewachsen sein, aber er ist noch immer klein im Vergleich zu den anderen Jungen in seinem Alter, und sein Selbstbewusstsein ist noch winziger.

»Die da.« Henry nickt zu einer Gruppe Kinder hinter ihm. »Sie wollen mich nicht mitspielen lassen. Sie beschimpfen mich.«

»Das tut mir leid. Ich weiß, wie schwer es ist, Freunde zu finden, Henry. Ich habe Wochen gebraucht, bis ich mich getraut habe, Kirsty anzusprechen. Und jetzt, sieh es dir an.«

Anna dreht sich zu ihrer Freundin um, Kirsty klatscht sie ab, und ihre identischen Perlenarmbänder rasseln zusammen. Das bestätigt Anna, dass sie das Richtige gesagt hat, um Kirsty zu gefallen, und das warme Gefühl, das sich daraufhin in ihrem Bauch ausbreitet, erlaubt es ihr, ein wenig strenger mit ihrem Bruder zu sein. »Du musst dich schon ein wenig mehr bemühen«, sagt sie. Anna treten die Tränen in die Augen, als Henrys Unterlippe zu zittern beginnt, und rasch blinzelt sie sie weg, bevor Kirsty sie entdeckt.

»Ich hab' es doch versucht, Anna.«

Henry schlurft zum Spielplatz für die Kleinen. Er hat den Kopf so weit gesenkt, dass es so aussieht, als würde er gleich nach vorn fallen.

Kirsty schaut ihm hinterher. »Gott, Brüder sind wirklich das Schlimmste, was man sich vorstellen kann. Warum können wir nicht nur Schwestern haben?«

Anna atmet tief durch die Nase ein und schluckt, bevor sie antwortet: »Ja, aber dann müssten wir alles mit ihnen teilen. Und ich habe nichts gegen Henry. Er ist süß.«

Kirsty kneift die Augen zusammen und zuckt mit den Schultern. »Ach ja? So wie der einen anstarrt …« Sie schaudert, beendet den Satz aber nicht.

»Vielleicht kannst du Dean ja überreden, ein wenig mit ihm abzuhängen. Dann haben wir vielleicht ein wenig Ruhe. Sie sind doch gleich alt.«

»Glaubst du etwa, ich hätte ihn nicht schon gefragt?« Kirsty stupst Anna mit dem Ellbogen an. »Du weißt doch, dass er mir nicht hilft, wenn er glaubt, dass jemand ihn dabei sehen könnte.«

Anna nickt zustimmend. »Die Schule ist für uns eh bald vorbei. Dann müssen wir ohnehin hier weg.« Anna sagt das, um bei Kirsty einen guten Eindruck zu machen, doch in Wahrheit hat sie Angst davor. Wie soll Henry nur ohne sie zurechtkommen?

»Ja, dein Bruder muss endlich lernen, auf eigenen Beinen zu stehen, wenn er Finley überleben will und du nicht mehr da bist. Er wird dich schon bald nur noch nach der Schule und in den Ferien sehen.«

Annas Gedanken gehen auf Wanderschaft, und noch gar nicht so ferne Erinnerungen kehren wieder zurück. »Es wird verdammt seltsam sein. Es gab immer nur mich und ihn, weißt du? Ich mag die Vorstellung nicht, dass er sich aufregt. Er hat schon genug durchgemacht. Dabei ist er noch nicht einmal neun.« Anna schaut zu, wie Henry einen Stein über den Spielplatz kickt. Dabei hält er deutlichen Abstand zu den kleineren Kindern. Er will nicht, dass die größeren Jungs glauben, er würde mit den Kleinen spielen. »Schau ihn dir doch nur an«, sagt Anna voller Mitleid. »Er ist so traurig.«

Kirsty seufzt genervt. »Dann spiel doch mit ihm. Wir sehen uns dann später.« Sie will gerade gehen, doch Anna zieht sie wieder zurück.

»Warte. Ich habe eine Idee. Ich weiß, das ist kindisch, aber wir haben immer Spiele gespielt, bevor wir hergekommen sind. Sein Lieblingsspiel hieß ›Die Jagd‹. Ich könnte ihm eine Aufgabe geben, dann wäre er beschäftigt, und wir hätten unsere Ruhe.«

»Du bist viel zu nett für diese Welt, Anna.«

»Ach, komm schon. Du würdest für Dean das Gleiche tun.«

»Oh, nein. Das würde ich *nicht*. Aber andererseits würde er auch nicht mit mir rumhängen wollen.«

»Du machst also mit?«

»Jaja. Ist das so was wie Verstecken?«

»So in der Art. Ich verstecke etwas, stopfe es irgendwo rein oder vergrabe es, und dann lege ich Spuren für ihn aus oder verpacke es in ein Rätsel.«

»Also eine Schnitzeljagd.« Kirsty schürzt die Lippen und blickt in den Himmel. Sie ist nicht beeindruckt. »Okay. Aber sorg dafür, dass die Spuren nicht zu einfach sind. Wir wollen doch nicht, dass er zu schnell ist.«

»Jaja. Okay. Komm. Wir müssen uns reinschleichen, ins Wohnhaus, und etwas suchen, das wir verstecken können.«

»Du willst wirklich etwas von ihm nehmen?«

»Ja, klar. Und es muss etwas sein, das ihm wichtig ist. Sonst ist es doch völlig sinnlos. Wenn es irgendetwas Blödes ist, dann gibt er einfach auf.«

»Das klingt logisch. Vielleicht bist du ja doch nicht so nett, wie ich gedacht habe, Anna Lincoln!«

Kapitel 7

»Sind Sie okay, Anna?«

Ich höre DI Walkers Worte, als wäre er weit weg, und auch wenn ich sie wahrnehme, so kann ich doch nicht darauf antworten. Meine Gedanken sind wieder dort. In Finley Hall. Da, wo der Albtraum begann.

»Anna? Anna!«

Ich werde ins Hier und Jetzt zurückgerissen und starre den Detective mit großen Augen erschrocken an. »T … tut mir leid. Ich habe … nachgedacht.«

»Wollen Sie mir nicht sagen, was los ist?« DI Walkers Gesicht ist meinem unangenehm nah. Wenn ich ihn anlüge, dann wird er das sehen. Irgendwo habe ich mal gelesen, dass eine Lüge gemischt mit einem Körnchen Wahrheit überzeugender ist. Ich werde nicht wirklich *lügen*. Ich werde ihm nur nicht die ganze Wahrheit erzählen.

»Ich denke, Sie haben recht. Henry ist hinter mir her«, sage ich. DI Walker hebt die Augenbrauen, aber er schweigt. Also atme ich tief durch und fahre fort: »Aber ich bin nicht so sicher, dass ich sein nächstes Opfer sein werde – nun, zumindest kein Opfer in dem Sinne, dass er mich töten will.«

DI Walker verzieht verwirrt das Gesicht. »Wie kommen Sie da drauf?«

»Deswegen.« Ich deute auf die Zeitungsseite auf dem Tisch. »Das ist ein Spiel. Ein Spiel, das wir vor langer Zeit gespielt haben, und all das ist seine Art, mich zu ihm zu locken.«

»Warum?«

»Das weiß ich nicht.« Ich zwinge mich, Blickkontakt mit ihm zu halten. Bewusst achte ich darauf, nicht zu blinzeln, zu schlucken oder nervös herumzurutschen, denn all das würde mich verraten. »Und gerade hat er den ersten Zug gemacht.«

»Wie beim Schach?«

Ich zögere. Ich weiß, ich sollte DI Walker ›Die Jagd‹ erklären, wie und wo sie begonnen hat, damals im Kinderheim, und was aus ihr geworden ist. Aber mein Instinkt rät mir, damit zu warten, bis ich mehr über Henrys Absichten weiß.

»So etwas in der Art, ja.« Ich stehe vom Sofa auf, langsam, als könnte ich meinen Beinen nicht trauen. Dann hole ich meinen Laptop. »Und da ist noch etwas.« Ich gebe Walker das Gerät.

»Was?«

»Der Grund, warum ich Sie angerufen habe«, antworte ich. »Ich weiß nicht, wie es möglich ist, aber ich denke, was heute passiert ist, hat damit zu tun.«

»Was meinen Sie mit ›was heute passiert ist‹?« Ich höre Frust in DI Walkers Stimme.

»Schauen Sie es sich einfach an.« Ich beuge mich über ihn und drücke auf eine Taste, um das Video zu starten. Aufmerksam beobachte ich DI Walkers Gesicht und kaue stumm auf meinem Fingernagel, während auf dem Bildschirm die Aufnahmen der Überwachungskamera zu sehen sind. Schließlich hebt der Detective kurz den Blick, legt die Stirn in Falten und schaut es sich noch einmal an. Und noch einmal. Ich halte es kaum noch aus, laufe unruhig auf und ab.

»Und? Was denken Sie?«, frage ich schließlich, als ich das Schweigen nicht mehr ertragen kann.

»Über Ihr Verhalten? Oder über die Tatsache, dass jemand Zugang zu den Aufnahmen der Verkehrsüberwachung hat?«

Mein Gesicht brennt. »Es endet genau im richtigen Moment, sodass es schlimmer aussieht, als es in Wirklichkeit war. Würde es länger laufen, dann würden Sie sehen, dass ich mich rasch wieder beruhigt und dem Kind die Hände auf die Schultern gelegt habe. Sanft! Das war nicht so, wie es hier den Anschein hat.« Ich weiß. Ich schwafele. Ich bin mir durchaus bewusst, dass mein Versuch, DI Walker zu überzeugen, eher ein Versuch ist, mich selbst zu beschwichtigen.

»Ich kann mir gut vorstellen, dass das genau der Sinn des Ganzen war. Clever.« DI Walker schaut sich das Video noch einmal an, doch diesmal Frame für Frame. »Datum und Zeitangabe sind weggeschnitten. Um wie viel Uhr war das?«

»Etwa um acht Uhr vierzig. Ich bin gut zehn Minuten, nachdem Sie gegangen sind, gefahren.«

»Dann wurden Sie verfolgt.« DI Walker sagt das so ruhig, dass ich unwillkürlich zusammenzucke.

»Was?«

»Sie haben gesagt, Sie seien nicht sicher, ob das etwas mit all dem zu tun hat, aber wenn sie verfolgt worden sind, dann könnte dieser Verfolger die Gelegenheit zu seinem Vorteil genutzt haben.«

Ich will sofort gegen seine Theorie argumentieren – das klingt einfach lächerlich –, doch dann erinnere ich mich daran, wie gedankenverloren ich gewesen bin. Wäre mir wirklich ein Fahrzeug gefolgt, dann hätte ich es mit Sicherheit nicht bemerkt. Aber warum hat mein Verfolger das alles dann nicht mit dem Handy aufgenommen? Das wäre wesentlich einfacher gewesen.

»Das erklärt aber noch immer nicht, wie die Person so leicht an die Aufnahmen gekommen ist«, spreche ich meinen Gedanken laut aus.

»Überlassen Sie das mir.« DI Walker steht auf. »Ich werde das unseren Computerspezialisten geben. Vielleicht können die ja helfen.«

»Können die auch herausfinden, wer das online gestellt hat?«

DI Walker zieht die Mundwinkel herunter, während er über die Antwort nachdenkt, und ich kaue wieder auf meinem Fingernagel, weil er sich so viel Zeit damit lässt.

»Angesichts der Tatsache, dass die Person offenbar wusste, wie man das System hacken kann«, sagt Walker schließlich, »würde es mich überraschen, wenn das möglich wäre. So jemand hinterlässt wahrscheinlich keine Spuren. Aber man weiß ja nie.«

Ich lasse die Schultern hängen. »Was soll ich jetzt tun?«

»Herausfinden, was dieser Hinweis zu bedeuten hat.« DI Walker macht ein Foto von dem Rätsel. Dann faltet er das Blatt und steckt es in einen Plastikbeutel, wie man ihn für die Beweissicherung verwendet. »Die Lösung des Rätsels wird uns den Absichten des Verfassers näher bringen. Sosehr ich solche Spielchen auch verabscheue, ich sehe keinen anderen Weg. Sie müssen mitspielen, Anna. Das ist unsere einzige Chance, ihn zu finden. Halten Sie ihn auf.«

»Aber er war schon hier, und Sie und Ihr Team haben es nicht bemerkt … Wie kommen Sie darauf, dass es Sinn macht, dieser Spur zu folgen?«

»Nun, er hat den Brief hinterlassen, und er wird wissen,

dass wir ihm auf den Fersen sind. Da ist es eher unwahrscheinlich, dass er noch mal hier auftaucht. Nein. Ich wette, dass er sich in der Nähe des Ortes aufhält, zu dem uns dieses Rätsel führt. Und er wird Sie beobachten.« DI Walker zieht die Latex-Handschuhe aus und stopft sie in die Jackentasche.

»Das ergibt Sinn.« Allein die Vorstellung, dass Henry mich heute Morgen beobachtet hat und dass er mich jetzt an einen bestimmten Ort locken will, wo er auf mich wartet … Das ist einfach nur furchterregend. Was will er von mir?

»Das andere Datum ist der Schlüssel. Ist Ihnen noch etwas zum 13. Mai eingefallen?«

»Ich habe mir den Kopf zerbrochen, aber nein.« Ich schüttele den Kopf. »Aber ich könnte mal in meinen alten Tagebüchern nachsehen …«

»Ja, das ist eine gute Idee. Es hat offenbar etwas mit einem bedeutsamen Ereignis zu tun, und es ist sehr wahrscheinlich, dass es sich um ein Datum aus seiner Vergangenheit handelt. Vielleicht ja aus seiner Kindheit, bevor er ins Heim kam, oder von einem Ereignis, das eine große Veränderung in Finley Hall für ihn bedeutet hat.«

»Ich werde mich darum kümmern.«

»Danke.« DI Walker nickt mir zu und bittet mich dann um meine Handynummer.

Er holt sein eigenes Handy heraus und tippt auf dem Bildschirm. »Okay. Ich habe Ihnen gerade ein Bild des Rätsels geschickt. Zeigen Sie es niemandem.« Er wartet nicht auf eine Antwort, dreht sich einfach um und geht zur Haustür. »Anna«, sagt er, als er auf der Schwelle steht, »rufen Sie mich unbedingt sofort an, sobald Ihnen etwas einfällt. Egal was. Ich kann gar nicht genug betonen, wie wichtig es für uns ist, den Fall so schnell wie möglich zu lösen.«

»Ja, DI Walker. Ich verstehe vollkommen, wie dringend das alles ist.«

Ich schaue zu, wie der Detective in seinen Wagen steigt, und blicke dem Audi hinterher, wie er durch die schmale Straße fährt und schließlich hinter der Ecke verschwindet. Dann, nachdem ich mich vorsichtig umgeschaut habe, ob jemand in der Nähe ist, gehe ich wieder rein und schließe ab.

Ich habe gar keine Tagebücher aus meiner Zeit in Finley Hall. Ich habe sie alle verbrannt.

Aber ich brauche sie auch nicht, um das Rätsel zu lösen. Ich wusste sofort, welcher Ort gemeint ist, als ich die Zeile ›Mitten im Bullseye liegt dein Los‹ gelesen habe. Ross wird jeden Augenblick zurückkommen. Also kann ich nicht sofort fahren. Mit dem Handy in der Hand und geöffnetem Google Maps gehe ich zwischen Wohnzimmer und Küche hin und her und starre auf das Display, während ich versuche, mir einen Plan zurechtzulegen. Laut App ist es eine dreistündige Fahrt von hier aus. Ich werde am frühen Morgen losfahren, noch bevor Ross aufsteht. Auf diese Art kann ich unangenehmen Fragen aus dem Weg gehen. Mit ein wenig Glück wird auch die Polizei nichts bemerken, denn ich kann es mir nicht leisten, dass DI Walker dabei ist, wenn ich finde, was Henry mir dort hinterlassen hat.

Kapitel 8

Mein Versprechen gilt, meine Lippen versiegle ich,
Mein Wort wird nicht gebrochen, mein Wort an dich.

Februar

Vor zwei Jahren

Anfangs konnte er sie noch leicht bewegen. Ihr schlaffer Körper war problemlos vom Bett und auf den Boden geglitten. Dann hatte er sie über den Teppich gezogen, durch die Tür und durch den Flur. Doch schließlich war das Adrenalin aus seinem Blut verschwunden, und seine Muskeln hatten vor Anstrengung geschmerzt. Er musste kurz aufhören und sich ausruhen.

Jetzt lief ihm der Schweiß in die Augen. Rasch wischte er sich mit dem Handrücken über die Stirn und murmelte:

»Verdammte Schlampe.«

Nach einer kurzen Pause packte er sie wieder, zerrte sie an den Armen zur Treppe, das Atmen fiel ihm schwer. Rückwärts stieg er ein paar Stufen hinunter und riss dabei an ihren Armen. Ihr Kopf berührte zwar nicht den Boden, doch ihre Beine schlugen gegen das Holz der Stufen. Unten angekommen, ließ er sie wieder los und lehnte sich an die Wand, um wieder zu Atem zu kommen. Er war zwar fit, aber er hatte nicht damit gerechnet, wie viel Kraft es wirklich brauchte, um das hier durchzuziehen.

Aber es würde schon leichter werden, sagte er sich.

Wenn er schließlich für *sie* bereit wäre, würde er so geübt sein, dass es ihm im Schlaf gelänge.

Und er würde auch nicht mehr so ein schlechtes Gewissen haben.

Ihre Haut war blass wie Porzellan und genauso glatt. Er konnte sich nicht zurückhalten, zog den Handschuh aus, beugte sich zu ihr herunter und strich ihr mit der Fingerspitze über die Wange. So weich. Und sie war noch warm. Es würde gut zwölf Stunden dauern, bis sie ausgekühlt war, doch die Leichenstarre würde bereits nach drei Stunden einsetzen. Deshalb musste er sich auch beeilen. War sie erst einmal steif, würde er sie nur schwer in die richtige Position bringen können.

Als er schließlich im Wohnzimmer war, wuchtete er sie aufs Sofa und legte sie auf die Seite. Dann trat er einen Schritt zurück und schaute sich das Bild an. Er schüttelte den Kopf, ging wieder zu ihr und zog ihre Schenkel ein Stück auseinander. Dann drapierte er einen Arm so, dass er dicht über dem Teppich hing. Das war schon besser. Schließlich holte er seine Tasche von dem Tisch, wo er sie gelassen hatte, als er nach oben gegangen war, und nahm Nadel und Baumwollfaden heraus.

Nach ein paar groben Stichen, trat er wieder zurück und flüsterte: »Mein Versprechen gilt, meine Lippen versiegle ich; mein Wort wird nicht gebrochen, mein Wort an dich.«

Er bückte sich und nahm sich eine der anderen Requisiten, die er mitgebracht hatte. Er legte ihre Finger um den

Hals der Weinflasche und schloss sie fest um das Glas, damit sie auch dort blieben. Hierbei würde die Leichenstarre sogar nützlich sein, auch wenn es eigentlich egal wäre, wenn ihr die Flasche aus den toten Fingern fiele. Tatsächlich würde es die Szene sogar noch authentischer machen. Sie würde sein Werk nicht sehen, aber es war ihm wichtig, dass alles genau seinen Erinnerungen entsprach. Schließlich nahm er sich die Titelseite einer Zeitung von heute und legte sie auf die Sofalehne.

Er war zufrieden mit seiner Arbeit, doch eines fehlte noch.

Jeder Serienkiller fing irgendwann einmal an, und jeder Serienkiller brauchte eine Visitenkarte.

Kapitel 9

Auf meinem Handy sehe ich drei verpasste Anrufe, alle von Serena. Ich hatte es ausgeschaltet, als DI Walker hier war, um nicht abgelenkt zu werden, aber jetzt weiß ich, dass ich sie schnell zurückrufen sollte, sonst macht sie sich Sorgen und wird vielleicht sogar vorbeikommen. Ich möchte nicht, dass sie in die Sache verstrickt wird. Die Polizei mag ja glauben, dass Henry nicht so dumm ist, in meiner Nähe rumzuhängen, aber ich will kein unnötiges Risiko eingehen.

»Bitte, entschuldige, Serena. Ich habe mein Handy nicht gehört.«

»Gott sei Dank! Nach dem dritten Versuch war ich schon im Panikmodus und habe bei Ross im Büro angerufen …«

»Wirklich?« Ich kneife die Augen zusammen und verfluche meine Freundin stumm dafür, dass sie sich so viele Sorgen um mich macht. *Bitte, lass Ross auf einem Besichtigungstermin gewesen sein.* »Und? War er da?«

»Nein …«

Ich seufze. »Gut«, sage ich, ohne nachzudenken.

»… aber er ist just in dem Augenblick reingekommen, als Yasmin schon auflegen wollte. Also …« Serena hält kurz inne und seufzt ebenfalls. »Äh … hätte ich nicht mit ihm sprechen sollen?« Sie wirkt erstaunt. Ich reibe mir die Stirn. Verdammt. Ich hätte vorhersehen müssen, dass irgendjemand Ross davon erzählt, und ich hätte ihn sofort anrufen sollen, damit er es aus meinem Mund erfährt. Aber dafür ist es jetzt wohl zu spät …

»Was hast du ihm gesagt?«

»Ich habe nur gesagt, dass ich dich erreichen wollte, aber natürlich war er überrascht, dass ich nicht bei dir war, weil ja eigentlich noch Schule ist.«

»Bitte, sag mir, dass du die Suspendierung nicht erwähnt hast. Ich hatte noch keine Gelegenheit, mit ihm zu sprechen.« Wie ein Kind drücke ich mir selbst den Daumen, während ich auf Serenas Antwort warte.

»Nicht so direkt«, antwortet sie langsam. Ich höre das schlechte Gewissen in ihrer Stimme. »Aber er könnte diesen Eindruck gewonnen haben.«

Mir wird flau. »W… wie das?«

»Nun ja, ich musste ihm doch irgendwie erklären, warum ich mir Sorgen mache. Also habe ich erwähnt, dass du früher nach Hause musstest … gegen deinen Willen.«

Ich schlucke ein weiteres Seufzen herunter und zähle bis drei, um mich zu beruhigen. »Ist schon gut«, sage ich schließlich. »Ich erwarte auch nicht, dass du für mich lügst, Serena. Das ist alles meine Schuld. Ich hätte auf dem Weg nach Hause kurz bei ihm vorbeifahren können. Ich war einfach nur in schlechter Stimmung und dumm genug zu glauben, dass ich besser warten sollte, bis er wieder heimkommt.«

»Wahrscheinlich ist es auch besser, deine Wäsche nicht in der Öffentlichkeit zu waschen«, sagt Serena. Ihre gespielte Gelassenheit hat einen beunruhigenden Unterton. »Aber der Zug ist jetzt wohl abgefahren.«

Mein Herz setzt einen Schlag lang aus. »Er hat doch nicht das Video gesehen, oder?« Jetzt ist es an mir, in Panik zu geraten. Ross muss so viel wie möglich von mir erfahren.

Ich muss die Kontrolle über das Narrativ behalten, damit der Schaden nicht noch größer wird.

»Tut mir leid, Anna. Ich glaube …« Serena spricht weiter, doch die Worte kommen nicht mehr bei mir an, denn das Geräusch des Haustürschlüssels im Schloss übertönt in meinem Kopf alles andere.

»Ich muss weg.« Ich lege auf und gehe direkt zur Tür. Ross' Gesicht ist kreidebleich, und er erschreckt sich, als ich mich sofort auf ihn stürze, als er das Haus betritt. Ich will ihm gar nicht erst die Chance geben, als Erster etwas zu sagen, und deshalb drücke ich ihm fest die Lippen auf den Mund. Doch er stößt mich weg.

»Anna! Aua!« Er legt die Finger an den Mund. »Himmel!«

»Tut mir leid. Ich freue mich nur so, dich zu sehen. Ich habe einen furchtbaren Tag hinter mir.« Ich lege ihm die Hände auf die Wangen und lächele ihn an. Er kneift die Augen zusammen.

»Ja, das habe ich schon gehört.«

»Setzen wir uns, ja? Ich hole uns Wein.« Und bevor er ablehnen kann, bin ich schon in der Küche. Rasch nehme ich zwei Gläser aus der Spülmaschine und schnappe mir dann die offene Flasche im Kühlschrank. Meine Hände zittern, als ich die verbliebene Flüssigkeit gleichmäßig auf die beiden Gläser verteile. Den letzten Rest gieße ich allerdings in meins. Dann trinke ich einen kleinen Schluck ab und überprüfe, ob beide wieder gleich gefüllt sind, und bringe sie dann ins Wohnzimmer.

Ross hat sich nicht gesetzt.

»Hier.« Ich gebe ihm sein Glas und setze mich auf das Kuschelsofa am Fenster. Mir ist ein wenig kalt. Dabei ist es ein warmer Maiabend. Und ich weiß, dass diese Kälte nichts mit dem Wetter, sondern mit der Atmosphäre zu tun hat. »Ich muss dir ein paar Dinge sagen.«

»Ich dir auch«, erwidert Ross und nippt an seinem Wein.

»Kannst du dich nicht zu mir setzen?« Ich klopfe auf den freien Platz neben mir, und mir zieht es den Magen zusammen, als ich Ross' Gesicht sehe. In letzter Zeit ist es richtig gut bei uns gelaufen. Die schwere Zeit vom letzten Jahr ist nur noch eine ferne Erinnerung ... oder zumindest war das bis heute so. Doch jetzt, während ich Ross nervös beobachte, kommt das alles wieder zurück: die Diskussionen über die Zukunft unserer Ehe, *mein* Entschluss, keine Kinder in diese Welt zu setzen, obwohl ich mich danach sehne ... All das hatte den härtesten Streit zur Folge, den wir je gehabt haben. Aber wir haben diesen Test bestanden. Wir haben unsere Diskrepanzen hinter uns gelassen, nachdem Ross sich meiner Meinung angeschlossen hat, und wir haben weitergemacht. Doch angesichts dieser neuen Herausforderung kochen die alten Gefühle wieder hoch und drohen sich Bahn zu brechen. Nichts ist je wirklich begraben.

»Schau mal ... Es ist egal, wie du das drehst und wendest ...« Ross setzt sich, aber nicht neben mich, und er schaut mich auch nicht an. »Du hättest mir das sofort erzählen sollen. Stattdessen habe ich es auf so ... auf so demütigende Art herausgefunden, Anna.« Er hält mich auf Abstand, geht jeder Berührung aus dem Weg.

»Demütigend? *Du* hast das auf demütigende Art herausgefunden? Lass du dich mal von Craig Beaumont in sein verdammtes Büro zerren, wo er dich zwingt, dieses beschissene Zeug anzusehen!« Meine Wangen glühen. Ich habe das Gefühl, als würde mir plötzlich alles Blut in meinen Kopf steigen.

»Das wäre mir immer noch lieber, als es von einer Kundin zu erfahren, von einer Person, die ich mitsamt ihrer ganzen Familie schon seit Jahren kenne und die einen Videolink just in dem Moment aufs Handy bekommt, als ich den Deal abschließen will, Anna.«

»Es ist ziemlich ungehobelt, sich mitten in einem Meeting ein Video anzusehen.«

»Das ist nicht der Punkt, und das weißt du auch. Sie hat den Link geöffnet und sich das Video mit offenem Mund angeschaut. Dann hat sie mich angestarrt, als wäre ich ein Serienkiller …«

»Das ist nicht lustig.«

»Nein. Und es ist auch nicht lustig zu sehen, wie meine Frau vollkommen außer Kontrolle gerät und ein Kind angreift, Anna.« Ross' Augen quellen hervor, und die Ader an seiner Schläfe pocht. So wütend habe ich ihn noch nie gesehen. »Was hast du dir dabei gedacht?«

Ich stehe auf und beginne, auf und ab zu laufen. »Offensichtlich habe ich gar nichts gedacht. Nach dem Besuch des Detectives war ich völlig durcheinander. Meine Gedanken waren überall und nirgends. Aber wer auch immer das Video gepostet hat, er hat es getan, um mich schlecht dastehen zu lassen …«

»Das war ja nicht allzu schwer.«

Ein starker Schmerz breitet sich in meinem Bauch aus, als ich die Verachtung in Ross' Stimme höre. »Das war nicht so, wie es aussieht. Ehrlich.« Plötzlich bin ich einfach nur müde, und ich setze mich wieder hin und lege den Kopf in die Hände.

Ross schnaubt verächtlich. »Eine Kamera lügt nicht.«

»Das stimmt so nicht ganz. Aber egal, das ist nicht … Das

Video endet abrupt, Ross, und zwar genau an dem Punkt, an dem der Eindruck entsteht, ich würde handgreiflich werden. Würde es länger laufen, dann würden du und alle anderen sehen, dass ich ihr nichts getan habe. Ich habe mich entschuldigt und ihr auf den Bürgersteig geholfen.«

»Du verstehst das einfach nicht, oder? Auch wenn das stimmt, was du da sagst, du hast dem Kind eine Heidenangst eingejagt.«

»Aber … Wie gesagt, ich habe mich entschuldigt …« Meine Worte klingen schwach, und als Ross mit den Schultern zuckt und sich wegdreht, habe ich das Gefühl, sie sind verschwendet.

»So behandelt man keine Kinder, Anna. Vielleicht ist es ja ganz gut, dass wir keine haben.«

Mir klappt der Mund auf, und ich kämpfe mit den Tränen. Na, toll! Ross ist also doch noch immer wütend auf mich, weil wir uns letztes Jahr geeinigt haben, keine Kinder zu bekommen. All die Jahre, die wir daran gearbeitet haben, uns dieses Leben aufzubauen, und jetzt geht alles in nur einem Tag den Bach runter. Wie kann man etwas, das so schwer zu bekommen ist, nur so leicht wieder verlieren?

10. Mai

NOCH DREI TAGE

Kapitel 10

Es ist noch dunkel, als mich das Vibrieren unter dem Kopfkissen weckt. Verschlafen greife ich unter das Kissen und bringe den Wecker zum Schweigen. Ich brauche ihn sowieso nicht. Die Nacht war lang, und ich habe so gut wie nicht geschlafen. Selbst das hypnotische Geräusch der Wellen war nichts im Vergleich zu den Gedanken, die durch meinen Kopf rauschen.

Das Schlafzimmer wirkt bedrückend. Die Sonne hat die Dunkelheit noch nicht vertrieben. Es ist halb fünf, noch eine Stunde bis Sonnenaufgang. Als wir hier eingezogen sind, hat Ross mich immer für verrückt gehalten, wenn ich so früh aufgestanden bin, mir die Jogginghose über den Pyjama gezogen habe und mit einem Becher Kaffee an den Strand von Ness Cove gegangen bin, um mich dort auf die Mauer zu setzen und zuzuschauen, wie die Sonne langsam aus dem Meer auftaucht. So eine Art von Frieden ist nur schwer zu finden.

Ross hat mich ein paar Mal begleitet, und dann haben wir uns aneinandergekuschelt und uns gegenseitig gewärmt, während wir die fantastischen Farben genossen und uns an der wunderbaren Natur erfreut haben. Doch nach gestern Abend würde Ross es wohl definitiv ablehnen, wenn ich jetzt vorschlagen würde, dass er mich begleitet. Ich blicke ihn an. Er atmet sanft und mit geschürzten Lippen, und ich beuge mich zu ihm und hauche ihm einen Kuss auf den Mund.

Ross schläft immer tief und fest. Selbst ein dicker Schmatzer würde ihn nicht wecken, aber ich will kein Risiko eingehen.

Ich schleiche mich aus dem Schlaf- ins Gästezimmer, wo ich vor dem Zubettgehen meine Kleider für heute bereitgelegt habe. Rasch ziehe ich mich an und gehe nach unten, um mir eine Thermoskanne mit Kaffee zu machen. Schließlich schnappe ich mir die Lunchbox, die ich schon gestern Abend vorbereitet habe, und stopfe sie mit allem anderen, was ich brauche, in meinen alten Rucksack. Auch wenn es nicht nötig ist, gehe ich auf Zehenspitzen zur Haustür, öffne sie einen Spalt und halte dann mit pochendem Herzen inne. Ist Henry irgendwo da draußen? Wartet er auf mich? Meine Finger schließen sich immer fester um die Klinke, als wollten sie verhindern, dass ich gehe.

»Mach dich doch nicht lächerlich.« Meine geflüsterten Worte klingen laut im dunklen, stillen Flur. Angst strömt durch meine Adern. Ich höre immer und immer wieder das Wort ›Bleib‹ in meinem Kopf. Es könnte ein großer Fehler sein, Henrys Hinweis zu folgen, doch das Risiko, es nicht zu tun, ist ebenfalls nicht zu vernachlässigen. Mir bleibt keine andere Wahl, und er weiß das.

Ich ziehe die Tür auf und schaue die Straße hinauf und hinunter. Es ist niemand zu sehen. Keine unbekannten Autos mit schattenhaften Gestalten, die alles beobachten. Eine Welle undefinierbarer Emotionen rauscht durch mich hindurch, und ich muss kurz stehen bleiben. Ich glaube, es ist eine Mischung aus Erleichterung und Enttäuschung. Ich bin dankbar dafür, dass Henry mich nicht beobachtet, aber ich hätte gedacht, dass die Polizei – DI Walker – sicherstellt, dass mir nichts passiert. Schließlich waren sie es, die mich erst auf die Gefahr aufmerksam gemacht haben, in der ich schwebe. Es war DI

Walker, der mir erklärt hat, ich könnte das nächste Opfer sein. Und der Detective Inspector hat Ross versichert, dass er einen Beamten vor der Tür postieren würde, sollte es möglich sein, doch offenbar bin ich diesen Aufwand nicht wert.

Vielleicht *will* die Polizei sogar, dass ich das nächste Opfer werde. In jedem Fall wäre das eine Möglichkeit, Henry aus seinem Versteck zu locken, wenn man mich als Köder benutzt.

Ich schaudere, doch um nicht zuzulassen, dass meine negativen Gedanken meinen Plan sabotieren, gehe ich rasch hinaus.

Am Horizont ist ein schmaler Lichtstreifen zu sehen, und der tintenschwarze Himmel hellt allmählich auf. Ich atme die frische Morgenluft tief ein, gehe die paar Schritte zur Bordsteinkante und steige ins Auto. Ich gestatte mir nicht, noch länger zu zögern, sondern starte den Motor und fahre langsam los. So beginnt die dreistündige Fahrt in meine Vergangenheit.

*

Meine Nerven liegen blank, als die Entfernungsangaben auf den Straßenschildern einstellig werden. Jetzt läuft der Countdown wirklich. Noch neun Meilen. Fünf Meilen. Drei Meilen. Die Straßen sind nur noch vage zu erkennen, und meine Hände rutschen am Lenkrad ab. In einer ruhigen Gegend fahre ich an den Straßenrand, wische mir die Hände an der Hose ab und steige aus, um mir die Beine zu vertreten – oder zumindest rede ich mir ein, dass ich das tue. Dabei weiß ich, dass ich das Unvermeidliche nur hinauszögern will. Als ich Finley Hall zum letzten Mal gesehen habe, schwor ich mir, mich dem Heim nie wieder zu nähern, doch jetzt lasse ich mich von Henry hierher locken. Ohne Zweifel ist das auch der Grund, warum er ausgerechnet diesen Ort gewählt hat. Er will, dass ich mich unbehaglich fühle. Er will, dass ich leide und dass ich so verwundbar bin wie nur irgend möglich. Ich frage mich, was er sonst noch für mich in der Hinterhand hat, um das zu erreichen. Eine Stimme, die mich sehr an DI Walkers erinnert, schreit in meinem Kopf:

Das Leben einer Frau steht auf dem Spiel.
Das Leben einer Frau liegt in Ihren Händen.

Möglicherweise mein eignes.

»Scheiße!« Ich steige wieder in den Wagen, fahre los und gebe Gas, und das obwohl in meinem Kopf die Alarmglocken läuten und mein Verstand mir sagt, ich solle sofort umkehren und heimfahren. Die weibliche Stimme meines Navis erklärt mir ruhig, wann ich abbiegen soll, doch ich brauche sie jetzt nicht mehr. Mein Muskelgedächtnis hat das Kommando übernommen, und das, obwohl ich schon seit siebzehn Jahren nicht mehr hier war, und Auto fahren konnte ich damals auch noch nicht. Als ich mich der letzten Kurve nähere, ist mein Mund wie ausgetrocknet. Sobald ich durch die Kurve gefahren bin, wird das Heim hinter der hohen Mauer zu sehen sein. *Mein Gott, was mache ich hier nur?*

Und da ist es. Das alte, braune Ziegelsteingebäude ragt vor mir auf. Als ich in die Auffahrt einbiege, habe ich einen Kloß im Hals. Die Torpfosten sehen noch aus wie früher, doch das gusseiserne Gitter hat sich verändert. Die Aufschrift »Finley Hall« ist verschwunden, der Ort heißt jetzt The Grange und ist ein Altenheim.

Als ich näher komme, schlägt mir das Herz bis zum Hals. Mir fällt auf, dass es auf einer Seite ein neues Gebäude gibt, teilweise verdeckt von den Bäumen. Es sieht wie ein Sommerhaus aus, aber ich nehme an, da lebt der Hausverwalter. Als ich daran vorbeikomme, recke ich den Hals und erwarte fast, dass jemand rauskommt und mir den Weg versperrt, dass er mich aufhält und zu wissen verlangt, wer ich bin und was ich hier zu suchen habe. Will ich vielleicht einen Verwandten besuchen? Ich sollte mir eine gute Geschichte zurechtlegen, wenn ich hier reinkommen will. Schließlich kann ich nicht einfach sagen: ›Ich habe als Kind hier gelebt. Kann ich mich mal ein wenig umschauen?‹ Ich will keine so eindeutige Spur hinterlassen. Hätte ich DI Walker dabei, dann würde mir seine Dienstmarke natürlich sofort Zutritt verschaffen, und niemand würde eine Frage stellen.

Der Kies knirscht, als ich den Wagen auf den ausgeschilderten Parkplatz lenke. Als mein Bruder und ich hierhergekommen sind, gab es nur die Auffahrt und Platz für maximal fünf Autos direkt vor dem Hauptgebäude. Nach Finley Hall kam nur selten Besuch. Sollte es möglich sein, vom Parkplatz nach hinten in den Garten zu schleichen, dann könnte ich den Fragen vielleicht aus dem Weg gehen und die Stelle erreichen, zu der ich will, ohne Aufmerksamkeit zu erregen. Die hohen Mauern und das mit einem Vorhängeschloss gesicherte Tor machen das jedoch unmöglich, und eine Leiter ist nirgends zu sehen.

Also gehe ich meine Story im Kopf noch mal durch. Mit weichen Knien nähere ich mich dem Eingang. Die großen schwarzen Holztüren, die einst ein Gefühl unglaublicher Angst in mir geweckt haben, sind durch eine automatische Glastür ersetzt worden. Rechts davon ist eine Gegensprechanlage. Na, toll. Was, wenn ich es noch nicht einmal durch die Tür schaffe? Jetzt bin ich sogar überrascht, dass ich überhaupt durchs Tor gekommen bin. Ich schaue zurück und sehe, dass das Tor noch immer offen steht. Gerade kommt ein weiteres Fahrzeug hindurch. Vielleicht steht das Tor während der Besuchszeit ja immer offen. Mit dem Finger über dem Klingelknopf frage ich mich, ob es wohl besser wäre zu warten, bis der Neuankömmling geparkt hat und ebenfalls vor der Tür steht. Dann könnten wir gemeinsam reingehen.

Plötzlich ertönt eine Stimme aus dem Lautsprecher, und ich erschrecke. »Guten Morgen. Wen möchten Sie besuchen?«

Scheiße. Das mit dem Warten hat sich wohl erledigt. »Oh ... Hi ...« Ich beuge mich näher an die Gegensprechanlage und hauche nervös: »Ich habe keinen Termin. Ich weiß, es ist noch früh, aber ich bin nur heute in der Gegend, und ich habe gehofft ...« Mein Kopf ist leer. Jetzt, da ich sie brauche, will mir meine Geschichte einfach nicht mehr einfallen. Ich räuspere mich, um ein wenig Zeit zum Nachdenken zu gewinnen. Wollte ich sagen, dass ich hoffe, mich ein wenig umschauen zu dürfen? Oder dass ich mit jemandem sprechen will, um meine Mutter auf die Warteliste zu setzen? Egal. Plötzlich wird mir klar, was auch immer ich sage, wenn sie mich nach Details fragen, dann bin ich aufgeschmissen.

»Ich fürchte, der Tag der Offenen Tür ist schon vorbei«, sagt die weibliche Stimme und kommt mir damit zuvor. Dankbar dafür, dass sie mir einen Ansatzpunkt gegeben hat, entspanne ich mich ein wenig. Die Frau klingt angenehm, sanft. Vielleicht hat sie ja Mitleid mit mir.

»Oh, mein Timing ist einfach schlecht. Das ist immer so. Ich wusste natürlich, dass es bestenfalls ein Versuch sein würde, aber ich dachte, vielleicht habe ich ja Glück, wenn ich Mom schon mal besuche.« Jetzt bin ich schon ein wenig selbstbewusster, und die Worte kommen mir leichter über die Lippen. Ich höre, wie die Frau tief durchatmet und sich darauf vorbereitet, mich endgültig abzuweisen. »Wissen Sie, mein Vater ist kürzlich verstorben, und Mom ist so einsam. Ich lebe weit weg, in Devon, und bis heute habe ich mir nicht freinehmen können.«

»Mein Beileid. Vielleicht …«

»Ach, ich verstehe schon. Kennen Sie vielleicht noch andere Seniorenheime in der Gegend? Das hier war das einzige, was man mir empfohlen hat.«

Es folgt eine kurze Pause, dann höre ich ein Rascheln. Ich höre gedämpfte Stimmen. Die Frau hält offensichtlich das Mikrofon zu. Ich warte und bete, dass sie mich reinlässt. Das Auto, das gerade durchs Tor gefahren ist, rollt an mir vorbei. Hinter dem Steuer sitzt ein Mann mittleren Alters, smart, allein, und kurz schaut er zu mir herüber, bevor er weiterfährt. Ich denke nicht, dass der mir helfen kann, hier reinzukommen.

»Ich kann eine unserer Pflegerinnen bitten, eine kurze Tour mit Ihnen zu machen«, sagt die Stimme. »Aber ich fürchte, die Mitarbeiterin, die Ihnen unsere verschiedenen Angebote erklären könnte, ist gerade nicht da …«

»Das ist wirklich nett von Ihnen«, unterbreche ich sie rasch. »Vielen Dank. Ich weiß Ihre Hilfe sehr zu schätzen.«

Und die Tür schwingt auf. Kurz empfinde ich ein Gefühl des Triumphs, bis ich mich wieder daran erinnere, weshalb ich gekommen bin, und plötzlich wird aus dem Triumphgefühl Angst.

Der Geruch ist das Erste, was mir auffällt. Es riecht nicht

muffig, wie ich es bei all den alten Leutchen erwartet hätte, sondern angenehm süß … wie nach frisch gepresstem Orangensaft. Das Foyer hat einen viktorianischen Fliesenboden im Schachbrettmuster, genau wie damals, und die Holzvertäfelung reicht halb bis zu der hohen Decke hinauf. Allerdings wirkt alles irgendwie heller. Es ist nicht mehr so düster wie früher. Aber vielleicht habe ich das auch nur so in Erinnerung, weil ich es damals so empfunden habe.

Die Frau, mit der ich mich über die Gegensprechanlage unterhalten habe, begrüßt mich und streckt mir die Hand entgegen. Alles sehr formell. Sie heißt Georgia, und sie ist die Pflegeleiterin in dieser Schicht, erklärt sie mir.

»Wenn es Ihnen nichts ausmacht, in der Lounge zu warten … Natalia wird gleich bei Ihnen sein.«

Sie führt mich durch die Halle zu dem Raum, der einst das Spielzimmer war. Sofort bekomme ich eine Gänsehaut, und meine Beine verweigern mir den Dienst. Einst stand ein Billardtisch in der Mitte des Raums, dessen grüner Bezug auf einer Seite verschlissen war. Wenn ich die Augen schließe, dann sehe ich die abgewetzten Stellen noch, als wäre es gestern gewesen. Deutlich erinnere ich mich an die Streitereien darüber, wer spielen darf, und ich schaudere bei der Erinnerung daran, dass Frank einmal hereingestürmt kam und sein unglückliches Opfer mit dem Gesicht voran auf den Tisch geknallt hat. Ich höre die Schreie noch, gefolgt von einer tödlichen Stille, wenn jemand weggeschleppt und allein in den ansonsten leeren Raum gesperrt wurde, stundenlang. Das war die hiesige Version von Isolationshaft. Mir treten die Tränen in die Augen, und rasch blinzele ich, um wieder klar sehen zu können.

»Alles okay mit Ihnen?«

Ich nicke und zwinge mich, den Raum zu betreten. Ich konzentriere mich auf die Stühle, die aufgereiht unter dem Fenster stehen, und setze mich auf einen. Die Lounge ist leer. Da es noch früh ist, stelle ich mir vor, dass die Pflegekräfte den Bewohnern gerade beim Waschen helfen. Georgia starrt mich besorgt an.

»Noch einmal vielen Dank, Georgia. Ich bin Ihnen wirklich dankbar dafür, dass Sie mich reingelassen haben.«

»Gern geschehen. Wenn Sie uns nach der Tour Ihre Kontaktdaten dalassen, werde ich dafür sorgen, dass die Verwaltung Sie anruft, sobald die entsprechende Mitarbeiterin wieder da ist. Ich hoffe, unsere Residenz ist das, was Sie suchen.«

Das hoffe ich auch. Als Georgia weg ist, stehe ich wieder auf und gehe ans andere Ende des Raums zu dem Fenster, von dem aus man auf den Rasen sehen kann. Ein paar Stufen führen hinunter, und Bäume begrenzen ihn. Oder zumindest war es früher so. Ich habe fast Angst, hinzuschauen und festzustellen, dass alles anders ist. Wenn die Bäume gefällt worden sind, dann stehe ich wieder ganz am Anfang. Ich atme tief durch und schaue raus.

Erleichtert seufze ich. Die Nadelbäume wirken vor den großen Zedern geradezu wie Zwerge … und ich bin wieder ein Kind, und wichtiger noch: Ich bin wieder auf der Jagd. Ich muss hier raus und irgendwie dafür sorgen, dass ich allein bin, wenn ich diese Bäume absuche.

*

Nach einer kurzen Tour durch das Altenheim frage ich, ob ich mir auch mal das Außengelände ansehen kann.

»Klar«, antwortet Natalia und führt mich durch die große

Terrassentür hinten im Speisesaal. Im Garten sind nur zwei Bewohner. Das sind ›die Jungen‹, wie Natalia sie beschreibt. Es ist ein Ehepaar in den Siebzigern, das nach einem Wohnungsbrand letztes Jahr obdachlos geworden ist. Natalia redet gerne, wie mir auffällt.

»Sehr beeindruckend.« Ich zwinge die Worte heraus. Allein hier zu sein, nachdem ich geschworen habe, nie wieder zurückzukehren, fühlt sich schlimmer an, als ich es mir je hätte vorstellen können. Aber wenigstens hat sich innerhalb der Mauern von Finley Hall einiges geändert. Tatsächlich gibt es nicht viel, was ich wiedererkenne. Doch hier draußen ist alles fast genauso wie in meiner Erinnerung, auch wenn die Büsche und Bäume natürlich gewachsen sind. Aber wenn ich jetzt so auf den Betonstufen stehe, dann sehe ich hier alles voller Kinder, die herumlaufen und spielen. Die schreien. Unwillkürlich will ich mir die Ohren zuhalten, um den Lärm der Erinnerungen auszusperren.

»Wir haben Glück, dass wir hier so fantastische Gärten haben«, sagt Natalia und reißt mich aus meiner Vergangenheit. »Die Bewohner genießen es, einfach nur dazusitzen und die Wildtiere zu beobachten, und die, die das noch können, gehen am See spazieren. Es gibt sogar ein Gartenlabyrinth«, erzählt Natalia wie ein aufgeregtes Kind.

»Oh! Das würde ich gerne sehen«, sage ich und reiße theatralisch die Augen auf. Das könnte eine gute Gelegenheit sein, Natalia loszuwerden und zu den Bäumen zu gehen. Natalia grinst, geht eine Stufe nach unten und winkt mir, ihr zu folgen. Plötzlich ertönt ein heller Alarmton vom Haus. Sofort drehen wir uns um.

»Ich komme schon zurecht«, sage ich. »Gehen Sie ruhig. Wenn Sie nicht mehr zurückkommen können, finde ich auch alleine hinaus.« Kurz zögert Natalia, doch als ich sie beruhigend anlächele, nickt sie und geht hinein.

Das Timing ist perfekt. Ich warte, bis die Luft rein ist. Ein paar Augenblicke später verschwinden ›die Jungen‹ zwischen den Bäumen am Fuß des Geländes, wo ein Pfad zum See führt. Ich gehe zu den Zedern. Es sind drei, und ich halte auf die mittlere zu. Das Bullseye. Der Stamm dieses Baum ist dicker, und er ist auch größer als die anderen, und das tiefe Astloch ist noch da. Ich schaue mich um. Natalia ist noch immer drinnen, und sonst ist niemand zu sehen.

Ich stelle mich auf die Zehenspitzen, um in das Loch zu schauen. Früher musste ich mich dafür bei einer Freundin auf die Schultern stellen. Doch alles, was ich sehe, ist ein schwarzes Loch. Verdammt. Ich werde die Hand hineinstecken müssen. Als ich den Ärmel hochkrempele und die Fingerspitzen ans Loch lege, kommen mir alle Horrorfilme in den Sinn, in denen es eine solche Szene gibt und in der ich jedes Mal mitgelitten habe. Trotzdem taste ich mich vorsichtig vor.

»Bitte, lass da keine Spinne sein«, flüstere ich.

Meine Hand findet etwas Kaltes, Hartes, und rasch ziehe ich sie zurück und fluche leise. Ich atme ein paar Mal tief durch, stecke die Hand wieder hinein, greife das Ding mit Daumen und Zeigefinger und ziehe es raus.

Mir verschlägt es den Atem. Was ich in der Hand halte, ist inzwischen ausgeblichen, es ist nicht mehr rot, sondern pink, und der Plastikdeckel hat einen Riss, aber ich erkenne das alte Spielzeug sofort wieder.

Und ich weiß im selben Moment, was das zu bedeuten hat.

Kapitel 11

Kinderheim Finley Hall

Als Anna die Augen öffnet, weiß sie sofort, dass Henry in ihrem Zimmer war. Es ist, als hätte sie in den letzten dreieinhalb Jahren hier in diesem Heim einen sechsten Sinn dafür entwickelt. Sie späht über die Bettkante und seufzt. Genau davor hatte sie Angst gehabt. Da liegt ein ordentlich gefaltetes Blatt Papier auf ihren Slippern. Sie stöhnt, und ihr Magen rumort vor Aufregung.

»Kirsty«, sagt sie und schaut zu ihrer Freundin im Bett neben ihr. »Hey, Kirsty.« Anna schwingt die Beine aus dem Bett und greift hinüber, um ihre Freundin zu schütteln. »Wach auf.«

»W… was ist? Scheiße, Anna. Es ist mitten in der Nacht.«

»Es ist fast sieben.«

»Wir haben Wochenende.«

»Tut mir leid. Aber ich musste dich wecken.«

Etwas in Annas Tonfall macht, dass Kirsty sich abrupt aufsetzt und sich den Schlaf aus den Augen reibt. Ihr Haar ist zerzaust, ein einziges braunes Knäuel, wie eine Ananas.

»Was ist denn los?«

Anna deutet auf den Boden.

»Na, toll.« Kirsty starrt auf das Papier und bläst die Wangen auf. »Das hatten wir ja schon lange nicht mehr.«

Tatsächlich ist das zum letzten Mal vor sechs Monaten passiert, doch es hat seine Spuren hinterlassen. Die Freundschaft der beiden Mädchen wäre fast daran zerbrochen. ›Die Jagd‹ war das wichtigste Spiel im ersten Jahr hier in Finley Hall. Anna hatte es gespielt, um Henry dabei zu helfen, ein paar seiner Probleme zu überwinden, seine Schwierigkeiten, Freunde zu finden, sich anzupassen. Er hatte sich daran gewöhnt, sich auf ihr Team verlassen zu können – auf Anna –, genau wie damals, als er noch klein war. Doch als Anna älter wurde, fühlte sie sich langsam eingeengt, und sie versuchte, ihm das abzugewöhnen. Sie initiierte immer seltener eine Jagd, überließ Henry mehr sich selbst und verbrachte weniger Zeit mit ihm. Stattdessen wurde Annas Freundschaft zu Kirsty immer wichtiger, und sie genoss es sichtlich, endlich eine Verbindung zu einem anderen Mädchen zu haben. Doch in Henrys Augen versuchte Kirsty, ihm seine Schwester wegzunehmen, und so begann er selbst mit der Jagd, um sich Zeit mit Anna zurückzuholen. Er wollte, dass alles wieder so war wie früher.

Mit Henrys elftem Geburtstag begannen diese Spiele sich zu verändern. Sie wurden gemeiner. Manipulativ. Er benutzte sie, um Anna dazu zu zwingen, Zeit mit ihm zu verbringen. Die Jagd begann, ihr Angst zu machen. Der Spaß, den sie einst dabei gehabt hatten, gehörte der Vergangenheit an. Die Schatzjagden dienten nur noch dazu, Anna zu quälen, mehr nicht. Die Schätze waren nichts Persönliches mehr, nichts, was Anna gehörte. Sie fand nur eklige Dinge: eine verrostete Mausefalle, in der noch der verfaulte Kadaver einer Maus hing, riesige Spinnen in Streichholzschachteln und verfaulte Äpfel voller Maden. Beim letzten Mal hatte er ihr sogar eine Falle gestellt. Ein Ziegelstein hatte ihren Kopf nur knapp verfehlt, als sie in einen Raum mit einer Spur gegangen war. Als

Anna sich anschließend geweigert hatte, das der Heimleitung zu melden, war es zum Streit mit Kirsty gekommen. Das sei langsam zu gefährlich, hatte Kirsty gesagt. Wenn Anna nichts dagegen unternähme, würde noch jemand verletzt werden. Doch Henry war Annas Bruder. Sie konnte ihn doch nicht verpfeifen.

»Und? Was wirst du jetzt tun?«, fragt Kirsty. Ihr Blick klebt förmlich an dem Blatt Papier, als könnte es sich plötzlich auf sie stürzen und sie verletzen.

Anna atmet tief ein. »Nichts.«

Kirsty hebt die Augenbrauen. »Was? Du willst es einfach … Was? Ignorieren?« Sie wirkt schockiert, obwohl sie Anna früher doch immer angefleht hatte, genau das zu tun.

»Ja. Ich bin seine unreife Art satt.« Anna schnappt sich das Papier und reißt es in der Mitte durch, ohne es auseinanderzufalten. Sie beißt sich auf die Lippe, schwankt zwischen Erleichterung und Bedauern. Soll sie bei dieser letzten Jagd noch mitspielen und Henry anschließend sagen, dass sie nichts mehr damit zu tun haben will? Nein. Er würde ihr das nur ausreden, sie irgendwie bedrohen. Anna steht auf, geht zum Papierkorb unter dem Schreibtisch und wirft die Papierfetzen hinein. »Scheiß auf ihn. Ich spiele bei diesem dämlichen Spiel nicht mehr mit.« Sie verschränkt die Arme vor der Brust und lächelt Kirsty selbstbewusst an. »Diese Befriedigung werde ich ihm nicht geben.«

»Halleluja! Endlich.« Kirsty springt aus dem Bett, wirft sich auf Anna und schlingt die Arme um sie. »Ich weiß ohnehin nicht, warum du überhaupt mitgespielt hast. Ich habe es dir ja immer wieder gesagt. Du musst ihn einfach ignorieren. Seine üblen Spiele. Das ist nur Eifersucht, mehr nicht. Er muss lernen, sein eigenes Leben zu führen, Anna.«

»Ich weiß. Nun, heute ist der erste Tag, an dem ich mich gegen meinen Bruder wehre. Ich meine … Was soll schon passieren?«

*

Sie rührt sich nicht, als Anna sie endlich sieht, nachdem sie zwei Stunden lang nach ihr gesucht hat. Ihre Freundin liegt zusammengerollt am Seeufer.

»Kirsty! Scheiße, Kirsty!« Sie rennt zur Brücke und ist Sekunden später auf der anderen Seite.

Anna sinkt neben ihrer Freundin auf die Knie und legt die Hand auf ihren Körper. Ihre Kleidung ist feucht. Kirsty liegt schon eine ganze Weile hier. Annas Herz schlägt immer schneller, als sie ihrer Freundin das Ohr auf die Brust legt, um zu prüfen, ob sie noch atmet. Erleichtert weint sie, als sie spürt, wie die Brust sich hebt und senkt.

»Gott sei Dank. Kirsty! Ich bin's! Bitte, mach die Augen auf.«

Kirstys Gesicht sieht blass und wächsern aus, und als Anna es berührt, fühlt es sich eiskalt an. Sie würde alles dafür geben, wenn das nur einer von Kirstys Streichen wäre. Schließlich ist bald auch Halloween. Und es wäre in der Tat typisch für Kirsty, die Bewusstlose zu spielen, um Anna eine Heidenangst einzujagen. Letztes Jahr hat sie einmal die Schule geschwänzt und sich um vier Uhr in ihrem gemeinsamen Kleiderschrank versteckt, und als Anna ihn geöffnet hat, ist Kirsty schreiend rausgesprungen. Kirsty ist vor Lachen zusammengebrochen, doch Anna hat so einen Schrecken bekommen, dass es über eine Stunde gedauert hat, bis sie sich wieder beruhigt hatte.

Das hier scheint jedoch ernst zu sein. Real. Anna schüttelt Kirsty an den Schultern, und Kirstys Augenlider flattern und öffnen sich. Sie verdreht die Augen und stöhnt.

»Alles ist gut, Kirsty. Du bist okay.«

»W… Wwas? Warum bin ich …?« Kirsty setzt sich mühsam auf und schaut sich um. Verwirrt runzelt sie die Stirn.

»Bist du von der Brücke gefallen?«, fragt Anna und klammert sich damit an den offensichtlichsten Grund für den Zustand ihrer Freundin. Wenn sie auf dem Geländer gesessen und das Gleichgewicht verloren hat, dann würde das ihre Lage erklären.

»Ich weiß nicht … Ich …«

»Hier«, sagt Anna und hält Kirsty die Hand hin, um ihr aufzuhelfen. »Wir sollten zur Krankenstation gehen. Marnie soll mal einen Blick auf dich werfen.«

»Oh, nein. Nur weil da ein Diplom an der Wand hängt, heißt das noch lange nicht, dass sie wirklich eine Krankenschwester ist. Die Frau hat uns noch nicht mal über unsere Periode aufgeklärt. Als sie es dann doch getan hat, hatten wir sie schon ein Jahr.«

Kirsty streicht sich über den Kopf. »Kein Blut.« Sie zuckt mit den Schultern. »Nur eine kleine Beule«, sagt sie und zuckt unwillkürlich zusammen, als sie ihren Hinterkopf berührt.

»Und du erinnerst dich wirklich nicht daran, was passiert ist?«

»Gerade noch bin ich über die Brücke gegangen, und im nächsten Augenblick schwebt dein Gesicht über mir. Ich nehme an, ich bin gestolpert.« Die Theorie, dass sie das Gleichgewicht verloren hat, ist also hinfällig, und Anna muss nun die Möglichkeit in Betracht ziehen, dass Kirsty einen Schlag auf den Kopf bekommen hat. Besorgt schaut Anna sich um. Lungert hier noch jemand herum? In der allmählich einsetzenden Dunkelheit kann sie es nicht genau erkennen, doch nichts bewegt sich. Plötzlich jedoch bemerkt sie etwas im Gras, und sie bückt sich, um es aufzuheben.

»Ist die von dir?« Sie hält eine Wodkaflasche in die Höhe und schaut Kirsty vorwurfsvoll an.

»Ah, ja. Genau. *Das* habe ich getan«, antwortet Kirsty schnippisch. »Aber ich habe nur ein paar Schluck getrunken.«

»Wo hast du die her?« Anna hebt fragend die Augenbrauen.

»Du kennst doch meine falsche Tante Linda, oder? Sie hat sie bei ihrem letzten Besuch reingeschmuggelt.« Kirsty schnaubt verächtlich. »Sie ist also doch zu etwas gut. Und bitte … Sag das niemandem. Ich stecke auch so schon genug in Schwierigkeiten. Da muss nicht auch noch Alkoholschmuggel auf die Liste.«

Vor lauter Aufregung bekommt Anna eine Gänsehaut. Sie hat das ungute Gefühl, dass hier etwas nicht stimmt, doch rasch schiebt sie es beiseite. Das hier war ein Unfall, genau wie Kirsty gesagt hat. Widerwillig verspricht Anna, niemandem etwas zu erzählen, doch die Sorge um ihre Freundin bleibt.

»Was, wenn du eine Gehirnerschütterung hast?«, fragt sie. »Oder wenn sich ein Blutgerinnsel gebildet hat?«

»Oh, Anna. Sei doch nicht so melodramatisch. Ich bin okay. Schau mir in die Augen.«

Zu Kirstys Ärger macht Anna genau das. Dann bewegt sie auch noch ein paar Mal den Finger vor Kirstys Augen, um zu überprüfen, ob ihr Blick der Bewegung folgen kann.

»Ja, okay. Wenn du sicher bist«, gibt Anna schließlich nach.

Sie brauchen fünfzehn Minuten, um wieder ins Haus zurückzukehren, denn Anna besteht hartnäckig darauf, dass sie langsam gehen. In der Zeit lässt sie Kirsty das Alphabet aufsagen, vorwärts und rückwärts, und auch zählen, um sicherzustellen, dass sie wirklich keine Gehirnerschütterung hat. So fühlt sie sich besser, wenn sie den Sturz nicht meldet. Sollte Kirsty durch ihre Schuld zu Schaden kommen … es wäre unerträglich für sie.

Anna zieht die Augenbrauen zusammen, als sie die Tür zu ihrem Zimmer öffnen.

»Hast du das dagelassen?«

»Nein«, antwortet Kirsty. Beide Mädchen sind wie angewurzelt in der Tür stehen geblieben »Aber das ist meins«, sagt Kirsty und deutet auf den Gegenstand mitten auf dem Boden. »Und liegt da nicht das Blatt Papier drauf, das du heute Morgen zerrissen hast?«

Sanft schiebt Anna Kirsty weiter in den Raum, damit sie die Tür schließen kann. Kirsty schaut sich um. Sie will wissen, ob noch etwas angefasst worden ist. Dann tritt sie vorsichtig ein paar Schritte vor. Anna wiederum bückt sich nach dem Blatt Papier.

»Das ist Henrys Rätsel, und es ist wieder zusammengeklebt«, sagt sie und greift nach dem Spielzeug. »Hier.« Anna gibt Kirsty das Tamagotchi zurück.

»Was für ein Arsch«, knurrt Kirsty und dreht das Tamagotchi in der Hand. »Er hat die Batterie rausgenommen und meine Katze umgebracht.« Sie lässt den Kopf hängen, und einen Augenblick lang weiß Anna nicht, was sie tun soll. Sie hat ein schlechtes Gewissen, weil es ihr Bruder ist, der ihre Freundin so traurig gemacht hat. Hätte sie einfach bei der Jagd mitgemacht, dann wäre das Tamagotchi jetzt noch ganz.

»Tut mir leid, Kirsty.« Anna legt ihrer Freundin den Arm

um die Schultern. »Ich weiß, dass du es schon lange hattest.« Und dann trifft es Anna wie ein Schlag. Bis jetzt war sie davon ausgegangen, dass Henry sich das Tamagotchi in dem Glauben ausgesucht hat, es sei ihres, doch jeder weiß, dass es Kirsty gehörte. Sie hat ständig danach gesehen, ihre Katze gefüttert und mit ihr gespielt. Henry hat also ganz genau gewusst, dass es nicht Anna gehört.

»Deinem Bruder gefällt es offensichtlich nicht, ignoriert zu werden.«

»Nein, da hast du wohl recht.« Anna schluckt, und ihr kommt ein furchtbarer Gedanke. »Hast du ihn heute schon gesehen? Als du zum See gegangen bist, meine ich?«

Kirsty legt die Stirn in Falten und schnappt dann nach Luft. »Ja. Ich bin an ihm vorbeigekommen. Er stand an der Zeder.« Die Mädchen schauen einander mit großen Augen an. Jetzt verstehen sie beide. Anna geht zu dem Fenster, von dem aus man das Gelände überblicken kann, und lässt ihren Blick über Rasen und Wald schweifen. Sie muss nicht lange suchen. Henry lehnt an einem Baum. Er hat die Arme vor der Brust verschränkt und starrt zum Fenster der Mädchen hinauf, und wenn Anna sich nicht irrt, dann hat er einen selbstgefälligen Ausdruck auf dem Gesicht. Solange sie es ertragen kann, hält sie Blickkontakt, und als sie sich gerade abwenden will, formt Henry mit den Fingern ein Kreuz auf der Brust und legt dann einen Finger aufs Auge. Anna weicht zurück. Sie schaudert.

Dass er etwas von Kirsty zu dem weggeworfenen Hinweis gelegt hat, ist mehr als nur ein Zeichen. Es ist eine Drohung.

Henry war wütend auf Anna, weil sie nicht mit ihm gespielt hat. Sie hat seine Gefühle verletzt.

Aus Rache hat Henry dann Kirsty auf der Brücke angegriffen. Und er hat Kirstys Tamagotchi getötet, um Anna zu zeigen, dass er es ernst meint. Das ist seine Art, ihr zu sagen, dass Menschen, die sie liebt, leiden werden, wenn sie nicht mit ihm spielt.

Kapitel 12

Ich halte das Tamagotchi in der Hand. Wenn ich nicht mitspiele, wird jemand verletzt werden. Jemand, den ich liebe. Das ist der Deal. Und das hier ist dieselbe Botschaft wie damals, als ich Henry das letzte Mal ignoriert habe. Auch wenn seitdem siebzehn Jahre vergangen sind, kann ich es mir nicht leisten abzuwarten, ob das heute auch noch so ist. Vielleicht hat er sich Ross als Ziel ausgesucht? Und er weiß, wo wir wohnen. Es ist also nicht schwer für ihn, mir zu zeigen, wozu er fähig ist.

Mir laufen die Tränen über die Wangen. Ich lasse sie einfach fallen. All die Jahre voller Schmerz, Frust und Angst brechen in diesem Moment aus mir heraus.

Eine Hand liegt auf meiner Schulter. Unwillkürlich schreie ich und drehe mich hektisch um.

»Tut mir leid. Sorry.« DI Walker weicht einen Schritt zurück und hebt die Hände.

»Mein Gott! Schleichen Sie sich doch nicht so an!« Ich funkele ihn an. DI Walker sieht müde und zerzaust aus. Offensichtlich nagt der Fall an ihm. Aber was zum Teufel hat er sich dabei gedacht, sich so anzuschleichen? Ich hätte nach ihm schlagen können. Dann käme auch noch Angriff auf einen Vollstreckungsbeamten zu meinen Vergehen hinzu.

»Offenbar bin ich nicht der Einzige, der hier herumschleicht.« DI Walker kneift die azurblauen Augen zusammen und schaut mich neckend an. Ich entspanne mich wieder ein wenig. Wenn er wütend auf mich ist, dass ich hierhergekommen bin, ohne ihn vorher darüber zu informieren, dann lässt er sich das zumindest nicht anmerken … oder vielleicht ist es auch einfach nur ein weiterer Punkt auf seiner wachsenden Liste von Beweisen gegen mich.

Ich schaue an ihm vorbei zu der Tür, durch die ich mit Natalia hinausgegangen bin. Ein einsamer Streifenpolizist steht dort und schaut langsam hin und her. Vermutlich überwacht er das Gelände. »Wo ist der Rest Ihres Teams?«

»Wir sind absolut am Limit. In der wenigen Zeit, die uns noch bleibt, versuchen wir, so viele Spuren wie möglich zu verfolgen.«

»Ja, natürlich.« Das Wenige, was ich über Mordermittlungen weiß, stammt aus Büchern oder dem Fernsehen, aber dass alle rund um die Uhr arbeiten, um Henry zu fassen, ist keine Überraschung. Natürlich heißt das auch, dass sie mich im Auge behalten … vielleicht sogar aufmerksamer, als DI Walker zugeben will.

»Die Leute hier sind nicht sonderlich erfreut darüber, dass Sie sich unter falschen Angaben eingeschlichen haben, Anna.« DI Walker schaut mich tadelnd an.

»Ja, das kann ich mir denken. Ich habe darüber nachgedacht, ihnen die Wahrheit zu sagen, aber …«

»Lügen ist leichter?«, vervollständigt DI Walker den Satz. Ich bin nicht sicher, ob das eine Falle ist, ob er mich dazu bringen will, etwas zuzugeben, damit er es später gegen mich verwenden kann. Aber wie auch immer … ich bin erwischt worden. Also schadet es auch nicht mehr, es einzugestehen.

»So was in der Art«, sage ich und zucke mit den Schultern.

»So wie Sie auch gelogen haben, als Sie sagten, Sie wüssten nicht, was das Rätsel bedeutet?«

Rastlos trete ich von einem Fuß auf den anderen. Wie lange beobachtet DI Walker mich schon? Hat er gesehen, wie ich das Spielzeug aus dem Baum gefischt habe? Ich umklammere es fest mit der Faust. Ich bin noch nicht wirklich bereit, ihm meinen Fund zu zeigen.

»Ich war nicht sicher, ob ich recht habe, und ich wollte nicht die Zeit der Polizei verschwenden. Schließlich haben Sie ja genug zu tun.« Wir schauen einander in die Augen, und auch wenn keiner von uns es ausspricht, so fühle ich doch, dass die Fronten geklärt sind.

»Und? Hatten Sie recht?«

Ich wende mich ab. »Anscheinend.« Ich kann ihm unser Spiel, die Jagd, nicht länger verschweigen. Ich muss es ihm erklären, denn ich weiß, dass das der Schlüssel bei der Suche nach Henry ist. »Willkommen bei der Jagd, Detective«, sage ich und zwinge mich zu einem Lächeln. »Wenn ich die Regeln nicht befolge, dann passieren schlimme Dinge.« Ich mache mich auf den Weg über den Rasen und zu den Bäumen. Ich höre DI Walkers schwere Schritte erst hinter und dann neben mir, sodass er mit mir reden und mich dabei beobachten kann. Ich frage mich, was er wohl denkt … ob er schon vermutet, dass ich ihm was verheimliche.

»Ist es möglich, dass Sie die Regeln schon einmal nicht befolgt haben und dass er deshalb fünf Frauen getötet hat?«

»Oh, wow!« Ich bleibe abrupt stehen. »Glauben Sie etwa, es wäre meine Schuld, dass diese Frauen gestorben sind?«

»Nein. Nicht Ihre *Schuld*. Ich suche nur nach einem Grund für diese Taten. Sie haben gesagt, schlimme Dinge würden passieren, wenn Sie sich nicht an die Regeln halten, und das legt nahe, dass da der Grund zu finden ist. Das ist alles, was ich sagen will.«

Ich setze mich wieder in Bewegung und ducke mich durch eine Lücke im Gebüsch. Ich schwöre, dass es dieselbe Lücke ist, durch die wir schon gegangen sind, wenn wir früher verbotenerweise am See eine Zigarette schmauchen wollten. Mit jedem Schritt werden meine Beine schwerer. Als ich schließlich die Brücke erreiche, ist die Last kaum noch zu ertragen.

»Seit ich diesen Ort verlassen habe, hat es keine Jagd mehr gegeben«, sage ich schließlich. »Wir haben bei diesem Spiel etwas versteckt, das für den jeweils anderen wichtig war, dann haben wir danach gesucht. Und als ich das Spiel eines Tages nicht mehr spielen wollte, da hat er sich nicht an *etwas* vergriffen, was mir lieb und teuer war, sondern an *jemandem*. Er hat sich nicht einfach irgendjemand Beliebigen ausgesucht, den er töten will. Das ist schlicht nicht sein Stil. Es muss jemand sein, den ich liebe.«

»Wie Ross zum Beispiel?«

Ich schaudere. »Ja, wie Ross.«

Wir sind an der Brücke, die den See an der schmalsten Stelle überspannt. In der Mitte setze ich mich auf die kleine Steinmauer und warte, bis DI Walker sich zu mir gesellt. Er zieht die Hosenbeine ein wenig hoch und setzt sich dann neben mich. Beide beobachten wir eine leuchtend blaue Libelle, die zwischen uns schwebt und deren Flügel ein lautes Surren verursachen. Das hier war mein Lieblingsplatz, an den ich immer gekommen bin, wenn ich einmal allein sein wollte. Hier konnte ich meinen Gedanken freien Lauf lassen. Und wenn ich diese Gedanken akzeptiert hatte, dann konnten sie meinen überfüllten Kopf verlassen, und die Brise hat sie über das Wasser davongetragen. Selbst in all den Jahren der Therapie nach meiner Zeit in Finley Hall habe ich keine bessere Möglichkeit gefunden, die finstersten Gedanken zu vertreiben.

Vermutlich ist es die Nostalgie, die mich an diesem Ort erfüllt, aber wie auch immer … Ich strecke die Hand zu DI Walker aus und enthülle das Spielzeug.

»Das sollten Sie lieber eintüten.« Das Herz schlägt mir bis zum Hals, als ich auf seine Reaktion warte.

»Was ist das?« Er holt ein Paar Latexhandschuhe aus der Innentasche seines Jacketts und zieht sie an.

»Wie viele von diesen Handschuhen haben Sie eigentlich dabei?«

Er lacht. »Ich bin immer auf alles vorbereitet.«

»Und das ist ein Tamagotchi«, sage ich. »Als wir hier gelebt haben, war das der letzte Schrei.«

»Ah, ja.« DI Walker nickt und lächelt, als er das Tamagotchi hochhält, um es zu betrachten. »Ich erinnere mich. Virtuelle Haustiere. Man durfte nicht vergessen, sie zu füttern und mit ihnen zu spielen. Sonst sind sie gestorben.«

»Jep. Henry hat das hier – oder ein ähnliches – als Warnung benutzt.«

»Wie das?«

»Eines Morgens habe ich ein neues Rätsel gefunden und beschlossen, nicht mehr mit ihm zu spielen. Ich und meine Freundin haben es einfach ignoriert. Wir haben uns seinen Hinweis auf dem Zettel noch nicht einmal angeschaut.«

»Ich nehme an, das war das erste Mal, dass Sie das getan haben, korrekt?«

»Ich wollte es schon vorher tun, aber Henry … Nun, Henry kann sehr überzeugend sein.«

»Er mochte es nicht, ignoriert zu werden.«

»Oh, nein.« Ich drehe mich um und schaue zum Wasser

hinunter. »Da …« Ich atme tief durch. »Da hat er sie liegen lassen.« Ich deute nach unten … zum Fuß der Brücke.

»Ihre Freundin ist gestorben?« DI Walker reißt die Augen auf.

»Nein, nein. Sie war nur verletzt, bewusstlos geschlagen.« Erneut atme ich tief ein. Die Vermutung des Detectives trifft mich wie ein Schlag. »Aber natürlich ist es durchaus möglich, dass er sie töten wollte. Allerdings habe ich das bis jetzt nie so gesehen. Wir sind einfach davon ausgegangen, dass es eine Warnung war, und wir haben ihn nie wieder herausgefordert.«

»Sind Sie noch immer mit … Wie hieß sie eigentlich?«

»Kirsty«, antworte ich und füge dann rasch hinzu: »Als wir hier raus waren, haben wir den Kontakt verloren. Alle Abgänger haben sich zerstreut. Zu Beginn hat einer noch eine Onlinegruppe aufgemacht, aber auch das hatte sich rasch erledigt. Kirsty war allerdings ohnehin kein Teil davon … jedenfalls nicht, soweit ich mich erinnern kann.«

»Haben Sie je nach ihr gesucht? Um zu sehen, ob es ihr gut geht?«

Seine Frage klingt vorwurfsvoll. Aber DI Walker hat nicht die geringste Ahnung, wie das ist. Wie auch? Trotzdem schmerzt mich sein Vorwurf, und sofort beginne ich, mich zu rechtfertigen.

»Wie gesagt, haben sich alle zerstreut. Wir hatten alle unsere eigene Geschichte, DI Walker. Jeder von uns hatte eine eigene Vergangenheit, über die er nicht reden wollte und vor der er floh. Kirsty war da nicht anders. Manche Menschen wollen einfach nicht gefunden werden.« Ich huste, um den Hals freizubekommen. Meine Gefühle drohen, mich zu ersticken. »Keine von Henrys Opfern hieß doch Kirsty, oder?« DI

Walker starrt mich an, durch mich hindurch, und mir dreht sich der Magen um.

»Nein«, antwortet er und schaut über den See. »Haben Sie noch einmal über das Datum nachgedacht? Den 13. Mai?«

»Ich habe nichts in meinen Tagebüchern gefunden.« Ich werde rot, versuche aber, gelassen zu bleiben. Dann stehe ich auf, in der Hoffnung, dass DI Walker meine Lüge nicht bemerkt.

»Das ist doch nicht etwa das Datum, an dem Sie und Kirsty aufgehört haben, das Spiel mit ihm zu spielen, oder?«

Ich antworte nicht sofort, und DI Walker schaut mich hoffnungsvoll an.

»Nein. Das war im Herbst. Überall war Laub. Und es war kalt. Wir haben über Halloween geredet. Also definitiv nicht Mai.«

»Warum will Ihr Bruder ausgerechnet jetzt Ihr Leben zerstören, Anna?«

»Das ist die Frage, die auch mir ständig im Kopf herumgeht.« Verlegen trete ich wieder von einem Fuß auf den anderen.

»Und? Wo geht's jetzt hin?«, fragt DI Walker.

»Ich weiß nicht.« Wir verlassen die Brücke und kehren zum Haupthaus zurück. Er hält noch immer das Tamagotchi in der behandschuhten Hand.

»Welchen Hinweis hat er ihnen hiermit gegeben?«, fragt er und dreht das Spielzeug in der Hand.

»Das war nur das hier. Es ist dasselbe oder zumindest ein ähnliches Tamagotchi wie das, das er nach dem Angriff auf Kirsty in unserem Zimmer gelassen hat. Ich nehme an, das ist seine Art, mich wissen zu lassen, dass es noch nicht vorbei ist.«

»Ich weiß nicht. Für mich sieht es so aus, als wäre es für das Rätsel wichtig …, als wäre es eine Art Startpunkt. Er hat Sie hierher geschickt, weil das hier ein Ort ist, den Sie beide kennen. Ich glaube, dass er das Spiel fortsetzen will, dass er Sie von hier aus weiterschickt, in eine andere Richtung, er will, dass Sie wieder mit ihm spielen.«

»Vielleicht beobachtet er uns ja gerade.« Ich schaudere, drehe den Kopf und scanne jeden Zoll der Umgebung. Nirgends lungert jemand herum – jedenfalls nicht, soweit ich sehe. »Es könnte ein Test sein. Vielleicht will er ja wissen, ob ich allein komme oder ob ich die Polizei eingeschaltet habe.« Ich schnaube. »Genau das wollte ich nicht, aber jetzt haben Sie diesen Plan ruiniert.«

DI Walker lächelt entschuldigend. »Wenn Sie mich informiert hätten, dann wäre ich Ihnen in sicherem Abstand gefolgt. Einfach so in den frühen Morgenstunden zu verschwinden, wirft kein gutes Licht auf Sie, oder meinen Sie nicht? Mir blieb keine andere Wahl, als Ihnen zu folgen.«

»Ich habe niemanden gesehen, als ich gefahren bin. Und mir ist auch niemand gefolgt.«

»Genau das ist der Sinn von verdeckten Ermittlungen«, erwidert DI Walker. Auch wenn sein Tonfall locker, ja fast humorvoll ist, ist da auch ein Hauch von Selbstgefälligkeit. Aber darauf werde ich nicht reinfallen. Ich werde weder lachen noch etwas darauf erwidern. Ich habe die Nase voll von Spielen. Als DI Walker endlich das Tamagotchi wegstecken will, hält er plötzlich inne. »Was haben wir denn hier?« Vorsichtig öffnet er das Batteriefach. »Da ist etwas.«

Er bringt das Spielzeug zu einem Picknicktisch in der Nähe und entfaltet mit den behandschuhten Händen ein Stück Papier. »Hier«, sagt er und dreht sich zu mir. »Holen

Sie mal mein Notizbuch und den Stift aus der Innentasche.« Ich tue, was er will. »Und schreiben Sie auf, was da steht.«

Die Worte des neuen Rätsels verschwimmen vor meinen Augen, und ich muss blinzeln, um mich zu konzentrieren. Meine Hand zittert.

Du bist nicht die Einzige, die etwas verbirgt,
Du bist nicht die Einzige, die lügt und betrügt.
Du wirst es bereuen, dass du in Eile geflohen bist,
Wirst den Kopf verlieren nach einer kurzen Frist.
Dem Klatschweib wird die Zunge beschnitten, ganz glatt;
Alle Hunde in der Stadt werden endlich davon satt.

Mein Herz pocht wie wild, als ich versuche, das lesbar aufzuschreiben, und als ich fertig bin, steckt DI Walker das Blatt zusammen mit dem Spielzeug in einen Plastikbeutel.

»Ihr neuer Hinweis.« Er schaut mich an. Seine Aufregung ist ihm deutlich anzusehen

»Ich verstehe nicht.« Ich starre auf die Abschrift im Notizbuch, lese sie mehrmals, und mit jedem Mal wirkt sie bedrohlicher. Mein Gehirn weigert sich jedoch, eine Erinnerung heraufzubeschwören, die mir helfen könnte, dem Text einen Sinn zu geben.

»Kommen Sie schon, Anna. Das ist wichtig. Denken Sie nach.«

»Das tue ich doch, Detective Walker. Tut mir leid, wenn mir das ein wenig Angst macht. Sie mögen so etwas ja gewöhnt sein, aber ich bin nur eine verdammte Lehrerin.«

»Und zwar eine gute, soweit ich weiß. Logisches Denken und emotionale Intelligenz … Das ist Ihr Ding, und hier geht es um jemanden, der Ihnen nahesteht.«

»Ich stehe Henry nicht nahe«, erkläre ich entschlossen. »Gestern Morgen war noch alles normal. Mein Leben lief genau so, wie es laufen sollte. Und dann kommen Sie, und das Chaos bricht aus. Ich werde suspendiert, und jetzt stalkt mich ein Serienkiller, und das Schicksal einer anderen Frau liegt in meinen Händen. Ich kann nicht mehr klar denken.«

»Okay, okay. Sie haben natürlich recht. Tut mir leid. Ich sollte Sie wirklich nicht so unter Druck setzen. Ich will einfach nicht, dass Henry sich noch ein Opfer holt, Anna. Das ist alles. Ich bin fest entschlossen, in all dem Chaos wenigstens *ein* Leben zu retten.«

»Das verstehe ich natürlich. Die Uhr tickt. Aber nur, damit Sie es wissen … ich komme nicht gut mit Stress zurecht. Ich neige zu Panik und überstürzten Entscheidungen.« Ich weiß nicht, warum ich ihm das sage, aber ich kann mich nicht stoppen. »Wenn Sie meine Hilfe wollen, dann muss ich die Hinweise richtig zusammensetzen. Wir haben keine Zeit dafür, dass ich einen falschen Schluss ziehe und Sie – *uns* – auf eine falsche Fährte schicke. Ich muss sicherstellen, dass meine Lösung beim ersten Mal stimmt. Für das erste Rätsel habe ich drei Stunden gebraucht. Hätte ich mich geirrt, hätte ich also viel Zeit verschwendet. Verstehen Sie?«

»Ja. Okay. Ich werde Ihnen ein wenig Freiraum lassen.«

»Danke.«

»Aber Anna …«

»Ja?«

»Sie müssen alles mit mir teilen. Kein plötzliches Verschwinden mehr. Keine Egotrips. Ich kann nicht zulassen, dass Sie oder eine andere Frau sein nächstes Opfer werden.«

»Keine Sorge. Ich beabsichtige nicht, mir den Kopf abschneiden zu lassen, DI Walker.«

»Okay. Aber ich bin sicher, auch seine anderen Opfer wollten nicht irgendwelche Körperteile verlieren.«

Ich kann meine Angst nicht verbergen. Instinktiv atme ich zischend ein.

»D… das haben Sie mir bis jetzt noch gar nicht erzählt«, sage ich mit zitternder Stimme.

»Tut mir leid. Ich wollte Ihnen die grausigen Details ersparen, oder zumindest wollte ich sie verschweigen, solange es nicht unbedingt nötig ist.«

»Sie haben mir erzählt, dem ersten Opfer habe er den Mund zugenäht. Hat er ihr auch etwas … entfernt?«

DI Walker seufzt. Offenbar ärgert es ihn, dass er sich verplappert hat. »Nein. Das war erst bei den folgenden Opfern so.«

»Oh.« Ich reibe mir nervös den Hals.

»Schauen Sie, ich werde Schutz für Sie organisieren …«

»Nein!« Ich bin schockiert, wie schnell und entschlossen meine Ablehnung kommt, und Walkers offenem Mund nach zu urteilen, gilt das auch für ihn. Ich schüttele mich. »Bitte, entschuldigen Sie. Vielen Dank, Detective, aber ich brauche das nicht. Wenn ein Beamter vor meiner Tür steht, könnte das Henry davon abhalten, Kontakt zu mir aufzunehmen, und dann wäre ich gezwungen, meine Zusammenarbeit einzustellen. Ich bin sicher, das wollen Sie nicht, denn wie Sie korrekt erklärt haben, läuft uns die Zeit davon.«

»Und was, wenn es tatsächlich sein ultimatives Ziel ist, *Sie* zu töten? Diese Zeile in dem Rätsel ist nicht wirklich zweideutig.«

»Das sehe ich anders. Aber egal … Auch wenn es mir nichts ausmacht, wenn Sie allein zu mir kommen, glaube ich, der Rest des Teams sollte lieber Abstand halten.« Tatsächlich gefällt es mir auch nicht, wenn DI Walker in meiner Nähe ist, aber ich muss realistisch bleiben. Es geht um einen Mordfall, und egal, ob es mir nun gefällt oder nicht, ich bin darin verwickelt. Ich schaue zu dem Altenheim und sehe Natalia zurückkommen. Mit den Händen in den Hüften lässt sie ihren Blick über das Gelände schweifen. »Äh … Ich glaube, wir sind hier nicht länger willkommen«, sage ich. Ich kann gar nicht ausdrücken, wie erleichtert ich bin, diesen Ort wieder verlassen zu können. Und diesmal wird es wirklich für immer sein.

Kapitel 13

Ein Geheimnis bleibt ein Geheimnis.
Mein Wort gilt auch noch in tausend Jahren.
Niemand soll von deinen grausamen Taten erfahren.

Mai

Vor zwei Jahren

Die Zunge glitt ihm aus den Fingern, und er brauchte ein paar Versuche, um sie für den ersten Schnitt lange genug festzuhalten. Das Messer war scharf. Trotzdem musste er mehrmals ansetzen, um die Zunge zu durchtrennen. Es floss nicht viel Blut – sie war schon eine halbe Stunde tot –, aber er hatte sich dennoch gut vorbereitet und eine Plastikplane unter ihr ausgebreitet. Er wollte in jedem Fall vermeiden, dass Blutspritzer den Tatort verrieten, denn alle Aufmerksamkeit sollte sich auf jenen Ort konzentrieren, wo er sie zur Schau stellen würde. Bei der ersten Frau hatte er gelernt, dass diese beiden Orte wegen des Transports der Leiche nicht zu weit auseinanderliegen durften. Und so musste er die Tote diesmal nur über den Flur in das benachbarte Schlafzimmer bringen, wo ein Kindertipi stand, das er speziell für diese Gelegenheit gekauft und dort aufgebaut hatte. Es befand sich im größeren der beiden Räume, damit er genug Platz hatte, um damit zu hantieren.

Auch war diese Frau hier kleiner als die erste, und das erleichterte vieles. Er rollte sie von der blutigen Plastikplane und wischte sie ab. Dann zog er sie an den Armen weiter. Geschmeidig glitt sie über den Boden.

»Merk dir das für später«, murmelte er vor sich hin. »Zimmer ohne Teppich sind besser.«

Sein Atem ging ruhig und gleichmäßig, als er sie vor dem Eingang des Tipis ablegte. Dann trat er einen Schritt zurück, überlegte kurz und drehte den Körper der Toten so, dass der Kopf dem Eingang am nächsten lag. Schließlich duckte er sich ins Zelt, packte erneut ihre Arme und zog sie hinein. Sie richtig zu positionieren, würde schwieriger werden als beim letzten Mal. Er setzte sie auf, beugte ihre Beine in einen Schneidersitz, und rückte wieder von ihr ab. Ihr Oberkörper klappte nach vorne. Er richtete ihn wieder auf, mit demselben Ergebnis.

»Verdammte Schlampe.« Er kroch hinaus, atmete ein paar Mal tief durch und rollte den Kopf, um sich zu beruhigen. Dann kam ihm eine Idee, und er ging nach unten, holte, was er brauchte, und kehrte wieder zum Tipi zurück. Dort steckte er den Besenstiel hinten in ihre Jeans und befestigte ihn mit Klebeband entlang ihres Rückens und um die Hüfte. So blieb sie aufrecht sitzen. Lächelnd richtete er ihre Kleidung und legte einen Arm in ihren Schoß und den anderen vor sie, als würde sie nach etwas greifen.

Jetzt war er zufrieden und holte die abgeschnittene Zunge aus dem Nachbarzimmer. Das Ganze sah aus wie eine dieser lustigen Dekorationen, wie es sie zu Halloween in den Geschäften gibt. Einen Augenblick lang war er wieder in Finley

Hall, und all die Halloweennächte, die er dort verbracht hatte, verschmolzen zu einem dunklen Schatten in seinem Geist. Er legte die inzwischen ausgekühlte Zunge zwischen zwei Scheiben Brot und das Brot dann auf einen Teller, den er wiederum neben die Hand der Frau stellte.

»Ein Geheimnis ist ein Geheimnis. Mein Wort gilt ewig. Ich werde niemandem von deinem grausamen Unterfangen erzählen.«

Nur dass er in Wahrheit beabsichtigte, genau das zu tun.

Er legte eine Ecke Dairylea-Käse daneben und lächelte. Jetzt nur noch das i-Tüpfelchen, seine ›Signatur‹. Zwar würde die Zeitung von heute vermutlich schon als Signatur reichen, aber er musste sichergehen. Es bedurfte eines zusätzlichen Wow-Effekts. Etwas, dass für *sie* typisch und bedeutungsvoll war. Adrenalin strömte durch seine Adern, als er es tat, und er atmete immer schneller. Schließlich trat er abermals einen Schritt zurück, um das Bild zu betrachten. Er wollte wissen, ob andere es ebenfalls so sehen würden.

Er schätzte, dass es eine Weile dauerte, bis die Polizei das hier mit dem ersten Mord in Verbindung bringen würde. Dazu kam, dass er seine letzte Tat in einem anderen County begangen hatte, und abgesehen von der Tatsache, dass beide Opfer allein lebten – was essenziell für seinen Plan war –, waren sie rein physisch vollkommen verschieden. Für gewöhnlich suchten Serienmörder sich ihre Opfer nach körperlichen oder persönlichen Charakteristika aus. Sie hatten ein ›Ideal‹. Seine Kriterien waren jedoch deutlich komplexer.

Erst wenn die unterschiedlichen Polizeireviere ihre Informationen austauschten und seine Visitenkarte fanden, würde ihnen klar werden, dass sie es mit ein und demselben Täter zu tun hatten. Und dann erst würden sie auch darauf kommen, dass es sich bei dem Täter möglicherweise um einen Serienmörder handelte. Nach dem nächsten Mord wiederum würde kein Zweifel mehr daran bestehen. Es war natürlich nicht so, als würde er gerne gefasst werden. Allerdings sehnte er sich danach, berüchtigt zu sein und zu wissen, dass er Furcht erregen und Rache nehmen konnte. Hauptsache es würde eine Verbindung zwischen den Morden hergestellt. Die Polizei sollte wissen, was noch auf sie zukommen würde. Schlussendlich hatte er nur ein Ziel. Jeder Mord würde ihn einen Schritt näher zu ihr führen ... und damit zur Wahrheit.

Einige Versprechen sollten nie gebrochen werden.

Und manche Lügner sollten niemals Erfolg haben dürfen.

Kapitel 14

Das neue Rätsel lässt keinen Zweifel daran, dass Henry mich quälen will. Er hat sich schon immer im Stich gelassen gefühlt, besonders von Frauen. Da ist es nicht verwunderlich, dass seine Opfer ausschließlich weiblich sind. Ich nehme an, sein Hass auf Frauen hat mit Val begonnen – mit ›Mutter‹ – und sich dann auf Miss Graves in Finley Hall übertragen. Als er dort war, haben ihn alle im Stich gelassen, auch ich. Und jetzt will er ganz offensichtlich Aufmerksamkeit, meine Aufmerksamkeit.

Das Rätsel könnte sich auf eine ganze Reihe von Dingen beziehen, doch keines davon ergibt unmittelbar Sinn. Ich starre auf die Worte, lese die Zeilen wieder und wieder, doch mir fällt nichts auf, was ein Hinweis auf den nächsten Ort sein könnte. Beim ersten Rätsel war das noch anders. Diesmal lässt Henry mich härter arbeiten, und er erhöht den Druck. Wie beim Zeitzünder einer Bombe wird heruntergezählt bis zur unvermeidlichen Explosion. Ich schiebe das Blatt weg. Es nützt niemandem etwas, wenn ich zu besessen davon bin. Ich brauche Ablenkung. Auf diese Art wird mein Gehirn sich wieder entspannen und ich die Antwort finden.

Der Laptop steht aufgeklappt auf dem Esszimmertisch. Der Bildschirm ist so dunkel wie ein Schwarzes Loch und genauso tödlich. Ich weiß, dass sich dort eine Version von mir verbirgt, die ich nicht ertragen kann. Wegen des Besuchs in

Finley Hall habe ich den furchtbaren Zwischenfall auf dem Zebrastreifen verdrängt, aber vielleicht sollte ich jetzt doch für ein wenig Schadensbegrenzung sorgen. Ich sollte auf die Facebookseite der Schule gehen oder zumindest in die WhatsApp-Gruppe der Lehrer, um zu sehen, was dort über den Vorfall geschrieben wird. In jedem Fall kann ich mich nicht davor verstecken, zumindest nicht, wenn ich meinen professionellen Ruf bewahren will.

Vorsichtig gehe ich einen Schritt auf den Laptop zu. Mir schlägt das Herz bis zum Hals, und ich balle die Fäuste an den Seiten. Bei dem Gedanken daran, was andere über mich sagen könnten, bin ich so angespannt, dass ich das Gefühl habe, mir platzt das Trommelfell, als ich ein Geräusch hinter dem Haus höre. Doch dann ertönt es erneut, und ich bin wie erstarrt. Meine Nerven sind zum Zerreißen gespannt. Das ist die Hintertür. Irgendjemand versucht, sie zu öffnen … einzubrechen.

Ist das Henry? Oh, Gott! Warum habe ich DI Walkers Angebot nur abgelehnt und den Personenschutz nicht angenommen? Ich werde wirklich dumm dastehen, wenn Henry sein Versprechen wahr macht und ich plötzlich ohne Kopf dastehe. Ich kann den Detective förmlich hören: *Ich habe Ihnen ja gesagt, dass das passieren wird.*

Tu was! Irgendwas!

Als ich höre, wie die Tür sich mit einem Knarren öffnet, löst sich die Starre, und ich springe zum Beistelltisch. Dort schnappe ich mir die Lampe, reiße sie aus der Steckdose, drehe sie um und wickele das Kabel um mein Handgelenk. Dann ducke ich mich hinter die halbgeöffnete Wohnzimmertür und hebe die Lampe mit dem Holzfuß hoch über den Kopf, bereit zuzuschlagen, sobald der Eindringling eintritt.

Neben der Tür erscheint ein Schatten an der Wand und wird rasch größer. Ich höre das Atmen eines Menschen auf der anderen Seite. *Henry*. Aber woher soll ich wissen, dass er das wirklich ist? Ich habe ihn seit siebzehn Jahren nicht gesehen, noch nicht mal ein Foto. Aber das spielt auch keine Rolle. Selbst, wenn er es nicht sein sollte, ist es in jedem Fall jemand, der mir etwas antun will. Oder ein Einbrecher. Wie auch immer … Alles, was ich jetzt tue, ist Selbstverteidigung.

Als die Tür aufgeschoben wird, stoße ich einen Kriegsschrei aus und stürze mich auf die Person, die da kommt. Ich will ihr gerade die Lampe auf den Kopf hämmern, als ein ebenso lauter Schrei mich davon abhält.

Ross duckt sich und hebt die Hände über den Kopf, um sich vor der Lampe zu schützen.

»Scheiße!«, brüllt er. »Anna! Ich bin's!«

Meine Beine verlässt die Kraft, und ich breche zusammen. Die Lampe landet neben mir auf dem Boden. Ich schlucke und versuche, gleichzeitig zu atmen, was zu einem seltsamen Schluckauf führt. »T … tut mir leid«, keuche ich, als mir klar wird, dass ich fast meinen Mann erschlagen hätte.

»Warum zum Teufel hast du dich so auf mich gestürzt?« Ross hat die Augen aufgerissen, und seine Pupillen sind so groß, dass sie fast schwarz wirken.

Jetzt werde ich wütend. »Und warum hast du dich so reingeschlichen, verdammt?«

»Ich … Ich … Ich bin nur …«

»*Was?*«

»Ich bin nur andersherum gekommen. Ich habe mir das Grundstück hinter unserem angeschaut.«

»Okay. Normalerweise benutzt du aber *nicht* den Hintereingang.« Ich reiße mich wieder zusammen und hocke mich auf die Knie. Ross ist als Erster aufgestanden und bietet mir die Hand an. »Danke«, sage ich. Ein paar Augenblicke lang schweigen wir beide, während wir um Atem ringen. Ross lehnt sich an die Wand.

»Das war knapp.« Seine Hand liegt auf der Brust. Ich schaue ihm in die Augen und sehe, dass der Schock noch nicht verflogen ist.

»Ich muss dir etwas sagen«, ergreife ich als Erste das Wort. »Ich mache uns einen Kaffee. Dann bringe ich dich auf den neuesten Stand.«

»Klingt geheimnisvoll.« Ross sieht müde aus. Er hat dunkle Ringe unter den Augen, und die senkrechte Falte auf seiner Stirn vertieft sich. Das ist ein unverkennbares Anzeichen dafür, dass er sich Sorgen macht. Allerdings ist er sehr gut darin, seine Emotionen zu verbergen und immer die Beherrschung zu bewahren. Aber jede Person hat einen Gesichtsausdruck oder irgendetwas anderes Charakteristisches, das nur Menschen erkennen können, die ihr besonders nahestehen. Ich bin sicher, das ist auch bei mir so. Und jetzt hoffe ich, dass Ross das nicht sieht, als ich den Raum verlasse, um uns Kaffee zu kochen.

*

»Ich bin heute Morgen nach Finley Hall gefahren«, sage ich, als ich mit zwei Bechern wieder zurückkehre. Das Herz schlägt mir bis zum Hals, als ich Ross über dem Blatt Papier mit dem Rätsel stehen sehe. Er ist kreidebleich.

»Was ist los, Ross?« Ich stelle den Becher ab und drehe das Papier so, dass wir beide es lesen können. »Weißt du, was das bedeutet?«

»Nein! Woher soll ich das auch wissen?«, schnappt er. »Ich nehme an, das ist auf dich gemünzt.«

»Ich dachte nur … Nun, du hast so ausgesehen, als hätte dir das was gesagt.«

Ross schüttelt den Kopf, nimmt seinen Becher und setzt sich aufs Sofa. Seine Hände zittern. »Und du bist wirklich den ganzen Weg in die Midlands gefahren?«

»Ja. Ich musste. Und dieses neue Rätsel hat in einem Spielzeug gesteckt. Henry hat wieder mit der Jagd begonnen, und er will, dass ich mit ihm spiele.« Ross weiß von dem Spiel, zu dem Henry mich immer gezwungen hat, und er weiß auch, dass es immer übler geworden ist. Das habe ich ihm schon ziemlich früh in unserer Beziehung erzählt. Jetzt bin ich allerdings nicht sicher, ob der Ausdruck auf Ross' Gesicht von Überraschung, Wut oder Enttäuschung zeugt. Ross öffnet und schließt den Mund, sagt aber kein Wort.

Ich lege das Blatt Papier vor uns auf den Tisch, genauso, wie DI Walker es mit dem ersten Hinweis gemacht hat. Kurz gebe ich Ross einen Überblick über die Ereignisse des Morgens. Ich erzähle ihm auch, wie ich das Rätsel gelöst und das Tamagotchi im Astloch gefunden habe. Ich schiebe das Blatt näher zu ihm.

»Und?«, hake ich nach.

»Und was?« Er schaut mich verwirrt an.

»Springt dir irgendwas ins Auge? Ergibt das einen Sinn für dich?«

»Nein, das sagt mir gar nichts, fürchte ich. Aber mir gefällt nicht, wie es klingt.« Sein Atem rasselt, und mir wird schlecht, als ich erkenne, dass ich meinem Ehemann zum ersten Mal in unserem Leben nicht ganz glaube. Ist der Lügner, von dem in dem Rätsel die Rede ist, tatsächlich Ross und nicht ich? Aber vielleicht ist er auch einfach nur kreidebleich geworden, als er die Zeile gelesen hat, in der steht, dass ich meinen Kopf verlieren werde. Aber natürlich kann ›den Kopf verlieren‹ auch heißen, dass ich verrückt werde. Und außerdem … Worüber sollte Ross mich anlügen wollen?

Himmel! Was für eine perfekte Art, einen Keil zwischen mich und meinen Mann zu treiben. Henry ist wirklich einer der besten Manipulatoren, die man sich vorstellen kann. Und vielleicht ist es genau das, was er erreichen will.

»Okay … Nun … Ich glaube, ich brauche ein wenig frische Luft. Einen neuen Blick auf die Dinge. Uns läuft die Zeit davon, und DI Walker zählt auf mich.«

Ross schaut mich erstaunt an. »Wirklich?« Er kneift die Augen zusammen.

»Ja, DI Walker ist sich sicher, dass ich ihm bei der Lösung des Falles helfen kann … dass ich ihm helfen kann, Henry aufzuhalten, bevor er wieder tötet.«

»Ach, ja?« Ross schnaubt leise und schürzt die Lippen. »Nun, dann sollte er lieber deine Sicherheit im Blick haben, Anna. Wenn er dich nur als Köder benutzt …«

»Tut er nicht«, erkläre ich rasch und das, obwohl mir dieser Gedanke selbst schon gekommen ist. »Bis später.«

»Kommst du allein zurecht? Vielleicht solltest du ja lieber drinnen bleiben.« Ross' besorgte Worte bescheren mir ein schlechtes Gewissen.

»Es wird schon nichts passieren. Ich schaffe das.« Ich halte den kleinen Taschenalarm hoch, den ich mir gekauft habe, als wir an die Küste gezogen sind. Kurz drücke ich auf den Knopf, und das Ding stößt ein kurzes, hohes Heulen aus, das einem durch Mark und Bein geht. »Siehst du?«

»Und du hast auch dein Handy dabei?«

»Jaja«, sage ich und klopfe auf meine Tasche, als ich den Mantel anziehe. »Du musst kein Abendessen machen. Ich weiß noch nicht, wann ich wieder zurückkomme, aber auf dem Rückweg hole ich uns Fish & Chips.« Ich werfe die Haustür härter zu, als ich beabsichtigt habe, und stapfe in Richtung *The Ness*.

Kaum bin ich mit meinen Gedanken allein, da denke ich nur noch an Henry. Warum versucht er, das Leben zu zerstören, das ich mir so sorgfältig aufgebaut habe? Ist sein eigenes so schlecht, dass er jetzt meines ruinieren muss? Vielleicht hat sich einfach sein Verhalten weiter verschlimmert, nachdem ich Finley Hall verlassen habe und damit *ihn*. Vielleicht hat sein Sadismus ja ein neues Level erreicht. Aber nur, weil er erst jetzt mit der Jagd begonnen hat, heißt das nicht, dass er nicht schon vor der aktuellen Mordserie Menschen getötet hat. Vielleicht hat die Polizei ihn bis jetzt nur nicht mit anderen Taten in Verbindung gebracht. Ich ziehe den Mantel enger um die Schultern. Es ist zwar nicht wirklich kalt, nur ein wenig windig, aber mir läuft ein Schauder über den Rücken.

Ich gehe an *The Ness* vorbei. In dem Restaurant scheint alles ruhig zu sein, aber ohne Zweifel haben sich am Tresen ein paar Einheimische versammelt, um zu trinken und zu plaudern. Warmes Licht sickert unter den Fenstern hindurch und taucht das Gras in einen tröstenden, gelben Ton. Aber ich bleibe nicht, sondern gehe direkt zum Küstenweg. Dort ist es abgeschiedener, sodass mir hier eher niemand über den Weg läuft, der mich wegen des unsäglichen Zebrastreifenvideos bedrängen könnte.

Der friedliche Abend beruhigt mich, und das Rauschen der Wellen ist so entspannend, dass ich fast vergesse, was für ein Chaos die letzten zwei Tage gewesen sind. Doch dann brechen die Zeilen des Rätsels wieder in meinen Kopf wie eine Monsterwelle, die gegen die Felsen prallt: *Dem Klatschweib wird die Zunge beschnitten, völlig glatt; und alle Hunde in der Stadt werden endlich davon satt.* Der Hinweis auf den nächsten Ort muss in diesen letzten Zeilen zu finden sein, denn ihr Ton ist anders als der Rest. Sie erinnern an einen Kinderreim. Der letzte Hinweis bezog sich auf Finley Hall, aber ich bin nicht sicher, ob der nächste Ort auch dort zu finden ist, denn ich glaube nicht, dass Henry mich zweimal an denselben Ort schicken würde.

Frustration vernebelt meinen Geist, und ich stoße einen erstickten Schrei aus. Dieser verdammte Henry! Ich würde alles dafür geben, diesen kleinen Psychopathen wieder ignorieren zu können. Ich will meinen Alltag zurück, mein ganz normales Leben. Ich will ihm den Mittelfinger zeigen, damit er sieht, dass er keine Macht über mich hat. Aber das ist nur Wunschdenken. Tatsächlich hat Henry im Moment als Einziger die Macht, und das weiß er.

Er könnte mein Leben zerstören.

Er könnte mir das Leben *nehmen*.

Sicher ist nur, dass wieder jemand sterben wird, egal ob ich sein Spiel mitspiele oder nicht.

Und ich kann die Vorstellung nicht ertragen, noch mehr Blut an den Händen zu haben.

Aber wie soll ich gegen einen Feind kämpfen, den ich nicht sehen kann?

11. Mai

NOCH ZWEI TAGE

Kapitel 15

In der letzten Nacht bin ich stundenlang herumgewandert, so voll war mein Kopf, und als ich wieder heimgekommen bin, hat Ross mich ungläubig angeschaut, und mir ist klar geworden, dass ich die Fish & Chips vergessen hatte. Ross lief sofort zum nächsten Laden, doch der hatte schon zu. So aßen wir schweigend Bohnen auf Toast.

Jetzt, an diesem Morgen, sitzt Ross mir gegenüber. Er wirkt abwesend und schaut traurig drein. Es ist, als wäre etwas passiert, etwas Schlimmes, an das ich mich nicht erinnern kann. Misstrauen hängt zwischen uns, und das kann nicht nur daran liegen, dass ich vergessen habe, das Abendessen mitzubringen. Als ich gerade aufstehen und gehen will, weil ich das Schweigen nicht länger ertragen kann, seufzt Ross. Ich schaue ihn an und hoffe, dass er sich mir endlich öffnet.

»Was hast du für heute geplant? Schließlich bist du ja suspendiert und hast Zeit.«

Seine Offenheit trifft mich hart, und ich muss mich beherrschen, um nicht zurückzubeißen. Nur ein ebenso sarkastisches Lächeln kann ich mir nicht verkneifen. »Nun ja, Ross … Das ist mein erstes Mal. Ich weiß also nicht.«

»Tut mir leid.« Er blinzelt ein paar Mal, als wollte er ein unerwünschtes Bild vertreiben. »Ich verstehe natürlich, dass das sehr stressig für dich ist.«

»Stressig? Ja, so kann man es auch nennen, wenn das Leben einer Frau in deinen Händen liegt.« Ich werfe die Gabel auf den Tisch. Sie trifft den Teller, und ein Tropfen Eigelb spritzt auf das Holz. »Ich muss diese Hinweise entschlüsseln und den Detectives helfen, Henry vor dem 13. Mai zu finden. Das ist das Wichtigste. Henry muss aufgehalten werden.«

»Das sehe ich genauso«, sagt Ross aufgeregt. »Aber das ist der Job der Polizei, Anna, nicht deiner.«

»Ich helfe …«

»Sie benutzen dich nur.« Ross leert seinen Kaffeebecher, steht auf und knallt den Becher auf die Arbeitsplatte. »Ich habe ein paar Besichtigungstermine mit Yaz. Aber ruf mich sofort an, wenn du dir auch nur die geringsten Sorgen machst. Okay?«

»Ja. Danke«, sage ich.

»Und bitte jage diesen ›Hinweisen‹ nicht durchs halbe Land hinterher, verstanden?«

»Das kann ich dir nicht versprechen, Ross.«

Er läuft rot an. »Okay. Dann kann ich dir auch nicht versprechen, dass ich da sein werde, um die Trümmer aufzusammeln.«

»Das ist nur fair.« Meine Nase kribbelt, und ich beiße die Zähne zusammen, um nicht zu weinen. Ich versuche, Ross weiter in die Augen zu schauen, doch sein Blick ist nicht auf mich gerichtet. Er schürzt die Lippen und reibt sich die Schläfen.

»Bist du okay?«, frage ich und gehe auf ihn zu. Ross schlingt die Arme um mich und vergräbt sein Gesicht in meinem Nacken. So bleiben wir eine Weile stehen. Ich will nicht die Erste sein, die sich aus der Umarmung löst. Dann fühle ich etwas Feuchtes auf meiner Haut, und mein Herz setzt einen Schlag lang aus.

»Ich liebe dich. Das weißt du«, sagt Ross. Dann schiebt er mich von sich, dreht sich um und geht, ohne auf meine Antwort zu warten.

Nachdem ich mich sinnlos in der Küche beschäftigt habe – die Becher im Schrank neu ordnen und die ohnehin blitzblanke Arbeitsplatte putzen –, gehe ich nach oben und unter die Dusche. Für gewöhnlich massiert der warme Wasserstrahl den Stress weg, und meine Gedanken klären sich. Diesmal ist das jedoch anders. Ich lege den Kopf an die silbergraue Duscharmatur und lasse die Arme hängen. Warum kann ich das Rätsel nicht lösen? Wohin soll ich nach Henrys Willen als Nächstes gehen?

Und warum hat Ross sich so seltsam verhalten, als er die Zeilen gelesen hat? Diese Frage hat mich letzte Nacht wachgehalten. Am Morgen bin ich dann vor meinem blassen, ausgemergelten Spiegelbild zurückgeschreckt, und ich war schockiert, wie sehr ich über Nacht gealtert war. Ich habe versucht, meinem müden Hirn einzureden, dass ich vermutlich mehr in Ross' Reaktion hineininterpretiere, als da war. Aber gerade eben erst hatte er Schwierigkeiten, Blickkontakt herzustellen – und er hat *geweint*. Das einzige Mal, dass ich ihn bisher habe weinen sehen, war, als wir über Kinder sprachen, oder genauer gesagt: als er meine Haltung nicht ändern konnte. Als wir uns schließlich darauf einigten, dass unsere Ehe wichtiger ist als ein Kind, da flossen auch die Tränen. Wir lagen uns in den Armen, schluchzten gemeinsam, bis wir schließlich vor Erschöpfung einschliefen. Und am nächsten Morgen machten wir einfach weiter. Nur wir zwei. Und seitdem war alles gut.

Dass Ross derart starke Emotionen zeigt, ist eine ernste Warnung. Was hat ihn also so aufgeregt? Ich glaube, es ist mehr als nur Sorge und geht auch tiefer als die Angst davor, was mir passieren könnte, sollte Henry wirklich hinter mir her sein. Ist es vielleicht möglich, dass Ross etwas damit zu tun hat?

»Reiß dich zusammen, Frau!« Ich massiere mir einen dicken Tropfen Shampoo ins Haar und drücke die Fingerspitzen hart in die Kopfhaut. Es geht hier um Ross, verdammt noch mal! Wir lieben einander. Er hat gerade erst *gesagt*, dass er mich liebt. Ich darf nicht zulassen, dass Henry unsere Ehe derart infiltriert, dass er mit nur ein paar Worten auf einem verdammten Stück Papier unser gegenseitiges Vertrauen unterminiert. Ich bestrafe weiter meine Haut und schrubbe mir die Schenkel mit einer rauen Bürste, bis sie rot und wund sind. Doch auch das hilft nicht, das üble Gefühl in meinem Bauch zu vertreiben oder die schleichende Furcht, die meinen ganzen Körper beherrscht. Schließlich spüle ich das Duschgel ab und halte das Gesicht in den Wasserstrahl. Ich muss das Rätsel lösen. Sofort!

Aber es passiert … nichts. Ich beiße in den Schwamm und schreie. Tränen des Frusts und der Panik mischen sich mit dem Wasser und brennen auf meinen Wangen. Als ich das Wasser schließlich abdrehe, klingelt es an der Tür. Ich bin sofort wie erstarrt. Mit einem Bein stehe ich noch in der Duschkabine, mit dem anderen draußen. Wasser tropft im Takt meines Herzens auf die Badematte. Wer ist das? Meine Knie werden weich, und ich verlasse rasch die Kabine und wickele mich in ein Handtuch. Ich warte. Habe ich mir das nur eingebildet?

Es klingelt erneut.

Ich atme langsam aus und zwinge mich, rational zu bleiben. Vermutlich ist das nur ein Paketbote. Dann muss ich nichts unternehmen. Wenn wir nicht da sind, wird er das Paket bei den Nachbarn abgeben. Das kann ich mir auch noch später holen.

Wieder klingelt es an der Tür.

Und es klingelt immer weiter.

Wer auch immer das ist, er geht nicht weg. Leise fluche ich vor mich hin, ziehe den Bademantel an und gehe die Treppe runter. Adrenalin strömt durch meine Adern. Henry würde doch mit Sicherheit nicht einfach klingeln, vor allem nicht mehrmals. Das würde viel zu viel Aufmerksamkeit erregen.

Aber er ist ein Serienkiller, Anna. Das heißt, er will *Aufmerksamkeit.*

Meine Hand schwebt über der Türklinke. Dann denke ich, *Ach, scheiß drauf*, und reiße die Tür auf. Da ist niemand. Ich stecke den Kopf raus, aber ich sehe keinen Paketboten. Und auf der Schwelle liegt ein weiterer Briefumschlag.

»Wo steckst du, du Feigling?« Mein Schrei hallt von den Nachbarhäusern wider, als ich mich bücke, um die Nachricht aufzuheben. Dann stapfe ich voller Wut und barfuß den Weg zur Straße hinunter und schaue mich um. Es hat eine Weile gedauert, bis ich die Tür geöffnet habe. Also könnte er schon längst weg sein … oder aber er sitzt in einem der Häuser hier und beobachtet mich die ganze Zeit. Ich schaudere und weiche langsam wieder zurück. Schließlich gehe ich hoch erhobenen Hauptes ins Haus. Ich weigere mich, ihm meine Angst zu zeigen.

Ich weiß natürlich, dass ich sofort DI Walker anrufen sollte – und definitiv, *bevor* ich den Brief öffne, denn der stammt eindeutig von Henry. Er sieht genauso aus wie der zuvor, beschriftet in der gleichen Blockschrift. Aber ich bin nicht in der Stimmung zu warten, und so reiße ich den Umschlag einfach auf. Dann ziehe ich das Blatt heraus und entfalte es. Im oberen Teil der Seite stehen nur zwei Worte:

Tick, Tock.

Darunter wird noch einmal das Rätsel wiederholt, das DI Walker im Tamagotchi gefunden hat. Ich runzele die Stirn. Warum schickt er mir zweimal dasselbe Rätsel? Als ich es noch einmal lese, fällt mir auf, dass es anders geschrieben ist. In dieser Version sind die Zeilen anders angeordnet, und die letzte Zeile ist jetzt unterstrichen. Mein Herz schlägt immer schneller, während meine Erinnerung versucht die Verbindung herzustellen, von der ich weiß, dass sie da ist.

Plötzlich macht etwas *klick*, und ich erinnere mich an ein Puzzle, das genauso war wie dieses hier. Wie konnte ich das nur vergessen?

Ich weiß, wie man dieses Rätsel löst.

Kapitel 16

Finley Hall Kinderheim

Trotz des Vorfalls an der Brücke, oder vielleicht genau deswegen, spielte Anna weiter die Jagd mit Henry. Sie durfte nicht riskieren, dass ihre Freundin wieder verletzt wurde. Auch wenn sie nur selten spielten, wurde die Jagd im Laufe des letzten Jahres immer komplexer und Henry immer dreister. Er tat sein Bestes, Anna in die Falle zu locken.

Als Anna jetzt die Bettdecke zurückschlägt, sich aufsetzt und eine kleine, unheimlich aussehende Geschenkbox am Fuß des Bettes entdeckt, wird sie sofort von Angst erfüllt. Sie starrt das Ding an, und ihr Herz hämmert wie verrückt. Henry war wieder in ihrem Zimmer. Er hat sich angewöhnt, einfach reinzuschleichen, wenn die Mädchen schlafen oder nicht da sind. Vor ein paar Monaten hat Kirsty ihn kurz nach dem Frühstück erwischt, und bevor Anna da war und sie davon abhalten konnte, riss sie den Zettel mit dem Rätsel vor seinen Augen in Stücke. Anna war außer sich vor Sorge gewesen, als Kirsty ihr das erzählte. Aufgeregt lief sie auf und ab, zwirbelte ihr Haar und schrie ihre Freundin an, weil sie so ein unnötig hohes Risiko eingegangen war. Doch Kirsty hatte nur mit den Schultern gezuckt und gesagt, Henry habe ihr lediglich ins Gesicht gelacht und sie als ›dumm‹ bezeichnet.

Instinktiv schaut Anna zu Kirstys Bett hinüber. *Scheiße.*

Sie ist nicht da. Hat er es wieder getan? Anna zieht sich Jogginghose und Hoodie über, reißt die Box auf und fischt das Papier heraus. Mit dem neuen Rätsel in der Hand stürmt sie die Treppe hinunter und fragt jeden, an dem sie vorbeikommt, nach Kirsty.

Mit pochendem Herzen rennt sie nach draußen, schaut sich panisch um und betet stumm, dass nichts passiert ist, als sie eine Bewegung sieht. Es sind Kirsty und ihr Bruder Dean. Sie haben sich hinter der mittleren Zeder versteckt und rauchen. Anna beugt sich vor, stützt die Hände auf die Knie und atmet erst einmal erleichtert durch.

»Oi!«, ruft Kirsty und duckt sich hinter den Stamm. Anna steckt das Rätsel in die Tasche. Dann geht sie zu den beiden hinüber. Kirsty bietet ihr sofort eine Zigarette an.

»Danke«, sagt Anna und nimmt einen tiefen Zug. »Wieso bist du so früh wach?« Anna schaut vorsichtig zu Dean. Die beiden schienen tief in ein Gespräch versunken zu sein.

»Ich konnte nicht schlafen«, sagt Kirsty.

Dean nimmt die Zigarette, raucht sie fertig und drückt sie an der Rinde aus. Es folgt ein peinliches Schweigen, und Anna fühlt, dass die beiden ihr etwas sagen wollen.

»Verdammt noch mal«, knurrt Dean plötzlich und schaut an Anna vorbei in Richtung Haus. Anna dreht sich um und sieht, wie Henry auf sie zukommt. Und dann verlässt sie der Mut.

»Dann lasse ich euch beide mal allein«, sagt Anna zu Kirsty. Sie will zu Henry, doch Kirsty packt sie am Arm.

»Du hast ein neues Rätsel bekommen, nicht wahr?«, fragt sie und kneift die Augen zusammen.

»Alles gut. Ich mach das allein«, sagt Anna und löst sich aus dem Griff.

Kirsty und Dean reden leise weiter, und Anna weiß, dass sie über sie und Henry sprechen. Vermutlich geht es darum, wie seltsam es ist, das Anna sich von ihrem Bruder manipulieren lässt, dass Henry sich immer wieder durchsetzt. Und sicher sagen sie auch, wie gefährlich er ist. Anna läuft ein Schauder über den Rücken. Wie kann sie nur Angst vor einem Zwölfjährigen haben? Doch dann erinnert sie sich an etwas, das sie vor ein paar Jahren in den Nachrichten gesehen hat. Es ging um einen Jungen, der in diesem Alter seine Schwester und seine Mom umgebracht hat, und ihr wird klar, dass sie allen Grund zur Sorge hat. Sie fürchtet sich davor, ihren Bruder zu ignorieren, und genau das weiß er.

»Brauchst du Hilfe mit dem Rätsel?«, fragt Henry, lehnt sich an einen Baum und verschränkt die Arme vor der Brust.

»Nein, nein. Ich habe noch gar nicht angefangen«, antwortet Anna.

»Frag bloß nicht die da. Das ist geschummelt.«

Anna wirft einen Blick nach hinten und sieht, dass Kirsty zuschaut und lauscht. »Wie auch immer«, sagt sie zu Henry. »Lass mich einfach, dann kann ich loslegen.«

»Sei vorsichtig.« Henry zwinkert ihr zu. »Du solltest ihnen nicht vertrauen.«

Anna runzelt die Stirn. Seltsam, dass gerade er das sagt, wo er doch eigentlich derjenige ist, dem sie nicht trauen sollte.

»Kirsty ist meine beste Freundin. Akzeptier das endlich.«

»Kirsty ist ein Schaf, Anna. Sie ist weder etwas Besonderes noch einmalig.« Henry blickt erneut zu Kirsty. »Schau sie dir doch nur mal an. Sie folgt dir überallhin und äfft dich nach. Das ist einfach nur traurig.«

Anna schnaubt verächtlich und murmelt: »Und das sagst ausgerechnet du.«

»Was hast du gesagt?« Henry springt vor und packt sie am Handgelenk.

»Ich habe gesagt, *wie auch immer.*« Anna reißt die Hand weg und holt das Rätsel aus der Tasche. »Ich muss jetzt endlich anfangen.« Sie entfaltet das Blatt Papier, kneift die Augen zusammen und liest. Was da steht, ergibt absolut keinen Sinn. Henry lacht.

»Ich habe ewig dafür gebraucht«, erklärt er stolz. »Du hast eine Stunde ab …« Er dreht den Knopf an seiner Uhr und stellt den Timer ein. »Ab jetzt«, sagt er.

Anna seufzt. Eigentlich sollte sie Hausaufgaben machen und ihre Zeit nicht mit Rätseln vertrödeln. Und genau das will sie auch Henry sagen, doch als sie den Kopf wieder hebt, ist er verschwunden. Sie schaut sich um, aber er ist schon verschwunden. Also schleicht sie zur Zeder zurück.

»Hey«, sagt Anna, als sie sich Kirsty nähert. »Ich weiß, was du sagen willst, aber ich habe nur eine Stunde, und mein Kopf ist vollkommen leer.«

»Okay. Verzieh dich, Dean«, scheucht Kirsty ihren Bruder weg. »Wir sehen uns dann später.« Dean schüttelt den Kopf, macht aber, was seine Schwester ihm sagt. Anna und Kirsty hocken sich zusammen.

»Danke«, sagt Anna. »Ich kann nicht riskieren, dass er etwas Schlimmes tut, wenn ich nicht mitspiele.«

»Er wird immer schlimmer«, seufzt Kirsty und nimmt Annas Hand. »Du ermutigst ihn doch nur. Er braucht Hilfe.«

»Ich weiß. Aber wer soll ihm denn helfen, hm? Es gab immer nur ihn und mich. Egal wie schlimm es auch sein mag, er braucht mich.«

»Bis das irgendwann mal nicht mehr so ist.«

»Wie meinst du das?«

»Anna, eines Tages wird er zu weit gehen. Und was sagt uns das? Wir tun vor allem jenen weh, die wir am meisten lieben.« Traurig schüttelt Kirsty den Kopf. Dann schaut sie sich das Rätsel an. Nach ein paar Minuten Schweigen lassen die beiden Mädchen sich zu Boden sinken und lehnen sich an den Baum.

»Aaah«, knurrt Kirsty. Sie legt sich hin und starrt in den Himmel hinauf. »Ich sehe da einfach nichts.«

»Ich auch nicht.« Das Papier liegt auf Annas Knien. Sie starrt es so intensiv an, dass sie Kopfschmerzen bekommt. Schließlich wirft sie es weg, und kurz schwebt es in der Luft, bis es neben Kirsty auf dem Gras landet. »Tut mir leid, dass ich dich da reingezogen habe.«

»Das sollte dir auch leidtun.«

»Worüber haben du und Dean geredet?«

Kirsty dreht den Kopf zu Anna. »Ach, über dies und das«, sagt sie und zuckt mit den Schultern.

»Mir haben die Ohren geklingelt«, erwidert Anna. »Ich weiß, dass ihr mich für erbärmlich haltet.«

»Nein, das stimmt nicht.« Kirsty setzt sich auf. »Ich mache mir nur Sorgen, dass du dich in seine Spinnereien reinziehen lässt. So wirst du ihm nie entkommen.«

Anna beobachtet die Wolken, die über den Himmel ziehen. Tränen laufen ihr über die Wangen, und ein Gefühl der Niederlage breitet sich in ihr aus. Kirsty hat recht. Kirsty hat immer recht. Henry irrt sich, was sie betrifft. In Wahrheit ist Kirsty der einzige Mensch, dem sie vertrauen kann. Sie sind Seelenverwandte. Sie kennen einander in- und auswendig. Wäre Kirsty nicht, Annas Leben wäre nichts mehr wert.

»Moment mal … Ich hab's!« Kirstys aufgeregte Stimme erschreckt Anna.

»Was?« Anna sieht, wie Kirsty das Papier in der Mitte faltet. Dann deutet sie auf die Buchstaben, mit denen die Zeilen jetzt beginnen.

»Da will einer besonders clever sein.«

Und dann erkennt auch Anna, was sie bis jetzt übersehen hat: Die Buchstaben bilden ein neues Wort.

Kapitel 17

Ich erinnere mich. All die Jahre haben die Rätsel immer einen Hinweis ausgespuckt, wenn man sie anders betrachtet hat. Ich falte das Papier in der Mitte und schaue mir die Worte an, die hier den Anfang bilden. Dabei ignoriere ich die oberste Zeile, da sie vom Rest des Rätsels getrennt ist.

lügt und betrügt
in Eile geflohen bist,
einer kurzen Frist.
beschnitten, ganz glatt;
endlich davon satt.

Die ersten Buchstaben jeder Zeile bilden das Wort LIEBE. Die letzte Zeile, die jetzt unterstrichen ist – Alle Hunde in der Stadt werden endlich davon satt –, ist hingegen plötzlich wichtig. ›Stadthunde‹ ist der Name eines Cafés in Torquay, es hat einen großen Garten, in dem die Hunde herumtollen können, während ihre Herrchen und Frauchen bei einem Kaffee entspannen. Vor noch gar nicht allzu langer Zeit hat Ross erwähnt, dass er dort ein Meeting hatte – ich weiß nicht mehr genau mit wem oder warum. Damals kam mir das nicht komisch vor. Immerhin trifft Ross sich häufig mit potenziellen Kunden. Aber wenn ich jetzt so darüber nachdenke, dann haben wir im Moment gar keinen Hund, und die meisten

Meetings finden entweder in der jeweiligen Immobilie oder in Ross' Büro statt, aber wenn ich das Wort ›Liebe‹ höre, fange ich an, einfach alles in Frage zu stellen. Soll das Rätsel mir nahelegen, dass ich meine Liebe zu Ross in Zweifel ziehen muss? Dass ich verraten wurde, dass ich ihm nicht mehr vertrauen kann?

Ich nehme zwei Stufen auf einmal, renne zum Schlafzimmer hinauf und ziehe mir Jogginghose und Sweatshirt über. Dann fliege ich wieder nach unten und setze mich auf die unterste Stufe, um mir die Laufschuhe anzuziehen. Ich muss sofort da hin. Und ich sollte DI Walker anrufen, um ihm alles zu erzählen. Ich lege den Kopf in die Hände und gehe das Gespräch im Geiste durch.

Hi, Detective Walker, ich habe noch einen Brief bekommen, und ich habe ihn geöffnet.

Sie haben was *getan? Sind Sie irre? Ich habe Ihnen doch gesagt, Sie sollen mich sofort anrufen, wenn er wieder Kontakt mit Ihnen aufnimmt, Anna.*

Jaja. Es tut mir ja auch leid, aber ich musste es einfach wissen.

Und? Was haben Sie herausgefunden?

Ich kenne den nächsten Ort!

Bleiben Sie, wo Sie sind. Das Team wird gleich da sein.

Und genau das ist das Problem. Ich muss allein gehen. Das geht nur Henry und mich etwas an.

Ich bin entschlossen, und ich schnappe mir Schlüssel und Handy und gehe hinaus. Wenigstens liegt der nächste Ort nicht weit weg. Ich brauche nur zehn Minuten bis dorthin. Dazu kommt, dass ich niemanden anlügen muss, um reinzukommen. Mir zieht sich der Magen zusammen. Auch wenn ich dort nicht lügen muss, ist es auch eine Form von Täuschung, wenn ich den Detective nicht über meine Fortschritte informiere. Doch darauf kann ich jetzt keine Zeit verschwenden. Rasch werfe ich einen Blick auf die Schwelle, als ich hinausgehe. Die Wahrscheinlichkeit, dass dort bereits wieder etwas liegt, ist zwar gering, aber ich traue Henry solch eine Dreistigkeit durchaus zu. Er hat bereits oft bewiesen, wie unverschämt er sein kann.

Als ich den Bürgersteig erreiche, lasse ich die Schultern hängen.

»Oh, mein Gott! Diese verdammten Möwen!« Mein Auto sieht aus, als hätten hundert Vögel darauf geschissen. Vor allem die Windschutzscheibe gleicht einem Bild von Jackson Pollock. Ich schließe die Augen, weniger, um den Dreck nicht mehr sehen zu müssen, sondern vielmehr, um meine Tränen zurückzuhalten. Einfach alles und alle haben sich gegen mich verschworen. Ich muss mir einen Eimer Wasser holen, um den Mist wegzuwaschen. Wut kocht in mir hoch. »Warum? Warum? Warum?«

»Das ist wohl nicht Ihre Woche, hm?« Ich öffne die Augen und sehe den Mann, der auch schon meine letzte Begegnung mit den Seemöwen beobachtet hat, gestern Nachmittag. Ich schnaube genervt.

»Offensichtlich.«

»Sie sollten schnell einen Eimer mit Seifenwasser holen. Wenn Sie nicht rasch was unternehmen, ruiniert das den Lack.«

»Danke.« Ich lächele angespannt. »Ich liebe es, wenn ein Mann mir das Offensichtliche erklärt.« Und mit diesen Worten stapfe ich zur Haustür zurück, doch dann drehe ich mich noch einmal um. Der Mann steht noch immer am Bordstein gegenüber und beobachtet mich. Er hat die Hände in die Jeans gesteckt und wippt auf den Fersen. Was hat der Kerl für ein Problem? »Haben Sie zufällig jemanden gesehen, der hier vor gut einer halben Stunde herumgehangen hat?«, rufe ich ihm zu.

Der Mann zuckt mit den Schultern. »Nur den Typen, der bei Ihnen wohnt, Ihren … Mann?«

Ich kneife die Augen zusammen. Ich erinnere mich nicht daran, den Kerl vor Dienstag schon einmal in Shaldon gesehen zu haben. Woher zum Teufel weiß er also, wer mit mir zusammenlebt? Ich will ihn das gerade fragen, doch mein Handy klingelt.

»Vergessen Sie nicht, was ich empfohlen habe«, sagt der Mann, als ich das Handy aus der Tasche hole. Kurz wird mir übel, als ich den Namen auf dem Display sehe: Seabrook. *Na, toll!* Ich hebe wieder den Blick, doch der Mann ist weg. Dann starre ich auf das Handy. Ich bin nicht sicher, ob das wirklich ein guter Zeitpunkt ist, um mit jemandem aus der Schule zu reden. Seit meiner Suspendierung sind erst knapp zwei Tage vergangen, und ich wage zu bezweifeln, dass das Craig Beaumont ist, der sich bei mir entschuldigen und die Suspendierung aufheben will. Aber vielleicht mache ich alles nur noch schlimmer, wenn ich nicht rangehe. Ich klicke auf ›Annehmen‹.

»Hallo?«, sage ich.

»Anna? Craig hier. Ich möchte, dass Sie zu einem Gespräch in die Schule kommen.«

Ich erschrecke, weil er so persönlich klingt, und will das Angebot gerade ablehnen, doch er gibt mir keine Gelegenheit dazu. »Sofort, wenn's geht. Es ist dringend.«

»Äh … Also eigentlich …«

Die Leitung ist tot.

Ich halte das Handy weg vom Ohr und starre das Display

an. Kein Irrtum. Craig hat einfach aufgelegt. »Echt jetzt? Du Arsch!« Ich ramme den Schlüssel ins Türschloss, gehe wieder ins Haus, stopfe einen Eimer in die Spüle und warte, bis er voll ist. Wie viel Scheiß muss ich heute noch ertragen?

Kapitel 18

Einen Moment. Ich habe gelogen …
Hätte den Tod niemals vorgezogen.
Doch kannst du dir ganz sicher sein,
mein Herz ist heute Abend dein.

Februar

Vor einem Jahr

Er verschwendete keine unnötige Zeit, um mit seinem Opfer zu spielen. Er verspürte kein Bedürfnis, ihre Haut zu berühren oder ihre Gesichtszüge anzustarren, weder während er sie tötete noch als Leiche. Das alles war ein rein professioneller Vorgang. Er empfand keinerlei Gefühle für die Frau. Sie war einfach nur ein Mittel zum Zweck. Er war eben auch nicht wie andere Serienmörder, denen es darum ging, immer aufs Neue zu töten. Auch mit Nervenkitzel hatte das nichts zu tun. Er passte nicht ins Bild, das im Fernsehen, in Romanen, aber auch von Profis wie Psychologen und Profilern der Polizei von Serienkillern gezeichnet wurde. Ihn trieb die Wut an, das Verlangen, sein Ziel zu erreichen: Rache. Vielleicht gab es hier und da ja ein paar Ähnlichkeiten, aber er betrachtete sich definitiv nicht als den typischen Serienkiller.

»Einen Moment. Ich habe gelogen … Hätte den Tod niemals vorgezogen. Doch kannst du dir ganz sicher sein, mein Herz ist heute Abend dein.« Er lächelte, als er diese Worte vor sich hinsagte, aber er empfand keine Befriedigung, als er ihre Brust mit einem langen Schnitt öffnete, und auch nicht, als er die Rippen aufbrach, um an das Herz heranzukommen. Nur als sich seine Finger um den Muskel schlossen, empfand er so etwas wie ein Hochgefühl, als er daran dachte, dass dieses Ding noch vor wenigen Minuten geschlagen hatte. Dass er derjenige war, der es hatte verstummen lassen. Und er war sicher, dass er noch viel mehr empfinden würde, wenn er *ihr* das Leben nahm, und diesem Ziel kam er immer näher.

Er legte das Herz wieder in den Brustkorb zurück und griff nach seinen Werkzeugen. Zuerst durchtrennte er mit zitternden Händen die Aorta. Das war das Adrenalin, vermutete er, denn Aufregung war es ganz sicher nicht. Dann machte er einen Schnitt durch die obere und untere Hohlvene, gefolgt von den übrigen Arterien und Venen, an deren Namen er sich nicht mehr erinnerte. Er hatte in Biologie nie wirklich aufgepasst. Aber das war auch egal. Es war ja nicht so, als wollte er das Herz transplantieren. Er musste es nur aus dem Körper herausholen. Aber überstürzen wollte er auch nichts. Er durfte nicht schlampig arbeiten. Es sollte nicht so aussehen, als wäre es nur nebenbei geschehen. Alles musste sorgfältig geplant wirken.

Er nahm das Herz heraus und hielt es in der Hand. Das Gewicht überraschte ihn. Dann legte er es in einen Plastikbehälter und drückte den Deckel zu. Die tiefere Bedeutung seiner Tat würde nicht leicht zu verstehen sein, und das wollte er auch nicht. Er hatte alles ein wenig durcheinandergebracht, um es interessanter zu gestalten. Auf diese Weise würde sich alles erst richtig erschließen, wenn die Zeit gekommen war, und dann würde *sie* es erkennen. Und er wollte dabei sein und ihr Entsetzen sehen, ihre blanke Angst.

Kapitel 19

Als ich auf meinen üblichen Parkplatz am Schulhof fahre, fühlt sich das ein wenig seltsam an, denn ich bin ja suspendiert. Fast ist es so, als würde ich etwas Verbotenes tun. So habe ich es auch immer empfunden, wenn ich am See in Finley Hall eine Zigarette geraucht habe. Rasch schüttele ich das Gefühl ab. Das ist nicht wirklich das Gleiche. Das ist keine dumme Teenagerrevolte, die mit Konfiszierung der Schmuggelware und einem Besuch in Graves' Büro bestraft wird. Das ist mein Arbeitsplatz, mein Job.

Ich straffe die Schultern, als ich aussteige, und knalle die Tür zu, um meine Ankunft anzukündigen. Aber ich gehe nicht sofort hinein. Stattdessen lehne ich mich ans Auto und betrachte das Gebäude. Diese Schule ist das absolute Gegenteil von Finley Hall. Das einstöckige Gebäude ist von 2009, es hat mehrere Nebengebäude für die unterschiedlichen Aktivitäten: eine Turnhalle, ein Schwimmbad und eine Bibliothek. Bis jetzt habe ich nur glückliche Erinnerungen an diesem Ort gesammelt. Aber Mr. Beaumonts Stimme hat am Handy nicht gerade positiv geklungen, und ich habe Angst vor dem, was da kommen mag.

Als ich es nicht länger hinausschieben kann, marschiere ich zum Eingang, stoße die Tür auf und versuche, ein Selbstvertrauen auszustrahlen, das ich nicht empfinde. In den Fluren herrscht Stille. Die Kinder sind in den Klassen. Meine

Schritte sind alles, was ich höre. Nur gelegentlich bekommen sie Konkurrenz vom Pochen meines Herzens. Vor dem Büro des Direktors bleibe ich stehen. Schultern zurück, Kopf hoch. Ich klopfe dreimal fest an und warte. Es folgt eine kurze Pause, die sich unendlich lang anfühlt, bevor ich jemanden sagen höre, dass ich reinkommen soll. Als ich den Raum betrete, hat Mr. Beaumont mir den Rücken zugekehrt. Er steht an dem Fenster, von dem aus man auf den Spielplatz der Kleinen schauen kann.

»Ich bin so schnell wie möglich gekommen«, sage ich.

»Setzen Sie sich«, fordert Mr. Beaumont mich auf und dreht sich endlich zu mir um. Sein Gesicht ist grau und seine Haltung steif, als er auf einen Stuhl deutet. Ich nehme Platz. Begleitet von einem theatralischen Atemzug setzt mein Chef sich ebenfalls. Ich starre auf seine rechte Schulter, die immer wieder zum Ohr zuckt. Diesen Tick habe ich noch nie bemerkt. Was ist hier los? Er wirkt nervös. Himmel! Es muss wirklich schlimm sein. Ich wünschte, ich hätte eine Flasche Wasser mitgenommen, denn mein Mund ist wie ausgetrocknet, und meine Zunge klebt am Gaumen. Ich schlage die Beine übereinander, verschränke die Hände und lege sie in den Schoß, um sie ruhig zu halten. So muss es sich anfühlen, wenn man bei einem Prozess auf den Schuld- oder Freispruch wartet.

Mr. Beaumont stützt die Ellbogen auf den Tisch, verschränkt die Finger und schaut mir tief in die Augen.

»Anna«, sagt er und seufzt. »Danke, dass Sie gekommen sind.«

Ich kaue auf der Innenseite meiner Wange, während ich darauf warte, dass er mich darüber informiert, was verdammt noch mal so dringend ist, dass er mich während meiner Suspendierung herbestellt. Ich wünschte, er würde die Höflichkeiten sein lassen, wenn es denn wirklich Höflichkeiten sind. In Wahrheit habe ich eher das Gefühl, er spielt mit mir, indem er das Ganze unnötig in die Länge zieht, um sich an meinem Unbehagen zu erfreuen.

»Kein Problem«, sage ich und bin überrascht, wie schwach meine Stimme klingt. Ich räuspere mich. »Sie haben gesagt, es sei dringend.«

Mr. Beaumont macht ein komisches Geräusch.

»Ja, ich fürchte, ich habe keine guten Neuigkeiten. Daher hielt ich es für das Beste, persönlich mit Ihnen zu reden. Sie am Telefon darüber zu informieren, wäre schlicht nicht in Ordnung gewesen.«

Mir wird flau. Nicht nett, mich über *was* zu informieren? Mein Traum, dass das alles nur ein furchtbarer Irrtum war, dass ich eine geschätzte Lehrkraft bin und dieses Video einfach nur ein dummer Scherz war, zerplatzt wie eine Seifenblase. Ich funkele Mr. Beaumont an und presse die Lippen aufeinander. Ich muss den Mund halten. Ich traue mir selbst nicht mehr. Mr. Beaumonts Augen wirken dunkel, fast schwarz … als lauere dort das Böse.

»Dieses recht unglückliche Video macht immer noch die Runde in den Chats, und es gibt auch schon Online-Veröffentlichungen. Tatsächlich hat das Video es schon in den *Mid-Devon Advertiser* geschafft, Anna.« Wut spricht aus seinen Worten, und nun, da ich vor ihm sitze, lässt er alles raus. Ich spüre, wie ich auf dem Stuhl zusammensacke.

»N … nun, das ging ja schnell«, sage ich und murmele: »Genau das hat er gewollt.«

»Das scheint Sie zu überraschen. Sind Sie denn nicht auf dem Laufenden? Haben Sie das nicht online verfolgt?«

»In den letzten Tagen war viel los«, sage ich mit zusammengebissenen Zähnen.

»Schauen Sie … Sie sind eine hervorragende Lehrerin, Anna. Eine meiner besten. Und Sie wissen, dass ich viel von Ihnen halte …«

»Ich höre da ein ›aber‹.«

»Es schmerzt mich wirklich, das zu sagen, aber …« Ich schließe die Augen und halte die Luft an. *Lieber Gott, mach, dass er mich nicht feuert.* Das kann er doch sicher auch nicht … oder?

Die Pause ist viel zu lang, das Schweigen ohrenbetäubend. Ich öffne die Augen, um nachzusehen, ob Mr. Beaumont überhaupt noch im Raum ist. »Ich fürchte, ich werde Sie noch mindestens einen Monat lang nicht wieder in die Schule lassen können«, sagt er.

Ich öffne den Mund, um dem zu widersprechen. Ich will kämpfen, diesen lächerlichen Plan kontern, aber Mr. Beaumont redet einfach weiter und lässt die Bombe platzen, als wäre es nichts.

»Und darüber hinaus halte ich es für eine gute Idee, wenn Sie sich anderswo bewerben würden«, sagt er.

Jetzt kommen die Tränen, und ich schüttele den Kopf. »Nein, Mr. Beaumont. Bitte. Sie wissen, wie sehr ich diesen Job liebe, wie viel ich da schon reingesteckt habe. Das ist mein *Leben*, worüber wir hier reden. Dabei habe ich noch nicht einmal etwas falsch gemacht. Das ist doch Wahnsinn!«

»Das kommt nicht von mir, Anna. Das kommt von den Beiräten und aus der Elternschaft. Das ist schlechte Publicity für Seabrook. Wir sind eine sehr exklusive Schule, und bei so einer schwerwiegenden Anschuldigung müssen die Menschen sehen können, dass wir etwas unternehmen. Die Eltern geben verdammt viel aus, um ihre Kinder hierher zu schicken.«

»Sie dürfen sich nicht unter Druck setzen lassen, Craig.« Ich springe auf und knalle die Hand auf den Tisch. Mr. Beaumont zuckt erschrocken zusammen. Dass ich derart die Fassung verliere und ihn beim Vornamen nenne, wird mir auch nicht helfen zu bekommen, was ich will, und als ich das erkenne, setze ich mich wieder hin. »Mr. Beaumont«, sage ich und achte darauf, wieder zu einem sanfteren Tonfall zu finden. »Bitte, bringen Sie die betreffenden Personen dazu, das noch mal zu überdenken. Sie sind der Direktor. Sie kennen meinen Wert. Ich habe dieser Schule acht Jahre meines Lebens geschenkt. Das ist nicht einfach nur ein Job für mich.«

»Es tut mir leid, Anna. Wenn Sie vielleicht mal innegehalten hätten, um Ihr Handeln und die möglichen Auswirkungen zu überdenken … was auch jetzt nicht schlecht wäre.« Er zieht die Augenbrauen zusammen.

Meine Wangen brennen so hell wie meine Wut. Ich balle die Fäuste und drücke die Nägel in meine Haut, um nicht durchzudrehen. *Wirst den Kopf verlieren.* Die Zeile kommt mir wieder in den Sinn. Das ist Henrys Werk. Er wusste, was es für mich bedeuten würde, wenn er dieses Video ins Netz stellt.

»Sie wissen doch, dass das eine Hetzkampagne ist, oder? Wenn die Wahrheit ans Licht kommt, werden Sie alle verdammt dumm dastehen.«

»Natürlich werden Sie weiter Ihr volles Gehalt bekommen, aber Sie dürfen das Gelände erst wieder betreten, wenn der Fall formell überprüft worden ist. Sollten sich Beweise für eine … für eine Hetzkampagne finden, wie Sie das nennen, dann wird die Entscheidung ganz sicher zu Ihren Gunsten ausfallen, und Sie können wieder zurückkehren.«

Da mache ich mir jedoch keine großen Hoffnungen, so wie er gerade drauf ist. Für Craig Beaumont ist der Fall gegessen. Er hat den Posten erst seit sechs Monaten, und vermutlich will er denjenigen, die ihn als zu jung dafür betrachtet haben, beweisen, dass sie sich geirrt haben, dass er eben keine Angst hat, unangenehme Entscheidungen zu treffen, um den guten Ruf der Schule zu wahren. Oder vielleicht ist es auch Teil des Plans. Ich will das nicht glauben, doch nun, da ich darüber nachdenke, hört sich das gar nicht mal so unwahrscheinlich an. Craig Beaumont ist ein paar Jahre jünger als ich. Ich weiß nur sehr wenig über sein Privatleben. Natürlich könnte das alles auch andere Gründe haben … vielleicht weil ich ihn auf der Weihnachtsfeier gedemütigt habe und weil ich deshalb eine Bedrohung für seinen kometenhaften Aufstieg darstelle. Und jetzt habe ich ihm die perfekte Gelegenheit dafür gegeben. Mr. Beaumont kennt viele einflussreiche Leute. Ohne Zweifel hat er auch Verbindungen zur Polizei. Er könnte durchaus Zugang zu den Aufnahmen der Überwachungskameras gehabt und sie online gestellt haben. Dass gleichzeitig auch Henry wieder aufgetaucht ist, wäre dann nur ein Zufall, und ich hätte den falschen Schluss gezogen.

Oder aber Craig Beaumont *ist* Henry.

Der Gedanke kommt aus dem Nichts, aber auch, wenn er auf den ersten Blick lächerlich erscheint, ergibt er Sinn. Ich habe Henry seit vielen Jahren nicht mehr gesehen. Vielleicht erkenne ich ihn ja einfach nicht wieder. Als ich Henry zum letzten Mal gesehen habe, da hatte er den gleichen Teint wie Mr. Beaumont jetzt und war auch ähnlich dürr gebaut. Seit Mr. Beaumont hier angefangen hat, hat er irgendwie distanziert auf mich gewirkt, distanziert und ein wenig … seltsam. Unheimlich sogar. Gibt es dafür einen Grund? Irgendetwas in meiner Vergangenheit vielleicht, was meinen Blick auf ihn unbewusst beeinflusst?

Ich stehe auf und will gehen.

»Ich sehe Sie dann«, sage ich mit fester Stimme und gehe zur Tür. Doch als ich an der Wand mit den gerahmten Fotos vorbeikomme, bleibe ich stehen. Ich starre das Bild im Zentrum an. Es ist im Lehrerseminar aufgenommen worden, die Klasse von 2009. Nacheinander schaue ich mir die männlichen Gesichter an, und mir kommt ein weiterer Gedanke: Was, wenn Henry Teil dieser Gruppe ist? Was, wenn er Mr. Beaumont kennt? Dann wäre es ein Leichtes für ihn gewesen, mein Berufsleben zu infiltrieren.

»Was machen Sie da?«, fragt Mr. Beaumont in scharfem Ton. Ich ignoriere ihn und betrachte weiter die Personen auf dem Bild. »Anna? Wenn es Ihnen nichts ausmacht, dann würde ich gerne weiterarbeiten.« Er stapft an mir vorbei und öffnet die Tür. Ich will gerade gehen, aber als ich auf Mr. Beaumonts Höhe bin, bleibe ich noch einmal stehen und schaue ihm in die Augen.

»Das ist ein tolles Foto«, bemerke ich.

»Okay. Äh … Danke.«

»Wer davon sind Sie?« Als ich wieder zu dem Bild zurückgehe, höre ich sein Seufzen hinter mir. Genervt folgt er mir und sticht mit dem Finger auf den jungen Mann in der Mitte, und ich gehe näher heran.

»Da! Das bin ich. Okay … Wie gesagt … Ich muss jetzt weitermachen. Wir bleiben in Verbindung.« Er legt mir die Hände auf die Schultern und dreht mich in Richtung Tür. Ich schüttele ihn ab und verlasse sein Büro.

Ich brauche eine Weile, bis ich wieder bei meinem Auto bin. Meine Beine sind schwer, und ich komme nur langsam voran. Manchmal sieht man den Wald vor lauter Bäumen nicht. Hat Henry mich aus größerer Nähe beobachtet, als ich für möglich gehalten habe? Oder ist Craig Beaumont jemand aus meiner Vergangenheit, der mich leiden sehen will?

Kapitel 20

Kinderheim Finley Hall

Wummernde Musik begrüßt die Mädchen, als sie um die Ecke kommen, und sie schauen einander mit großen Augen an. Dann haken sie sich unter und kichern. Anna war es gelungen, ihnen Einladungen zur angeblich coolsten Party in Sutton Coldfield zu besorgen, indem sie sich bei Mason Lamar aus ihrem Literaturkurs eingeschleimt hat. Sie hatte ihm einfach angeboten, seinen Aufsatz zu *Ein Inspektor kommt* zu schreiben. Die Kids aus dem ›Dreckshaus‹ waren nicht sonderlich beliebt, und nur wenige von ihnen hatten es je geschafft, zu Privatpartys und dergleichen eingeladen zu werden. Mason war gleich zweimal in derselben Klasse sitzen geblieben, und diesem Umstand hatten es Anna und Kirsty zu verdanken, den ›normalen‹ Kids in ihrem Alter zu zeigen, dass sie einfach nur Teenager waren, die genau das Gleiche wollten wie alle anderen auch: rumhängen, sich betrinken und tanzen. Und diese Gelegenheit musste genutzt werden. Unbedingt. Anna und Kirsty wussten natürlich, dass es schon schlimm genug war, auf eine Party zu gehen, wo Alkohol ausgeschenkt wurde, zumal sie gerade erst fünfzehn waren, aber dass sie auch noch die Sperrstunde missachten würden, machte es nur noch schlimmer. Die Strafe dafür war klar: Prügel von Frank. Also mussten sie dafür sorgen, dass es die Sache auch wert war.

»Du hast unsere Rucksäcke doch gut versteckt, oder?«

»Kirsty, hör auf, dir Sorgen zu machen. Du hast doch gesehen, wie ich sie zwischen die Felsen gestopft habe.«

»Jaja. Tut mir leid. Ich hoffe, es regnet nicht.«

»Und wenn doch, dann ist es eben so. Komm jetzt. Lass uns den Augenblick genießen.« Anna rennt in Richtung Haus und zieht Kirsty hinter sich her. »Du willst doch noch gehen, oder?«

»Natürlich«, antwortet Kirsty. Allerdings ist sie nicht so enthusiastisch wie sonst, und Anna dreht sich zu ihrer Freundin um. »Irgendetwas stimmt doch nicht«, sagt Anna. »Was ist los?«

Kirsty hält kurz inne, schaut besorgt zum Haus und dann wieder zu Anna. Sie atmet tief durch. »Ich weiß, dass ich … dass ich immer so selbstbewusst rüberkomme.«

»Aber?«

Kirsty zuckt mit den Schultern. »Ich bin nervös, okay?«

Anna lacht. »Wie das? Die Kirsty Briggs, die ich so gut kenne, ist nervös? Schau mal … Sie werden uns schon nicht schnappen, okay? Wir haben alles geplant, und Maggie und Paula halten uns den Rücken frei. Alles ist gut.«

»Das ist es nicht.«

Anna runzelt die Stirn. »Wie meinst du das?«

»Chris wird auch dort sein.«

»Aaah! Verstehe. Chris Connell, der Schöne.« Anna stupst Kirsty mit dem Ellbogen an. »Nun, dann werden wir wohl dafür sorgen müssen, dass er auch Notiz von dir nimmt.«

Kirsty wird rot. »Na, toll! Jetzt bin ich sogar noch nervöser.«

»Vielleicht solltest du ja dieses Outfit tragen, anstatt es mir zu leihen.« Anna schaut an sich hinunter. Ihr Top ist bauchfrei, und der Minifaltenrock hat einen Schlitz an der Seite.

Kirsty seufzt. »Nein. Meine Kleider sehen an dir immer besser aus.«

»Aber du schaust auch niedlich aus. Chris wäre verrückt, wenn er nicht mit dir reden wollte.« Anna lächelt Kirsty an. »Ich kümmere mich darum.«

»Lass mich nur nicht blöd dastehen. Bitte. Ich will nicht, dass er weiß, dass ich ihn mag.«

»Das widerspricht irgendwie dem Ziel.« Anna lacht wieder, aber sie verspricht, vorsichtig vorzugehen.

Das frei stehende Haus – groß und einsam – ist brechend voll, als die beiden Mädchen es betreten. Fast alle Kids hier sind in ihrem Alter oder jünger, abgesehen von Mason und seinem Kumpel aus dem elften Jahr. Und fast alle sind schon auf dem besten Weg, sich zu betrinken. Anna und Kirsty schauen einander aufgeregt an und gehen zu einem Tisch, wo jedes nur erdenkliche Getränk bereitsteht. Kirsty schenkt sich einen Wodka ein – ein halbes großes Glas – und füllt den Rest mit Orangensaft auf. Anna riecht daran und zuckt zurück.

»Himmel! Das stinkt ja fürchterlich!«

»Nach einem Glas merkst du das nicht mehr«, sagt Kirsty.

Anna gießt ein wenig Wodka in einen transparenten Plastikbecher und kippt ihn hinunter. Sie würgt, hält sich den Mund zu und schnappt sich eine Limonade, die sie direkt aus der Flasche trinkt. Kirsty kann sich vor Lachen kaum halten.

»Du sollst das doch nicht pur trinken, du dummes Huhn.«

»Ich sollte wohl lieber bei Alcopops bleiben«, keucht Anna und wischt sich mit der Hand über den Mund. »Das war übel.«

»Stell uns ja nicht bloß. Wir sollten wenigstens so tun, als würden wir dazugehören.«

»Guter Punkt.« Anna schaut sich um. Zum Glück scheint niemand ihre Reaktion bemerkt zu haben.

Nach ein paar weiteren Drinks entspannen sich die Mädchen und wandern durchs Erdgeschoss. Anna versucht verzweifelt, Chris zu finden. Schließlich entdeckt sie ihn in der Küche mit einer Gruppe Freunde, und sie lässt Kirsty stehen und schlendert zu ihm.

»Hey!«, ruft einer der Jungs. »Ist das nicht ein Kid aus dem Dreckshaus?« Die Jungs lachen, und Anna dreht sich um und sieht, wie Kirsty durch die Hintertür verschwindet.

»Ihr seid ja solche Wichser«, sagt sie, zeigt Chris den Mittelfinger und macht dann auf dem Absatz kehrt, um ihrer Freundin zu folgen. Kirsty ist sicher wütend auf sie, weil sie sich so eingemischt hat. Vermutlich wird sie sofort gehen wollen. Der Abend ist ruiniert. Doch als Anna durch die Küche stürmt, prallt sie mit jemandem zusammen.

»Hey! Du willst doch nicht einfach so diese tolle Party verlassen, oder?« Der Junge legt Anna die Hand auf den Arm und drückt zu. Sein Blick bohrt sich in ihre Augen, und sie spürt, wie ihr die Knie weich werden. Der Junge hat braunes, welliges Haar, länger als das der meisten anderen Jungs, und er trägt eine Lederjacke, die nach Patschuli riecht. Anna öffnet den Mund, doch kein Wort kommt über ihre Lippen.

»Was zu trinken?«, fragt der Junge. Anna nickt, ohne nachzudenken. Der Junge nimmt ihre Hand und führt sie in den Raum mit dem Getränketisch zurück. Ehrfürchtig schaut Anna zu, wie der Junge ihr einen Becher einschenkt. Sie hat keine Ahnung, was es ist. Und den Jungen kennt sie auch nicht.

»Wie heißt du?«, fragt sie.

»Neil. Und du?«

»Anna.«

Irgendjemand dreht die Musik auf, und der Rest von Neils Worten wird vom Lärm verschluckt. Anna nickt trotzdem, in der Hoffnung, nicht dumm zu wirken. Schließlich lässt sie sich von Neil zur Treppe führen. Dabei schaut sie sich nach Kirsty um. Es ist keine Spur von ihr zu sehen. Vermutlich ist sie nicht wieder zurückgekommen.

»Schau mal, Neil, ich muss Kirsty finden.« Anna deutet zur Küche. »Sie ist rausgegangen.«

»Ist sie deine Schwester?«

»Nein, meine beste Freundin.«

»Okay. Ich helfe dir.«

Im Garten ist die laute Musik nur noch gedämpft zu hören. Der Garten ist zwar nicht so groß wie der in Finley Hall, aber für ein normales Haus geradezu riesig. Wer auch immer hier lebt, muss reich sein, nimmt Anna an. Sie rufen zusammen nach Kirsty, aber schließlich sagt Anna, Kirsty müsse wohl entweder wieder ins Haus oder heimgegangen sein. Ihr zieht sich die Brust zusammen. Kirsty würde sie doch sicher nicht einfach im Stich lassen und sich allein nach Finley schleichen … oder? Sie sind zusammen gekommen, und sie würden auch zusammen gehen. Das war die Abmachung. Annas Wangen werden heiß, ihr Atem geht flach.

»Sie kann unmöglich gegangen sein. Ich gehe wieder rein.«

Neil packt sie am Handgelenk und reißt sie zurück. »Lass sie. Bleib bei mir.« Er zieht Anna zu sich und presst seinen Körper an ihren. Mit dem Rücken prallt Anna an eine Wand, und den Bruchteil einer Sekunde später sind Neils Lippen auf ihren. Er küsst sie, während seine Hand ihre Brust berührt und dann versucht, unter ihr Top zu greifen. Grob schiebt er den Stoff nach oben, packt ihre Brust und drückt hart zu.

»Nicht … Bitte, nein …«, keucht Anna, als er seine Lippen von ihren löst. Ihre Stimme ist leise, fast ein Flüstern. Neil schaut nach unten und greift mit einer Hand nach dem Reißverschluss seiner Hose. Und in diesem Augenblick wird Anna der ganze Schrecken dessen bewusst, was ihr gerade droht. »Es reicht!«, schreit sie. »Ich habe *Nein* gesagt!«

»Nimm deine dreckigen Finger von ihr!«

Erleichterung macht sich in Anna breit, als sie Kirstys Stimme hört. Ihre Freundin hat sie also doch nicht im Stich gelassen. Das Gewicht von Neils Körper fällt von ihr ab, und plötzlich ist sie wieder frei. Anna bereut die Drinks, bereut, zu dieser Party gegangen zu sein, und sie bereut den Umstand, dass sie mit einem Jungen hierhin gegangen ist, den sie nicht kennt. Sie will einfach nur noch mit Kirsty heim und diese Nacht vergessen.

»Danke, Kirsty. Gott sei Dank warst du noch da.«

Da all ihre Aufmerksamkeit auf Kirsty gerichtet ist, sieht Anna die Jungs nicht, die zur Hintertür hinausströmen und auf sie zukommen. Und auch Kirsty sieht sie erst, als sie sie packen. Anna schreit, doch eine Hand wird ihr auf den Mund gepresst, und andere Hände drücken sie zu Boden. Feuchtes Gras drückt in ihr Gesicht, als sie bäuchlings darauf festgehalten wird. Sie hört den üblichen Spott: »Ihr seid das Allerletzte« und »Keine Eltern, keine Zukunft«. Verzweifelt versucht sie, es auszublenden. Anna windet sich und tritt um sich, so gut sie kann, doch sie kommt gegen die beiden Jungs nicht an, die sie festhalten.

»Verdammte Schlampe«, hört sie einen von ihnen knurren. Sie zwingt sich, den Kopf zu heben, und sieht, dass Kirsty in einer ähnlichen Position auf dem Boden festgehalten wird, und dass Neil, der Junge, der zuerst bei ihr war, nun auf ihrer Freundin liegt. Scheiße. Warum kommt ihnen niemand zu Hilfe?

Die Typen werden sie vergewaltigen.

Annas Herz schlägt immer schneller, als ihr klar wird, dass sie den Jungen völlig ausgeliefert sind. Doch der Gedanke verleiht ihr auch Kraft. Mit einem lauten Brüllen reißt sie einen Arm los und drückt einem der Angreifer die Fingerspitzen in die Augen. Der Typ schreit und fällt von ihr ab. Das gibt Anna genug Zeit, sich aufzurappeln und dem anderen Kerl die Stirn auf die Nase zu rammen. Blut spritzt wie Tomatenketchup aus einer Flasche. Der Junge schlägt die Hände vors Gesicht, aber es gelingt ihm, Anna wieder herunterzudrücken und sich auf sie zu setzen. Anna stöhnt vor Anstrengung, als sie versucht, ihn wieder abzuschütteln. Die Zeit scheint stehen zu bleiben. Alles passiert wie in Zeitlupe.

Anna hört ein leises Heulen und schaut zu ihrer Freundin hinüber. Kirsty windet sich unter Neil und rührt sich dann nicht mehr. Ihr Schluchzen verstummt. Ist sie tot? Der Gedanke verleiht Anna neue Kraft, und schließlich gelingt es ihr, den blutenden Jungen von sich abzuschütteln, und sofort geht sie zu Kirsty hinüber. Anna packt Neil an den Haaren und reißt mit aller Kraft. Ein Büschel bleibt zwischen ihren Fingern hängen, dann steht sie auf und holt mit dem Bein aus, und mit einem schnellen Tritt trifft Anna ihn an der Schläfe. Sofort geht er zu Boden.

Dann schnappt Anna sich Kirsty, zieht sie hoch, und sie laufen. Anna schreit den ganzen Weg bis zur Hintertür.

»Diese Jungs haben versucht uns zu vergewaltigen!«, brüllt Anna. Einige Teenager schauen sie aus leeren Augen an, während andere sie noch nicht einmal zur Kenntnis nehmen. Kirsty klammert sich an Annas Arm, während sie sich durch die Gäste und zur Haustür drängen. Draußen rennen sie los und werden erst wieder langsamer, als sie schon auf halbem Weg zu ihren Rucksäcken sind.

»Es tut mir leid. Es tut mir ja so leid«, sagt Anna. Sie klappt zusammen und schnappt nach Luft.

»Diesen Typen sollte es leidtun.« Kirstys Stimme zittert, und ihr Gesicht ist tränenverschmiert.

Nachdem sie ihre Rucksäcke geholt haben und wieder in Finley Hall sind, ist Mitternacht längst vorbei. Auf dem Weg sprechen sie kaum ein Wort, sind beide in ihre eigenen Gedanken versunken. Um sich wieder ins Gebäude zu schleichen, müssen sie über die Mauer klettern. Es dauert doppelt so lang wie ihre Flucht, aber ihre Erleichterung ist ihnen deutlich anzusehen, als sie es schließlich geschafft haben. Sie nehmen einen großen Umweg in Kauf, um Franks Unterkunft zu umgehen, und als sie schließlich ihr Zimmer sehen, glauben sie schon, mit allem durchgekommen zu sein, als sie ein grelles Licht blendet.

»Was meint ihr wohl, wie viel Uhr wir haben?«

Die beiden Mädchen erstarren. Anna schirmt die Augen mit der Hand ab, und Kirsty senkt den Kopf. Dann erkennt Anna, dass es die Stimme eines Kindes ist, nicht die eines Erwachsenen.

»Henry?«, flüstert sie. »Bist du das?« Vorsichtig geht sie ein paar Schritte auf den Lichtstrahl zu, bleibt aber stehen, als sie eine Bewegung sieht und so etwas wie ein Schlurfen hört. Kämpft Henry mit jemandem? Als Anna sich wieder in Bewegung setzt, streckt Kirsty den Arm vor ihr aus, um sie aufzuhalten.

»Ist schon okay«, sagt sie. »Das ist nur Dean.« Ihre Stimme klingt völlig emotionslos.

Das Licht erlischt, und am Ende des Flurs tritt eine Gestalt aus den Schatten. Anna atmet erleichtert aus. Wäre das Henry gewesen, dann wären sie jetzt in noch viel größeren Schwierigkeiten. Auch wenn er sie nicht verpetzen würde, könnte er sie erpressen und ihnen wochenlang das Leben zur Hölle machen.

»Ich habe gehört, wie hier jemanden herumgeschlichen ist, es war Henry, aber ich konnte ihn verscheuchen, bevor er euch erkannt hat.«

Anna verspannt sich. Dean hat also tatsächlich mit ihrem Bruder gekämpft. Sie fragt sich, was genau Dean mit ›verscheuchen‹ meint. Sie bezweifelt nämlich, dass Henry Angst vor Dean hat und sich so einfach vertreiben lässt. Sie sind beide dreizehn, und Henry ist inzwischen genauso groß wie er. Anna schaut sich um und späht in die Schatten. Sie würde ihr Leben darauf verwetten, dass Henry noch immer in der Nähe ist.

Dean kommt näher, und plötzlich weicht alle Farbe aus seinem Gesicht. »Scheiße, Kirsty … Was zum Teufel ist denn mit dir passiert?«

»Nichts. Mach dir keinen Kopf deswegen«, antwortet seine Schwester. Sie ist als Erste an der Tür zu ihrem Zimmer und geht wortlos hinein. Deans braune Augen sind voller Sorge, und Anna wird ganz schlecht. Ist das Neid, was sie da fühlt? Während Henry ihr nur wehtun will, scheint Kirstys Bruder ehrlich besorgt zu sein, dass seine Schwester leidet.

»Es war eine Party«, sagt Anna und versucht, leise zu sein. »Es war ein wenig … chaotisch. Wir werden dir morgen alles erzählen.«

»Wir haben schon ›morgen‹«, erwidert Dean. »Aber okay.« Dann mustert er Anna von Kopf bis Fuß. »Anna ... Du siehst ja auch nicht besser aus. Ist was passiert?«

»Später, Dean. Versprochen.«

Anna schlüpft ins Zimmer und schließt die Tür. Sie legt das Ohr ans Holz und lauscht, wie Dean sich zurückzieht. Dann glaubt sie auch noch andere Schritte zu hören. Da rennt jemand. Sie wendet sich Kirsty zu, um ihr zu sagen, dass sie fürchtet, Henry habe alles gehört, doch im schwachen Licht der Sicherheitslampen vor dem Fenster sieht sie nur noch eine Erhebung unter ihrer Bettdecke. Auf Zehenspitzen geht Anna zu ihrem eigenen Bett und klettert hinein. Sie zieht sich nicht aus. Ihre Glieder sind vor Erschöpfung schwer. Was war das nur für eine furchtbare Party.

Einen Augenblick lang ist Anna vom Schock wie betäubt, und auch wenn sie noch immer die Hände der Jungs auf ihrer Haut spürt, richten sich all ihre Gedanken auf Henry. Sie wünschte, ihr Bruder wäre wie Dean, und tatsächlich *war* er das mal. Sie haben sich sehr nahegestanden, waren immer füreinander da. Das ist jetzt anders. Und wer ist schuld daran?

Sie. *Sie* war diejenige, die alles verändern wollte. Für *sie* war die Freundschaft zu Kirsty wichtiger als die Beziehung zu ihrem Bruder. *Sie* hatte ihren kleinen Bruder vernachlässigt, um sich ihr eigenes Leben leichter zu machen.

Aber vielleicht gibt es ja eine Möglichkeit, mit Henry wieder ins Reine zu kommen. Vielleicht kann sie ihm ja erklären, warum sie ihre Freundin vorgezogen hat, warum sie das hat tun müssen. Henry muss verstehen, dass das nicht heißt, dass sie ihn nicht mehr lieb hat. Morgen wird sie versuchen, mit ihm zu reden. Es ist an der Zeit, reinen Tisch zu machen.

Kapitel 21

Die Glasschüssel im Flur bekommt einen Riss, als ich meinen Schlüssel mit voller Kraft hineinwerfe. Er verläuft von oben nach unten, gezackt wie ein Blitz. *Noch etwas, das zerbrochen ist.* Ich starre das Ding an und denke darüber nach, wie sehr das meinem Leben gleicht: ein Haarriss, der allmählich größer wird, weil der Druck nicht nachlässt. Und ich frage mich, wie lange es wohl noch dauern wird, bis auch ich breche.

Kaffee auf Autopilot zu kochen, ist eigentlich Morgenroutine für mich, und für gewöhnlich bin ich hellwach, wenn ich ihn getrunken habe. Doch als ich jetzt auf meine Hände schaue und die Wärme spüre, die von dem Becher in meine Handflächen abstrahlt, habe ich keinerlei Erinnerung mehr daran, überhaupt Kaffee gekocht zu haben. Ich sitze auf dem Sofa, die Füße auf dem Tisch, und ich muss unwillkürlich lachen. Und ich kann nicht aufhören. Es geht nicht. Es ist, als hätte ich einen hysterischen Anfall, und selbst die Tränenflut, die sich über meine Wangen ergießt, kann die wilden Gefühle nicht wegspülen, die Craig Beaumont in mir ausgelöst hat.

Ich ziehe ein Kosmetiktuch aus der Box auf dem Tisch, was mich an Dienstagmorgen erinnert, als Detective Inspector Walker mir hier gegenübergesessen und mir die vernichtenden Neuigkeiten überbracht hat. Wenn er mich doch nur nicht aufgespürt hätte, dann würde ich jetzt noch immer in seliger Unwissenheit das Leben genießen, das ich mir aufgebaut habe. Aber auch wenn mich das kurzfristig vor diesem Albtraum bewahrt hätte, irgendwann hätte Henry mich gefunden. Denn eines weiß ich sicher, mein Bruder gibt nicht so leicht auf.

Mein Blick wandert zu dem Rätsel. Der nächste Ort. Als ich es früher am Tag gelöst habe, ist Adrenalin durch meinen Körper geströmt und ich wollte sofort los – aber Craig hat diesen Plan durchkreuzt, und jetzt ist die Aufregung der Angst gewichen. Meine Hände sind feucht von Schweiß. Düstere Bilder von Finley Hall, von unserem Wohnhaus, der Brücke am See … von der Party und ihrem Nachspiel … All das wirbelt in meinem Geist umher. Und all diese schlimmen Dinge, damals und heute, haben eines gemeinsam: Henry. Was auch immer er für mich geplant hat, es bedeutet weitere Demütigungen, auch öffentlich, und weitere Bestrafung. Das Datum, an dem vermutlich der nächste Mord geschehen soll, ist nicht mehr weit entfernt, und ich muss all das durchschauen, um eine unbekannte Frau zu retten.

Ich habe versucht, DI Walker – und auch mich selbst – davon zu überzeugen, dass nicht ich dieses Opfer bin. Dass Henry nur ein Spiel mit mir spielt, dass es bei all dem um mich geht, dass er meine volle Aufmerksamkeit will, genau wie früher. Der Schmerz, der von Anfang an an mir nagte, sagt jedoch etwas anderes. In Wahrheit kann ich nicht sicher wissen, ob ich nicht doch das nächste Opfer bin. Ich springe vom Sofa auf, schnappe mir das Rätsel vom Tisch und verlasse das Haus. Mir bleibt keine andere Wahl. Ich muss das Spiel weiterspielen.

*

Als ich über die Shaldon Bridge fahre, klingelt mein Handy. Es ist DI Walker. Ich lehne den Anruf ab. Im Augenblick bin ich nicht in der Lage, den Detective überzeugend anzulügen. Er würde meiner Stimme sofort anhören, dass ich es schon wieder mache, dass ich allein losziehe, um das Rätsel zu lösen. Ich schaue in den Rückspiegel und schaue mich nach Autos um, die mir bekannt vorkommen. Letztes Mal ist DI Walker mir gefolgt, und vermutlich lässt er mich auch jetzt beobachten. Was auch immer ich finde, ich werde es so oder so der Polizei übergeben müssen, aber zuerst will ich es allein sehen.

Ich hoffe bei Gott, dass es noch nicht zu spät dafür ist, mich vor dem Fallout zu schützen. Wenn es zu Henrys Plan gehört, das letzte Versprechen zu brechen, das wir uns gegeben haben, dann plant er auch, der Welt mein Geheimnis zu verraten. Ich werde das vermutlich nicht verhindern können, indem ich zum nächsten Versteck fahre, aber ich muss es zumindest versuchen. Langfristig gesehen könnte es Henry egal sein, dass er auffliegt, zumal er schon mehrere Morde begangen hat, um sein ultimatives Ziel zu erreichen, aber für mich ist das Risiko unermesslich groß.

Ich bin diejenige, die hier alles zu verlieren hat.

Ich drehe das Radio auf und singe aus voller Brust *Freak Like Me* von den Sugababes in dem verzweifelten Versuch, die andere Stimme in meinem Kopf zu übertönen – die Stimme, die mir immer wieder sagt, dass mein Leben gerade zerfällt. Als der Song vorbei ist, informiert mich der Radiosprecher, dass gleich die Nachrichten kommen. Nach gut einem Dutzend Werbespots schaue ich auf die Uhr. Es ist Punkt zehn, fühlt sich aber so an, als hätten wir schon Nachmittag. Der Morgen hat sich unglaublich hingezogen. Als ich mich schließlich dem *Penn Inn* nähere und gerade auf die Überführung fahren will, übertönt plötzlich das Klingeln meines Handys die Stimme des Nachrichtensprechers. Auch diesmal ist es DI Walker, und mein Herz setzt einen Schlag lang aus. Kann ich es wagen, den Detective ein weiteres Mal zu ignorieren?

Mit einem Stöhnen tippe ich auf ›Annehmen‹ und rolle die Schultern. Dann drücke ich den Rücken in meinen Sitz durch und starre stur geradeaus. »Hallo.«

»Ist es gerade schlecht?«, fragt DI Walker. Ich will ihm antworten, dass ich gerade aus der Dusche komme oder etwas ähnlich Unglaubwürdiges, als ein Rettungswagen mit heulender Sirene an mir vorbeirast. Verdammt!

»Nicht wirklich«, antworte ich.

»Wo fahren Sie gerade hin, Anna?« In Walkers tiefer Stimme liegt mehr als nur Sorge. Da ist auch ein warnender Unterton, und der lässt mich schaudern.

»Ich musste einen klaren Kopf bekommen.« *Informationen zu verschweigen, ist nicht lügen.* »Der Direktor von Seabrook hat gerade meine Suspendierung verlängert. Ich stehe vollkommen neben mir, Detective.«

»Das tut mir leid.«

»Haben Ihre Computerexperten …?«

»Nein.« Ich erschrecke, als er mir so unvermittelt ins Wort fällt. Im Hintergrund höre ich Stimmen und das Knistern eines Funkgeräts. DI Walker ist bei seinem Team, und ich wette, die anderen hören mit. »Wer auch immer die Kamera gehackt hat, er hat seine Spuren gut verwischt. Aber das haben wir ja schon vermutet.«

Ja, auch ich habe da nichts anderes erwartet. Trotzdem raubt die Enttäuschung mir die Kraft. Jemand hupt, als ich auf die Überholspur drifte und dabei nur knapp die Stoßstange des Wagens vor mir verfehle. Mir ist gar nicht aufgefallen, dass ich langsamer geworden bin.

»Scheiße«, knurre ich und hebe die Hand zur Entschuldigung. Ich hoffe, das verbreitet sich jetzt nicht auch noch in den sozialen Medien. Und diesmal muss sich noch nicht einmal jemand dafür in die Kameras der Verkehrsüberwachung hacken, denn mit Sicherheit hat mindestens eines der Fahrzeuge hier eine Dashcam.

»Was war das? Sind Sie okay?« Endlich höre ich wieder Sorge in DI Walkers Stimme.

»Ja, aber ich muss jetzt auflegen. Ich sollte mich auf die Straße konzentrieren.«

»Können Sie mir bitte sagen, wo Sie hinfahren? Ich weiß, dass Sie das Rätsel gelöst haben. Ich bin nicht dumm.«

Ich frage mich, ob DI Walker mich, während wir telefoniert haben, hat orten lassen. In diesem Fall kennt er jetzt meinen genauen Standort oder kann ihn zumindest eingrenzen. Warum habe ich nie daran gedacht? Deshalb habe ich gestern auch niemanden gesehen, der mir gefolgt ist, und wahrscheinlich braucht er deswegen auch nicht wirklich eine Antwort. Er weiß, dass er mich jederzeit finden kann, ohne mir hinterherfahren zu müssen. Kurz bin ich versucht, anzuhalten und nach einer kleinen, magnetischen Box oder etwas in der Art zu suchen. Doch dann denke ich, dass ich sowieso schon bald herausfinden werde, ob er mich wirklich überwacht.

»Nein, ich habe das Rätsel nicht gelöst.« Ich verziehe das Gesicht.

»Ich muss nämlich wissen …«

»Ich verspreche Ihnen, sobald ich die Lösung kenne, werden Sie der Erste sein, der es erfährt.« Ich beende das Gespräch und habe sofort ein schlechtes Gewissen. Warum habe ich ihm das nur versprochen? DI Walker wird mir nie wieder vertrauen, wenn er herausfindet, dass ich ihn belogen habe.

Ich will keine Zeit mehr verschwenden und parke so nah wie möglich am Café – im absoluten Halteverbot. Aber ich bleibe ja nicht lange und hoffe einfach, dass sie heute auf der anderen Seite der Stadt Strafzettel verteilen. Ich renne sofort rüber zum Café Stadthunde. Der unterstrichene Teil des Rätsels hat mich an einen öffentlichen Ort geführt, und das kommt mir seltsam vor, da Henry ja auf der Flucht ist. Ich kann kaum glauben, dass er dort einfach hineinspaziert, um an diesem Platz etwas für mich zu verstecken. Aber eine andere Lösung des Rätsels fällt mir einfach nicht ein.

»Kann ich Ihnen etwas bringen?«, fragt eine Frau, als ich in das Café stürme. »Wir haben verschiedene Teesorten und jede Art von Kaffee.« Sie strahlt mich an.

»Oh … Äh … Kann ich mich erst einmal setzen?« Ich deute in den hinteren Teil des Cafés, wo ich eine Terrassentür sehe.

»Natürlich.« Sie lächelt mich unsicher an. Vermutlich komme ich ihr ein wenig seltsam vor, aber ich gehe einfach weiter. Ich habe keine Wahl. Ich muss hier sein, die Jagd nach dem versteckten Gegenstand muss weitergehen. Ich lege die Hand auf den Bauch. Allein bei dem Gedanken an das, was ich finden könnte, wird mir ganz anders.

Draußen ist es nicht so, wie ich es mir vorgestellt habe. Man kann auf Parkbänken sitzen und die Hunde haben hier viel Platz zum Toben, und dann gibt es noch einen Kinderspielplatz. Mir sträuben sich die Nackenhaare, während mein Blick hin und her huscht. Just in diesem Augenblick könnte sich hier ein Serienmörder aufhalten, nur wenige Meter entfernt von unschuldigen Kindern. Man stelle sich nur vor, einer meiner Schüler aus Seabrook schaukelt da fröhlich vor sich hin, und dann geht Henry an ihm vorbei, unbemerkt von den Erwachsenen. Allein die Vorstellung macht mich schon krank. Dann kommt mir ein furchtbarer Gedanke: Wenn Henry mich wirklich beobachtet hat, was sollte ihn dann davon abhalten, sich einfach ein Kind aus Seabrook zu schnappen? Sie haben dort zwar eine gute Security, aber ein paar der älteren Kinder gehen auch unbeaufsichtigt zur Schule. Denn ihre Eltern sind davon überzeugt, dass sie in einem Dorf wie Staverton nichts zu befürchten haben.

Während ich auf dem Gelände herumgehe, suche ich verzweifelt nach irgendetwas Ungewöhnlichem, nach einem Hinweis darauf, wo Henry den nächsten Gegenstand versteckt haben könnte. Schließlich setze ich mich auf eine Bank und scanne die Umgebung Zoll für Zoll. Sein Versteck könnte Gott weiß wo sein. Ich drehe mich auf der Bank um und schaue nach hinten. Dabei fällt mir die Bronzeplakette an der Lehne auf, ein Dankeschön für eine große Spende an das Hundecafé: *Herzlichen Dank der Familie Walcott.* Bei dem Namen klingelt etwas bei mir, doch als ich mich wieder umdrehe, ist die Erinnerung verflogen.

Denk nach, Anna. Und dann ist es offensichtlich. Wenn jemand hierherkommt und unbemerkt bleiben will, dann würde er sich mit Sicherheit auf genau diese Bank setzen, denn die ist von den anderen Gästen nicht direkt einzusehen. Ich schaue nach unten, und mein Herz setzt einen Schlag lang aus, als mir die frisch umgegrabene Erde vor dem Rosenstrauch neben mir auffällt.

Ich springe von der Bank und schaue mich wachsam um. Da sitzt ein Paar an einem Tisch. Ihr Hund liegt auf dem Boden darunter, und zwei Frauen unterhalten sich angeregt bei einem Latte. Beide haben einen handtaschengroßen Hund dabei, sie liegen auf den Stühlen neben ihnen. Aber sobald ich mich ducke, können diese Leute mich nicht mehr sehen. Henry muss das auch bemerkt haben, und deshalb hat er sich vermutlich auch diese Stelle ausgesucht.

Aber natürlich könnte die aufgewühlte Erde auch eine andere Ursache haben. Vielleicht hat hier nur einer der Hunde einen leckeren Knochen vergraben. Falls ja, dann stehe ich dumm da. Kurz halte ich inne und schaue mich noch einmal um. Womöglich gibt es hier ja noch ein anderes, potenzielles Versteck. Die Erde hier ist jedoch sorgfältig verteilt. Ein Hund hätte das nie getan. Das muss der Ort sein. In jedem Fall ist es einen Versuch wert.

Ich atme tief durch, stecke meine Finger in die feuchte Erde und beginne, sie wegzuschaufeln. Ich hoffe nur, dass der Gegenstand nicht scharf ist. Sofort arbeite ich langsamer und nehme statt der Fingerspitzen die Handkante zu Hilfe. Ich traue es Henry durchaus zu, dass er hier etwas vergraben hat, das mich verletzen kann. Beinahe sofort kommt ein Plastikbeutel zum Vorschein. Ich ziehe ihn an der Ecke aus der losen Erde. Dann setze ich mich auf die Fersen, in der Hand den Beutel. Ein Teil von mir will ihn nicht öffnen, jedenfalls nicht sofort, sondern ihn als Beweis direkt zur Polizei bringen. Aber ohne Zweifel hat Henry sich gedacht, dass meine angsterfüllte Neugier die Oberhand gewinnen wird, und tatsächlich öffne ich vorsichtig den Beutel. Im Inneren befindet sich ein großer Briefumschlag, und ich bin ein wenig enttäuscht. Ist das einfach nur ein neues Rätsel?

Nach einem kurzen Blick durch den Garten öffne ich den A4-Umschlag, halte den Atem an und werfe einen Blick hinein. Es scheinen nur ein paar Fotos zu sein. Mein Adrenalinlevel sinkt sofort. So schlimm können die Bilder ja nicht sein. In Finley hat Henry keine Kamera besessen. Jedenfalls habe ich ihn nie mit einer gesehen. Wenn er einen fotografischen Beweis für unser gemeinsames Geheimnis besitzen sollte, hätte er ihn mit Sicherheit schon längst benutzt und mich damit erpresst.

Ich hole die Fotos heraus, und mir klappt der Mund auf. Rasch gehe ich sie durch. Es sind fünf. Dann konzentriere ich mich auf das erste. Ein Schluchzen bleibt mir im Hals stecken, und ich werfe den Kopf zurück und schaue in dem sinnlosen Versuch gen Himmel, das Bild wieder aus dem Kopf zu bekommen. Meine Hand zittert heftig, als ich die Bilder wieder ansehe, und ohne Vorwarnung muss ich mich heftig übergeben. Grüne Galle sammelt sich auf dem Gras hinter dem Busch. Mit dem Handrücken wische ich mir den Rest vom Mund und stehe auf. Doch nach nur wenigen Schritten sacke ich gegen den Stamm eines Baumes, die raue Rinde drückt schmerzhaft in meinen Rücken. Aber ich kann mich nicht bewegen. Wieder schaue ich mich um.

»Wo steckst du, du Bastard?« Der anfängliche Schock und meine Trauer weichen einer brennenden Wut. Ich stoße mich von dem Baum ab, stapfe durch den Garten und schreie eine Reihe von Wörtern, die ich selbst nicht verstehe. Wie Lava fließen sie einfach aus meinem Mund. Solch einen Zorn habe ich schon seit Jahren nicht mehr empfunden, und ich bekomme Angst vor mir selbst. Aber ich habe auch jedes Recht, wütend zu sein. Wie konnte er mir das nur antun? Ross ist der letzte Mensch, von dem ich gedacht hätte, dass er unsere Liebe verrät.

Die Frau, die mich bei meiner Ankunft gefragt hat, ob ich

etwas zu trinken haben wolle, kommt heraus und starrt mich genauso verwirrt an wie die anderen Gäste. Ich ignoriere sie und dränge mich an ihr vorbei. Jeder, der das hier beobachtet, muss mich für äußerst unverschämt halten. Beobachtet Henry mich?

»Komm raus! Komm raus, wo immer du bist!«, schreie ich, kaum dass ich wieder auf der Straße bin, und Speichel fliegt mir aus dem Mund. »Du hältst dich wohl für verdammt clever!« Eine Frau, die mit einem Kleinkind an der Hand an mir vorbeigeht, wirft mir einen besorgten, tadelnden Blick zu. In dem Moment wird mir wieder bewusst, dass ich mich in der Öffentlichkeit befinde, und ich bin online schon berüchtigt genug. Wenn man mich so sieht, dann wird es alle nur in dem Glauben bestärken, dass ich vollkommen außer Kontrolle geraten und als Lehrerin ungeeignet bin. Sofort schließe ich den Mund und gehe zu meinem Auto. Rasch steige ich ein und knalle die Tür zu. Ich werfe den Umschlag auf den Beifahrersitz und bleibe erst einmal reglos sitzen. Der Schock geht mir durch Mark und Bein.

Vielleicht gibt es ja gar keinen Grund, wütend auf Ross zu sein. Schließlich weiß ich noch nicht einmal, wann diese Bilder aufgenommen wurden – auch wenn seine Kleidung und seine Frisur darauf hindeuten, dass es nicht so lange her sein kann, jedenfalls keine Jahre.

Henry ist fest entschlossen, jeden Teil meines Lebens zu zerstören, jenes Lebens, das ich liebe. Er hat klar und deutlich gemacht, dass er Rache will. Er will, dass ich leide, bevor es zum Schlussakt kommt, wie auch immer der aussehen mag.

Aber ich darf Henry nicht gewinnen lassen, oder genauer gesagt: Ich darf nicht *verlieren*, denn das ist nicht nur ein Spiel.

Kapitel 22

Deine Worte durchschau' ich, wo immer du bist.
Verweint dein Aug', gebrochen dein Herz,
dein Leben zerrissen ist.

Mai

Vor einem Jahr

Noch nie hatte er etwas Derartiges gerochen … nun ja, wenn er jetzt so darüber nachdachte, dann vielleicht beim Fleischer, nur war es noch intensiver. Überwältigend. Er trat einen Schritt von dem Blutbad auf den Plastikplanen zurück, steckte den Kopf zur Badezimmertür hinaus und atmete erst einmal tief durch. Er hätte eine Maske mitbringen sollen. Er war übermütig geworden. Das wurde ihm gerade klar. Es war jetzt schon sein vierter Mord, und er hatte gedacht, alles würde inzwischen ganz einfach sein. Er hatte also doch noch eine menschliche Seite, dachte er, selbst als Serienmörder. Er war nicht der Psychopath, das wahre Böse, als das man ihn in den Medien darstellen würde.

Die Aufmerksamkeit der Medien würde eine Herausforderung werden. Sie würden ihm die vollkommen falschen Gründe unterstellen. All die Pseudopsychologen und -psychiater würden aus ihren Löchern kriechen und krude Theorien darüber verbreiten, warum er so ist, wie er ist, welche Kindheitstraumata ihn belasten und was ihn zu einem Monster gemacht hat. Sie würden sagen, seine Unfähigkeit, Beziehungen aufzubauen, hätten ihn zum Frauenhasser werden lassen. Aber sie würden sich alle irren, und das zu schlucken, wäre verdammt schwer. Und er wusste, dass ein kleiner Teil von ihm sie würde korrigieren wollen. Sie sollten die Wahrheit drucken.

Doch was genau die Wahrheit war, musste er selbst noch herausfinden.

Mit einigermaßen frischer Luft in der Nase kehrte er in das kleine Schlafzimmer zurück – zu dem Torso mit den verbliebenen zwei Gliedmaßen –, und er bückte sich nach der Säge. Schweißtropfen sammelten sich auf seiner Stirn und dunkle Flecken unter seinen Achselhöhlen. Seine Hände schwitzten in den Handschuhen, doch er war fest entschlossen, den Job zu Ende zu bringen. Während er arbeitete, stellte er sich vor, wie er auch *ihr* Leben auseinandernehmen würde, Stück für Stück. Und das Adrenalin, das allein durch seine Fantasie freigesetzt wurde, ermöglichte es ihm, selbst die härtesten Knochen durchsägen zu können.

Kapitel 23

Ich halte das Lenkrad so fest, dass ich meine Finger kaum bewegen kann, als ich vor unserem Haus parke. Der Umschlag liegt neben mir, und in diesem Augenblick will ich ihn einfach nur zerreißen und verbrennen, die Beweise vernichten. Ich konnte die Identität der Frau nicht feststellen, denn entweder hatte sie der Kamera den Rücken zugekehrt, oder aber Ross stand im Bild. Doch eines ist schmerzhaft klar: Mein Mann hat eine Affäre. Ich will, dass die Bilder wieder verschwinden. Ich will so tun, als hätte ich sie nie gesehen. Doch dann brechen meine Emotionen aus mir heraus wie Lava aus einem Vulkan, und ich schnappe mir den Briefumschlag und stürme wie besessen die Straße hinunter.

»Mach schon!«, schreie ich niemanden im Besondern an. »Film das! Stell das ins verdammte Netz!« Ich schaue mich um und erwarte fast, den Mann zu sehen, der auch meinen letzten Zusammenbruch beobachtet hat. Doch der Bürgersteig ist leer. Ross' Maklerbüro liegt direkt vor mir. Mir ist ganz schlecht, als ich mich ihm nähere und durchs Fenster schaue. Ross beugt sich gerade über Yasmin: viel zu nah, viel zu intim. Jetzt fügt sich alles zusammen. Es ist Yasmin – ›Yaz‹, wie er sie nennt. Jung, hübsch und Single. Die perfekte Ehezerstörerin. Ich stürme durch die Tür, und Ross schreckt hoch. Doch als er mich sieht, hellt sich sein Gesicht auf, bevor es sich fast sofort wieder verdunkelt.

»Was ist passiert? Bist du okay?« Er fährt sich mit der Hand durchs Haar. Ich frage mich, wie oft Yasmins Hände das schon getan haben. Meinen Mann berührt. Meinen Mann gefickt. Ich stoße ein hartes Lachen aus.

»Warum sollte ich nicht okay sein, Ross?« Ich funkele ihn an. Dann werfe ich Yasmin einen Blick zu, und ich hoffe, meine Wut kommt rüber, mein Leiden und das Gefühl des Verrats, das ich empfinde. Ross runzelt die Stirn. Als er den Umschlag in meiner Hand sieht, bleibt sein Mund offen stehen. Verlegen schaut er zu Yasmin, und sie steht auf.

»Schön, dich zu sehen, Anna.« Sie schaut mir herausfordernd in die Augen und lächelt.

»Und schön zu sehen, dass du meinen Mann fickst«, erwidere ich.

»Himmel! Anna!« Ross springt auf mich zu. Ich schlage seine Hand weg, als er mich berühren will.

»Wirklich? Himmel, Anna? *Himmel, Anna*?«, wiederhole ich. Seine Worte lassen die Wut in mir hochkochen, und ich fühle mich wie ein Schnellkochtopf, kurz bevor der Dampf ausbricht. »Was soll das denn heißen?« Wenn er mich tadeln will, dann werde ich ihm zeigen, wie laut und vulgär ich wirklich sein kann. Wenn ihm meine Reaktion nicht gefällt, dann hätte er nicht solchen Mist bauen sollen.

»Lass uns unter vier Augen reden, ja?« Ross dreht sich zu Yasmin um, die jetzt auf der Schreibtischkante sitzt. Die Arme vor der Brust verschränkt tut sie so, als wäre sie nur Zuschauer und nicht der Grund für all das hier. »Yaz, kannst du das hier fertig machen, bitte?«

Ich schnaube verächtlich, als ich höre, wie er sie ›Yaz‹ nennt. Dann raubt mir ein stechender Schmerz in der Brust den Atem. Ich reibe mir mit der Faust über das Herz, doch es hilft nichts. Ross schiebt mich rasch hinaus und schließt die Tür. Er winkt mir, mit ihm nach Hause zu gehen, und das tun wir dann auch schweigend. All meine Wut ist nach innen gerichtet. Im Geiste gehe ich noch mal durch, was ich alles sagen will, aber ich weiß, sobald wir hinter geschlossenen Türen sind, wird nichts davon es in unser Gespräch schaffen. Im Kopf läuft immer alles so glatt, aber da gibt es auch nur den eigenen Monolog und keine Unterbrechung oder Reaktion des anderen.

Kaum sind wir über der Schwelle, da geht Ross in die Küche und öffnet den Kühlschrank. Er schenkt zwei große Gläser Wein ein und gibt mir eines davon. Dann lehnt er sich an die Arbeitsplatte.

»Worum geht's hier überhaupt, Anna?« Er schaut auf den großen Briefumschlag, den ich mir unter den Arm geklemmt habe. Ich hole ihn hervor und knalle ihn auf den Frühstückstresen. Wir stehen einander gegenüber, zwischen uns der Beweis.

»Rate mal, was da drin ist?«, fordere ich Ross auf und trinke einen kräftigen Schluck.

»Ich habe keine Ahnung«, antwortet Ross. »Warum erleuchtest du mich nicht?«

»Du zuerst, Ross. Warum erzählst du mir nicht, was da läuft? Karten auf den Tisch.«

»Da gibt's nichts Ungewöhnliches … außer natürlich deinen Bruder, den Serienkiller, der die letzten Tage in das reinste Chaos verwandelt hat.« Er nippt an seinem Wein, doch sein Blick ist weiter auf den Umschlag gerichtet. »Und das hat dich ziemlich mitgenommen … und es würde wohl jedem in deiner Situation so gehen.«

Ich lache. »Ich verstehe schon, worauf das hinausläuft. Du

willst mir sagen, wegen Henry und der Tatsache, dass ich auf unbestimmte Zeit suspendiert bin, sei das alles nur *Stress*. Dass mein Verhalten irrational ist, dass ich voreilige Schlüsse ziehe, wenn ich behaupte, du hättest was mit deiner Angestellten. Habe ich recht?«

»Moment mal … Du bist *was*?« Ross strafft die Schultern und schaut mich besorgt an. »Du hast deinen Job verloren?«

»Lenk jetzt nicht ab. Wir reden über dich und Yasmin. Beantworte meine Frage.« Ich funkele ihn an, und tatsächlich scheint er unter meinem Blick nachzugeben.

»Ich habe keine Affäre mit Yaz«, murmelt er und starrt auf seine Füße, während er verlegen wie ein Teenager von einem Fuß auf den anderen tritt.

»Was hast du dann mit ihr?«

Ross verlagert sein Gewicht und richtet sich wieder auf. »Was ist in dem Umschlag?«

Ich kann dieses Spiel nicht mit ihm spielen. Ich habe so etwas schon oft genug mitgemacht, und ich weiß, dass das ewig so weitergehen kann. Also schiebe ich ihm den Briefumschlag einfach hin. Aufmerksam beobachte ich, wie er durch die Nase einatmet und die Luft anhält, als er die Fotos rausholt. Sein Gesichtsausdruck bleibt neutral, aber sein Kiefer verspannt sich, als er sich selbst auf Bildern aus dem Café Stadthunde sieht und das mit einer Frau, von der ich weiß, dass es Yasmin ist. Ihre Körper sind sich sehr nah und ihre Arme verschlungen, denn sie küssen sich.

»Das ist nicht … ist nicht …« Ross stolpert über seine eigenen Worte. »Das ist nicht so, wie es aussieht.«

»Ach, wirklich? Du hast es doch selbst gesagt: Die Kamera lügt nie.«

»Das ist gephotoshopt«, erklärt er, nachdem er die Bilder eine Weile angestarrt hat. »Es ist schon erstaunlich, was man …«

»Lass es, Ross. Bitte. Zeig wenigstens ein bisschen Anstand, und sag mir die Wahrheit.«

Jede Sekunde Schweigen ist wie ein Stich ins Herz für mich. Ross ringt um die richtigen Worte, nehme ich an. Ringt darum, den Schaden zu begrenzen. Für mich und für ihn. Ich fühle mich an unsere Zeit mit Beau erinnert, unserem ersten und letzten Hund. Ross hatte sie zu unserem fünften Hochzeitstag für mich gekauft, und wir haben uns sofort in sie verliebt. Beau war ein schwarzer Labrador aus dem Tierheim, voller Energie und Liebe. Wir hatten sie erst vier Monate, als es passierte. Als Ross mit ihr am Teignmouth Beach spazieren war, hat ein anderer Hund sie angegriffen. Die Verletzungen waren so schwer, dass der Tierarzt sie nicht mehr retten konnte. Ross hat drei Stunden gebraucht, um mir zu erzählen, was passiert war, und selbst dann hatte er noch Probleme, mir zu sagen, wie es ausgegangen war, denn er wusste, wie sehr mich das aufregen würde. Seine Unfähigkeit, mir schlechte Nachrichten zu überbringen, ist irgendwie liebenswert. Zumindest damals. Jetzt nicht mehr. Jetzt verlängert es die Qual nur.

»Sprich es aus, Ross. Sag mir die Wahrheit. Diese Fotos sind kein Fake … unsere Ehe aber schon.« Ich zucke mit den Schultern, eine Geste, von der ich weiß, dass sie blasierter wirkt, als ich mich fühle. Ich reiße ihm die Bilder aus der Hand und knalle eins auf den Tisch. »Du, wie du Yasmin auf der Bank küsst«, sage ich. Dann lege ich das nächste drauf. »Ihr beide hinter einem Baum. Deine Hand steckt in ihrer Bluse.« Meine Stimme wird immer lauter. Das nächste. Bumm! »Oh, da habt ihr für ein wenig Abwechslung gesorgt.

Ihr seid ins Auto gegangen. Im Garten des Cafés war es wohl ein wenig zu riskant für dich. Hier machst du die Hose auf …« Tränen brennen auf meinen Wangen. Ich knalle das nächste auf den Tisch. »Ihr beide, wie ihr …«

»Hör auf!« Ross schlägt mit der Hand auf die Bilder. »Jaja. Ich weiß.«

»Was weißt du?«

»Ich weiß, was jetzt kommt. Ich habe etwas Furchtbares getan, Anna. Es tut mir leid. Wirklich.« Er lässt den Kopf hängen und schlägt die Hände vors Gesicht, sodass ich seinen Gesichtsausdruck nicht sehen kann.

»Nun, dann ist ja alles gut. *Wie konntest du nur, Ross*?«

Ich höre ein leises Schluchzen. »Es tut mir leid«, sagt er erneut. Warum zum Teufel verspüre ich plötzlich das Verlangen, ihn zu umarmen? Ihn zu trösten? *Ich* bin doch diejenige, die hier verletzt worden ist. Doch auch angesichts der niederschmetternden Erkenntnis, dass ich betrogen worden bin, bleibt die Liebe, die wir füreinander empfinden, oder die wir zumindest einmal füreinander empfunden haben, das Gefühl, das alles andere überwiegt. Und ich brauche diese Liebe wie die Luft zum Atmen.

»Warum?« Meine Stimme klingt erstickt. »Warum hast du mir das angetan?«

Ross nimmt die Hände vom Gesicht und greift nach meinen. Sie zittern. Er schließt die Augen, atmet tief durch, und ich weiß, dass mir nicht gefallen wird, was jetzt kommt.

»Ich habe es wirklich versucht, Anna. Aber so lange ich denken kann, bin ich davon ausgegangen, irgendwann Kinder zu haben.«

Ich reiße meine Hände zurück, als hätte ich einen elektrischen Schlag bekommen. Nicht das schon wieder.

»Du warst doch einverstanden«, sage ich und verziehe den Mund. »Wir haben beide entschieden, keine Kinder zu bekommen. *Wir haben gemeinsam darüber gesprochen*. Das kannst du mir jetzt nicht zum Vorwurf machen. Das ist nicht fair. Das kannst du nicht als Grund dafür anführen, unsere Liebe verraten zu haben, Ross.«

»Ich dachte, ich könnte mich ändern und in einer Zweierbeziehung glücklich sein, doch nach ein paar Monaten ist mir klar geworden, wie unglücklich ich eigentlich war.«

»Dann hättest du mit mir reden sollen. Du hättest das mit mir teilen und nicht Trost in den Armen einer anderen suchen sollen, Ross. So funktioniert eine Ehe nicht.«

»Ich weiß, Babe.«

Ich zucke bei diesem Wort unwillkürlich zusammen. »Und was jetzt?«

»Ich weiß es nicht. Ich liebe dich, Anna. Das habe ich schon immer getan, und so wird es auch immer sein. Aber ich brauche mehr. Ich hätte dich verlassen sollen, als mir bewusst geworden ist, dass wir unterschiedliche Dinge wollen, aber ich habe es einfach nicht über mich gebracht.«

»Wenn diese Fotos jetzt nicht ans Licht gekommen wären, dann … Wann hättest du mir davon erzählt? Oder wolltest du mit deiner schmutzigen Affäre hinter meinem Rücken einfach weitermachen? Ein bisschen Spaß nebenbei kann ja nicht schaden.«

»Das ist nicht schmutzig.«

»Oh. Tut mir leid. Ich dachte immer, es wäre keine sehr ehrenhafte Veranstaltung, wenn ein Mann sich einfach auf den Weg macht, um eine andere Frau zu ficken. Ich bin ziemlich sicher, wäre es umgekehrt …«

»Ja, okay. Du hast recht. Ich bin ein furchtbarer Mensch.

Ich bin ein Lügner und ein Ehebrecher. Ich war dir untreu, und ich hasse mich dafür.«

»Und doch hast du weitergemacht.« Mir ist durchaus bewusst, wie hart ich klinge, wie wahnsinnig wütend. Aber was erwartet er auch von mir? Vergebung? Dass ich es ihm leicht mache und ihm meinen Segen gebe? »Wie lange läuft das schon?«

Ross lässt wieder den Kopf hängen, und ich packe sein Gesicht und zwinge ihn, mich anzuschauen.

»Seit sechs Monaten«, flüstert er. »Ich habe auf den richtigen Zeitpunkt gewartet …«

»Das muss sehr schwer für dich gewesen sein«, sage ich, und Sarkasmus mischt sich mit dem Gift in meiner Stimme. »Und da habe ich schon geglaubt, es könne nicht mehr schlimmer kommen.« Die Tränen, mit denen ich schon die ganze Zeit kämpfe, laufen mir über die Wangen. Ross wendet sich ab, als ich sie wegwische.

»Ich wusste, dass mir die Zeit davonläuft, dass ich es dir bald erzählen muss. Dann hat dein Bruder, der Serienkiller, das beschleunigt.«

»Ha! Offenbar kümmert sich selbst ein Psychopath mehr um mich als du. Du hast das Rätsel gesehen, und sofort wusste ich, dass du dir Sorgen machst.«

»Als du rausgegangen bist, habe ich mich auch weggeschlichen und bin zum Café gegangen. Ich wollte dir zuvorkommen, aber da war nichts. Er muss den Laden beobachtet haben, um sicherzustellen, dass du die Fotos findest und nicht ich.«

»Aber woher wusstest du, wo du hin musstest? Wieso konntest du dieses Rätsel verstehen?«

»Die Tatsache, dass es um Lügen und Verrat ging, hat gereicht, um mir deutlich zu machen, dass es da um mich geht.

Und dann war da die letzte Zeile mit den Hunden. Nun, damit konnte nur das Café gemeint sein. Und diese Bank …« Er deutet auf eines der Fotos. »Darauf steht eine Danksagung an Yasmins Familie.«

Ich taumele zurück. Mein Gott! Mit diesem Rätsel hat Henry sich selbst übertroffen. Ich wusste doch, dass ich den Namen Walcott schon einmal gehört habe. Ich drücke die Fingernägel in die Handfläche, während Fragen meinen Kopf fluten und dann aus meinem Mund strömen.

»Habt ihr da zum ersten Mal Sex gehabt? Oder euch eure unsterbliche Liebe erklärt? Pläne gemacht? Namen für eure Kinder ausgedacht?«

»Gott, Anna.« Ross fährt sich mit den Fingern durchs Haar. »Ich wollte nicht, dass du das so herausfindest, aber …«

Ich halte die Luft an, als ich sehe, wie Ross nach den richtigen Worten sucht. Die Tatsache, dass da noch mehr ist, etwas hinter dem, was ich bereits ausgegraben habe, ruft Panik in mir hervor. Ross wird diesem Verrat noch eine weitere Ebene hinzufügen, er wird unsere Liebe noch weiter zerstören. Und dabei kann es nur um eines gehen. Mir gefriert das Blut, und ich weiß, dass ich nicht werde ertragen können, was er jetzt sagen wird … denn ich weiß es bereits.

»Du solltest besser gehen, Ross. Sofort.« Ich gehe zum Kühlschrank und hole die Weinflasche aus dem unteren Fach. Dann gieße ich mir ein Glas ein, fülle es bis zum Rand und leere es in einem Zug. Ich fühle, wie er mich mitleidig anschaut.

»Anna, ich schwöre, wenn ich mit dir …«

Wenn er mit mir? *Gott, ja – wenn*! Ich lege die Hand auf den Bauch und werde von einer überwältigenden Sehnsucht erfüllt.

»Verschwinde. Ich kann dich nicht mehr sehen«, sage ich und unterdrücke ein Schluchzen. Ich höre, wie er in den Flur geht. Ich habe ihm eine Fluchtmöglichkeit eröffnet, er musste es nicht aussprechen. Er musste nicht das ganze Ausmaß seines Verrats an unserer Liebe in Worte fassen.

Als ich höre, wie die Tür zugeschlagen wird, gieße ich mir ein zweites Glas ein und trinke noch einen kräftigen Schluck. Meine Beine kribbeln, und mein Kopf dreht sich ein wenig. Ich glaube, ich habe heute noch nichts gegessen. Das wird nicht gut enden. Doch dann, während ein Bild von Yasmins anschwellendem Bauch vor meinem geistigen Auge erscheint, wird mir bewusst, dass es für mich kein Happy End geben wird. So viel steht fest.

Die Welt gerät aus den Fugen, und mir wird schwindelig. Ich stolpere durch den Flur und zur Haustür hinaus.

»Gut gemacht, Henry! Diese Runde geht an dich!«, schreie ich. Ich hebe mein Glas zum Toast. »Komm raus, du verdammter Feigling! Sei ein Mann und stell dich mir!« Eine Mutter, die gerade mir ihrem Mädchen an der Hand vorbeikommt, schnalzt tadelnd mit der Zunge, nimmt ihr Kind fester und beschleunigt ihre Schritte. Als sie noch einmal über die Schulter guckt, ist ihr Blick voller Vorwürfe. Ich lache laut. »Das ist noch gar nichts, Liebes! Du solltest mal meinen *Bruder* kennenlernen!« Ich taumele ins Haus zurück, lasse mich an der Wand zu Boden gleiten und schluchze. *Irgendwann wird der Alkohol den Schmerz schon betäuben*, denke ich, und alles wird dunkel.

*

Ich schwebe nach oben. Mein Körper ist federleicht. Ich öffne die Augen und schließe sie rasch wieder, denn die Deckenlampe in der Küche dreht sich furchtbar schnell. Das Letzte, woran ich mich erinnere, ist, dass ich auf den kalten Fliesen gesessen und die Flasche leer getrunken habe.

Doch auch, wenn ich die Augen geschlossen habe, hält das Schwindelgefühl an. Ich bewege mich. Ich werde getragen.

Ich versuche zu sprechen, doch mein Mund versagt mir den Dienst. Plötzlich falle ich. Nicht schnell wie in einem dieser schrecklichen Träume, eher sanft, und dann spüre ich etwas Festes unter mir. Eine weiche, warme Schicht legt sich auf mich, und mein Geist treibt davon. Ich höre eine Stimme, aber sie scheint so weit weg zu sein, dass ich gar nicht erst versuche zu antworten. Ich könnte nicht, selbst wenn ich wollte.

Fühlt sich so der Tod an?

12. Mai

NOCH EIN TAG

Kapitel 24

Mein Mund ist so vollkommen trocken, dass die Zunge an meinem Gaumen klebt. Ich ziehe meinen Arm unter der Decke hervor und taste auf dem Nachttisch umher, in der Hoffnung, dort das Glas Wasser zu finden, das ich eigentlich immer für die Nacht dort hinstelle. Schließlich gelingt es mir, das Glas heranzuholen und mich auf den anderen Ellbogen aufzurichten, sodass ich trinken kann. Das Wasser ist schal, und kaum erreicht es meinen Magen, da zieht er sich zusammen und will es wieder loswerden.

»Oh, Gott.« Ich krieche förmlich ins Badezimmer, halte den Kopf über die Kloschüssel und kotze. Ich habe das Gefühl, als würde mir jemand die Eingeweide herausreißen. Mein Herz ist ja bereits herausgerissen, darum muss ich mir also keine Sorgen mehr machen. Bilder huschen durch meinen Geist wie ein alter Kinofilm. Jedes einzelne schickt Schockwellen durch meinen Körper, und jedes einzelne erinnert an das Geständnis aus Ross' Mund und ist wie ein Schlag in die Magengrube. Dann kehrt die Erinnerung daran wieder zurück, wie ich ihn rausgeworfen habe, doch sie ist an den Rändern leicht verschwommen. Habe ich ihm gesagt, er solle nie wieder einen Fuß in dieses Haus setzen? Ich stöhne. Vermutlich ist er zu Yasmin gegangen. Habe ich meinen Mann direkt in die Arme seiner Geliebten geschickt?

Ich höre mein Handy auf dem Nachttisch vibrieren. Das

könnte Ross sein. Ich rappele mich wieder auf, und der Druck in meinem Kopf steigt. Als ich schließlich das Bett erreiche und über die Matratze nach meinem Handy greife, da überfällt mich so ein nervöses Kribbeln, fast als hätte ich Schmetterlinge im Bauch – und mit diesem Gefühl kommt die Erkenntnis, dass ich letzte Nacht gar nicht ins Bett gegangen bin. Irgendjemand hat mich dort hingebracht. Da bin ich mir sicher. Ross muss wieder nach Hause gekommen sein, obwohl ich ihm gesagt habe, er solle verschwinden. Ich nehme mein Handy und sehe, dass da eine Nachricht von Serena wartet.

Bist du okay? Ich habe von der Verlängerung deiner Suspendierung gehört. Was für ein Scheiß. Es tut mir ja so leid. Ruf mich an. Und komm abends ruhig mal rüber. Liebe dich, Sxx.

Ich tippe eine rasche Antwort und sage, dass mich das Ganze wütend macht, und ich verspreche, sie schon bald anzurufen. Ich beende die Nachricht mit: *Ross hat eine Affäre und mich verlassen …* Doch dann lösche ich das wieder, bevor ich es abschicke. Das kann ich ihr nicht über SMS erzählen. Allerdings beschert es mir schon Herzrasen, das alles Schwarz auf Weiß zu sehen. Was würde wohl mit mir geschehen, wenn ich darüber rede? Nein. Ich werde warten, bis das mit Henry vorbei ist, dieser tickenden Zeitbombe. Dann kann ich mich richtig darum kümmern.

Wenn ich dann noch lebe.

Ich scrolle durch die anderen Nachrichten. Keine davon stammt von Ross. Ich greife mir an die Brust. Wieder verursacht die Erinnerung mir Schmerzen.

Yasmin ist schwanger.

Die schreckliche Realität trifft mich wie ein Schlag, und ich rappele mich vom Bett auf. Galle brennt mir in der Kehle. Ich stolpere, so schwindlig ist mir. Als ich dabei mit der

Schulter an den Türrahmen stoße, quellen mir die Tränen aus den Augen. Ross hat gesagt, er wolle lieber mit mir zusammen sein und auf Kinder verzichten, als ohne mich Kinder zu haben.

Lügner! Lügner! Lügner!

Ich stoße ein animalisches Heulen aus und mache mir gar nicht erst die Mühe, mir die Tränen und den Rotz aus dem Gesicht zu wischen. Stattdessen lasse ich sie in den Mund laufen. Erst nachdem ich noch einmal gekotzt habe, wasche ich mich. Es ist nicht gut, das Opfer zu spielen. Das spare ich mir für morgen auf, wenn das alles beendet ist, ganz egal wie. So düster der Gedanke auch sein mag, irgendwie verleiht er mir Kraft. Noch ein Tag, um Henry zu finden und ihn aufzuhalten. Auch wenn ich zu neunzig Prozent sicher bin, dass ich das nächste Opfer bin, besteht immer noch eine zehnprozentige Chance, dass ich mich irre und dass morgen das Leben einer anderen Frau endet. Sein sechstes Opfer … zumindest, soweit wir wissen.

Doch ein weiteres Rätsel gibt es nicht. Kein Hinweis, kein neuer Ort, an den ich gehen, und kein Schatz, den ich finden kann.

»Was ist dein Plan, Henry?«, krächze ich, starre mein Bild im Badezimmerspiegel an und verziehe unwillkürlich das Gesicht. Ich putze mir die Zähne und trage dann mit einiger Mühe eine Foundation auf, die in etwa meiner Hautfarbe entspricht, um die kranke Farbe zu verbergen, die ich meinem Kater zu verdanken habe. Schließlich greife ich als i-Tüpfelchen noch zu meinem Lieblingslippenstift in orangebraun, und sofort fühle ich mich wieder wohler in meiner Haut.

Wenn ich mich dem Tag schon stellen muss – den Nachwirkungen von gestern Abend und den neuen Herausforderungen, die auf mich warten –, dann muss ich mich zusammenreißen. Ich koche mir Kaffee und breche mir ein Stück Schokolade ab, die beste Katermedizin der Welt. Als ich mein Handy anstarre und einfach nur will, dass Ross anruft, klingelt es tatsächlich – und ich erstarre. Es ist nicht Ross, sondern DI Walker.

Ich tippe auf ›Ablehnen‹. Ich bin noch nicht dazu bereit.

Mein Becher stößt an den von Ross, als ich ihn in die Spülmaschine räume, und ich muss all meine Kraft aufbieten, um nicht wieder in Tränen auszubrechen. Es sind die kleinen Dinge, die den größten Schmerz verursachen. »Huh!« Ich stemme die Hände in die Hüfte, und ein Song von U2 kommt mir in den Sinn: *It's the little things that give you away*, sage ich laut, als irgendetwas meine Erinnerung weckt. Bei vielen Kriminalfällen hört man, dass es oft die kleinen, scheinbar unbedeutenden Dinge sind, die das fehlende Puzzleteil ergeben.

Habe ich in Henrys Rätseln noch etwas übersehen? Eine verborgene Bedeutung vielleicht? Einen zusätzlichen Hinweis, der mich in die richtige Richtung führen könnte?

Bisher war ich noch nicht vor der Tür, doch jetzt gehe ich raus, um zu sehen, ob da wieder ein Umschlag liegt. Mir ist übel, und ich weiß nicht, ob das die Aufregung oder der Kater ist.

Dort liegt nichts.

Ich gehe bis auf den Bürgersteig und schaue die Straße hinunter. Möwen kreisen am Himmel, und ich will sie gerade verfluchen, als ich einen Mann in der Ferne bemerke. Er scheint in meine Richtung zu blicken, doch dann dreht er sich um und entfernt sich in Richtung Ness Cove. In der Hoffnung, besser sehen zu können, kneife ich die Augen zusammen. Ist das derselbe Kerl, den ich schon einmal vor meinem Haus gesehen habe? Nur weil ich ihn erst zweimal bemerkt habe, heißt das nicht, dass er nicht öfter hier war. Könnte das Henry sein?

Ich ziehe mich wieder ins Haus zurück, werfe die Tür zu und schließe ab. Dann überprüfe ich die Hintertür und alle Fenster. Als ich schließlich wieder in die Küche zurückkehre und nach meinem Handy greife, sehe ich, dass DI Walker noch dreimal angerufen hat.

Ein Klopfen an der Hintertür lässt mich vor lauter Panik erstarren. Ich sehe eine große, dunkle Masse durch das trübe Glas. Mein erster Instinkt ist, mich zu verstecken. Ich könnte mich hinter den Frühstückstresen ducken und so tun, als wäre ich nicht da. Doch die Angst weicht rasch dem Willen zum Kampf, und ich ziehe ein Messer aus dem Block und nähere mich mit erhobenem Arm der Tür. Mein Atem geht flach, und das Blut rauscht in meinen Ohren. Das Klopfen wird drängender, und jeder Ton ist wie ein Schuss. Ich kneife die Augen zusammen. Das könnte natürlich auch Ross sein, und ich sollte ihn lieber nicht noch einmal in dieser Woche angreifen.

Das Klopfen verstummt. Ist er weg?

Ich öffne die Augen, zwinge meine Schultern, sich zu entspannen, und atme mehrmals tief durch. Dann öffne ich mit erhobenem Messer die Tür.

Kapitel 25

Als ich die Tür aufreiße, lässt DI Walkers entsetzter Gesichtsausdruck vermuten, dass er nicht mit einer messerschwingenden Irren gerechnet hat.

»Ich habe versucht, Sie anzurufen«, sagt er rasch und hebt die Hand. »Und als Sie nicht drangegangen sind, da habe ich mir Sorgen gemacht.«

»Die Vordertür wäre der vernünftigere Zugang gewesen«, sage ich und nehme das Messer herunter. Vor lauter Adrenalin zittere ich am ganzen Leib. »Sie sollten besser reinkommen.« Erst als er drinnen ist, fällt mir der Briefumschlag in seiner Hand auf. Ich runzele die Stirn. »Was denn? Legt er sie jetzt hinten vor die Tür?«

»Meinen Sie das hier?« DI Walker hält den dicken Umschlag in die Höhe. »Nein, nein. Bitte, entschuldigen Sie. Ich dachte mir nur, es wäre vielleicht ganz gut, wenn wir ein paar Beweise durchgehen.«

Ich kaue auf der Innenseite meiner Wange. »Ich nehme an, die Zeit läuft uns noch immer davon«, sage ich.

»In der Tat.« DI Walker nickt. »Darf ich?« Er deutet auf einen Hocker am Frühstückstresen.

»Sicher.« Ich stecke das Messer wieder in den Block und setze mich dem Detective gegenüber.

»Wie geht es Ihnen?«, fragt er, und es liegt so viel Empathie in seinem Blick, dass ich fast wieder weinen muss.

»Nun … schauen wir mal … Ich stecke in einem irren Spiel mit einem Serienmörder fest. Ich bin auf unbestimmte Zeit suspendiert, und …« Ich sauge die Luft ein und atme langsam wieder aus, um gegen die Übelkeit anzukämpfen. »Ich habe herausgefunden, dass mein Mann seine Angestellte vögelt.« DI Walker hebt eine Augenbraue und verzieht das Gesicht. Um sein Unbehagen noch zu vergrößern, füge ich hinzu: »Oh! Und sie ist schwanger.« Bis jetzt habe ich diese Worte nicht laut ausgesprochen, und als ich das nun tue, da wird es plötzlich real. Ich hätte nie geglaubt, dass das Herz schmerzen kann – körperlich schmerzen –, es sei denn man hat einen Herzinfarkt. Ich habe mich geirrt. Tränen verschleiern meine Sicht. Ich blinzele. »Alles in allem betrachtet war das eine richtig tolle Woche.«

DI Walker nickt, als wäre nichts von alledem neu für ihn, und größtenteils ist es das ja auch nicht. Aber von Ross, Yasmin und dem Baby kann er noch nichts gewusst haben … oder? *Bitte, sag mir, dass ich nicht als Letzte davon erfahren habe.* Vielleicht ist er aufgrund seines Berufs ja einfach nur gut darin, seine Reaktion zu verbergen.

»Es tut mir wirklich sehr leid, dass Sie so eine harte Zeit durchmachen, Anna.« Er scheint das ernst zu meinen. Er blickt mich traurig an, und fast verliere ich mich in den klaren, blauen Augen … Sie strahlen immer so, ganz anders als meine, die heute noch zusätzlich durch den Kater getrübt sind. Ich frage mich, ob er das gerade bemerkt, oder ob ihm irgendetwas anderes aufgefallen ist, denn er kneift leicht die Augen zusammen. Ich senke den Blick aus Angst, er könnte sehen, was sich dahinter verbirgt. Um das Thema zu wechseln, deute ich auf den großen Briefumschlag.

»Und? Was verbergen sich da für Freuden?«

»Wie wäre es, wenn wir das bei einem Kaffee besprechen?«

»Natürlich. Oder wollen Sie etwas Stärkeres?«

»Es ist halb zehn Uhr morgens, Anna. Der ganze Tag liegt noch vor uns. Da brauchen wir einen klaren Kopf.« Sein vorwurfsvoller Ton schmerzt mich, es war wohl keine gute Idee, einen Scherz mit einem Detective zu machen, der in einem Mordfall ermittelt.

»Tut mir leid. Manchmal hilft mir nur Humor, um mit bestimmten Dingen klarzukommen.« Ich lächele schwach und stehe auf. Auf Autopilot koche ich Kaffee. All meine Aufmerksamkeit ist auf DI Walker gerichtet, der den Inhalt des Umschlags durchgeht. Soweit ich sehe, ist es eine Menge.

»Haben Sie Familie, Detective?« Ich weiß nicht, warum ich das frage … Vielleicht will ich ja einfach nur ein wenig quatschen, bevor das Gespräch unvermeidlich auf Henry und seine Opfer kommt. Oder womöglich will ich auch eine Verbindung zwischen uns finden. DI Walker schaut nachdenklich drein, antwortet aber nicht. »Oder haben Sie vielleicht die Anweisung, Schwestern von Serienmördern keine persönlichen Informationen zu geben?«

Jetzt lacht er.

»Grenzen schützen alle, Anna.«

Als ich den Kaffee vor ihn hinstelle, erhasche ich einen kurzen Blick auf das, was er sich gerade ansieht. Es scheinen Tatortfotos zu sein. Jedenfalls deutet das gelbe Absperrband auf den Bildern darauf hin. Mir dreht sich der Magen um.

»Wären Sie bereit, die mit mir durchzugehen?« DI Walker tippt auf das oberste Bild, aber ich schaue nicht noch mal hin. Ich will sagen ›eine Minute‹, doch mir ist durchaus bewusst, dass jede Minute zählt. »Ich weiß, das wird nicht leicht sein«, sagt er. »Und es ist auch nicht leicht für mich, Sie darum zu bitten. Vielleicht fällt Ihnen aufgrund Ihrer Verbindung zu Henry etwas auf, das wir übersehen haben. Eigentlich ist das nicht üblich, aber …«

»Ich muss alles wissen, DI Walker. Wenn ich Ihnen bei der Suche nach Henry helfen soll, dann kenne ich besser alle Einzelheiten.« Ich spüre, wie ich rot werde. Allerdings muss er dann auch alle Details kennen, einschließlich der Tatsache, dass ich gestern zum Ort eines Rätsels gegangen bin, ohne ihm etwas zu sagen.

»Ja, das sehe ich genauso. Einverstanden. Aber das hier ist kein gemütlicher, kleiner Krimi wie im Fernsehen, Anna. Was ich Ihnen jetzt zeigen und sagen werde, ist furchtbar. Das wird sie nicht kalt lassen. Garantiert nicht.«

»Ich bin auch so schon kaputt. Schlimmer kann es nicht mehr werden.«

*

Miss Graves hat immer einen Ausdruck benutzt, der mich verrückt gemacht hat, und der fällt mir auch jetzt ein: ›berühmte letzte Worte‹. Das mulmige Gefühl kehrt wieder zurück, nachdem ich die ersten vier Tatortfotos gesehen habe, und dabei hat DI Walker mir bis jetzt nur den Tatort an sich gezeigt, nicht die Frauen, die Henry ermordet hat. Die leblosen, misshandelten Körper kommen noch. DI Walker legt mir beruhigend die Hand auf den Unterarm.

»Wenn Sie eine Pause brauchen …«

Ich schaue auf die Küchenuhr. Es ist zehn Uhr, und wir verschwenden Zeit. »Nein. Machen Sie weiter.«

»Sie sind eine tapfere Frau, Anna. Wir wissen das sehr zu schätzen.«

Mir läuft ein Schauder über den Rücken. Bin ich wirklich tapfer oder einfach nur dumm? Wie auch immer … Als der Detective das sagt, atme ich erst einmal tief durch. Er klingt, als wüsste er, was kommen wird … als wüsste er, dass ich mich direkt in die Schusslinie begebe. Ich lecke mir die Lippen, und meine Zunge bleibt an dem getrockneten Lippenstift hängen.

»Werden Sie mir jetzt die Frauen zeigen?« Da ist ein leichtes Zittern in meiner Stimme – eine Reaktion, über die ich kaum Kontrolle habe. Ich will das nicht sehen, aber ich glaube, ich muss.

»Ja, ein paar. Nicht jedes Detail, aber genug, um Ihnen eine Vorstellung davon zu geben.« DI Walker schließt die Augen und atmet tief durch, um sich vorzubereiten. Dabei hat er selbst die Bilder schon gesehen. Er ist sie ja gerade erst durchgegangen. Also bereitet er sich vermutlich eher auf *meine* Reaktion vor.

Mein Puls rast, als er das erste Bild vor mich legt. Dann das nächste. Nach ungefähr zehn Sekunden das dritte. Ganz ähnlich, wie ich es gestern bei Ross gemacht habe, nur dass ich sie auf den Tisch geknallt habe. DI Walker legt sie ganz sanft und vorsichtig ab. Bei jedem Bild achtet er auf meine Reaktion und versucht offenbar abzuschätzen, ob er weitermachen kann. Ich sage kein Wort, während ein Foto nach dem anderen auf dem Tisch landet: eine Nahaufnahme von den Lippen eines Opfers, zusammengenäht mit gruselig großen, groben Stichen, die an Stacheldraht erinnern; eine Zunge zwischen zwei Scheiben schimmeligen Brots, und eine aufgebrochene Brust mit den auseinandergezogenen Rippen. Ich drücke die Hand auf meine eigene Brust und massiere mit kreisförmigen Bewegungen den Schmerz weg. Ein weiteres Bild ist eine Weitwinkelaufnahme aus etwas größerer Entfernung. Abgehackte Gliedmaßen und ein Torso sind darauf zu sehen. Ich kneife die Augen zu. Allein die Vorstellung, wie diese Frauen gelitten haben müssen, macht mich fertig. Ich kann nicht mehr sprechen. Meine Stimmbänder sind wie gelähmt und mein Hals so zugeschnürt, dass ich nicht schlucken kann. Mein Atem geht schnell und flach.

»Atmen Sie langsam, Anna«, mahnt DI Walker. »Sie hyperventilieren, und wenn Sie damit nicht aufhören, dann werden Sie das Bewusstsein verlieren.«

Ich tue, was er sagt. Trotzdem dauert es ein paar Minuten, bis meine Atmung sich wieder beruhigt hat. Ich sehe noch ein weiteres Foto, und ich greife danach. DI Walker legt die Hand auf meine und hält mich davon ab.

»Das müssen Sie nicht. Ich hätte Sie nicht bitten sollen, sich das anzusehen. Nichts davon ist Ihre Schuld, Anna.« Er schaut mich durchdringend an, und ich muss mich abwenden.

Trotz all der Beweise erscheint es mir immer noch völlig unmöglich, dass Henry ein solch sadistischer Killer ist. Mein Hirn kämpft noch immer darum, beides in Einklang zu bringen. Ich hätte unmöglich wissen können, dass er solch furchtbare Taten begehen würde … oder? Hätte ich das nur eine Sekunde geglaubt, dann hätte ich etwas getan. Ich hätte den Behörden davon erzählt, sein Verhalten gemeldet.

Du hast auch schon andere mit bestimmten Dingen durchkommen lassen.

Es ist, als säße da ein kleiner Teufel auf meiner Schulter, der mich ständig an die Fehler meiner Vergangenheit erinnert. Ich versuche, meinen Geist vor der Stimme zu schützen, die Dämonen wieder wegzusperren und mich stattdessen auf das Hier und Jetzt zu konzentrieren. Ich kann die Vergangenheit nicht mehr ändern. Aber ich kann die Gegenwart beeinflussen und hoffentlich eine bessere Zukunft schaffen.

»Nein, nein. Alles gut. Zeigen Sie mir das nächste«, sage ich und bereite mich innerlich auf den Anblick vor.

Kapitel 26

Versprochen ist versprochen und wird auch nicht gebrochen,
sonst wird die Nadel in mein Aug' gestochen.

Februar

Dieses Jahr

Er zog die Leiche zur Tür, ließ los, und ihre Arme landeten mit einem dumpfen Knall auf dem Boden. Dann trat er einen Schritt zurück und betrachtete den Tatort, es würde der vorletzte sein. Adrenalin schoss durch seine Adern. Mit der nächsten Tat würde er sein Werk vollenden. Wie würde er sich dann wohl fühlen, wenn alles vorbei war? Ein wenig verloren, nahm er an. Oder gelangweilt sogar. Die Planung, die Ausführung, das Ziel: All das hatte so lange sein Leben bestimmt, ihn angetrieben und allem einen Sinn gegeben. Er war nicht sicher, ob er wirklich jemals glauben würde, dass der Gerechtigkeit Genüge getan, dass sein Job erledigt war. Er schaute sich die Spitze des behandschuhten Zeigefingers an und fand ein winziges Loch. *Verdammt!* Er ging zu der Tasche mit seiner Ausrüstung, holte einen neuen Handschuh heraus und tauschte ihn. Den beschädigten steckte er ein. Er durfte keinen Fehler machen – nicht jetzt, wo er so kurz vor dem Ziel stand.

Er hatte davon geträumt, wie es wohl sein würde, wenn er sich endlich mit *ihr* befasste. Um *sie* drehte es sich schließlich bei all seiner Qual und all seinem Schmerz, *sie* war der Grund für seine Unfähigkeit, sich weiterzuentwickeln. Er konnte es kaum erwarten, sie zu bestrafen. Aber er musste geduldig sein, und das nicht nur, wenn es darum ging, sie endlich zu fassen zu bekommen. Auch anschließend, wenn er sie hatte, würde er sich in Geduld üben müssen. Sie einfach nur zu töten, wäre sinnlos. Erst musste er bekommen, was er wollte.

Er schüttelte den Kopf, um seine Fantasien zu vertreiben. Dann holte er eine Tupperdose aus seiner Tasche und kehrte wieder zu der Toten zurück. Zum ersten Mal seit seinem Debüt kniete er sich neben die Leiche und berührte sie. Er nahm jede Einzelheit in sich auf. Bei den letzten drei Morden hatte er sich das nicht gestattet. Er hatte stets versucht, keinerlei private Gedanken, keinerlei Gefühle zuzulassen. Schließlich war es nie um diese Frauen gegangen, sondern nur um *sie*.

Diese Frau hier war ungefähr fünfzig Jahre alt, schätzte er. Offensichtlich hatte sie stets auf sich geachtet. Sie war fit – offenbar ein sportlicher Typ, wenn man sich die Fotos auf ihrer Kommode anschaute, aber nicht übertrieben muskulös, ihre weiblichen Rundungen waren gut ausgeprägt. Sie war keine dieser sehnigen Bodybuilderinnen, aber er wusste Frauen zu schätzen, die sich Mühe gaben. Und er wusste auch intelligente Frauen zu schätzen. Das war ein Überbleibsel aus seiner Zeit in Finley Hall. Miss Graves hatte allen ständig eingebläut – manchmal wortwörtlich –, dass Intelligenz das Wichtigste war. Besonders Mädchen mussten clever sein, hatte sie immer gesagt, damit sie für die Gleichberechtigung kämpfen konnten, genau wie sie, als sie die Direktorin des Heims geworden war. Denn schlussendlich sei das eine Männerwelt. Er schnaubte verächtlich. Was für ein Scheiß. Seiner Erfahrung nach kämpften Frauen für Gleichberechtigung, und wenn sie dann ein wenig daran geschnuppert hatten, zogen sie sich sofort wieder in die Sicherheit der Stereotypen zurück und überließen den Männern wieder die harte Arbeit. Um Gleichberechtigung ging es immer nur dann, wenn sie sich einen Vorteil davon versprachen, sei es bei einer Beförderung oder einer Gehaltserhöhung. Dann schrien sie von den Dächern, wie ungerecht doch alles war, aber sobald es um Sicherheit ging, dann hielten sie plötzlich die Klappe. Und an wen wendeten sie sich dann, wenn sie Angst hatten oder sich bedroht fühlten? An die Männer. Männer waren die Beschützer. Männer hatten die wahre Macht. Er war der Beweis dafür.

Als er das Herz des letzten Opfers neben die frisch getötete Frau legte, lachte er. *Wer zuletzt lacht, lacht am besten*, dachte er. Er steckte das Kreuz an der Halskette in den kalten, toten Muskel, sodass es wie ein winziger Grabstein aus dem Herz ragte. Dann riss er das linke Auge der Frau heraus, stach eine Nadel hinein und legte es neben das Herz.

»Versprochen ist versprochen und wird auch nicht gebrochen, sonst wird die Nadel in mein Aug' gestochen.«

Wenn sie das nach alledem noch immer nicht verstand, dann war sie wirklich nicht so klug, wie er glaubte.

Jetzt war jedenfalls klar, wer sein letztes Opfer sein würde, was möglicherweise bedeutete, dass man sie unter Polizeischutz stellte. Aber auch das war kein Problem. Er genoss Herausforderungen, und er war einfallsreich.

Er würde schon einen Weg finden.

Kapitel 27

»Das ist das letzte«, sagt DI Walker und hält das Foto hoch.

»Moment«, sage ich. Ich weiß nicht warum, aber ich verspüre plötzlich den Drang, ihm zuerst von meinen Fotos zu erzählen. Ich stehe auf und hole den Umschlag aus der Küchenschublade. Aber ich will nicht, dass er meine Wut bemerkt, und so gebe ich ihm die Bilder, ohne ihn anzusehen. Sein tiefes Seufzen sagt alles. Ich trete einen Schritt zurück, während er die Fotos durchgeht, und ich lausche seinem ruhigen Atem. Er ist wirklich gut darin, die Ruhe zu bewahren. Ohne Zweifel ist das eine nützliche Fertigkeit in seinem Job. In meinem Beruf bin ich auch darauf angewiesen, ruhig zu bleiben. Aber wie die letzten paar Tage gezeigt haben, gelingt mir das in meinem Privatleben nicht mehr.

»So haben Sie das also herausgefunden«, sagt er. »Ich nehme an, die haben Sie an dem Ort gefunden, an den Sie das Rätsel geführt hat.«

Ich nicke.

»Das ist ein gefährliches Spiel, was Sie da spielen.«

»Ach! Was Sie nicht sagen.« Ich lehne mich an die Küchenwand, die Hände hinter meinem Rücken und die Handteller flach auf dem glatten Putz. Mehrmals stoße ich mich von der Wand ab und lasse mich wieder dagegen fallen wie ein nervöses Kind.

»Ernsthaft, Anna.« DI Walker funkelt mich an, und ich

höre auf. »Ich kann Sie nicht einfach so herumlaufen lassen, und Sie schnappen uns die Beweise vor der Nase weg. Und dann nehmen Sie sie auch noch mit? Himmel! Sie könnten wegen Behinderung der Justiz angeklagt werden, oder schlimmer noch: wegen Manipulation von Beweisen. Sie könnten eine Haftstrafe bekommen. Verstehen Sie das nicht? Das ist jetzt schon das zweite Mal, dass Sie diese Grenze überschritten haben. Sie haben versprochen, mich zu informieren, sobald Sie das Rätsel gelöst haben.«

Sein Gesichtsausdruck ist jetzt alles andere als gelassen. Ich habe ihn wirklich aufgebracht, und seine wütenden Worte treffen mich wie Pfeile. Ich war so sehr darauf fokussiert, mich selbst vor den Fehlern der Vergangenheit zu schützen, dass ich kaum an die neuen Fehler gedacht habe, die ich beging.

»Ich wollte es Ihnen ja geben. Bitte, entschuldigen Sie. Ich war nicht bei Verstand, Detective Walker. Ich bin in Panik geraten.« Ich setze mich wieder ihm gegenüber. »Das hier ist kein gewöhnliches Familiendrama. Ich bin es einfach nicht gewohnt, mit irgendwelchen Familienmitgliedern zu tun zu haben – besonders nicht, wenn sie Psychopathen sind.«

»Nicht alle Mörder sind Psychopathen.«

Ich bin nicht sicher, ob ich ihm da zustimme. »Ist es nicht wahrscheinlicher, dass solche Menschen einfach den Normalo *spielen* können? Dass sie ihre psychopathische Seite hinter einer Maske verbergen?«

»Die Profis in diesem Bereich sind sich ziemlich uneins darüber, was genau einen Serienkiller ausmacht. Normalweise dreht es sich vor allem um die Frage, ob diese Menschen so geboren oder dazu gemacht werden. Sicher ist nur, dass viele von ihnen eine äußerst schwere Kindheit hatten, die oft mit Missbrauch verbunden war.«

»Nach diesem Modell müsste ich auch eine Serienmörderin sein.«

Wir schweigen und schauen einander in die Augen, und zur Abwechslung verspüre ich einmal nicht das Verlangen, die Stille zu füllen.

So ist DI Walker der Erste, der wieder das Wort ergreift. »Was war das eigentlich für ein Ort?«, fragt er nun wieder in einem sanfteren Ton.

»Es stand fast wortwörtlich da, in der letzten Zeile des Rätsels. Alle Hunde in der Stadt … Stadthunde … das ist ein Café in Torquay. Der Umschlag lag dort neben einer Bank vergraben, unter einem hübschen Rosenstrauch.« Erneut keimt Wut in mir auf, als ich ihm erkläre, welche Bedeutung dieser Ort hat und dass Ross sofort wusste, dass es dabei um ihn ging, und dass er sogar hingefahren ist, um das, was Henry dort versteckt hat, vor mir zu finden. DI Walker scheint das nicht zu überraschen. Ich kann nicht anders, als mich zu fragen, ob er so etwas auch machen würde.

»Wenn wir hier fertig sind«, sagt er. »Dann werde ich Sie aufs Revier bringen, damit Sie mir *alle* Details erzählen können, jedes einzelne, und das werden wir dann schriftlich festhalten.«

Ich senke den Blick. Es ist mir peinlich, so getadelt zu werden. »Natürlich«, murmele ich.

DI Walker sammelt die Fotos von Ross und Yasmin ein und steckt sie wieder in den Umschlag. »Die werde ich auch mitnehmen. Vielen Dank.«

»Okay«, sage ich und hebe wieder den Kopf. »Ich will sie mir ohnehin nicht noch mal ansehen.«

»Schön.« DI Walker richtet sich auf, lockert die Schultern und atmet tief durch. »Zurück zu den Mordfällen.« Er legt das letzte Bild vor mich auf den Frühstückstresen. »Jeder Mord folgt einem bestimmten Muster: Alle Opfer waren Frauen, und abgesehen vom ersten sind allen irgendwelche Körperteile entfernt worden.« Er fällt wieder in seinen Rhythmus, als wäre er nie unterbrochen worden. »Der letzte Tatort … Nun, Henry hat das Herz des vorherigen Opfers genommen und es neben das Körperteil gelegt, das er von diesem Opfer entfernt hat.« Er tippt mit dem Zeigefinger auf das Bild.

Ich beuge mich vor und sehe ein Herz und einen Augapfel. Aus dem Herz ragt etwas. Ich schaue näher hin und erkenne, dass es sich dabei um ein goldenes Kreuz an einer Halskette handelt. Ich habe dieses Kreuz schon mal gesehen. Ist das Mutters? Doch es ist die Nadel in dem Augapfel, die mein Blut durch die Adern rauschen lässt. Mir wird schwindelig.

»Ich habe die Bilder, die Ähnliches in den anderen Fällen zeigen, nicht mitgebracht. Aus Sicherheitsgründen. Aber die Nadel im Auge ist eine Konstante bei jeder einzelnen Tat, und wir sind zu dem Schluss gekommen, das ist auch der Grund, warum sich bei dem ersten Rätsel eine Nadel befunden hat. Es ist seine Visitenkarte. Allerdings sind wir nicht sicher, was genau das zu bedeuten hat.«

»Ich glaube, ich weiß es.« Ich stoße mich vom Frühstückstresen ab und stolpere auf zittrigen Beinen zur Treppe. Als ich es ins Badezimmer geschafft habe, muss ich mich erst einmal übergeben. Als der Kaffee draußen ist, würge ich noch ein wenig, und mir laufen Nase und Augen. Also greife ich nach dem Toilettenpapier, doch die Rolle ist leer. Vermutlich habe ich vorhin schon alles aufgebraucht. Ich will gerade meinen Ärmel benutzen, als eine Hand in meinem Blickfeld erscheint, und ich zucke unwillkürlich zusammen.

»Hier«, sagt DI Walker und gibt mir ein Päckchen Papiertaschentücher.

»Danke.« Als es mir ein wenig besser geht, lehne ich mich an die Badezimmerwand und ziehe die Knie hoch. Dann tupfe ich mir mit einem Papiertaschentuch die Lippen ab. Der Detective schaut mich erwartungsvoll an.

»Ihre Theorie?« Er setzt sich mir gegenüber auf den Boden.

»Versprochen ist versprochen und wird auch nicht gebrochen, sonst wird die Nadel in mein Aug' gestochen«, sage ich. Ich habe diese Worte seit siebzehn Jahren nicht mehr ausgesprochen, und jetzt fühlen sie sich irgendwie seltsam an. Es ist, als würde ich eine übernatürliche Macht heraufbeschwören, wenn ich sie ausspreche. Es ist wie beim Schwarzen Mann … oder wie in dem Film *Candyman*, er kommt und tötet einen, wenn man seinen Namen fünfmal laut sagt.

»Was bedeutet das?«

»Haben Sie das noch nie gehört?«, frage ich überrascht. »Das ist ein Reim, den Kinder aufsagen, wenn sie sich etwas schwören«, erkläre ich. »Ich dachte immer, alle Kinder in unserem Alter hätten schon einmal einen solchen Spruch aufgesagt. Aber da hat sich wohl einiges verändert. Tatsächlich habe ich das hier in Seabrook auch noch nie von einem Kind gehört. Aber ich erinnere mich noch sehr gut daran, dass Henry es immer gesagt hat, wenn er Sicherheit brauchte.« Wenn er wollte, dass seine große Schwester ihn tröstete oder ihm den Rücken stärkte.

»Nein, ich kenne das so nicht. Ich schwöre immer beim Leben eines anderen.« DI Walker hebt die Augenbrauen. Er sagt das auf eine lockere Art, doch mir läuft ein eiskalter Schauder über den Rücken, und es schnürt mir die Kehle zu. DI Walker scheint mein Unbehagen jedoch nicht zu bemerken. Er schaut an die Decke, und seine Gedanken scheinen auf Wanderschaft zu gehen. »Dann war das alles also wirklich für Sie gedacht, hm?« Er scheint das mehr zu sich selbst zu sagen, als würde sich gerade ein Verdacht bestätigen, den er schon lange hegt.

»Ich habe mein altes Leben schon vor langer Zeit hinter mir gelassen, Detective. Meinen Bruder eingeschlossen. Aber manche Dinge kann man zwar wegpacken, sie unterdrücken, doch sie bleiben ein Teil von einem und heben irgendwann wieder ihr hässliches Haupt.«

»Glauben Sie, dass Henry es auf Sie abgesehen hat, weil Sie ihn im Stich gelassen haben?«

»Ja. Vielleicht ist vor Kurzem ja etwas in seinem Leben passiert, das alles wieder nach oben gespült hat. Mein Leben hingegen ist so gut verlaufen … Ich habe schon lange nicht mehr an meine Vergangenheit gedacht. Aber vielleicht ist es Henry nicht so gut gegangen, dann könnte er so verbittert sein, dass er auch meines zerstören will, damit er nicht mehr allein mit seinem Schmerz ist.«

»Meinen Sie eine Art Schock oder so? Irgendetwas, das sein Verhalten getriggert hat?«

»Ja, genau. Er hat sich immer nach Stabilität gesehnt. Vielleicht hatte er sie gefunden, aber es ist etwas geschehen, das diesen Zustand zerstört hat. Ich kann mir durchaus vorstellen, dass er dadurch auf die schiefe Bahn geraten ist … genau wie damals in Finley Hall.«

»Und dann würde er sich auf Sie fokussieren. Sie sind diejenige, der er die Schuld für alles gibt.«

»Das bedeutet«, sage ich, und meine Stimme ist seltsam ruhig, »dass Sie von Anfang an recht gehabt haben. Ich bin das Ziel. Ich soll sein sechstes Opfer werden. Morgen.«

Kapitel 28

Die Autofahrt zum Revier in Torquay verläuft weitgehend in Schweigen. Wir starren beide einfach geradeaus. DI Walker konzentriert sich auf die Straße, während ich nur ins Leere schaue und nachdenke. Dabei würde ich eigentlich gerne mehr über die Frauen erfahren, die ermordet wurden: wie sie hießen, womit sie ihren Lebensunterhalt verdienten, welche Familienmitglieder sie hinterlassen. Haben sie gelitten? Die Bilder ihres Todes verfolgen mich noch immer. Natürlich haben sie gelitten …

Auch wenn ich weiß, dass Henrys tief liegende Probleme der Grund dafür sind, dass er diesen Frauen so furchtbare Dinge angetan hat, bringe ich das alles noch immer nicht in Einklang mit dem Henry, den ich gekannt habe. Ja, er hat auch Menschen in Finley Hall verletzt, und er ist bisweilen außer Kontrolle geraten, aber damals war er ein verwirrter, kleiner Junge, der viel durchgemacht hatte. Der Gedanke, dass er jetzt diese Dinge tut, als Erwachsener, zerreißt mir das Herz. Er hat so einen schlechten Start ins Leben gehabt, und nun zieht er los und zerstört das Leben anderer Menschen auf diese schreckliche Weise? Ich habe mich genau in die entgegengesetzte Richtung entwickelt. Ich bin Lehrerin geworden, um das Leben von Kindern besser zu machen als meines war.

»Sie sind sehr still«, bemerkt DI Walker.

Ich schaue ihn nicht an, sage nichts. DI Walker zieht zischend die Luft ein. Dann greift er in das Fach zwischen den beiden Sitzen und holt eine Dose Kaugummi heraus. Er klappt den Deckel mit dem Daumen auf, nimmt sich eines und steckt es in den Mund. Dann hält er mir die Dose wortlos hin, schüttelt sie leicht, und ein kleiner, quadratischer Kaugummi fällt in meinen Schoß. Kurz starre ich ihn an. Dann halte ich ihn zwischen den Fingern.

»Sie sollen ihn essen, nicht damit spielen.«

»Kauen meinen Sie«, korrigiere ich ihn mit müder Stimme. »Essen kann man die nicht.«

»Aha. Hat Ihre Mutter Ihnen auch immer erzählt, dass sie einem die Speiseröhre verkleben und man daran erstickt?«

»Meine Mutter hat kaum mit mir gesprochen, Detective. Sie hat mich noch nicht einmal Gottesfurcht gelehrt.«

»Oh. Tut mir leid. Das hatte ich ganz vergessen.«

Erneut entsteht ein peinliches Schweigen, bis DI Walker auf den Parkplatz des Reviers einbiegt. Meine Nervosität wächst, und mir wird flau. Ich war schon sehr lange auf keinem Polizeirevier mehr, und ich hätte es vorgezogen, dass das auch so bleibt. Irgendwie habe ich das Gefühl, ich werde die ganze Zeit unter Beobachtung stehen. Alle Augen werden auf die Schwester des Serienkillers gerichtet sein. Dabei ist das ein Titel, auf den ich lieber verzichten würde. Ich frage mich, wie Geschwister oder Kinder anderer Mörder es empfinden, dass man ihnen dieses Etikett aufklebt. Sind sie entsetzt darüber? Peinlich berührt? Stolz? Ich bin sicher, mindestens ein, zwei von ihnen werden auch Kapital daraus schlagen. Sie werden die Aufmerksamkeit genießen und vielleicht sogar finanziell davon profitieren. Schließlich werden ständig Bücher über irgendwelche Mörder geschrieben, Dokumentationen und Filme gedreht. Allein die Vorstellung lässt mich erschaudern. Menschen sind wirklich seltsam.

Aber bevor mir das alles passiert ist, habe ich nicht auch all die True Crime Formate genossen? Habe ich nicht auch mit anderen alle möglichen Theorien diskutiert und wild herumspekuliert? Bin ich also nicht auch seltsam? Wenn das alles rauskommt und mein Gesicht in jedem Boulevardblättchen zu sehen ist, wird man sich dann auch meine Watchlist bei Netflix anschauen? Dann werden andere Theorien über mich entwickeln, und vielleicht werden manche sogar behaupten, ich wäre genau wie Henry, schließlich hätten wir ja denselben Hintergrund.

Und wenn mein Geheimnis schließlich ans Tageslicht kommt, dann werden sie vermutlich auch Dokumentationen über mich drehen.

»Ich werde Sie nicht lange aufhalten«, sagt DI Walker und öffnet mir die Autotür. Als ich aussteige, schaue ich mich um. Jeder mit einer Handykamera könnte einen Schnappschuss von mir machen, wie ich mit dem Detective aufs Revier gehe, und ihn dann online stellen.

DI Walker bringt mich hinein, und wir setzen uns in einen winzigen Raum, wo ich meine Aussage mache. Meine Hand zittert, als ich sie unterschreibe.

»Ich schwöre, ich wollte die Ermittlungen nicht behindern«, sage ich mit bebender Stimme. »Ich habe einfach nicht nachgedacht.« Das stimmt zumindest teilweise.

»Ich werde mein Bestes tun, damit das keine Konsequenzen für Sie hat«, sagt er. »Aber Sie können es sich *nicht* leisten, mich noch einmal anzulügen. Verstanden?«

»Ja, ich weiß. Und es tut mir auch wirklich leid … wieder einmal«, erwidere ich mit so viel Nachdruck wie möglich, obwohl ich in Wahrheit genau das Gleiche wieder tun würde. Das weiß ich, und DI Walker, der mich mit seinen blauen Augen anfunkelt, weiß das offenbar auch. Gott sei Dank lässt er das Thema jedoch auf sich beruhen. Stattdessen geht er zur Tür und hält sie für mich auf.

»Ich werde einen Beamten bitten, Sie nach Hause zu fahren«, sagt er und scheucht mich in den Flur.

»Oh«, sage ich überrascht. »Fahren Sie mich nicht?«

Er schaut mich ungläubig an. »Ich habe keine Zeit, um das Taxi für Sie zu spielen«, sagt er und marschiert in einen anderen Raum. Ich komme mir dumm vor. Natürlich hat er recht. Da ist nicht nur die Mordermittlung, sondern auch das Zeitlimit, und Zeit habe ich schon genug verschwendet.

Kurz laufe ich im Gang auf und ab, während ich auf die Person warte, die mich fahren soll. Alle hier sind beschäftigt, und ich komme mir dumm vor, weil ich solche Umstände mache. Es wäre sicher sinnvoller, wenn ich den Bus oder ein Taxi nehmen würde.

Als ich mich in die Richtung drehe, von der ich glaube, dass dort der Ausgang ist, sehe ich einen Raum mit einer gläsernen Tür. Ein großes Whiteboard ist durch das Glas zu sehen, und ich erkenne ein paar der Bilder, die dort hängen. Ich bleibe stehen und versuche hineinzuspähen.

DI Walker steht dort und deutet auf eines der Fotos, und ich höre seine tiefe Stimme durch die Tür. Ich kann zwar nicht verstehen, was er sagt, aber ich kann die Beamten in der ersten Reihe erkennen, deren volle Aufmerksamkeit er hat. DI Walker sieht streng aus, ernst und – wenn ich mich nicht irre – wütend. Scheiße. Ich frage mich, ob er seinen Kollegen wohl von mir erzählt. Dass ich losgezogen bin, ohne ihm Bescheid zu sagen. Dass ich Beweise an mich genommen habe, und dass sie deshalb wertvolle Zeit verloren haben. Mir brennen die Tränen in den Augen, als mir klar wird, wie selbstsüchtig ich war.

Diese armen Frauen … gefangen in einem Spiel, von dem sie nichts wussten. War es einfach nur Pech, dass Henry sie ausgesucht hat? Waren sie einfach zur falschen Zeit am falschen Ort, oder hat er sie monatelang gestalkt, um sicherzustellen, dass sie seinem Profil entsprachen? Irgendetwas ist Henry und mir vor Jahren passiert, das schlussendlich dafür gesorgt hat, dass diese Frauen jetzt ihr Leben verloren haben, und die Tatsache, dass vermutlich ich der Hauptgrund für alles bin, liegt mir schwer auf der Seele. Als ich mich umdrehe und weggehe, verspreche ich mir selbst, dass ich fortan rücksichtsvoller sein und darauf achten werde, welche Auswirkungen mein Verhalten auf andere hat … falls ich noch die Chance dazu bekomme.

Dieses Versprechen sorgt dafür, dass ich mich ganze zwanzig Minuten besser fühle. Dann, als ich im Bus sitze und auf die Gebäude und Felder starre, an denen wir vorbeischaukeln, da wird mir bewusst, dass ich genau dieses Versprechen schon einmal gegeben habe, und zwar in Finley Hall. Ist es wirklich wahr, dass auch ich nur lüge und betrüge?

Kapitel 29

Ich steige ein paar Haltestellen früher aus dem Bus, weil ich glaube, dass mir ein Spaziergang am Strand von Shaldon helfen wird, einen klaren Kopf zu bekommen, bevor ich in mein leeres Haus zurückkehre. Kalte Luft schlägt mir ins Gesicht. Das Wetter im Mai war bis jetzt mal so, mal so, aber selbst wenn es warm ist, fühlt es sich an diesem Teil der Küste wegen des Windes immer ein wenig kühler an, als es eigentlich ist.

Ich will gerade zum Strand hinunter, als ich meinen Namen höre. Mein erster Gedanke ist, dass da jemand nach mir ruft, der das Video vom Zebrastreifen gesehen hat und mir jetzt die Meinung sagen will. Aber als ich mich umdrehe und die Frau erkenne, die gerade ihren Kopf aus dem Autofenster steckt, da entspanne ich mich wieder und kehre zur Straße zurück.

»Serena! Was machst du denn hier?« Ich lächele. Endlich sehe ich ein freundliches Gesicht.

Serena hebt die Augenbrauen. »Nun, du hast nicht angerufen, obwohl du es versprochen hattest, da dachte ich, ich fahre einfach mal zu dir. Ich war verrückt vor Sorge.«

»Oh, Serena. Es tut mir wirklich leid, aber es war schrecklich viel los. Ich wollte nicht, dass du dir Sorgen machst.« Ich weiß, dass ich ihr eine Erklärung schuldig bin. Eine echte, ordentliche. Ich deute auf das Café Clipper. »Warum stellst du den Wagen nicht ab, dann können wir einen Kaffee trinken.«

Serena schaut mich fragend an. »Ich könnte genauso gut mit zu dir kommen. Das ist direkt da vorne und viel billiger«, sagt sie.

Natürlich könnten wir das, aber ich will keine unnötige Aufmerksamkeit erregen, zumal die Polizei mein Haus überwachen könnte. Aber vor allem will ich nicht, dass Henry meine Freundin sieht. Und ich kann so noch ein bisschen hinauszögern, dass ich nach Hause gehen muss. Allein bei dem Gedanken werde ich schon von Trauer erfüllt.

»Ich habe keine Milch mehr«, sage ich und gehe einfach, bevor Serena etwas darauf erwidern oder mir anbieten kann, welche zu kaufen. Ich suche uns einen Platz mit Blick aufs Meer und warte, dass Serena sich zu mir gesellt.

»Du hast Milch, Anna. Dir geht nie etwas aus.« Serena lässt sich mir gegenüber auf den Stuhl fallen und legt die Hand auf meine. »Warum willst du nicht, dass ich zu dir nach Hause komme?«

Ich seufze. »Wegen Ross.«

»Was ist mit ihm?«, fragt sie.

»Ross ist der Grund, warum ich dich nicht zurückgerufen habe.« Die Halbwahrheit verlässt meinen Mund, bevor ich auch nur die Chance habe, darüber nachzudenken. »Er hat mich verlassen.« Ich hätte am Anfang beginnen sollen, mit DI Walkers erstem Besuch und wie er mir von der Mordserie meines Bruders erzählt hat. So habe ich ein paar Seiten übersprungen – ganze Kapitel sogar.

»*Was*? Oh … Haha!«, sagt Serena und lacht. Ich schaue ihr in die Augen, um ihr klarzumachen, dass das kein Scherz ist, und sofort weicht ihr die Farbe aus dem Gesicht. »Niemals!«

Serena schnappt nach Luft und schlägt die Hand vor den Mund.

»Es ist zwar ein wenig komplizierter, aber im Wesentlichen ist es das, was passiert ist. Ich wollte eigentlich Kaffee bestellen, aber was hältst du stattdessen von einem Glas Wein?«

»Oh, kein Alkohol für mich, Anna. Ich bin mit dem Auto da. Schon vergessen? Ich habe um acht ein Date mit Tim …« Schuldbewusst verzieht sie das Gesicht. »Aber natürlich könnte ich das absagen.«

»Nein, tu das nicht«, widerspreche ich ihr rasch. »Ich möchte dir nicht den Abend verderben. Das klingt, als würde es gut laufen. Ohne Zweifel läuten schon bald die Hochzeitsglocken!« Ich versuche, fröhlich zu klingen, als würde ich mich für sie freuen, doch Serenas angespannter Gesichtsausdruck verrät mir, dass mir das nicht gelungen ist.

»Angesichts deiner Neuigkeiten werde ich dir den Sarkasmus noch mal verzeihen«, sagt sie.

So sollte das nicht rüberkommen. Ich lächele entschuldigend.

»Dann lieber heiße Schokolade?«

Serena nickt, zieht den Mantel aus und wirft ihn über die Stuhllehne. Wir gehen zum Tresen und bestellen unsere Getränke. Als wir wieder sitzen, erzähle ich Serena eine überarbeitete Version der Geschichte von Ross und Yasmin. Ich erzähle ihr, wie ich von der Affäre erfahren habe, als ich gestern in seinem Büro war, wie ich sie nahe beieinander gesehen und sie dann direkt konfrontiert habe. Serenas Augen werden mit jedem meiner Worte größer, und ich sehe, dass sie am liebsten etwas einwerfen, etwas fragen würde, doch ich rede rasch weiter, sodass sie mich nicht unterbrechen kann. Das

Schlimmste bewahre ich mir für den Schluss auf. Ich warte, bis wir ausgetrunken und unser Gespräch auf die Terrasse verlagert haben. Erst dann lasse ich die Bombe platzen.

»Und sie ist schwanger«, zische ich mit zusammengebissenen Zähnen. Das Gift in meiner Stimme überrascht sogar mich. Das ist definitiv Eifersucht, was ich da höre. Serena schüttelt den Kopf, und ihre Ohrringe klimpern, je heftiger die Bewegung wird. Ich warte. Es hat ihr komplett die Sprache verschlagen, und es dauert gefühlte fünf Minuten, bis sie endlich etwas sagt.

»Nein. Das kann ich nicht glauben.« Sie kneift die Augen zusammen und verschränkt trotzig die Arme vor der Brust. »Ross? Du musst dich irren. Du *musst*!«

Ich bekomme einen Lachanfall, und ich kann einfach nicht aufhören. Ich lache, bis ich schluchze. Mich kümmern noch nicht einmal die Menschen um uns herum. Über den Punkt bin ich bereits hinaus. Serena schlingt die Arme um mich und reibt mir den Rücken, während ich langsam vor- und zurückschaukele und all die Gefühle, die ich in den letzten Tagen aufgestaut habe, wie ein schwarzer, verschmutzter Fluss aus meiner Seele sickern.

»Das ist kein Irrtum, Serena. Er hat es mir selbst gesagt, nachdem …« Ich halte unvermittelt inne. Fast hätte ich verraten, dass ich ihm die Beweise für seine Affäre vorgelegt habe. Ich will aber nicht in die Details gehen. Ich kann nicht. »Nachdem ich ihm vorgeworfen habe, sie zu ficken.«

»Ach, Liebes. Das tut mir ja so leid. Diese verdammten Männer.« Serena drückt mich erneut, und ich schmiege mich an sie. Der Duft ihres Parfüms ist irgendwie tröstend. Es ist einfach gut, sie an meiner Seite zu haben, und ich wünschte, ich hätte sie schon früher angerufen.

»Ich dachte, wir hätten das überwunden. Ross hat zugestimmt, dass wir keine Kinder bekommen. Doch dann hat er seine Meinung geändert und sich noch nicht einmal die Mühe gemacht, mir das zu sagen. All die Monate hat er so getan, als wären wir ein glücklich verheiratetes Paar, und dann hat er versucht, sie zu schwängern. Und er hat Erfolg gehabt! Er wird alles bekommen, und mir bleibt nichts.«

»Du hast doch mich. Und du hast deine Kids in …« Serena hält sofort inne, als ihr bewusst wird, dass ich genau das vermutlich nicht mehr lange haben werde. »Scheiße«, sagt sie. »Das ist wirklich keine gute Woche für dich.« Sie schließt die Augen und lässt die Schultern hängen. Es ist, als würde sie meinen Schmerz mitfühlen.

Und dabei weiß sie noch nicht einmal die Hälfte.

»So eine schlimme Zeit habe ich schon seit einer Ewigkeit nicht mehr durchgemacht«, sage ich und spiele an meinem Ehering herum. »Ich weiß nicht, ob ich da alleine wieder rauskomme. Wenn Seabrook die Suspendierung nicht aufhebt …« Ich lasse den Satz unvollendet.

»Das Video macht noch immer die Runde«, sagt Serena und senkt den Blick. Es ist, als hätte sie mir gerade die Nachricht vom Tod eines Menschen überbracht, und in gewisser Hinsicht ist das wohl auch so. »Hat die Polizei schon herausgefunden, wer die Kameras der Verkehrsüberwachung gehackt hat?«, fragt sie.

Ich reiße den Kopf hoch und starre sie an. Wann habe ich ihr denn gesagt, dass die Kameras gehackt worden sind? Soweit ich mich erinnere, habe ich das nie erwähnt. Aber vielleicht habe ich es ja Beaumont gesagt, als er mich gestern in sein Büro bestellt hat, und Serena hat es von ihm erfahren.

Nein. Ich glaube nicht, dass ich das getan habe. Ich habe gesagt, es sei eine Hetzkampagne. Das ist alles.

»Wer hat dir das von den Kameras erzählt?«, will ich sofort wissen. Sollte sie das von Beaumont haben, dann hat er auch etwas damit zu tun.

Serena runzelt die Stirn. »Was meinst du?«

»Dass sie gehackt worden sind. Das habe ich niemandem erzählt.«

Serena lehnt sich zurück, und die Falten auf ihrer Stirn vertiefen sich. »Anna. Ich weiß nicht, worauf du damit hinauswillst, aber es ist offensichtlich, dass wer auch immer das getan hat Zugang zu den Kameras gehabt hat. Um darauf zu kommen, muss man kein Detective sein.«

»Also hat dir niemand davon erzählt? Von den Kameras der Verkehrsüberwachung?«

»Nein. Ich bin einfach davon ausgegangen.«

Ich nehme mir einen Moment Zeit, um über ihre Worte nachzudenken. Dann wird mir klar, dass sie natürlich recht hat. Nur weil sie zu diesem Schluss gekommen ist, macht sie das noch lange nicht verdächtig ... und für Beaumont gilt das Gleiche. Ich entschuldige mich bei Serena und erkläre meine Reaktion mit der Paranoia, unter der ich leide, seit ich zum Dorfschurken erklärt worden bin.

Wir reden noch ein wenig über die seitenlangen Kommentare zu dem Zebrastreifenvorfall, und Serena versucht, mich aufzumuntern, indem sie erklärt, ich hätte mindestens so viele Unterstützer wie Hater. Offenbar gibt es auch zahlreiche Kommentare, die sich damit beschäftigen, dass die Aufnahme genau in dem Moment abbricht, als ich die Hand gehoben habe. So sieht es aus, als würde ich Isobel gleich schlagen, und manche sagen, dass da offensichtlich noch jemand eine Rechnung mit mir offen und deshalb das Video online gestellt hat. Zu wissen, dass wenigstens ein paar Leute auf meiner Seite stehen, gibt mir Hoffnung.

Als wir zu guter Letzt wieder zu Serenas Wagen gehen, ist mein dummer Kommentar jedenfalls vergessen. Serena ist ein guter Mensch. Ich kann von Glück sagen, dass ich sie habe – besonders jetzt, da fast alle gegen mich sind oder mich im Stich lassen.

»Danke, dass du gekommen bist, um nach mir zu sehen«, sage ich. »Das bedeutet mir viel.«

»Du musst mir nicht danken. Dafür sind Freunde doch da.« Erneut nimmt sie mich in die Arme.

Aber wird sie auch meine Freundin bleiben, wenn sie herausfindet, dass ich ihr nicht die ganze Wahrheit gesagt habe? Dass ich gelogen und ihr den wichtigsten Grund dafür verschwiegen habe, warum meine Woche so furchtbar ist? Mich würde es in jedem Fall verletzen, wenn es andersherum wäre. Plötzlich kommt mir Henrys Rätsel wieder in den Sinn: LIEBE. Ich würde jedenfalls an ihrer Zuneigung zweifeln, wenn ich herausfände, dass Serena so viel durchgemacht hat und es mir nicht erzählt. Und doch kann ich mich nicht überwinden, mich zu öffnen. Das wäre wie ein Stich ins Wespennest, und da will ich sie nicht mit reinziehen, es wäre einfach unfair.

Allein der Gedanke lässt mich erschaudern. »Du solltest jetzt besser los«, sage ich und löse mich aus der Umarmung, um auf mein Handy zu sehen. »Es ist schon spät, und ich möchte nicht, dass du dein Date verpasst. Wenigstens eine von uns sollte heute Abend Spaß haben.«

Ich versuche mich an einem Lachen, doch ich bringe nur ein Krächzen zustande. Aber Serena lächelt mich an.

»Du bist ein verdammt harter Hund, weißt du das?«, sagt sie. »Aber bist du sicher? Ehrlich. Ich kann absagen und bei dir bleiben. Vorher könnte ich noch schnell im Laden vorbei und uns einen Wein holen. Dann machen wir uns einen netten Mädelsabend. Wie wär's?«

»Ich weiß dein Angebot zu schätzen. Wirklich. Aber ich werde wohl früh ins Bett gehen. Ich bin vollkommen erschöpft.«

»Du siehst wirklich nicht gut aus, wenn ich das so sagen darf.«

»Nur du kommst mit diesem Level an Ehrlichkeit bei mir durch«, erwidere ich und lächele. »Ich rufe dich morgen an. Dann kannst du mir von deinem Date erzählen. Ich will alles wissen, jedes Detail.«

»Dann werde ich mich bemühen, dass es ein gutes Date wird.« Serena umarmt mich noch ein letztes Mal, küsst mich auf die Wange und steigt ins Auto. Ich stehe auf dem Bürgersteig und winke ihr hinterher, bis sie außer Sicht ist. Dann gehe ich die Straße hinauf. Als ich unsere Häuserzeile erreiche, bemerke ich einen Schatten, der auf der anderen Straßenseite hinter meinem Auto vorbeihuscht, und ich bekomme eine Gänsehaut. War er das wieder? Jetzt bin ich erleichtert, dass ich Serena nicht mitgenommen habe. So ist sie wenigstens in Sicherheit. Verstohlen schaue ich mich um. Dann gehe ich den Weg zu meiner Tür hinauf und versuche, mit zittrigen Händen den Schlüssel ins Schloss zu stecken.

Wenn ich drin bin, werde ich mich schon sicherer fühlen, denke ich. Beim dritten Versuch gelingt es mir, und die Tür schwingt auf. Im Flur ist es kalt und dunkel. Es ist, als würde hier niemand wohnen, und ich verspüre das plötzliche Verlangen, Serena anzurufen und ihr zu sagen, sie solle doch kommen und bei mir bleiben – so wie sie es vorgeschlagen hat. Aber Serena hat eine Verabredung, und der will ich nicht im Wege stehen.

Ich schließe die Haustür und lege die Kette vor … als würde mich das schützen.

Kapitel 30

Obwohl die Nachwirkungen des Katers sich noch immer bemerkbar machen, in Form einer andauernden Übelkeit kombiniert mit einem pochenden Kopfschmerz, hält mich das nicht davon ab, eine neue Flasche Wein zu öffnen und mir ein halbes Pint davon einzuschenken. Das Gespräch mit Serena hat mir klargemacht, wie wichtig ihre Freundschaft für mich ist. Und was mache ich? Ich verheimliche ihr Dinge und erzähle ihr Halbwahrheiten. Ich genehmige mir einen großen Schluck Wein und genieße das Gefühl in meiner Kehle. Wie wird sie über mich denken, falls die Wahrheit ans Licht kommt? Ich gebe wirklich mein Bestes, die einzige gute Beziehung zu zerstören, die ich noch besitze. Ich habe nie so etwas wie einen Freundeskreis gehabt, sondern mich stets nur auf eine Person konzentriert, aus Angst, mich zu verzetteln. Oder vielleicht liegt das auch daran, dass es mir schlicht unangenehm ist, mich anderen Menschen zu öffnen. Mein früherer Psychologe hätte da sicher ein paar Theorien parat gehabt. Vermutlich hätte er gesagt, dass der Grund dafür in meiner Kindheit zu finden ist. Er hätte mir erklärt, dass meine Unfähigkeit, Menschen zu vertrauen, eine Folge der Misshandlungen durch meine Eltern ist, und auch der Misshandlungen durch die Kinder im Heim, die darauf folgten. Dabei hätte man uns in Finley Hall eigentlich beschützen müssen. Wir hätten dort sicher, versorgt und geliebt sein sollen … zumindest hätte man uns den Eindruck vermitteln können, dass wir geliebt werden, doch stattdessen hat man uns bestraft, indem man uns eben dieses Gefühl entzogen hat.

Daraus habe ich den Schluss gezogen, dass es sicherer ist, sich nur auf sich selbst zu verlassen, erkenne ich. Ross habe ich mich geöffnet – zumindest soweit es mir aufgrund meiner Vergangenheit möglich war –, und jetzt steht auch sein Name auf der Liste derer, die mich im Stich gelassen und verraten haben. Derer, die mich verlassen haben. Serena ist alles, was mir noch geblieben ist. Meine Nase juckt vom Ansturm der Tränen. Ich reibe mit dem Handrücken darüber und schniefe laut. Dann setze ich mich in den Sessel, schlage die Beine unter, trinke Wein und schaue mich in meinem Wohnzimmer um. Die Vorhänge sind zugezogen, Fenster und Türen verschlossen. Das Haus ist sicher. Trotzdem fühle ich mich nicht so beschützt wie von Ross. Unser Hochzeitsfoto, auf dem wir beide breit lächeln, starrt mich vom Regal aus an.

Rasch reiße ich mich davon los, schalte den Fernseher ein und zappe durch die Sender, ohne wirklich wahrzunehmen, was gerade läuft. Schließlich lasse ich einen zufälligen Sender laufen und drehe die Lautstärke hoch, um zumindest die Illusion zu haben, dass ich nicht allein im Haus bin. Dann scrolle ich durch mein Handy und checke WhatsApp. Ich will wissen, wann Ross zum letzten Mal aktiv war. Mein Herz macht einen Sprung, als ich sehe, dass er gerade online ist.

Sofort schließe ich die App, und ich frage mich, mit wem er wohl chattet. Oder will er vielleicht wissen, ob *ich* online bin? Ich hatte gehofft, dass er zumindest einmal Kontakt aufnehmen würde, um sich zu vergewissern, dass alles okay mit mir ist. Egal, wie schuldig er sich auch fühlen mag – oder erleichtert vielleicht –, all die Jahre unserer Ehe können ihm doch nicht völlig gleichgültig sein … oder? Zumindest nicht so, dass er noch nicht einmal nachhört, ob seine Frau schon ermordet worden ist – oder sich vielleicht das Leben genommen hat. Ihm muss doch klar sein, was für ein Chaos er angerichtet hat. Er weiß doch, dass ich schon allein wegen Henry völlig durcheinander bin. Dass er jetzt auch noch Öl ins Feuer gießt, indem er mich ignoriert, fühlt sich einfach nur grausam an.

Dabei ist Ross kein grausamer Mensch. Ich habe mich für ihn interessiert, weil er ehrlich neugierig auf mich war, weil er wissen wollte, wie ich ticke. Und das war viel, wenn man bedenkt, wie kaputt ich damals nach all den Jahren in Finley Hall war. Alle haben dort etwas davongetragen, sowohl körperlich als auch psychisch, und oft beides. Das war einfach vollkommen normal.

Meine Gedanken wandern wieder zu Henry. Wenn ich jetzt so zurückschaue, dann wird mir klar, dass er Hilfe gebraucht hätte, doch die bekam man in Finley Hall nicht. Und ich denke nicht, dass er später in seinem Leben jemals zu einem Psychologen gegangen ist. Ich habe schließlich auch eine ganze Weile gebraucht, um mir einzugestehen, dass ich eine Therapie brauche. Ich hatte einfach immer viel zu viel Angst davor. Ich war der Überzeugung, dass Psychotherapeuten Menschen in den Kopf schauen können, dass sie Dinge sehen, von denen man nicht will, dass sie irgendjemand erfährt. Ich habe mir eingeredet, dass ich das schon unter Kontrolle hätte: die furchtbaren Erinnerungen, das Trauma, einfach alles. Erst nach mehreren ›Vorfällen‹ habe ich mich mit dem Gedanken angefreundet, dass ich das alleine nicht schaffen kann. Ich habe Hilfe von anderen gebraucht, und wie sich dabei herausstellte, sind Therapeuten keine Gedankenleser.

Doch jetzt bricht gerade alles um mich herum zusammen, und die Strategien, die ich mir in all den Sitzungen angeeignet habe, helfen mit einem Mal nicht mehr. Ich scheine alles zu verlieren, wofür ich so lange gearbeitet habe. Zusehen zu müssen, wie einem das eigene Leben förmlich zwischen den Fingern zerrinnt, ist eine niederschmetternde Erfahrung. Eine falsche Bewegung, eine falsche Entscheidung könnte dazu führen, dass man in eine völlig falsche Richtung geht … vielleicht sogar Dinge tut, die illegal sind.

Wie Mord.

Der Grat ist schmal, und es braucht nicht viel, um ins Bodenlose zu stürzen.

Meine Augen fallen zu, und mein Blinzeln wird immer langsamer. Nach und nach versinkt alles in Dunkelheit.

*

Gefühlt eine Minute später setze ich mich abrupt auf. Mein Atem geht schnell. Ich schaue mich um, und ich brauche ein wenig, bis ich mich wieder orientieren kann. Ich liege auf dem Sofa, im Wohnzimmer. Ich schaue auf mein Handy und sehe, dass ich tatsächlich zweieinhalb Stunden geschlafen habe.

Irgendetwas hat mich aufgeweckt. Ein Geräusch draußen?

Oder drinnen …?

Ich bewege mich nicht, sitze dort mit aufgerissenen Augen und lausche. All meine Sinne sind in Alarmbereitschaft. Das sanfte Licht der Lampe tröstet mich ein wenig, denn es enthüllt, dass niemand mit einem Messer über mir steht. Trotzdem schlägt mir das Herz bis zum Hals, und ich bewege mich nur vorsichtig, um kein Geräusch zu verursachen. Dann höre ich draußen ein Schlurfen. Langsam schleiche ich zum

Fenster und ziehe den Vorhang ein winziges Stück zurück. Ich sehe nichts. Allerdings habe ich von hier auch nur eine eingeschränkte Sicht. Also husche ich nach oben, von wo aus ich mehr sehen kann, und schließe die Balkontür auf. Vorsichtig trete ich hinaus und schleiche weiter vor, bis ich durch die gläserne Balustrade sehen kann, ich ducke mich, damit man mich nicht sieht. Schatten huschen über die Straße.

Ist da draußen jemand und beobachtet das Haus? Oder sind das nur nachtaktive Tiere? Irgendwelche Tiere und meine Fantasie?

Das unangenehme Gefühl, das ich gestern im Büro von Craig Beaumont empfunden habe, kehrt wieder zurück. Die Angst, dass er etwas mit all dem zu tun haben könnte, oder wilder noch: dass er Henry ist. Ist das wirklich so unwahrscheinlich, wie ich mir habe einreden wollen? Vor ein paar Tagen hätte ich es auch noch für völlig abwegig gehalten, dass Henry ein Serienmörder ist. Aber wenn jemand fest entschlossen ist, das Leben eines anderen zu zerstören, dann könnte er durchaus sein eigenes Leben so gestalten, dass sich die Wege von Täter und Opfer kreuzen. Er könnte das Leben seines Ziels infiltrieren. Und Craig ist erst vor sechs Monaten zum Direktor ernannt worden …

Ist es Craig, der mich jetzt beobachtet?

Ich zittere. Ich bin in meinem dünnen Hemd eingeschlafen, und da ich nichts Ungewöhnliches auf der Straße sehen kann, verriegele ich die Balkontür wieder und schlurfe ins Schlafzimmer zurück. Inzwischen bin ich hellwach. Ich kann unmöglich wieder einschlafen, nicht jetzt. Also kann ich genauso gut etwas tun. Ich schleiche wieder runter. Der Gedanke, dass hier jemand sein könnte, ist noch immer in meinem System, und ich hole meinen Laptop, um mit ihm ins Bett zu gehen. Ich ziehe mich aus und schlüpfe in Schlafanzug und Bademantel. Dann setze ich mich im Schneidersitz auf die Matratze und suche im Internet nach allem, was mit Seabrook Prep und Craig Beaumont zu tun hat.

Es dauert nicht lange, bis ich eine erstaunliche Entdeckung mache: Craigs Bruder. Er hat ihn nie erwähnt, aber das ist natürlich auch ganz normal, ich habe schließlich auch nie etwas von Henry erzählt. Allerdings finde ich Neil, Craigs Bruder, als Link auf einem alten Facebook-Profil von Mr. Beaumont … auf einem Facebook-Profil mit einem anderen Nachnahmen: Holsworthy, nicht Beaumont. Sofort klingeln bei mir die Alarmglocken, und meine Muskeln verspannen sich.

Ich kenne diesen Namen.

Kapitel 31

Finley Hall Kinderheim

Miss Graves schaut Anna und Kirsty über ihre Brille hinweg an.

»Ich habe einen äußerst beunruhigenden Bericht erhalten, in dem es heißt, ihr hättet vor zwei Nächten die Regeln gebrochen, die ich aufgestellt habe, um euch zu beschützen. Dass ihr euch vom Gelände geschlichen habt, ist ja schon schlimm genug. Die Sperrstunde zu missachten, ist unverantwortlich. Aber dass ihr dann auch noch an einer Versammlung teilgenommen habt, wo Minderjährigen Alkohol ausgeschenkt wird, ist einfach unentschuldbar, und schlimmer noch: gefährlich. Ihr zwei habt Finley Hall in Misskredit gebracht.«

Anna schnaubt verächtlich.

»Hast du etwas zu sagen, Miss Lincoln?« Miss Graves' Gesicht wird noch röter, als es ohnehin schon ist, und ihre Augen quellen hervor, als sie aufsteht und sich über den Schreibtisch beugt.

Die Mädchen warten darauf, dass sie Frank ruft, damit er sie bestraft. Beide sitzen auf ihren Händen, die Köpfe gesenkt, während die Direktorin über ihnen aufragt wie ein Raubtier kurz vor dem Sprung.

»Nein, Miss Graves«, antwortet Anna. »Tut mir leid.«

»Ihr beide werdet das Gelände nur noch verlassen, um in die Schule zu gehen. Frank wird euch dorthin begleiten und auch wieder abholen. Habt ihr das verstanden?«

Die Mädchen tauschen entsetzte Blicke aus, als sie sich an ihre früheren Begegnungen mit Frank erinnern. Während er die Jungs zur Strafe schlägt, quält er die Mädchen emotional. Doch Anna und Kirsty schweigen. Sie nicken einfach nur. Aus Erfahrung wissen sie, dass es besser ist, still zu sein und einfach zu akzeptieren, was da kommt.

»Ich will euch nie wieder hier sehen«, sagt Miss Graves. Anna und Kirsty schauen sich an. Sie denken beide das Gleiche: Das wollen sie auch nicht.

Als sie aus Miss Graves' Büro schleichen, entdeckt Anna Dean auf dem Stuhl, wo alle warten, die zu Miss Graves gerufen werden. Kirsty schnappt unwillkürlich nach Luft, als sie das Gesicht ihres Bruders sieht. Beide Augen sind geschwollen und schwarz, eines kann er kaum noch öffnen.

»Dean«, flüstert sie. »Wer hat das getan?«

Er winkt ihr zu gehen. »Mach dir keine Sorgen. Das ist nichts.«

»Anna! Kirsty! Zurück auf euer Zimmer!« Miss Graves stapft zu Dean. »Und du«, sagt sie in scharfem Ton. »In mein Büro. Sofort!«

Dean zuckt unwillkürlich zusammen, als er aufsteht. Dann folgt er Miss Graves, ohne noch einmal zu den Mädchen zu schauen.

»Was zum Teufel war das denn?«, fragt Kirsty, als sie zu ihrem Haus gehen.

Anna wirft noch einen Blick über die Schulter, zur Tür des Büros, und sie fragt sich, was dort wohl gerade passiert. Sie erinnert sich an Deans Gesicht, als sie von der Party zurückkamen, wie sehr er sich gesorgt hat, war ihm deutlich anzusehen.

»Hast du es ihm erzählt, Kirsty?«

»Was erzählt? Von der Party?«

»Ja, von der Party.« Anna beugt sich näher an Kirsty heran und senkt die Stimme. »Über … Du weißt schon … diese Jungs. Was sie getan haben.«

»Nicht so genau«, sagt Kirsty und zuckt mit den Schultern. »Außerdem will ich nicht darüber reden.«

Kirsty hat tatsächlich nicht viel über den Angriff gesprochen, denkt Anna. Sie ist dem Thema jedes Mal ausgewichen. Den Schrecken der versuchten Vergewaltigung haben die Mädchen gemeinsam ertragen, doch ihre Gedanken oder Gefühle darüber haben sie nicht geteilt. Beide haben sie auf ihre Art versucht, damit zurechtzukommen. Darüber, wie sie im Kinderheim gelandet sind, haben sie so oft gesprochen, und Anna hat ein Problem damit, dass sie über dieses jüngste Trauma nicht sprechen können. Es ist fast so, als wäre es ihre Schuld gewesen.

Also hatte Anna noch in derselben Nacht mit Dean geredet. Sie hatte ihm erklärt, warum sie so spät nach der Sperrstunde und so zerlumpt zurückgekehrt waren, auch wenn sie nicht jedes Detail erwähnt hatte. Aber vielleicht war Kirsty am folgenden Morgen ja zu ihm gegangen, um ihm die ganze Wahrheit zu sagen. Hatte Dean die Sache dann möglicherweise selbst in die Hand genommen? So wie er ausgesehen hatte, mit all diesen frischen Verletzungen. Hatte er den Widerlingen gezeigt, dass man Mädchen so nicht behandelte? Anna spürt, dass sie ein wenig eifersüchtig ist, denn sie weiß, dass Henry das definitiv nicht für sie tun würde. Tatsächlich fürchtet sie sich vor ihrem Bruder inzwischen mindestens genauso sehr wie vor diesen Kerlen, auch wenn Henry seit einer Woche nicht mehr zu ihr gekommen ist. Sie hat nicht ein einziges Rätsel gefunden. Die Jagd ist erst mal ausgesetzt. Vielleicht ist sie ja auch vorbei. Für immer. Und unerwarteterweise empfindet Anna das als Verlust.

*

Als das Licht ausgeschaltet und Anna sicher ist, dass Kirsty schläft, schleicht sie sich aus dem Zimmer und nach unten. Sorgfältig meidet sie alle Stellen, wo man sie oder ihren erneuten Regelbruch bemerken könnte. In Miss Graves' Büro einzubrechen, ist nicht schwer – das hat Anna schon oft getan –, doch diesmal schwitzen ihre Hände, als sie sich hinter den Schreibtisch der alten Hexe schleicht und in der Schublade kramt. Wenn man sie heute Nacht erwischen würde und das nach dem Einlauf von vorhin, dann würde sie wirklich in Schwierigkeiten stecken. Anna findet allerdings nur uralte Bonbons, ein paar konfiszierte Zigaretten und ein altes Foto von einer Gruppe Menschen, die sie nicht kennt, die jedoch alle genauso streng und elend aussehen wie Miss Graves. Vermutlich ist das, was sie sucht, in den beiden großen Aktenschränken an der Wand, wo die detaillierten Berichte zu allen Kindern in Finley Hall aufbewahrt werden. Dort sollte Anna also auch den Grund dafür finden, warum Miss Graves Dean heute in ihr Büro geschleppt hat. Natürlich könnte sie ihn auch einfach fragen, aber er würde ihr vermutlich nur eine Lüge auftischen.

Langsam zieht Anna die erste Schublade auf und hofft, dass das Metall nicht quietscht. Anna findet sowohl ihre als auch Kirstys Akte und legt sie oben auf den Schrank. Dann sucht sie weiter. Sie will gerade auch die von Henry herausziehen, als sie eine Aktenmappe mit der Aufschrift ›Polizei‹ entdeckt. Sie trägt das Datum von heute. Anna runzelt die Stirn. Dann zieht sie die braune Mappe heraus und legt sie offen auf den Schreibtisch. Sie schnappt nach Luft, als sie sieht, dass es sich um einen Bericht über einen Kampf zwischen ein paar Jungen aus Finley Hall und Bewohnern eines Hauses in der Stadt handelt. Anna schlägt das Herz bis zum Hals, als ihr klar wird, dass es sich um das Haus handelt, in dem die Party stattgefunden hat. Bingo! Sie hatte geglaubt, der Bericht wäre in Deans Akte, doch so ist es noch einfacher. Ihre Hände zittern, als sie nach dem Polizeibericht greift. Was sie dann liest, versetzt ihr einen Schock, ihre Knie werden weich. Die Mappe enthält einen ernsten Vorwurf gegen jemanden, der auf der Party gewesen ist. Anna schnappt nach Luft und taumelt zurück. Einem der Jungs wird eine Vergewaltigung vorgeworfen.

»Was zum …?«, zischt Anna. Sie liest noch einmal, was da steht, für den Fall, dass sie sich verlesen hat.

Nein. Genauso ist es. Und dort steht auch, dass die entsprechende Information von ihr stammt, von Anna Lincoln. Natürlich ist das falsch, denn sie kann sich nicht daran erinnern, mit der verdammten Polizei gesprochen zu haben. Aber sie und Kirsty sind anschließend zum Haus gerannt und haben auf dem Weg alles Mögliche geschrien. Hat jemand sich das zunutze gemacht? Das erklärt jedoch nicht, warum die Polizei glaubt, die Anzeige stammte von ihr … Anna überfliegt den Rest der Seite, bis sie ganz unten angekommen ist. Laut Polizeibericht wurde ein Neil Holsworthy am nächsten Tag grundlos und brutal angegriffen und liegt jetzt im Krankenhaus.

Neil. Das ist der Name des Jungen, der zuerst Anna und dann Kirsty vergewaltigen wollte.

»Oh, mein Gott«, keucht Anna.

Sie legt das Blatt wieder in die Aktenmappe und schließt sie. Obwohl sie vollkommen verwirrt ist, überkommt sie das Gefühl, dass hier jemand von seinem Karma eingeholt wurde.

Gut! Jetzt weiß er, wie sich das anfühlt.

Aber egal, ob Neil die Prügel nun verdient hat oder nicht, er hat Anna und Kirsty nicht vergewaltigt, sondern es nur versucht. Warum also steht da etwas von Vergewaltigung? Anna hatte es Dean gegenüber zwar erwähnt, aber keine Namen genannt. Sie hat ein schlechtes Gewissen. Das müssen Dean und seine Kumpel gewesen sein. *Sie* haben Neil krankenhausreif geschlagen. Deshalb hat Dean auch all die blauen Flecken, und deshalb hat ihn Miss Graves in ihr Büro bestellt. Anna sollte zu Miss Graves gehen und ihr alles erzählen, damit sie der Polizei erklären kann, dass es sich um ein Missverständnis handelt.

Doch es ist auch eine Wahrheit, dass Neil es versucht hat. Er hat sie ja tatsächlich angegriffen. Und sie sind ihm nur mit Glück entkommen.

Neil hat schlicht bekommen, was er verdient hat.

Anna steckt die Akte wieder in den Schrank und schließt die Schublade. Dann lässt sie sich erschöpft gegen das Metall fallen. Soll sie Kirsty davon erzählen?

Morgen früh wird sie weitersehen.

13. Mai

TAG 0

Kapitel 32

In der Sekunde, als ich die Augen öffne, dreht sich mir der Magen um. Angesichts dessen, was mich heute erwartet, sind meine Nerven zum Zerreißen gespannt. Vom Schlafmangel fühlen sich meine Augenlider geschwollen an, und die Augäpfel trocken und rau.

Aber wenigstens habe ich meine Augäpfel noch … vorerst jedenfalls.

Ich wälze mich herum, um auf mein Handy zu schauen. Keine neuen Nachrichten von Ross. Ich öffne WhatsApp, und für den Bruchteil einer Sekunde ergreift mich die Hoffnung wie ein Tsunami, als ich lese: *Bin auf dem Weg nach Hause,* Smiley. Dann erkenne ich, dass ich versehentlich zu einer Nachricht von vor über einer Woche gescrollt habe. Tatsächlich ist Ross gestern um 23:38 Uhr zum letzten Mal online gewesen, und da habe ich ihn ja gesehen. Aus dieser Situation gibt es kein Zurück mehr. Ross bekommt ein Baby mit einer anderen. Wir haben keine Zukunft mehr.

Mein Handy pingt, als ich in der Dusche bin. Ich beeile mich und verzichte auf den Conditioner. Ich will gerade die Duschkabine verlassen, als vor meinem geistigen Auge ein Bild von mir auf einem Obduktionstisch aufflackert, und ich gehe wieder unter die Dusche. Erneut mache ich mein Haar nass und trage den Conditioner doch noch auf. *Ich möchte wenigstens eine schöne Leiche sein.* Würde ich so einen Scherz bei

DI Walker bringen, dann würde er mich vermutlich tadeln, weil ich die Situation nicht ernst genug nehme. Ross hingegen würde das verstehen. Er ist es gewohnt, dass ich meine wahren Gefühle hinter Humor verberge. Werde ich je wieder so jemanden finden? Werde ich überhaupt noch die Gelegenheit haben, so jemanden zu suchen?

Als ich mir mein Handy schnappe, sehe ich, dass es nur eine Voicemail war. Das ist seltsam. Ich habe es nicht klingeln gehört.

»Es wäre nicht schlecht gewesen, wenn du dein Handy wieder auf laut gestellt hättest, Anna«, murmele ich vor mich hin und regele die Lautstärke hoch. Ich checke den letzten Anrufer: DI Walker. Erst einmal atme ich tief durch, bevor ich mir die Nachricht anhöre. Ich weiß, dass es um heute geht. Zischend atme ich aus, als DI Walkers Stimme mich darüber informiert, dass er vor meiner Tür steht und wartet. Ist der Mord bereits passiert? Weder die Polizei noch ich haben die geringste Ahnung, wann Henry zuschlagen wird. Es könnte schon wenige Sekunden nach Mitternacht passiert sein. Ich werfe mir den Bademantel über, fliege nach unten und reiße die Tür mit einer solchen Wucht auf, dass sie gegen die Wand knallt und die Klinke einen Abdruck im Putz hinterlässt. Ich starre die Delle an und füge sie im Geiste der Liste von Dingen hinzu, die ich nun selbst erledigen muss, da Ross nicht mehr da ist. Erst dann konzentriere ich mich auf DI Walker, der mit zwei Kaffee in der Hand auf der Schwelle steht.

»Holla! Immer mit der Ruhe«, sagt er.

»Was ist passiert? Er hat es getan, nicht wahr? Wir haben ihn nicht rechtzeitig aufgehalten.«

»Es ist gar nichts passiert … jedenfalls nicht, soweit wir

wissen.« DI Walker spricht mit fester Stimme und in einem optimistischen Tonfall, aber das beruhigt mich nicht. Eigentlich sollte ich mich freuen, denn das heißt, dass nicht schon wieder eine Unschuldige ihr Leben verloren hat. Doch da lauert Verzweiflung unter der Oberfläche, denn das bedeutet auch, dass es noch nicht vorbei ist.

Meine Kehle ist wie zugeschnürt, ich kann kaum schlucken.

DI Walker gibt mir einen Becher. »Ich habe Ihnen einen Latte mitgebracht. Latte mag doch jeder, oder?«

Ich nehme ihn und murmele ein Danke. Meine Aufmerksamkeit gilt dem, was DI Walker unter dem Arm trägt.

»Lag das vor der Tür?« Ich lege den Kopf auf die Seite und versuche, den Briefumschlag genauer zu betrachten. Ich will wissen, ob es wieder so einer ist wie die anderen, die Henry mir geschickt hat. DI Walker schaut nach unten und dann wieder hoch. Fast sieht es so aus, als wäre er überrascht, das Ding unter dem Arm zu haben. »Nein, nein. Henry hat mir den aufs Revier geschickt.«

Mein Herz setzt einen Schlag lang aus. »Oh … Wirklich? Warum sollte er das tun, ausgerechnet an dem Tag, an dem er wieder morden will?« Panik keimt in mir auf, und es verschlägt mir die Sprache. Mehrmals atme ich tief durch. DI Walker wartet geduldig, während ich um Fassung ringe. Dann beantwortet er meine Frage: »Vielleicht glaubt er, dass Sie den Brief ignorieren würden. Oder vielleicht will er, dass ich Sie dieses Mal begleite.«

Das ergibt Sinn. Henry will mich vor den Augen des Gesetzes bloßstellen. Er will mich in die Falle locken. Er kann es sich nicht leisten, dass ich den Hinweis, von dem ich annehme, dass er der letzte ist … der Showdown … alleine löse.

»Setzen wir uns ins Wohnzimmer«, sage ich und gehe durch den Flur. Ich höre die langsamen, dumpfen Schritte von DI Walkers Schuhen hinter mir. Er scheint es nicht eilig zu haben. Tatsächlich scheint er zu glauben, er hätte alle Zeit der Welt, um dieses Rätsel zu entziffern und den Tod einer Frau zu verhindern – *meinen* Tod. »Okay. Erzählen Sie.« Ich nehme den Plastikdeckel vom Becher und trinke einen Schluck.

»Wollen Sie sich vorher nicht anziehen?« DI Walker deutet auf meinen Bademantel, und ich werde rot.

»Ja. Klar. Eine Sekunde«, sage ich, gebe ihm den Latte und renne nach oben. Ich schnappe mir die erstbesten Kleidungsstücke, die ich finde: Jogginghose und ein T-Shirt mit Blümchenaufdruck. Dann renne ich wieder runter. »Okay. Dann los«, sage ich und greife wieder nach dem Kaffeebecher.

»Mein Team war die ganze Nacht auf, doch niemand hat gesehen, wie dieser Brief aufs Revier gebracht worden ist.«

»Haben Sie draußen keine Kameras?«, hake ich nach.

»Doch, doch. Jede Menge sogar. Aber irgendwie ist es ihm gelungen, die Kameras zu umgehen. Oder er hat den Brief von jemand anderem bringen lassen, und das haben wir übersehen. In jedem Fall gehen meine Leute die Aufnahmen weiter durch, denn es wäre wirklich hilfreich, wenn wir wüssten, wie Henry aussieht. Das einzige Foto von ihm, das uns zur Verfügung steht, zeigt ihn als Teenager. Es ist ein Polizeifoto von einer früheren Verhaftung. Und Sie konnten uns ja auch keine Beschreibung geben, was sein aktuelles Aussehen betrifft. Deshalb tappen wir im Dunkeln. Er könnte jeder sein.«

»Das war auch meine Befürchtung«, sage ich. »Oder meine Paranoia, könnte man sagen. Und wenn ich jetzt so darüber nachdenke … Ich habe hier ein paar Mal einen Mann gesehen. Auf der Straße, meine ich.« DI Walkers Augen werden groß. »Er ist einfach nur vorbeigegangen«, füge ich rasch hinzu. »Aber er kam mir ein wenig seltsam vor. Ich habe mich gefragt, ob das wohl Henry ist. Nun, da Sie das sagen, könnte er es durchaus gewesen sein … *oder* jemand, der die Briefe für ihn abliefert.«

DI Walker seufzt frustriert. »Und Sie erwähnen diesen Mann erst jetzt?«

»Tut mir leid. Aber ich werde Sie nicht wegen jeder Person alarmieren, die an meinem Haus vorbeikommt, Detective. Vielleicht sollten Sie ja jemanden vor meiner Tür postieren, wenn Sie sich solche Sorgen machen.«

DI Walker zögert kurz. Dann sagt er: »Ich war jede Nacht da draußen, Anna. Jedenfalls meistens. Sobald ich mit der Arbeit fertig bin, fahre ich hierher und behalte Ihr Haus im Auge.«

Das ist neu für mich, und ich kann meine Überraschung nicht verbergen. »Auch letzte Nacht?«

»Da bin ich erst spät gekommen. Deshalb würde ich auch gerne wissen, ob ich etwas verpasst habe. Ich habe das Gefühl, in den frühen Morgenstunden sind Sie besonders verwundbar.«

»Ja, nun … Danke … Nehme ich an.«

War es also DI Walker, den ich gesehen habe? Oder zumindest gehört? Ich wünschte, das hätte ich schon letzte Nacht gewusst. Das hätte mir viel Nerven und Schlaflosigkeit erspart. Auch wenn die Zeit, in der ich wach war, zu einem erwähnenswerten Fund geführt hat. Zu einem Fund, über den ich DI Walker jetzt wohl informieren sollte, damit er mir nicht zum Vorwurf machen kann, die Polizei schon wieder im Dunkeln gelassen zu haben.

»Ich habe letzte Nacht eine interessante Verbindung hergestellt«, sage ich und stehe auf, um meinen Laptop zu holen. Dann öffne ich den kleinen Artikel, den ich tief in den Onlinearchiven der Lokalzeitung entdeckt habe. Die Schlagzeile lautet: *Mein Sohn hat sich nach Vergewaltigungsvorwürfen das Leben genommen*. DI Walker dreht den Bildschirm zu sich und liest. Schließlich seufzt er.

»Da geht es um jemanden, der etwas mit dem Kinderheim zu tun hat, in dem Sie und Henry gelebt haben … korrekt?«, fragt er.

»Ja. Das ist … Das ist sogar noch etwas persönlicher.«

»Wie meinen Sie das?«

»Der ›junge Mann‹, von dem hier die Rede ist, ist der Bruder von Craig Beaumont, dem Direktor der Seabrook Prep School.« DI Walker hebt die Augenbrauen und beugt sich vor. »Und das Mädchen …« Ich atme tief durch. »Das Mädchen, das ihm die Vergewaltigung vorgeworfen hat … Das soll wohl ich sein.«

Stille senkt sich über den Raum, als hätte jemand den Ton auf stumm gestellt. Ich lasse DI Walker ein wenig Zeit, um das Gesagte zu verarbeiten. Dann fahre ich fort: »Aber ich war das nicht. Ich war nicht diejenige, die Neil der Vergewaltigung beschuldigt hat. Ich glaube … Ich glaube, es war Kirsty, meine Freundin. Und ich glaube auch, dass Dean, ihr Bruder, das Gesetz in die eigene Hand genommen hat. Aber egal … das ist inzwischen vollkommen uninteressant. Der Punkt ist, Henry könnte dieses Wissen und meine Verbindung zu Neil genutzt haben, um Craig davon zu überzeugen, diese Hetzkampagne gegen mich zu fahren. Mit der Suspendierung will er sich an mir rächen. Ich kann mir nicht vorstellen, dass er sich beim Verwaltungskomitee und den Eltern hinter mich stellt. Sie werden mich feuern.«

»Das ist allerdings nicht wirklich ein Beweis, sondern höchstens ein Indiz.«

»Kann sein. Und es könnte auch sein, dass das alles nur Zufall ist, nehme ich an. Zugegeben, anfangs habe ich tatsächlich geglaubt, dass Craig Henry sein könnte.« Ich lache verlegen.

DI Walker schaut nachdenklich drein und verzieht konzentriert den Mund. »In jedem Fall lohnt es sich, die Sache weiterzuverfolgen ... Ich werde dem Team Bescheid geben.«

»Gut. Danke.«

Er drückt eine Taste auf seinem Handy und steht auf, das Telefon ans Ohr gepresst. Während er seinen Kollegen die neue Information mitteilt, geht er in die Küche. Langsam wird seine Stimme immer leiser. Ich nippe an meinem Latte, während ich auf seine Rückkehr warte.

»So«, sagt DI Walker, als er zurückkommt. Er setzt sich wieder und schlägt sich mit den Händen auf die Schenkel. »Die Uhr tickt. Wir müssen weitermachen. Uns bleiben nur Stunden, um dieses Rätsel zu lösen.« Er holt ein Blatt Papier aus dem Umschlag. »Was, glauben Sie, will uns dieses Rätsel sagen?« Er gibt mir das Blatt. Es scheint eine Kopie zu sein, denn er trägt dieses Mal keine Handschuhe.

Ich nehme ihm das Blatt ab. Es zittert in meiner Hand, als ich das kurze Rätsel lese.

Versprochen ist versprochen, und wird auch nicht gebrochen,
sonst wird die Nadel in mein Aug' gestochen.
So ist dein letztes Versprechen, das erste, das du brachst.
Triff mich dort, wo du gelogen hast.

»Ich … Ich bin nicht …«, stammele ich und greife nach dem Becher, doch meine Hand zittert so sehr, dass ich den Latte verschütte. Ich sehe alles nur noch verzerrt, und es fühlt sich so an, als würden die Wände auf mich zu rücken und der Raum immer kleiner werden. Mein Geheimnis. Unser gemeinsames Geheimnis. Genau wie Henry es gewollt hat. Darum geht es hier die ganze Zeit. Aber ich weiß noch immer nicht warum.

Die einzige Möglichkeit, das herauszufinden, ist, an diesen Ort zu gehen und Henry direkt zu konfrontieren. Und meine einzige Hoffnung, da lebend wieder rauszukommen, ist DI Walker. Aber sobald alles zu Tage gekommen ist, wird die Polizei die Wahrheit erfahren, und mein Leben ist so oder so vorbei. Wenn ich hingegen alleine gehe und Henry tatsächlich die Absicht hat, mich zu töten, dann wird er der Welt seine eigene Version erzählen können.

Alles läuft darauf hinaus, für was es sich noch zu leben lohnt.

Kapitel 33

»Anna … Sind Sie okay?« DI Walker wedelt mit der Hand vor meinem Gesicht herum, und ich bin sofort wieder da.

»Tut mir leid. Ich habe nur nachgedacht.«

»Und? Werden Sie mir verraten worüber?«

»Triff mich dort, wo du gelogen hast.« Ich bekomme eine Gänsehaut. »Er will mich an dem Ort treffen, wo ich ihn zuletzt gesehen habe.«

DI Walker blickt mich an. »Weil Sie ihn da belogen haben?«

»Ja und Nein. Ich habe ihn nicht angelogen, aber das, worauf wir uns geeinigt haben, das war eine Lüge.« Ich schaue DI Walker in die Augen und sehe seine Verwirrung. Ohne ihm wirklich alles zu erzählen, kann ich ihm das nur schwer erklären. »Es war ein Geheimnis, das wir geteilt haben, etwas, von dem wir geschworen haben, dass wir nie wieder darüber reden werden, vor allem nicht mit anderen.«

»Ich verstehe nicht«, sagt DI Walker. »Warum fordert er Sie ausgerechnet jetzt heraus? Wenn es doch um etwas geht, das nicht ans Tageslicht kommen sollte …? Ich verstehe das einfach nicht. Worum geht es hier wirklich, Anna?«

»Das ist kompliziert«, antworte ich und meide seinen Blick, denn ich bin ganz in der Vergangenheit versunken und spiele an meinem Ehering herum. DI Walker legt die Hand auf meine.

»Sie haben es die ganze Zeit über gewusst«, sagt er und verzieht das Gesicht. »Sie haben unsere Zeit verschwendet. Die Bedeutung des heutigen Datums … der 13. Mai … einfach alles … Sie wussten es die ganze Zeit.« Das Gewicht seiner Wut erdrückt mich. Ich fühle mich wieder wie ein Kind.

»Bitte, entschuldigen Sie. Ich wusste einfach nicht, was ich sonst tun sollte. In der Vergangenheit war die Polizei nicht gerade mein Freund und Helfer …«

»Fein … Jetzt schieben Sie also der Polizei die Schuld in die Schuhe. Toll! Sie tun wirklich alles, um ihre eigene Verantwortung abzuwälzen. Das waren *Ihre* Entscheidungen.«

»Tut mir leid, Detective Walker. Das war nicht wirklich leicht.« Ich schluchze fast, und die Tränen treten mir in die Augen.

»Ach, ja? Fünf Familien über den Tod eines geliebten Menschen zu informieren, war auch nicht gerade einfach.«

Mein Gesicht brennt, und ich fahre mir mit den Fingern durchs Haar. Feine braune Strähnen verfangen sich in ihnen, und ich zupfe daran. Ich kann DI Walker noch immer nicht in die Augen schauen.

»Ich werde Sie dort hinbringen«, murmele ich.

»Oh, ja. Das werden Sie.« DI Walker steht auf und ragt über mir auf. Dann packt er mich am Oberarm und zieht mich in die Höhe. »Sie können von Glück sagen, dass ich Sie nicht verhafte.«

Jetzt überkommt mich Wut. »Nun, Sie brauchen mich ja auch, oder? Mich zu verhaften, wäre kontraproduktiv.«

Er verstärkt seinen Griff. »Wenn das hier vorbei ist, Anna, dann werde ich Sie aufs Revier schleppen. Das ist Ihnen doch klar, oder? Nur, weil Sie sich endlich dazu durchgerungen haben, uns zu helfen, sind Sie noch lange nicht vom Haken.«

»Keine Sorge, *Detective Inspector Walker*«, sage ich und lege so viel Verachtung in die Stimme, wie ich mich traue. »Ich rechne sowieso nicht damit, dass ich noch lange genug lebe, um verhaftet zu werden.«

DI Walker lässt die Schultern ein wenig sacken. Ist das vielleicht ein Zeichen dafür, dass er ein schlechtes Gewissen hat? Falls ja, dann wird es nicht lange anhalten. Sobald er sein Ziel erreicht hat, wird er mich einfach vergessen.

»Gehen wir«, sagt er mit fester Stimme.

Ich funkele ihn an. »Ich muss mir zuerst was Warmes anziehen«, erwidere ich und winde mich aus seinem Griff. DI Walker nickt, aber er postiert sich am Fuß der Treppe, als hätte er Angst, ich könnte fliehen.

»Beeilen Sie sich.«

Oben gehe ich ins Schlafzimmer und rufe Serena an, doch mein Anruf wird direkt auf die Voicemail weitergeleitet. Ich hinterlasse eine kurze Nachricht, sage ihr, wie sehr ich ihre Freundschaft schätze und dass ich ihr viel erzählen muss. Sie soll mich bitte sofort zurückrufen. Dann schreibe ich ihr noch einen ähnlichen Text auf WhatsApp, um auf Nummer sicher zu gehen. Sie soll wissen, dass ich ihr zu guter Letzt doch noch die Wahrheit sagen wollte. Dann tausche ich die Jogginghose gegen Jeans, schnappe mir mein Lieblingssweatshirt und ziehe es mir auf dem Weg nach unten über den Kopf. DI Walker starrt mich an. Ich kann seinen Gesichtsausdruck nicht deuten. Ich gehe um ihn herum zu meinen Stiefeln.

»Bereit«, sage ich schließlich und nehme die Jacke vom Haken.

»Ihre Autoschlüssel?«

Ich runzele die Stirn. »Ich dachte, Sie würden fahren.«

»Wir werden beide Autos nehmen. Wir fahren im Konvoi.

Ich werde Ihnen folgen, aber nicht zu dicht. Ich will Henry nicht verjagen.«

»Aber er will doch gerade, dass ich die Polizei mitbringe. Das ist doch der Sinn des letzten Briefs. Oder?«

»Und ich werde da sein, nur ein Stück hinter Ihnen. Und nur für den Fall. Wenn wir nur ein Fahrzeug haben, dann haben wir auch nur eine Fluchtmöglichkeit für den Fall, dass …« Er schaut an die Decke, als wollte er das richtige Wort aus der Luft pflücken.

»Für den Fall, dass es übel wird«, beende ich den Satz für ihn. »Ja. Ich verstehe schon. Aber wir werden doch auch Verstärkung haben, oder?«

»Sobald ich die Details habe und die Situation einschätzen kann, werde ich alles in Gang setzen. Mein Team und die Verstärkung warten nur darauf, dass ich das Signal gebe. Vertrauen Sie mir, Anna. Sie werden in der Nähe sein. Wir sind schon Ewigkeiten hinter diesem Drecksack her.« DI Walker dreht sich um und schickt sich an rauszugehen. Rasch schaue ich noch mal auf mein Handy. Nichts deutet auf eine neue Nachricht hin. Also stecke ich es ein und schnappe mir die Autoschlüssel aus der Schale an der Garderobe.

An der Tür zögere ich noch einmal. Ich hole das Handy heraus und schicke Ross die gleiche Nachricht, füge aber noch einen Satz hinzu. Wenn ich nicht mehr von diesem Ort zurückkehren sollte, an dem Henry mich sehen will, dann will ich es zumindest noch einmal versucht haben.

Kapitel 34

Mai

Dieses Jahr

All die Gefühle übermannten ihn. Die zunehmende Spannung, die Erwartung, all die Aufregung waren beinahe zu viel für ihn. Er wusste, dass es bald vorbei sein würde. Das große Finale näherte sich mit Riesenschritten. Es war so nah … Er konnte es förmlich riechen, schmecken. Die Wahrheit. Rache. Gerechtigkeit.

Er atmete tief durch die Nase ein, drehte das Gesicht gen Himmel und atmete dann langsam und mit geschürzten Lippen wieder aus, bis seine Lunge leer war. So atmete er, bis sein Puls wieder ruhig und gleichmäßig schlug, denn all das Adrenalin hatte ihn hochgejagt, wann immer er an die Aufgaben dachte, die er heute zu erledigen hatte.

Der 13. Mai.

Heute war der Tag, an dem er seinen sechsten Mord begehen würde. Der Tag, auf den er hingearbeitet hatte. Vielleicht war es auch sein letzter Tag, das hing ganz davon ab. Er war auf alles vorbereitet. Wenn es nötig sein sollte, würden auch noch mehr Menschen sterben. Er schaute auf die Uhr und bereitete sich geistig auf den nächsten Schritt vor.

Ticktack.

Kapitel 35

»Ich muss noch mal kurz tanken«, sage ich, als wir draußen auf dem Bürgersteig stehen. DI Walker kneift die Augen zusammen.

»Warum? Wo wollen wir denn hin?«

»Wir haben eine dreistündige Fahrt vor uns, und mein Tank ist nur zu einem Viertel gefüllt.« Ich wende mich rasch ab, bevor er mir noch mehr Fragen stellen kann. Dann steige ich in den Wagen und schnalle mich an. Ich will DI Walker den genauen Ort noch nicht verraten, sie könnten die Sache dann einfach ohne mich durchziehen. Das kann ich jedoch nicht zulassen. Ich will dort sein, Henry von Angesicht zu Angesicht gegenübertreten, denn er hat mein Leben zerstört. Ich will verstehen, warum er mich in Gefahr bringt – und damit auch sich selbst –, denn das alles ergibt einfach keinen Sinn. Warum ausgerechnet jetzt?

Als ich über die Shaldon Bridge fahre, werde ich langsamer. Vielleicht zum letzten Mal betrachte ich die Mündung des Teign, die Fischerboote an ihren Anlegestellen und die Möwen, die im Watt Futter suchen. Mein Herz fühlt sich an, als würde es zerspringen. Ich wische die Tränen weg, heiße Tropfen, die all meine Wut, meine Traurigkeit und meine Reue enthalten. Dann trete ich wieder aufs Gaspedal und lasse meine Heimat hinter mir.

»Ich hasse dich, Henry Lincoln.«

Diese Worte schreie ich immer wieder und wieder, bis ich mich schließlich ein wenig beruhigt habe. Kurz schaue ich in den Rückspiegel, als ich mich der Tankstelle nähere. DI Walkers Audi ist nur ein paar Fahrzeuge hinter mir. Dann setze ich den Blinker und biege in die Tankstelle ein. Als ich erkenne, wer da an einer der Zapfsäulen steht, flammt all die Wut, die ich gerade erst unter Kontrolle gebracht habe, wieder auf.

Es ist Yasmin. Sie sieht gesund und glücklich aus. Warum auch nicht? Sie hat einen wunderbaren Partner, und ein Baby ist auf dem Weg. Ihre Zukunft sieht wahrlich rosig aus.

Aber Ross ist *mein* Ehemann.

Ich schaue nicht hinüber, während ich tanke. Wenn ich sie nicht anschaue, dann kann ich die Stimme in meinem Kopf vielleicht ignorieren, die von mir verlangt, den Zapfhahn auf sie zu richten und sie mit Benzin zu übergießen. Ich konzentriere mich darauf, genau für dreißig Pfund zu tanken, beobachte, wie die Pennys auf dem Display der Zapfsäule hochgezählt werden. Vorsichtig bewege ich bei den letzten Pennys den Finger am Zapfhahn, bis das Display genau dreißig Pfund anzeigt. Voller Befriedigung hänge ich den Zapfhahn ein … und die Anzeige springt um einen weiteren Penny nach oben.

Meine ganze Wut entlädt sich, ich fluche laut vor mich hin, verfluche laut die verdammten Ölkonzerne, diese Halsabschneider, die einem auch noch den letzten Penny aus der Tasche ziehen, und trete schließlich mehrmals heftig gegen die Zapfsäule.

»Anna«, sagt eine sanfte Stimme dicht an meinem Ohr.

»*Was*?« Ich wirbele herum, und mir zieht sich der Magen zusammen. »Na, toll! Was willst *du* denn? Hast du mir nicht schon genug weggenommen?« Yasmin steht vor mir, perfekt geschminkt, das Haar zu einem hübschen Dutt gebunden. Sie trägt einen lässigen Hosenanzug und lächelt verlegen, als sie mir die Hand auf den Arm legt.

»Alles in Ordnung mit dir?«, fragt sie und legt besorgt die Stirn in Falten. Den Bruchteil einer Sekunde lang gestatte ich mir, in Yasmins Augen zu versinken, und ich ertappe mich dabei, dass ich glaube, sie meint das ehrlich. Rasch schüttele ich mich und erwache wieder aus der Trance.

»Nein, *Yaz*. Es ist nicht alles in Ordnung mit mir. Schon seltsam, nicht wahr?«, belle ich und schlage ihre Hand weg. Yasmins Gesicht ist voller Mitleid, und das schürt meine Wut nur noch. Ich brauche ihr Mitleid nicht.

»Ich weiß, dass du eine furchtbare Zeit durchmachst«, sagt sie, »und ich weiß auch, dass ich zu einem großen Teil verantwortlich dafür bin. Es tut mir leid, dass es so gelaufen ist.« Die sanft gesprochenen Worte, die von falschem Mitgefühl nur so triefen, schüren abermals meine Wut, und diesmal, bis die Flammen lodern.

»Oh. Dann ist ja alles okay. Solange es dir leidtut, dass du mir meinen Mann weggenommen hast, ist ja alles gut. Bitte, entschuldige, ich habe Wichtigeres, worum ich mich kümmern muss.«

»Ich verstehe deine Wut. Ich weiß, wie sehr dir das wehtut. Er hasst sich selbst dafür.«

»*Gut*«, schnappe ich. Ich sehe DI Walkers Wagen am Rand der Tankstelle. Er lehnt an der Beifahrerseite, die Arme vor der Brust verschränkt. Es scheint ihn zu amüsieren, mich und Yasmin so zu beobachten. Inmitten der Wut, die in meiner Brust lodert, fühle ich einen Stich der Demütigung. Rasch richte ich meine Aufmerksamkeit wieder auf Yasmin, die offenbar nicht weiß, wann sie besser den Mund halten sollte.

»Wenn du wieder den Kopf frei hast, würdest du dann mal mit ihm reden?«

Ich blähe die Wangen auf. »Er hat mich für dich verlassen, Yasmin. Und er hat sich noch nicht einmal die Mühe gemacht, sich zu erkundigen, ob es mir gut geht!«

»Bist du dir sicher?« Yasmin weicht einen Schritt zurück, als hätte ich sie geschlagen.

Ich werde dieses Gespräch langsam leid. Ich will einfach nur hier weg.

»Er ist heute früh zu dir gefahren«, erklärt Yasmin. »Er war außer sich vor Sorge, Anna.«

»Nun, dann hat er dich wohl angelogen. Das kann er ja gut.«

Eine dunkle Wolke zieht über Yasmins Gesicht. Sie streicht sich über den Bauch. Es ist noch nichts zu sehen, und ich nehme an, auf diese Art zeigt sie mir den Mittelfinger. Das ist ein ›Schau mal. Das ist, was dein Mann will‹. Aber als sie sich von mir abwendet, zu ihrem Auto geht und einfach wegfährt, ohne ein weiteres Wort zu sagen, da überfallen mich Zweifel. Wenn Ross heute Morgen zu mir wollte, wäre er zu Fuß in fünf Minuten da gewesen. Warum also hat er das Auto genommen?

Ich reiße die Fahrertür auf, springe hinein, schnalle mich an und fahre los. Aus dem Augenwinkel heraus sehe ich, wie DI Walker mir wie verrückt zuwinkt, aber ich ignoriere ihn und fahre vom Hof und auf die Hauptstraße.

Ross ist nie bei mir angekommen.

Und das kann nur bedeuten, dass Henry ihn sich geschnappt hat.

Wenn ich mich nicht an Henrys Regeln halte und das Spiel spiele, dann wird er meinen Mann töten.

Kapitel 36

Das Navi brauche ich nicht. Da ich diese Strecke schon vor ein paar Tagen gefahren bin, kommt mir alles vertraut vor. DI Walker scheint nicht mehr hinter mir zu sein, und ich wette, er verflucht mich gerade, weil ich einfach so weggerast bin … ohne auf ihn zu warten – und ohne zu bezahlen. Wahrscheinlich musste er in die Tankstelle gehen und das klären. Was natürlich nicht meine Absicht war, aber ich tanke häufig dort, sie kennen mich und wissen, dass ich schon noch bezahlen werde. Ich fahre wieder langsamer. und sofort sinkt mein Adrenalinspiegel. Der Detective wird mich sicher bald wieder einholen. Schließlich hat er gesehen, in welche Richtung ich gefahren bin, er kann also nicht weit hinter mir sein.

Endlos erstreckt sich die zweispurige Autobahn vor mir, während ich immer wieder die Fahrbahn wechsele, um mich zwischen den anderen Fahrzeugen hindurchzuschlängeln. Meine Gedanken winden sich genauso. Immer wieder tauchen die grausamen Bilder der ermordeten Frauen in meinem Kopf auf, und meine Fantasie malt alles noch aus. Ich sehe Ross, bewusstlos und verletzt auf dem Boden liegen. Die Eingeweide quellen ihm aus dem Bauch, und Blut sammelt sich um ihn. Ich ringe nach Luft, und die Tränen brennen mir auf den Wangen. Ich blinzele wild, um die morbide Vision zu vertreiben. Ich hoffe nur, Henry ist klar, dass Ross mich zwar verraten und verletzt hat, aber er hat es nicht verdient, gequält oder gar getötet zu werden. Das will ich nicht. Und kurz denke ich, dass es vielleicht genau darum geht.

Andererseits glaube ich nicht, dass Henry das alles tut, um Rache für mich zu üben. Er steht nicht für mich ein, und er ist auch nicht auf meiner Seite. Es geht um etwas anderes. Es ist seine Art, mir zu zeigen, wozu er fähig ist. Er will mir deutlich machen, was aus ihm geworden ist … und dass das alles meine Schuld ist.

Als ich mich Bristol nähere, klingelt mein Handy.

»Halten Sie an der Raststätte Welcome Break an, und warten Sie dort auf mich«, sagt DI Walker und legt auf, bevor ich zustimmen kann. Ich kralle mich ans Lenkrad und stöhne. Etwas in mir würde diese Anweisung gerne ignorieren, denn ich bin es einfach leid, anderen nach der Pfeife zu tanzen. Ich drehe das Autoradio auf, um meine Gedanken zu übertönen, und fahre weiter. Die Schilder verschwimmen vor meinen Augen.

Ich rutsche auf dem Sitz herum. Mein Hintern ist eingeschlafen, und ich schaue gerade noch rechtzeitig auf das nächste Schild, um zu sehen, dass gleich die Raststätte kommt. Meine Schultern sind so verspannt, dass ich Probleme habe, das Lenkrad festzuhalten, als ich in die große Einfahrt der Raststätte einbiege. Schließlich parke ich neben dem Eingang und reibe mir den Nacken. Ich nehme an, DI Walker ist mindestens zehn, fünfzehn Minuten hinter mir. Also steige ich aus, um mir die Beine zu vertreten und auf die Toilette zu gehen. Sollte er schneller hier sein, kann er ja auf mich warten.

Ein Mädchen, nicht älter als zwanzig, wäscht sich gerade die Hände, als ich aus der Toilettenkabine komme. Sie trägt eine Ripped Jeans und kein Top. Stattdessen sehe ich einen grauen BH, von dem ich annehme, dass er mal weiß gewesen ist. Sie schöpft Wasser mit den Händen und spritzt es sich in die Achselhöhlen. Als sie den Kopf hebt, treffen sich unsere Blicke im Spiegel, und sie runzelt die Stirn.

»Was?«, sagt sie mit rauer Stimme.

»Sind Sie okay?« Ich stehe ein kleines Stück hinter ihr und trete neben sie.

Das Mädchen funkelt mich feindselig an. »Was geht Sie das an?«

Sie ist genau wie ich vor siebzehn Jahren. Es war auf einer Raststätte wie dieser hier … vielleicht war es sogar dieselbe. Der Lkw-Fahrer, der mich mitgenommen hatte, ließ mich einfach sitzen, als ich mich kurz frisch gemacht habe. Ich erinnere mich noch gut daran, wie ich vor Kälte zitterte. Ich versuchte, mit heißem Wasser wieder Leben in meine tauben Finger zu bringen, und spritzte es mir dann auf die Haut, um den Schweiß wegzuwaschen.

»Kann ich Ihnen etwas holen?«

»Ich habe gar nicht gewusst, dass es hier so einen Service gibt.« Sie versteckt ihren Schmerz hinter Sarkasmus, und das kann ich durchaus nachvollziehen. Und das schreckt mich auch nicht ab, denn hätte mir jemand vor all diesen Jahren die gleiche Frage gestellt, ich hätte genauso reagiert.

»Wenn Sie meine Hilfe nicht wollen, dann ist das okay. Ich habe nur gedacht, ich frag mal, wenn schon sonst niemand es tut.« Das Mädchen hört auf, sich mit den Papiertüchern abzutrocknen, und dreht sich zu mir um. Ihr Gesicht entspannt sich ein wenig.

»Deo wäre nett«, sagt sie mit dünner Stimme. Ich lächele, gehe in den Laden und kaufe einen Deo-Roller, eine Zahnbürste und eine Tube Zahnpasta sowie eine Flasche Wasser und ein paar Snacks. Dann gehe ich wieder zur Toilette zurück.

»Wo wollen Sie eigentlich hin?«, frage ich und gebe dem Mädchen die Tüte mit den Sachen. Sie zuckt mit den Schultern, doch Tränen glitzern in ihren Augen, und ich muss meine eigenen Emotionen herunterschlucken. »Ist Ihnen was passiert?«

»Es passieren ständig schlimme Dinge«, antwortet sie. Sie kramt in der Tüte herum und holt den Deoroller heraus. »So ist das Leben.« Ich schaue zu, wie sie sich ihr Sweatshirt über den Kopf zieht und sich mit den Fingern die Haare kämmt. Ich hätte auch eine Bürste kaufen sollen.

»Ich und meine Freundin haben das auch mal gedacht«, sage ich und reise in Gedanken nach Finley Hall zurück. »Schlimme Dinge können immer passieren, aber das ist nicht Ihre Schuld. Und Sie müssen auch nicht einfach nur dasitzen und das über sich ergehen lassen.«

Das Mädchen runzelt die Stirn und geht zur Tür. Dann bleibt sie jedoch noch einmal stehen und dreht sich um.

»Und wo wollen *Sie* hin?«

Ich lächele trotz der Tränen. »An einen Ort, von dem ich nicht mehr zurückkehren werde«, antworte ich. Das Mädchen nickt, als wüsste sie, was ich meine.

»Na dann … Danke hierfür«, sagt sie und hält die Tüte hoch. »Ich hoffe, Sie geben dem Typen, was er verdient hat … wer auch immer er sein mag.« Und dann ist sie weg.

Ich denke, es wird genau andersrum laufen.

Mit dieser Last auf den Schultern schlurfe ich zu meinem Auto zurück. DI Walker lehnt an der Karosserie.

»Nur keine Eile. Nehmen Sie sich ruhig Zeit«, sagt er.

»Es ist schon komisch, nicht wahr? Dass ich es keinesfalls

eilig habe, an den Ort zu kommen, wo mein Leben vermutlich enden wird«

»Okay, das ist fair. Bitte, entschuldigen Sie. Sie hatten es jedoch ziemlich eilig, als Sie von der Tankstelle weggefahren sind. Was ist passiert?«

»Ich habe sie getroffen, *Yaz*. Sie wissen schon. Die schwangere Geliebte meines Mannes.«

»Autsch.« DI Walker verzieht das Gesicht. »Das tut weh.«

Trotz meiner Qualen kann ich mir ein Lachen nicht verkneifen. »Ja, so kann man das auch ausdrücken.« Dann erinnere ich mich an seinen Gesichtsausdruck, als er mich mit ihr beobachtet hat. »Sie schienen die Show allerdings zu genießen.«

DI Walker runzelt die Stirn, als wäre er verwirrt. Dann schüttelt er den Kopf. »In jedem Fall verstehe ich jetzt, warum Sie einfach weggefahren sind … und zwar ohne zu bezahlen.«

»Da steckt noch ein wenig mehr dahinter.« Ich lehne mich neben den Detective. »Sie hat gesagt, Ross sei heute Morgen zu mir gefahren, aber er ist nie aufgetaucht.«

DI Walker richtet sich auf. Seine Sorge ist ihm deutlich anzusehen. »Scheiße. Das ist nicht gut.«

»Na, toll. Jetzt fühle ich mich schon viel besser.«

Sofort ist er bei seinem Wagen in der gegenüberliegenden Parkreihe, öffnet die Tür und steigt ein. Als ich zu ihm gehe, höre ich, wie er ins Funkgerät spricht und eine Fahndung nach einem Ross Price von der Immobilienagentur The Right Price in Shaldon veranlasst. Dann rattert er die Adresse herunter. Meine Brust zieht sich zusammen, und mein Herz schlägt immer schneller, während ich um Atem ringe. DI Walker hört auf zu reden und schaut zu mir hinauf.

»Es muss nicht unbedingt etwas bedeuten. Vermutlich hat

er nur den Mut verloren und ist stattdessen zur Arbeit gefahren.«

»Aber … Aber es ist Samstag.« Ich atme tief durch. »Am Wochenende arbeitet er nur selten.«

»Unsere Beamten werden das überprüfen. Versuchen Sie, sich keine Sorgen zu machen.« DI Walker steigt aus und legt mir die Hände auf die Schultern. »Aber lassen Sie uns voranmachen, ja?«

Ich nicke. »Natürlich.«

Als ich wieder einsteige und rückwärts rausfahre, sehe ich das Mädchen, das ich auf der Toilette getroffen habe. Sie steigt in einen Bus. Sofort kommen mir ihre letzten Worte wieder in den Sinn: »Ich hoffe, Sie geben dem Typen, was er verdient hat.«

Ich muss das Narrativ ändern. Es muss schließlich nicht unbedingt mit meinem Tod enden.

Kapitel 37

Diesmal bleibt DI Walker so dicht hinter mir, dass er fast auf der Stoßstange hängt. Als ich noch gut eine Meile von dem Ort entfernt bin, an dem Henry mich haben will, biege ich links ab. Die Abzweigung auf der anderen Seite führt nach Finley Hall, die hier jedoch in einen Wald. Damals waren selbst Einheimische hier nur selten zu sehen, und das Areal war völlig unbekannt. Ich frage mich, ob sich das wohl geändert hat. Ich glaube nicht, sonst hätte Henry mich nicht hierher bestellt. Mit Sicherheit hat er das vorher überprüft.

Es sei denn, es ist gerade seine Absicht, dass die Öffentlichkeit davon erfährt. Mir knurrt der Magen und mir wird richtig übel. Warum habe ich mir an der Raststätte nicht auch etwas zu essen geholt? Das wäre sicher sinnvoll gewesen angesichts dessen, was mich vermutlich in den nächsten Stunden erwartet. Allein der Gedanke daran jagt mir einen Schauder über den Rücken. Alles in mir schreit, dass ich links ranfahren und diesen Wahnsinn beenden soll. Ich will wieder nach Hause und Henrys Spiel vergessen.

Aber Ross. Er hat Ross.

Also mache ich nicht kehrt, stattdessen fahre ich in eine Parkbucht. Dort öffne ich die Tür und übergebe mich, bis mir Tränen in die Augen treten. Langsam rollt ein Wagen heran. Ich höre die Reifen auf dem Kies hinter mir.

»Hier«, sagt DI Walker und gibt mir ein Päckchen Feuchttücher. Verstohlen schaue ich ihn an. Als ich ihn nach seiner Familie gefragt habe, ist er dem Thema geschickt ausgewichen, aber jetzt frage ich mich, ob er vielleicht doch Kinder hat, denn bei Feuchttüchern muss ich sofort an Babys oder Kleinkinder denken. »Ich bin immer auf alles vorbereitet«, sagt er, als hätte er meine Gedanken gelesen.

»Gut, dass das zumindest für einen von uns gilt.« Ich wische mir mit einem Tuch über die Lippen. Dann nehme ich mir noch eins und benutze es für den Rest meines Gesichts. Es ist schön kühl. DI Walker geht wieder zu seinem Auto, holt eine Flasche Wasser und reicht sie mir.

»Behalten Sie die.«

Ich versuche mich an einem Lächeln und nippe an dem Wasser, in der Hoffnung, den schlechten Geschmack im Mund loszuwerden.

»Haben Sie zufällig auch ein paar Pfefferminz dabei?« Hoffnungsvoll hebe ich die Augenbrauen.

»Sie sind ja wirklich überhaupt nicht vorbereitet. Und Sie nennen sich Lehrerin?« DI Walker schüttelt theatralisch den Kopf und geht wieder zu seinem Auto. Ich glaube, es ärgert ihn wirklich, dass ich nicht so organisiert bin, wie er es von einer Lehrerin erwartet.

»Früher war ich das mal«, sage ich und strecke die Hand aus, damit er ein paar Pfefferminzbonbons hineinlegen kann. »Immer auf alles vorbereitet, meine ich. Organisiert. Hätten Sie mich vor letzter Woche kennengelernt, dann hätten Sie einen besseren Eindruck von mir bekommen.«

DI Walker legt den Kopf auf die Seite. »Oh, ich glaube, ich habe schon einen recht guten Eindruck von Ihnen.«

Ich werde rot. DI Walker hat gesehen, wie ich einem Kind gegenüber die Beherrschung verloren habe. Er hat mich bei mehreren Lügen ertappt und erlebt, wie ich mein Versprechen gebrochen habe. Und er weiß auch, dass ich den Kontakt zu Henry abgebrochen habe, was vermutlich zum Tod von fünf Frauen geführt hat. Alles in allem betrachtet, kann der Eindruck gar nicht schlechter sein, den ich auf ihn gemacht habe.

»Ich habe auch ein paar gute Seiten«, sage ich und verziehe das Gesicht.

»Ich bin es gewohnt, Menschen zu sehen, wenn sie am verletzlichsten sind, Anna. Sie sind da keine Ausnahme.«

Er dreht sich um und ruft über die Schulter, dass wir wieder los müssen. Mir ist nicht mehr so flau, doch jetzt ist es, als würde in mir ein eiskalter Klumpen wachsen, es ist, als würde ich von innen heraus erfrieren. Ein Schauder läuft mir über den Rücken, und ich beginne zu zittern. Mir wird plötzlich klar, dass ich Henry nicht aufhalten kann. Der heutige Tag wird genau so laufen, wie er es will. Er hat hier die Macht. Ich dachte immer, ich hätte die Kontrolle über meine Zukunft, aber vielleicht war das nur Illusion. Von diesem Datum an, dem 13. Mai vor siebzehn Jahren, ist es immer Henry gewesen, der bestimmen konnte, was passiert und wann es passiert. Ich war eine Närrin zu glauben, dass wir *beide* unser Geheimnis mit ins Grab nehmen würden.

Kaum bin ich wieder auf der Straße, da schalte ich die Heizung an, aber es hilft nicht gegen mein Zittern, das eher mit meiner Angst zu tun hat als mit der Temperatur. Ich singe vor mich hin … *Wonderwall*, eines meiner Lieblingslieder von früher. Es hilft mir, mich abzulenken und nicht weiter an das Ziel zu denken, dem ich mich allmählich nähere. Doch als ich links den schmalen Feldweg sehe, bringe ich kein Wort mehr heraus. Ich winke in die entsprechende Richtung und vergewissere mich, dass DI Walker mir auch folgt, als ich abbiege.

Er lässt sich ein wenig zurückfallen, denn der Feldweg ist voller Schlaglöcher und Spurrillen. Wahrscheinlich will er den Unterboden seines schicken Autos nicht durch Wurzeln und Erdhaufen beschädigen. Deshalb ist er so langsam. Mein Auto hingegen hüpft wie wild über jedes Hindernis. Ich werde herumgeschleudert wie in einer Waschmaschine. Dann erreiche ich endlich die kleine Lichtung. Ich stelle den Wagen ab und warte einen Moment.

Nach ein paar Atemzügen zur Beruhigung lasse ich meinen Blick über die Lichtung schweifen. Ist Henry hier irgendwo zwischen den Bäumen und beobachtet mich? Der Audi hält neben mir, und ich sehe, dass auch DI Walker sich umschaut. Dann greift er nach unten, und ich verliere ihn ein paar Sekunden aus dem Blick, bis sein Kopf wieder auftaucht und er aussteigt. Ich glaube, er hat eine Waffe. Erneut läuft mir ein Schauder über den Rücken. Dann erinnere ich mich daran, dass DI Walker gesagt hat, Verstärkung sei in der Nähe, und ich entspanne mich wieder ein wenig.

»Sind Sie bereit?« DI Walker beugt sich zu meinem Fenster hinunter. Ich nicke, schnappe mir meine Jacke und steige auch aus. Ich habe jedoch das Gefühl, als könnten meine Beine mich nicht länger tragen. Der Boden fühlt sich irgendwie schwammig an. DI Walker hält mich am Arm fest. Also ist wohl offensichtlich, wie wackelig ich auf den Beinen bin. Dabei muss ich doch zumindest so wirken, als wäre ich stark. Ich werde nicht zulassen, dass Henry mir auch noch den letzten Rest Würde nimmt.

Als wir den Wald betreten, ist es, als hätte ich einen Schritt in die Vergangenheit gemacht. Jeder Baum und jedes Fleckchen Erde ist mir so vertraut, dass sich mir die Nackenhaare sträuben. Ich fühle mich sogar genauso wie beim letzten Mal, als ich hier war. Es ist wie mit einem Song, der einen zu einem bestimmten Ort oder in eine bestimmte Zeit transportieren kann. Ich stehe regelrecht unter Strom. Das Gefühl der Vorahnung ist überwältigend. Nur dass diese Vorahnung anders ist als beim letzten Mal.

»Wo genau gehen Sie hin?« DI Walker bleibt stehen und schaut den Weg zurück, den wir gekommen sind. »Wie weit müssen wir noch?«

»Nicht weit«, antworte ich leicht außer Atem.

»Werden wir von dort die Autos noch sehen können? Wir sollten nicht zu weit weg von …«

»Wir gehen dorthin, wo wir hingehen müssen«, sage ich.

»Hier sind keine anderen Fahrzeuge. Sind Sie sicher, dass er da sein wird?«

»Er wird da sein.« Ich kenne Henry zwar nicht mehr – falls ich das je getan habe –, aber da bin ich mir sicher. »Das ist der richtige Ort, Detective.«

»Wie können Sie da so sicher sein? In dem Rätsel steht *Triff mich da, wo du gelogen hast*, aber könnte es nicht sein, dass er einen anderen Ort damit gemeint hat?«

»Nein.«

Ich höre ihn schnauben, gefolgt von einem Fluch, als er nach einem Ast schlägt. »Sie sind der Boss«, knurrt er.

Ich bleibe stehen und wirbele zu DI Walker herum. »Das ist das Letzte, was ich bin. Henry hat hier das Sagen.« Einen Augenblick lang starren wir einander in die Augen. Dann verändert sich etwas in DI Walkers Blick. Er blinzelt ein paar Mal und schaut über meinen Kopf hinweg nach vorne. »Ist das der Ort?«

Ich drehe mich wieder um und sehe eine Lücke zwischen den Bäumen vor uns. Dort steht etwas Massives. Ich schlucke, und wieder überkommt mich Angst. Ich lege die Hand auf die Brust. Mein Herz ist deutlich zu spüren.

»Ja. Das ist es.« Meine Worte sind nur ein Flüstern und gehen in der Brise zwischen den Bäumen fast unter. DI Walker schiebt mich sanft beiseite und tritt vor mich.

»Bleiben Sie zurück«, sagt er und zieht eine Pistole aus dem Gürtel. Mir stockt der Atem. Er hat also eine Waffe aus dem Auto geholt. Jetzt hält er sie vor sich, schaut links und rechts und überprüft die Umgebung. Schließlich winkt er mir. Alles ist sicher.

»Sie haben eine Waffe geholt?«, frage ich, als wir wieder auf einer Höhe sind.

»Ich wollte nicht riskieren …« Er hält kurz inne und wirft mir einen Blick zu, den ich nicht deuten kann.

»Was wollten Sie nicht riskieren?«, hake ich nach.

»Ich wollte nicht riskieren, Sie zu verlieren.«

Ich bin nicht sicher, wie er das meint. Als professionelles ›Ich will nicht noch eine tote Frau auf meiner Liste haben‹ oder als persönliches ›Ich will Sie nicht verlieren, weil ich Sie mag‹.

»Okay. Gut«, sage ich. »Dann sind wir uns ja einig.« Ich versuche mich an einem Lächeln.

Wir sind fast an dem Ort, zu dem ich kommen sollte, aber meine Füße weigern sich weiterzugehen. Ich stehe dort wie angewurzelt.

»Jetzt warten wir einfach, nehme ich an«, sagt DI Walker. Ich wende mich ab, als er zu dem kleinen runden Mauerwerk geht. »Ein alter Brunnen mitten im Nirgendwo ist schon seltsam, nicht wahr?«

Ich erwidere nichts darauf. Meine Stimmbänder sind zum Zerreißen gespannt, und ich habe Angst, dass sie genau das tun werden, wenn ich spreche. Ich hole die Wasserflasche heraus, die DI Walker mir gegeben hat, und trinke einen kräftigen Schluck. Als ich meiner Stimme wieder vertraue, erzähle ich DI Walker vom Wald. Ich erzähle ihm, wie die Kinder aus dem Heim hierhergekommen sind, wenn sie vor irgendetwas fliehen wollten. Aber meist war es auch damals so einsam hier wie jetzt gerade.

»Dieses Gebiet war vor tausend Jahren vielleicht mal Ackerland«, sage ich.

DI Walker beugt sich über den Brunnenrand. »Wie tief das wohl ist?« Ich denke gerade, dass er in den Schacht hineinrufen wird wie ein Kind. Doch stattdessen holt er eine Münze aus der Tasche und wirft sie hinein. Ich halte den Atem an.

»Ich habe den Aufprall nicht gehört«, sagt DI Walker.

»Der tiefste Brunnenschacht in East Sussex ist fast vierhundert Meter tief.«

DI Walker schaut mich neugierig an.

»Das habe ich mal recherchiert.« Ich zucke mit den Schultern und sehe mich vorsichtig um. »Wo steckst du, Henry?«

»Offenbar haben wir noch Zeit.« DI Walker setzt sich auf den Brunnenrand.

»Könnten Sie das bitte lassen?«, sage ich leicht verärgert. DI Walker redet ständig von Risiken, und dann setzt er sich auf den Rand eines alten Steinbrunnens, der jede Sekunde zusammenbrechen kann.

»Wie wäre es, wenn Sie mir endlich mal erzählen, warum wir hier sind. Was ist an diesem Ort so wichtig für Henry?«

Nun, da wir angekommen sind und ich akzeptiert habe,

dass es hier enden wird, gibt es keinen Grund mehr, mein Geheimnis für mich zu behalten.

»Sie haben mich doch nach der Bedeutung des zweiten Datums gefragt. Der 13. Mai. Nun, das ist es. Das ist der letzte Ort, an dem Henry und ich zusammen waren. Hier sind die Versprechen gemacht worden.«

»Hat er nicht geschrieben, dass hier gelogen wurde?«

»Ich glaube, damit hat er sich auf eine Zeile aus einem alten Kinderreim bezogen. Sie wissen schon … ich habe Ihnen davon erzählt: *Versprochen ist versprochen, und wird auch nicht gebrochen*. Nun, der geht noch weiter, und eine der Zeilen lautet: *Ich habe gelogen, hätte den Tod niemals vorgezogen.*«

DI Walker nickt. »Ich verstehe. Oder eigentlich verstehe ich nicht … Aber ich nehme an, das war so ein Ding zwischen ihm und Ihnen. Und jeder Mord hat einen Bezug zu diesem Spruch, diesem Gedicht, oder was auch immer es sein mag.«

»Genau.« Ich greife in meine Jacke und hole das Papier mit dem Spruch heraus:

Versprochen ist versprochen, und wird auch nicht gebrochen,
sonst wird die Nadel in mein Aug' gestochen.
Einen Moment. Ich habe gelogen …
Hätte den Tod niemals vorgezogen.
Doch kannst du dir ganz sicher sein,
mein Herz ist heute Abend dein.
Mein Versprechen gilt, die Lippen versiegle ich,
Mein Wort wird nicht gebrochen, mein Wort an dich.
Versprochen ist versprochen, und wird auch nicht gebrochen,
sonst wird die Nadel in mein Aug' gestochen.
Ein Geheimnis bleibt ein Geheimnis. Mein Wort gilt noch
in tausend Jahren,

Niemand soll von deinen grausamen Taten erfahren.
Deine Worte durchschau' ich, wo immer du bist.
Verweint dein Aug', gebrochen dein Herz, dein Leben
zerrissen ist.

Ich gebe es dem Detective. Dann ziehe ich die Jacke aus, lege sie auf den Boden und setze mich darauf. Ich muss es bequem haben, wenn ich ihm diese Geschichte erzählen soll. »Das ist der komplette Reim. Ich habe ihn mal aufgeschrieben, als ich nicht schlafen konnte. Keine Ahnung, wer das geschrieben hat, es ist einfach ein alter volkstümlicher Kinderreim, und ich glaube, es gibt verschiedene Versionen davon. Den Hauptvers hat er ständig benutzt. Das war wie eine warme Decke für ihn, ein Trost. Es war seine Art, sich einzureden, dass niemand ihn belügt.«

»Ich verstehe«, sagt DI Walker. »Wenn er sich vergewissern wollte, dass er nicht allein war, dann hat er Sie das schwören lassen. Versprochen ist versprochen.«

»Ja. Und wenn er es wirklich ernst meinte, dann musste man sagen: Sonst wird die Nadel in mein Aug' gestochen.«

»Und? Was ist nun vor all diesen Jahren geschehen?« Wieder lässt DI Walker seinen Blick durch den Wald und über die Lichtung schweifen. Dann dreht er sich erneut zu mir um und schaut mich flehend an.

»Am Abend des 13. Mai sind wir hierhergekommen, weil eine von Henrys Spuren uns zu dem Brunnen geführt hat.«

»Uns?«

»Auch wenn sie bei Henrys grausamen Spielen eigentlich nicht mehr mitspielen wollte, ist meine Freundin mitgekommen. Sie wollte nicht, dass ich ihm allein gegenübertrete … ungefähr so, wie Sie das auch jetzt nicht wollen.«

Es folgt ein Schweigen, das so aufgeladen ist, dass ich kaum noch atmen kann.

»Sprechen Sie weiter«, fordert DI Walker mich auf. »Es ist an der Zeit, dass Sie mir alles erzählen.«

Kapitel 38

Damals

Anna beugt sich über den Brunnenrand und wirft einen Stein hinein. Er macht kein Geräusch. Kirsty geht derweil am Rand der Lichtung entlang und achtet darauf, nicht zu stolpern. Sie haben Finley Hall in der Dämmerung verlassen, und jetzt ist es fast Nacht.

»Ich verstehe das nicht«, sagt Kirsty. »Woher hast du gewusst, dass wir ausgerechnet hierhin kommen sollten?«

Anna richtet sich wieder auf. »Die Dingdong-Glocke.« Sie breitet die Arme aus, Handflächen nach oben, als wäre das offensichtlich.

»Und?« Kirsty starrt ihre Freundin mit großen Augen an. Allmählich verliert sie die Geduld. »Was hat das mit diesem Brunnen zu tun?«

»Das ist ein Kinderreim. Du weißt schon … Ding dong, ding dong macht die Glocke, und die Katz im Brunnen liegt …«

»Oh, mein Gott! Er hat doch keine verdammte Katze umgebracht, oder?« Kirsty schiebt den Oberkörper über den Brunnen und ruft hinein: »Miez, miez, miez!«

»Ich denke nicht«, sagt Anna und schüttelt den Kopf.

»Da wäre ich mir nicht so sicher. Er hat schließlich schon Tiere umgebracht und sie versteckt, damit du sie findest, auch wenn das Insekten waren. Trotzdem … bis zu einer Katze ist es da nicht mehr weit.«

»Ich weiß. Aber dann würde er doch auch wollen, dass ich sie sehe, Kirsty. Dann würde sie nicht in einem dunklen Loch liegen.«

Kirsty schnaubt verächtlich und richtet sich wieder auf. »Er ist wirklich seltsam, Anna. Nicht ganz richtig im Kopf.« Sie tippt sich mit dem Finger an die Stirn. »Sobald wir aus Finley raus sind, musst du den Kontakt zu ihm abbrechen. Das ist dir doch klar, oder? Ich will diese wandelnde Zeitbombe nicht in unserer Nähe sehen.«

»Das ist hart. Auch nach allem, was er in letzter Zeit angestellt hat, und nach dem Ärger mit der Polizei, er ist und bleibt mein Bruder. Du weißt doch, wie das ist. Blut ist dicker als Wasser.«

»Sag das mal unseren Losern von Eltern.«

Anna senkt den Kopf. Sie weiß natürlich, dass Kirsty recht hat, aber ein Teil von ihr klammert sich an den Gedanken, dass sie Henry helfen und ihn von seinem grausamen Verhalten abbringen kann.

»Wenn er eine bessere Erziehung gehabt hätte … eine bessere Schwester …«

»Wage ja nicht, dir die Schuld für sein Verhalten zu geben, Anna Lincoln!« Kirsty packt Anna am Arm und drückt zu. »Du bist nicht für seine Entscheidungen verantwortlich. Genauso wenig wie du, ich und all die anderen Kinder in Finley Hall für die Entscheidungen ihrer sogenannten ›Väter‹ und ›Mütter‹ verantwortlich sind.«

»Okay. Ich weiß. Reg dich nicht so auf«, erwidert Anna und zieht den Arm weg.

»Tut mir leid. Ich bin es einfach nur leid zu sehen, wie er

dich quält. Das ist alles. Das macht mich verrückt. Warum muss er überhaupt immer wieder damit durchkommen?«

Anna runzelt die Stirn. Ihre Freundin ist irgendwie nicht sie selbst. »Du scheinst aber auch ein wenig durcheinander zu sein, wenn ich das so sagen darf. Verschweigst du mir etwas?«

Kirsty steckt sich das Haar hinters Ohr. »Ach. Alles ist gut. Da ist nichts.« Sie schlingt die Arme um den Bauch und schaut erst in den Nachthimmel hinauf und dann zu den Bäumen. »Es ist hier ziemlich unheimlich. Das gefällt mir nicht. Und ich wette, er ist irgendwo dort und beobachtet uns.«

Wie aufs Stichwort springt Henry aus dem Wald und lacht. »Ihr seid echt Feiglinge«, johlt er. »Schaut euch doch nur einmal an, ihr dummen Kühe. Angsthasen seid ihr, weiter nichts.«

»Ach, halt den Mund, Henry«, schnappt Kirsty. »Du bist so ein Idiot.«

»Wie auch immer … Ich habe euch gehört. Ihr habt Angst im Dunkeln, das kleinste Rascheln macht euch verrückt.« Er leuchtet Kirsty mit einer Taschenlampe ins Gesicht und richtet sie dann auf seine Schwester. Anna hebt schützend die Hand vor die Augen.

»Ich habe getan, was du willst, Henry. Ich habe dein dummes Rätsel gelöst, und da ist noch nicht mal was … Wir sind hier fertig.« Mit hoch erhobenem Kinn schickt sie sich an, an ihm vorbeizugehen.

»Du bist hier fertig, wenn ich dir sage, dass du fertig bist.« Henry streckt die Hand aus und stößt Anna zurück. Sie stolpert ein paar Schritte. Henry ist sofort bei ihr und stößt sie erneut. Anna prallt gegen den Brunnenrand.

»Es reicht«, sagt Anna, und ihre Angst ist ihr deutlich anzuhören. »Bitte, hör auf.«

»Lass sie in Ruhe, du Arsch«, sagt Kirsty und stapft auf ihn zu. »Ich weiß, dass du dich daran aufgeilst, ihr wehzutun. Jetzt lass sie doch mal in Ruhe, verdammt!«

»Wenn du willst, könnte ich ja zur Abwechslung mal dir wehtun. Das ist sicher auch nett.«

»Das hast du doch schon getan!«, schreit Anna und scheint damit einen wunden Punkt getroffen zu haben, denn Henry weicht zurück.

»Nur, weil du nicht mit mir spielen wolltest«, rechtfertigt sich Henry und funkelt Anna an.

»Hörst du dich eigentlich selbst?«, fragt Kirsty. »Ist dir eigentlich klar, wie kindisch das klingt? Du tust mir einfach nur leid. Ja, du hattest nicht den besten Start ins Leben, wir aber auch nicht. Du bist nicht der Einzige, der hier leidet.«

»Kirsty, lass es«, sagt Anna und streckt die Hand nach ihrer Freundin aus.

»Er ist einfach nur erbärmlich, Anna.«

Flammen lodern in Henrys Augen. Anna hat diesen Blick schon so oft gesehen. So sieht es aus, wenn Henry sich in die Ecke gedrängt fühlt, wenn die Erinnerungen an die Zeit zurückkehren, als er sich wert- und machtlos gefühlt hat. Kirsty hat eine Linie überschritten und ihn provoziert. Anna spürt seine Anspannung. Sie ist förmlich greifbar. Aber Kirsty hört nicht auf.

»Schau ihn dir doch nur mal an. Der schwache, kleine Junge, der sich an Mädchen vergreifen muss, damit er sich mal groß und mächtig fühlen kann.« Die Worte sprudeln nur so aus Kirsty heraus, und Anna erkennt, dass es hier eigentlich gar nicht um Henry geht. Jedenfalls nicht direkt. Ihre Wut gilt jemand anderem.

»Kirsty! Bitte. Hör auf.«

Anna tritt zwischen ihre Freundin und Henry. »Das muss aufhören. Das alles.« Sie dreht sich zu Henry um. »Die Jagd endet hier und jetzt. Für immer.« Dann schaut sie zu Kirsty. »Und wegen der Sache, die passiert ist, musst du dir Hilfe holen«, sagt sie in sanftem Ton. Kirsty legt sich die Hand auf den Bauch, und Anna bemerkt ihren Blick. Ihr zieht sich der Magen zusammen. Jetzt versteht sie. Oh, Gott! Warum hat sie das bis jetzt nicht erkannt? Warum hat Kirsty sich ihr nicht anvertraut? Anna schnappt nach Luft und weicht einen Schritt zurück, sodass Kirsty und Henry sich wieder direkt gegenüberstehen.

»Du bedeutest meiner Schwester rein gar nichts, Kirsty Briggs«, knurrt Henry und schubst sie gegen die Umrandung. Dann dreht er sich zu Anna um. »Und du tust doch nur so, als würde dich deine sogenannte ›Freundin‹ interessieren. Dabei ist sie dir in Wahrheit scheißegal. Deine Freundin ist vergewaltigt worden, aber du warst so sehr mit dir selbst beschäftigt, dass du das noch nicht einmal bemerkt hast.«

Die Zeit bleibt stehen. Wahrheit und Schmerz, Verrat und Liebe, alles vermischt sich, und alles wird offengelegt. Klar und deutlich. Anna klappt der Mund auf, und die Tränen brennen ihr in den Augen.

»Das ist deine Schuld, Henry.« Sie spricht erst leise, dann mit mehr Kraft. »Es ist deine Schuld, dass ich das nicht bemerkt habe. Alles nur, weil ich viel zu sehr mit dir beschäftigt war! Du saugst mir das Leben aus! Da bleibt nichts mehr für andere!« Und ohne Vorwarnung zerbricht etwas in ihr. Ein ganzes Leben voller Schmerz flutet ihr Gehirn, ein enormer Druck baut sich rasend schnell auf. All das muss sofort raus, sonst platzt ihr der Kopf. Mit einem lauten Schrei wie ein Soldat in der Schlacht stürzt Anna sich auf ihren Bruder, der grinsend neben dem Brunnen steht. Ihr Körper prallt auf seinen, Henrys Füße stehen nicht mehr auf dem Boden, als er gegen die Steine gedrückt wird. Sie kämpfen am Brunnenrand. Anna hämmert mit den Fäusten auf seine Brust. Kirsty schreit »Nicht!«, doch Anna hört sie nicht. Der Kampf tobt bereits. Henry erlangt sein Gleichgewicht zurück, und es gelingt ihm, wieder aufzustehen und Anna wegzustoßen. Sie stolpert zurück und fällt.

Kirsty macht im selben Augenblick einen Schritt auf Anna zu, als Henry ein kehliges Lachen ausstößt.

»In den Dreck! Wo du hingehörst!«

»Es reicht, Henry«, sagt Kirsty. »Komm schon. Du bist weit genug gegangen.« Sie streckt die Hand aus, um Anna aufzuhelfen, doch Anna schlägt sie weg.

»Ich bin okay.« Anna rappelt sich auf, und sie und Henry funkeln einander an.

»Schau mich ruhig an, Anna«, verspottet Henry sie. Er sitzt wieder auf dem Brunnenrand und lehnt sich zurück. »Du hast doch gar nicht den Nerv dafür.«

Und mit neuer Kraft stürmt Anna mit ausgestreckten Händen auf ihn zu. Kirsty wirft sich zwischen die beiden, sodass sie alle drei hinfallen. Ein wilder Kampf beginnt, bis plötzlich ein furchtbarer Schrei die Nacht zerreißt, ein Schrei der Verzweiflung, der einem das Blut in den Adern gefrieren lässt.

Und dann … Stille.

»Was zum …?« Ihre Stimme klingt schwach und entsetzt. Dann lauter: »Was zum …?«

Henry ist kreidebleich.

»Was hast du getan? Oh Gott, Henry, was hast du getan?«

Kapitel 39

DI Walkers Gesicht ist genauso bleich wie Henrys in jener Nacht. Ich frage mich, ob das Unglauben ist, der Schock oder einfach nur Verachtung, weil ich ihm das verschwiegen habe. Tatsächlich trage ich dieses Geheimnis nun schon seit siebzehn Jahren mit mir herum.

»Es war eine furchtbare Tragödie. Es war so dunkel. Ich hatte mich nicht unter Kontrolle. Ich hatte diese ungeheure Kraft … Ich nehme an, das war das Adrenalin, und dann all die Sachen, die Henry gesagt hat … Ich habe die Kontrolle verloren, Detective Walker. Ich habe ihn in diesem Moment gehasst, und ich wollte ihn tot sehen.«

»Aber Kirsty ist Ihnen in den Weg gesprungen. Nicht er, sondern sie ist in den Tod gestoßen worden.« DI Walker sackt zu Boden und lässt den Kopf hängen.

Die Tränen laufen mir über die Wangen. »Seitdem lebe ich mit dieser Schuld.«

»Nun, dann ist ja alles gut.« DI Walker hat die Hände vors Gesicht geschlagen, als könnte er mich nicht länger anschauen.

»Nein. Nichts wird das je wiedergutmachen. Aber seitdem habe ich versucht, nur Gutes zu tun. Ich wollte ein Leben leben, auf das meine Freundin stolz sein würde.«

DI Walker reißt den Kopf wieder hoch. »Ich nehme an, Kirsty hätte lieber ihr eigenes verdammtes Leben gelebt. Glauben Sie nicht?«

Ich lasse die Frage unbeantwortet. Nichts, was ich sage, wird irgendetwas besser machen. In jedem Fall gibt es keine Rechtfertigung. Was geschehen ist, ist geschehen. Ich kann das nicht mehr rückgängig machen, egal wie sehr ich das Universum auch anflehe, und das habe ich vor allem zu Beginn fast jede Nacht getan.

»Wo ist Henry?«, frage ich, um das Thema zu wechseln, aber auch weil ich annehme, dass er ganz in der Nähe sein muss und uns beobachtet. Ich stehe auf, drehe mich einmal um mich selbst, um zu schauen, ob sich jemand zwischen den Bäumen bewegt. »Das ist es, was er enthüllen wollte. Das ist der Grund, warum Sie auch hier sein sollten«, erkläre ich DI Walker. »Die Polizei sollte wissen, was ich getan habe. Er wollte verhindern, dass ich mich da wieder rauswinde und ihm die Schuld in die Schuhe schiebe.«

»Ich nehme an, das haben Sie auch schon in jener Nacht getan, nicht wahr? Und das hätten Sie auch weiter getan, wenn Sie die Chance dazu bekommen hätten. Sie sind wirklich erbärmlich, Anna.«

Ich starre ihn an. »Was? Aber es *war* seine Schuld. Zu Anfang zumindest. Er war der Grund, warum wir in jener Nacht dort gewesen sind.«

»Und er ist auch der Grund, warum Sie jetzt hier sind«, sagt DI Walker. »Ich nehme an, jetzt hat er bekommen, was er wollte. Sie haben endlich die Wahrheit gesagt.«

»Und was jetzt?« Ich schaue DI Walker in die Augen und frage mich, was er denkt. Wird er mich jetzt verhaften? Hier an Ort und Stelle? Er rührt sich jedoch nicht, und er ruft auch niemanden über Funk oder Handy. Vielleicht wiegt er alles ja noch mal ab. Schließlich habe nicht ich drei Jahre lang Frauen ermordet. Er wollte immer nur Henry, nicht mich.

Wenn ich alles richtig mache, dann habe ich vielleicht doch noch die Chance, dass er mich vom Haken lässt. Wenn ich ihm weiter helfe, Henry zu schnappen, erkaufe ich mir vielleicht damit die Freiheit? Vor meinem geistigen Auge laufen alle möglichen Szenarien ab wie in einem Film. Und Filme enden doch immer damit, dass der Bösewicht seiner gerechten Strafe zugeführt wird … oder? Aber was, wenn … was, wenn *ich* der Bösewicht bin?

»Ich bin kein schlechter Mensch, Detective. Es war ein Unfall, und ich bin durchgedreht. Henry auch. Wir haben einander versprochen zu schweigen. Für immer. Was hätte es auch genutzt, wenn wir es jemandem erzählt hätten?«

»Was es *genutzt* hätte? Meinen Sie das ernst?« Seine Stimme ist plötzlich so laut, dass mir die Ohren klingeln, und ich zucke zusammen. Ich hätte mit seiner Wut rechnen müssen. Ich bin sicher, dass sie immer mehr hochgekocht ist, und das nicht erst in den letzten Tagen, sondern während all der Zeit, in der er an diesem Fall gearbeitet hat. Er wollte niemanden mehr über den Tod eines geliebten Familienmitglieds informieren müssen. Doch jetzt, nachdem ich ihm alles erzählt habe, wird er genau das wieder tun müssen.

DI Walker stapft um den Brunnen herum und reibt sich das Kinn. »Was haben Sie sich nur dabei gedacht? Was hat Ihnen das Recht gegeben, darüber zu entscheiden?«

»Ich … Also … Ihre Eltern … Sie hatten sie aufgegeben«, stottere ich. Ich fühle mich unter Beschuss, fasse mich aber rasch wieder. »Und ja, sie hatte auch einen Bruder, und der hat sie geliebt. Es hat mir das Herz zerrissen, zu wissen, dass er nie erfahren würde, was wirklich mit ihr passiert ist. Ich bin innerlich daran gestorben.«

»Sie sind aber nicht gestorben. So etwas zu sagen, ist einfach nur dumm.«

Ich schaue mich vorsichtig um. »Ich denke, das wird sich bald ändern.«

DI Walker seufzt und beißt sich auf die Unterlippe. Er geht die paar Schritte zum Brunnen und schaut über den Rand. »Sie ist also immer noch da unten.«

»Ja, DI Walker, das ist sie.« Ich kämpfe mit den Tränen, denn ich habe das Gefühl, dass diese Vorstellung den Detective nur noch wütender machen wird. »Sie sollten jetzt die Verstärkung rufen und die Techniker und was auch immer Sie sonst noch brauchen. Ich bin nicht mehr so fest überzeugt davon, dass Henry sich noch zeigen wird. Vermutlich hat er sich die ganze Zeit über zwischen den Bäumen versteckt, und jetzt weiß er, dass es für mich vorbei ist. Er hat bekommen, was er wollte.«

»Glauben Sie?«

Ich bin überrascht, eine solche Trauer in DI Walkers Gesicht zu sehen. Ich nehme an, das ist nicht das Ende, auf das er gehofft hat. Ich strecke die Hände aus, lege die Handgelenke übereinander, aber auch jetzt, da ich so verletzlich bin wie noch nie in meinem Leben, jetzt, da all meine Fehler offenliegen … Ich weiß, dass das noch nicht alles ist.

»Machen Sie schon.« Ich schüttele die ausgestreckten Arme. »Ich werde ins Gefängnis gehen, und Henry wird mit allem durchkommen. Perfekt.«

»Nein. Noch ist es nicht perfekt«, erwidert DI Walker. Ich schaue ihn mit zusammengekniffenen Augen fragend an. Kurz habe ich die Hoffnung, dass er mich doch nicht in Handschellen abführt. Dass er glaubt, ich hätte schon genug gelitten. Dass er mich gehen lassen wird.

»Setzen Sie sich, Anna.« Er drückt meine Hände herunter. »Ich werde Ihnen keine Handschellen anlegen.«

Erleichtert setze ich mich. Ich schließe die Augen, und plötzlich bin ich vollkommen erschöpft. »Danke. Danke.«

»Ich werde Ihnen keine Handschellen anlegen, weil ich keine habe.«

Ich reiße die Augen auf und sehe, dass DI Walker in seine Tasche greift. Was macht er da? Ich habe nicht lange Zeit, darüber nachzudenken, denn DI Walker reißt ein Stück Klebeband ab und kommt auf mich zu. Verdammt. Er hat keine Handschellen. Also wird er wohl das benutzen. Hat er nicht gesagt, dass er immer auf alles vorbereitet ist …? Stumm hebe ich also wieder die Hände.

»Okay«, sage ich und seufze.

DI Walker lacht, als er mir die Handgelenke aneinanderklebt. Ich zucke unwillkürlichen zusammen, als er einen weiteren Streifen von der Rolle reißt, den er noch strammer zieht als den ersten.

»Aua! Das tut weh«, sage ich und versuche zurückzuweichen. »Sie können jetzt aufhören. Ich denke, Sie haben Ihren Standpunkt klargemacht.«

»Genau wie Sie? Als Sie Kirstys Tod nicht gemeldet haben? Aber wenn das wirklich ein Unfall war, dann wäre das doch gar nicht nötig gewesen, oder?«

»Rückblickend hätte es wohl eine bessere Lösung gegeben. Aber zu der Zeit war ich einfach zu jung. Ich hatte große Angst und habe keine andere Möglichkeit gesehen. Und Henry …«

»Oh, Henry, Henry, Henry!«, platzt DI Walker heraus, und wieder zucke ich zurück. »Wenn ich diesen verdammten Namen noch ein einziges Mal höre … Du kannst ihm nicht für alles die Schuld geben, Anna. Er war dein kleiner Bruder. Er hat zu dir aufgeschaut.« Heftig schüttelt er den Kopf.

»Es … Es tut mir leid. Ich will nicht …« Ich will ihm sagen, dass ich ihn nicht noch mehr verärgern will, aber ich kann den Satz nicht beenden. Etwas stimmt hier nicht, er verhält sich plötzlich ganz anders. Er hat mich geduzt. »Ihr Team wird sicher gleich hier sein? Oder wollen Sie mich selbst aufs Revier bringen?« Meine Stimme zittert. Adrenalin strömt durch meine Adern, und meine Angst wird immer größer.

»Niemand wird kommen, Anna.« DI Walker reißt einen weiteren Streifen Klebeband ab, doch diesmal klebt er ihn mir mitten auf den Mund.

Kapitel 40

Normalerweise atme ich durch die Nase, nur selten durch den Mund. Doch jetzt, mit dem Klebeband auf meinen Lippen, durch das keine Luft mehr dringt, erfasst mich dabei Panik. *Was passiert hier? Warum macht er das?*

Ich habe mein Vertrauen in die Polizei schon als Teenager verloren, aber auch wenn ich seine Taktik hinterfragt habe, DI Walkers Autorität habe ich nie in Frage gestellt, seine Glaubwürdigkeit. Denn warum sollte ein *Detective Inspector* jemandem helfen, vor dem ich Angst habe? Die Polizei ist dafür da, Menschen zu beschützen. Sie soll ihnen helfen und dem Gesetz Geltung verschaffen, nicht es selbst brechen. Sie soll niemandem Angst einjagen, indem sie ihn fesselt und knebelt.

Ich trete um mich, doch beinahe sofort erstarre ich wieder. Ich will DI Walker keinen Grund geben, auch noch meine Beine zu fesseln. Instinktiv ziehe ich sie an. Tränen brennen in meinen Augen, während Verwirrung meinen Geist vernebelt und Angst sich um meine Lunge schlingt, sodass ich kaum noch atmen kann. DI Walker hockt vor mir. Jetzt könnte ich wieder nach ihm treten, doch ich bezweifele, dass ich genügend Schaden anrichten würde, um fliehen zu können. Sanft streicht DI Walker mir eine Haarsträhne aus der Stirn und schaut mir in die Augen.

»Du hast nicht die geringste Ahnung, oder? Du erkennst mich nicht.«

Ich kann nicht mehr atmen, und mein Herz schlägt doppelt so schnell wie noch eine Sekunde zuvor. Ich sehe schwarze Punkte vor meinen Augen. Ich weine, versuche zu schreien, aber das kann ich nicht.

Henry.

DI Walker ist Henry? Der Himmel dreht sich vor meinen Augen, während die Luft aus meiner Lunge weicht.

»Glaub ja nicht, dass ich dir das Klebeband abnehmen werde, wenn du so tust, als könntest du nicht mehr atmen, Anna. Ich habe genug gesehen, um zu wissen, wann jemand wirklich an Sauerstoffmangel stirbt.« Er lächelt, packt dann meine Oberarme und zieht mich hoch, sodass ich schließlich sitze. Dann holt er ein Feuchttuch aus der Tasche und tupft mir damit den Rotz von der Nase. »Atme langsam und durch die Nase, Anna. Einatmen, Luft anhalten und ausatmen. Und noch einmal. Ganz langsam.«

Wenn ich seine Anweisungen ignoriere, werde ich das Bewusstsein verlieren, und ich weiß nicht, wie lange das dauern wird. Vielleicht nur Sekunden, wenn ich in Panik gerate. Vielleicht strömt dann allmählich immer mehr Kohlendioxid durch mein Blut. Und wenn ich Glück habe, dann kann ich mich auf diese Weise umbringen, bevor er es tut.

»Wenn du dich jetzt nicht beruhigst und tust, was ich dir sage, dann wirst du nie erfahren ›warum‹. Komm schon. Atme.«

Ich beginne zu hyperventilieren. Er versetzt mir eine Ohrfeige.

»Tu, was ich dir sage, oder du wirst nicht die Einzige sein, die heute stirbt.« Seine Stimme hat einen anderen Tonfall angenommen. Hart, wütend. Vollkommen anders als Anfang der Woche, als er zum ersten Mal vor meiner Tür stand.

Ich reiße die Augen auf, und ein ersticktes Stöhnen steigt aus meiner Kehle empor.

»Einatmen durch die Nase.« Er funkelt mich an, bis ich das tue. »Und ausatmen durch die Nase.« Ich mache immer weiter, bis ich in einen natürlichen Rhythmus finde. Offenbar ist DI Walker zufrieden mit mir, denn er steht auf und geht wieder um den Brunnen herum.

Plötzlich fällt mir etwas ein. Henry wusste, dass eine Leiche im Brunnen liegt. Er war dabei. Nur mit Mühe schaffe ich es, die Beine unter mich zu bekommen, und mit Hilfe meiner gefesselten Hände gelingt es mir, mich hinzuknien. Ich mache ein Geräusch, um seine Aufmerksamkeit zu erregen.

»Endlich«, sagt er, als er meinen Gesichtsausdruck sieht. »Ich habe es ja schon gesagt, und ich sage es noch einmal: Du nennst dich eine Lehrerin?« Er schüttelt den Kopf. »Du bist wirklich nicht die Hellste, Anna.«

Ich neige dazu, ihm zuzustimmen, und wenn ich sprechen könnte, dann würde ich das auch sagen. Aber ich verstehe es immer noch nicht ganz. Wer ist dieser Mann? Wer ist Detective Inspector Walker?

Er kommt wieder zu mir und beugt sich vor, sodass unsere Augen auf gleicher Höhe sind. »Hey, Anna. Lange nicht gesehen«, sagt er und tut so, als würde er mir die Hand schütteln. »Du erinnerst dich vielleicht nicht an mich, aber um fair zu sein, ich hätte dich auch nicht erkannt. Im Laufe der Jahre haben wir beide uns stark verändert.«

Ich blinzele ihn an. Ich habe es schon ein paar Mal gefühlt, fällt mir jetzt auf. Bereits zu Anfang hatte ich den Eindruck, dass ich ihn schon einmal gesehen habe, aber ich habe keine Verbindung zwischen ihm und meiner Vergangenheit hergestellt. Warum hätte ich das auch tun sollen?

»Ich habe lange darauf gewartet, endlich die Person zu finden, die für das Verschwinden meiner Schwester verantwortlich ist.«

Seiner *Schwester?* Ich runzele die Stirn. Das ergibt keinen Sinn.

Oder?

Ich schüttele den Kopf. *Nein. Das ist er nicht. Das kann nicht sein. Nein, nein, nein.*

»Jep. Es ist wahr, auch wenn du noch so sehr den Kopf schüttelst. Ich war einmal Dean Briggs, Kirstys jüngerer Bruder. Erinnerst du dich jetzt?«

Kapitel 41

Damals

»Du weißt, dass das Mist ist, oder?« Dean läuft vor Miss Graves' Büro auf und ab. Henry tritt von einem Fuß auf den anderen. Er schaut Dean nicht an, sondern konzentriert sich auf die geschlossene Tür. Er hat das Ohr an die Tür gelegt und lauscht den gedämpften Stimmen von Miss Graves, Frank und den beiden Beamten, wie sie die beiden über den Stand der Ermittlungen zum Verschwinden von Anna und Kirsty informieren. »Die Wahrheit ist: Das ist ihnen einfach scheißegal.«

»Zwei Kids, die aus dem ›Dreckshaus‹ weggelaufen sind, sind eben nicht weiter wichtig«, sagt Henry und löst sich von der Tür. »Die kommen einfach auf die lange Liste von vermissten Kindern, an die niemand mehr denkt. Akte geschlossen.« Er dreht sich um und geht weg.

»Das war's? Mehr hast du nicht dazu zu sagen? Unsere Schwestern werden vermisst, du Arsch. Sie könnten irgendwo tot in einem Graben liegen, und du gehst einfach so weg.«

»Schau mal, Kumpel …«

»Ich bin nicht dein Kumpel.« Dean baut sich vor Henry auf und funkelt ihn an.

»Wie auch immer«, seufzt Henry und hebt die Hände. »Sie sind weggerannt und haben uns in dieser Hölle zurückgelassen. Komm darüber hinweg.« Henry marschiert den Flur hinunter, doch Dean ist noch nicht fertig.

»Oh, nein«, sagt Dean, schüttelt den Kopf und läuft Henry hinterher. »Da steckt mehr dahinter.« Er packt ihn am Arm und reißt ihn herum. »Und das weißt du, nicht wahr? Was verschweigst du mir?« Dean schiebt sein Gesicht dicht an Henrys heran, ihre Nasen berühren sich fast.

Henry schnaubt verächtlich und stößt Dean zurück. »Vertrau mir einfach. Deine Schwester ist an einem besseren Ort.«

»Was soll das denn heißen? Was hast du getan, verdammt?«

»Gar nichts. Mann, Dean! Es tut mir ja leid, dass du genau wie ich im Stich gelassen wurdest, aber stellen wir uns den Tatsachen: Das ist nicht das erste Mal, dass uns das passiert, und es wird auch nicht das letzte Mal sein. Unsere selbstsüchtigen, verdammten Schwestern haben ihre Flucht geplant, und zwar ohne uns – Punkt! Wir sind auf uns allein gestellt.«

Kapitel 42

Es ist, als hätte die Welt aufgehört, sich zu drehen, und ich falle von ihr herunter. Ich falle immer tiefer und schneller, und das Herz schlägt mir bis zum Hals. DI Walker ist Dean, wie ist das möglich? Allein bei der Vorstellung muss ich unwillkürlich lachen, doch das erstickte Geräusch, das aus meiner Kehle kommt, klingt vollkommen fremd in meinen Ohren. Ich schaue ihn mit zusammengekniffenen Augen an. Mein Unverständnis muss mir deutlich anzusehen sein, denn Dean stürzt sich auf mich, und ich zucke zurück und reiße den Kopf herum. Er schnaubt jedoch nur verächtlich, packt mich am Kinn und dreht meinen Kopf so, dass er mir ins Gesicht sehen kann. Er ist nur wenige Zentimeter von mir entfernt.

Etwas mit seinen Augen stimmt nicht. Irgendwie ist alles an ihm anders. Und doch weiß ich es tief in meinem Herzen. Warum habe ich ihn nicht erkannt? Obwohl ich ihn jahrelang nicht gesehen habe, hätte ich das doch wissen müssen. Warum hat nichts die Erinnerung geweckt?

»Schau dich nur mal an. Du klammerst dich an jede Erinnerung, die du von mir hast, und versuchst herauszufinden, ob ich die Wahrheit sage.«

Ein tiefes Stöhnen lässt das Klebeband auf meinem Mund flattern, und ich strampele mit den Beinen wie ein verwöhntes Kleinkind, das seinen Willen nicht bekommt. Der Frust darüber, dass ich nicht sprechen kann, verbrennt mich innerlich. Immer wieder sage ich die Worte *Lass-mich-sprechen* in meinem Kopf, und dann versuche ich, sie auch auszusprechen, doch außer einem sinnlosen Brummen wie von einem Didgeridoo kommt nichts aus meinem Mund. Ich hebe meine gefesselten Hände und reibe an dem Band.

»Verdammt noch mal.« Er zwingt meine Hände runter. »Du machst es nicht gerade besser, wenn du glaubst, ich würde dir den Knebel abnehmen, wenn du diese dämlichen Geräusche machst. Ich habe dir aus gutem Grund den Mund zugeklebt. Ich habe keinen Bock, dass du mich dauernd unterbrichst.« Er tastet meine Jacke ab und holt dann mein Handy aus der linken Tasche. »Ich nehme mir das mal«, sagt er. Dann setzt er sich ein paar Meter entfernt an einen Baum, zieht die Knie an und stützt die Ellbogen darauf, in der einen Hand die Pistole, in der anderen mein Handy.

Ich mache kein Geräusch, doch mein Puls hallt laut in meinen Ohren.

Dean verzieht das Gesicht und tippt sich mit dem Pistolenlauf an die Schläfe.

»Ich wusste doch, dass ihr etwas Schlimmes passiert ist«, sagt er. »Sie hätte mich nie in diesem Drecksloch zurückgelassen, ohne sich zumindest von mir zu verabschieden. Diese Geschichte, die Miss Graves verbreiten wollte, dass sie weggelaufen ist … Das war nur Scheiße.« Er legt die Pistole neben sich, öffnet mein Handy, nimmt die SIM-Karte heraus und bricht sie in zwei Teile. Dann legt er das Handy auf den Boden, nimmt die Pistole und schlägt mit dem Kolben darauf. Ich höre, wie das Handy zerbricht. Mehrmals schlägt er noch zu, dann sitzt er wieder so da wie zuvor, die Pistole in der Hand.

Ich beuge mich vor und lege den Kopf auf die Seite, um seine Aufmerksamkeit zu erregen, doch seine Augen sind leer, als wäre er nicht mehr in dieser Welt. Wahrscheinlich blickt er in die Vergangenheit. Ohne mich anzusehen, spricht er einfach weiter.

»Ich wusste schon in der Nacht, als ich gesehen habe, wie ihr beide nach der Sperrstunde zurückgekommen seid, dass da etwas nicht stimmt. Kirstys Gesicht … Es war, als würde sie eine Maske tragen. Es war vollkommen emotionslos. Das Licht in ihren Augen war erloschen. Dann habe ich das von dem Übergriff erfahren.« Er schüttelt den Kopf, wischt sich über die Augen … und mir schmerzt das Herz. Dean war immer gut zu seiner Schwester, auch wenn sie das nie wirklich zu schätzen wusste. Auch ich erinnere mich wieder an diese Nacht: an die Party, an das Nachspiel und an den Tag danach, als Dean mit zerschundenem Gesicht in Miss Graves' Büro zitiert worden ist. Da hatte er sich schon an Neil gerächt, so wie er sich jetzt auch an mir rächen wird. Nur diesmal wird es nicht bei Schlägen bleiben. Die fünf Frauen, die er ermordet hat, sind der beste Hinweis dafür, was mir nun blüht.

Eines will ich jedoch verzweifelt wissen: *Warum ich?* Was ist mit Henry? Er hat schließlich auch eine Rolle bei dem allem gespielt – eine riesige Rolle sogar. Ich habe den Eindruck, dass Dean mir das gleich verraten wird, und ich hoffe und bete, dass es eine lange Geschichte ist. Der Himmel verdunkelt sich. Ich habe keine Ahnung, wie spät es ist, aber ich muss das so lange wie möglich hinausziehen, wenn ich eine Chance auf Rettung haben will.

Aber es weiß doch niemand, wo du bist, Anna.

Mir zieht es die Brust zusammen, als mir das klar wird, und ich versuche verzweifelt, durch die Nase zu atmen. Dean wird wohl kaum sein Team informiert haben. Vielleicht hat er seinen Kollegen nie etwas gesagt. Und allmählich habe ich das Gefühl, dass Ross nicht in der Lage ist, mich zu suchen, selbst wenn ihn meine Nachricht erreichen sollte. Ein Schluchzen bleibt mir in der Kehle stecken, und ich muss husten. Das ist ein seltsames Gefühl mit dem Knebel. Ich schlucke und atme dann langsam und vorsichtig ein.

Serena. Es gibt doch noch ein Fünkchen Hoffnung, denn meine Freundin ist clever, und sie wird zwischen den Zeilen meiner Nachricht lesen können. Sie wird wissen, dass da etwas nicht stimmt. Angesichts der Ereignisse der letzten Zeit wird sie sich vielleicht sogar genug Sorgen machen, um zur Polizei zu gehen. DI Walker – Dean – hat mir mein Handy gerade erst abgenommen. Bis dahin muss es doch zu orten gewesen sein.

Aber Dean ist ein Detective Inspector. Wird die Polizei davon ausgehen, dass mir schon nichts passiert, wenn ich bei ihm bin? Die Geschichte könnte sich wiederholen. Damals haben sie auch nichts wegen zwei Ausreißerinnen unternommen, und vielleicht werden sie auch jetzt nichts tun. Die Polizei ist hinter Henry her. Er ist der Serienkiller, nicht Dean. Nicht ihr DI Walker.

Dean hat die ganze Zeit über geredet, fällt mir auf. Ich habe nicht zugehört. Das muss ich aber.

»Du hast gewusst, dass sie vergewaltigt worden ist, aber du hast mir nur die halbe Wahrheit erzählt. Ich war ihr Bruder. Du hättest mir alles sagen sollen.«

Ja, das stimmt, und das ist eine Last, die ich schon lange mit mir herumtrage. Aber darüber kann ich jetzt nicht nachdenken. Ich habe dringendere Probleme. Dean beobachtet mich nicht. Wenn ich meine Knie anziehe und den Kopf runternehme, dann kann ich versuchen, das Klebeband vom Mund zu entfernen. Wenn ich nur ein paar Worte herausbekommen könnte, dann hätte ich vielleicht eine Chance. Ich muss mit ihm sprechen.

»Dieser Abschaum hat sie vergewaltigt.« Die Tränen der Wut und des Schmerzes sind Dean deutlich anzuhören. »Rückblickend waren die Prügel, die ich ihm verabreicht habe, nicht annähernd genug.«

Es folgt eine Pause, und ich hebe rasch den Blick. Dean starrt mich an. Hat er gesehen, was ich da mache? Ich huste und reiße die Augen auf.

»Ich werde das Klebeband nicht abnehmen. Nicht, ehe ich nicht alles gesagt habe, was ich sagen muss. Du hattest genug Zeit dafür. Du hast all diese Jahre geschwiegen und die Wahrheit vor mir verheimlicht. Jetzt wirst du so lange den Mund halten, wie ich es will. Kapiert?«

Ich nicke heftig zum Zeichen, dass ich verstanden habe. Aber Dean hat etwas gesehen. Er blinzelt, steht dann auf und kommt näher. Und dann ist sein Gesicht nur noch wenige Zentimeter von meinem entfernt.

»Ha! Du hinterhältiges Stück Scheiße«, zischt er. Er holt die Klebebandrolle wieder heraus, reißt ein weiteres Stück ab und drückt es mir fest auf den Mund. »Du glaubst wohl, du könntest das so einfach loswerden.« Er wickelt es um meinen Kopf. Immer wieder und wieder, und ich wimmere bei jedem Ziehen. Als er schließlich zufrieden ist, tritt er wieder einen Schritt zurück.

»Nein. Das wird dich nicht aufhalten, nicht wahr? Dir kann man einfach nicht trauen. Du lässt mir keine andere Wahl.« Er löst das Band um meine Hände. Ohne zu zögern, stoße ich ihm die Hände vor die Brust und versuche mit aller

Kraft, ihn lange genug von mir fernzuhalten, um mir das Klebeband vom Mund zu reißen.

»Oh, nein«, knurrt Dean. Er zieht meine Arme auseinander und drückt mich zu Boden. Dann wirft er mich herum, dreht mir die Hände auf den Rücken, und ich schreie vor Schmerz. Schließlich klebt er meine Hände wieder zusammen.

Ich liege auf dem Boden und schluchze. Dean hat es mir unmöglich gemacht, mich selbst zu retten.

»Und aufstehen.« Er packt mich und zieht mich in die Höhe, sodass ich wieder sitzen kann. »Okay … Wo war ich?« Erneut setzt er sich an den Baum. Dean erzählt weiter, dass er nie überwunden hat, dass Kirsty einfach verschwunden war, dass er immer besessener davon wurde, sie zu finden. Und dann, eines Nachts, brach er in Miss Graves' Büro ein und durchsuchte die Akten und las die Anzeige wegen Vergewaltigung, die angeblich Anna aufgegeben hatte. Doch er hatte sofort gewusst, dass das nicht stimmt. Und als er auch die Akte seiner Schwester durchsah, machte er eine niederschmetternde Entdeckung. Da stand etwas von einer Schwangerschaft. Und Dean war davon ausgegangen, dass wir deswegen weggelaufen sind.

»Das hat mich schwer verletzt, weißt du? Dass sie mir nicht genug vertraut hat, um mir davon zu erzählen. Meine Schwester hat sich so einsam gefühlt, dass sie geglaubt hat, es sei ihre einzige Chance wegzulaufen … oder zumindest hat man mich das glauben lassen. Miss Graves hat uns – mir und Henry – erzählt, dass es Beweise dafür gäbe, dass ihr das schon lange geplant und nur noch auf die richtige Gelegenheit gewartet hättet. Ihr habt uns verlassen, seid wortlos verschwunden. Weißt du eigentlich, dass ich noch nicht einmal ein Foto von ihr habe? Von meiner eigenen Schwester? Ich nehme an, auch meine Erinnerung an sie ist inzwischen verzerrt.« Er schüttelt den Kopf. »Ich war am Boden zerstört, aber Henry schien das alles nicht viel auszumachen. Und genau wegen dieser Scheißegal-Haltung habe ich ihn mir genauer angeschaut. Ich wusste von seinen bescheuerten Rätseln. Ich konnte zwar nicht beweisen, dass all das etwas mit Kirstys Verschwinden zu tun hatte, aber ich musste ständig daran denken, und ich habe diesen Psychopathen im Auge behalten. Es waren seine Augen: diese Ruhe und der wissende Blick. Irgendwann war ich mir sicher, dass er euch beide ermordet hat.«

Die Erde ist hart. Zweige und Steine bohren sich in meinen Hintern. Meine Arme schmerzen, und mein Gesicht brennt. Ich schließe Augen und Ohren. Ich weiß, worauf Dean hinauswill. Er hat Henry die Schuld am Verschwinden seiner Schwester gegeben, möglicherweise sogar an ihrem Tod, und er hat sein ganzes Leben der Aufgabe gewidmet herauszufinden, was genau mit ihr passiert ist. Das ist natürlich nur fair und auf eine verdrehte Art geradezu liebevoll. Aber mehr muss ich nicht hören. Dean spricht jedoch weiter, und seine Stimme ist in der Stille des Waldes seltsam hypnotisierend, und einen Augenblick gebe ich mich dem hin. Doch dann flackert etwas in meinem Schädel auf, und mein Instinkt übernimmt das Kommando. Ich will das hier überleben. Ich will hier raus.

»Steh auf!« Sein heißer Atem streift mein Ohr. »Wie kannst du es wagen?« Das Blut weicht aus meinem Kopf, und ich bin benommen, als hätte Dean mir Drogen gegeben. Seine Arme sind unter meinen Achseln, und er zieht mich hoch, bis ich auf den Füßen stehe. Doch meine Beine kribbeln und sind schwach. Sie wollen mich nicht tragen, und ich falle wieder hin. Dean atmet schwer. Er ist knallrot, und seine Wut wächst, als er mich noch einmal in die Höhe zieht.

»Hör gut zu, du Schlampe«, zischt er, und Speichel fliegt aus seinem Mund. »Ich habe nicht mein ganzes Leben damit verbracht, dich und deinen Bruder zu finden, nur damit du mich jetzt einfach ignorierst.« Er lehnt mich an den Brunnen, und ich fühle mich siebzehn Jahre zurückversetzt, als Henry genau das Gleiche getan hat. Hier wird es enden. Dean wird mich in den Brunnen werfen, und ich werde in diesem dunklen Loch sterben, neben meiner Kindheitsfreundin. »Bist du jetzt bereit, auch den Rest zu hören?«, fragt Dean. Ich nicke, nicke und nicke … Angst strömt durch mein Blut. »Komm schon, Anna Lincoln. Vergiss deine Wurzeln nicht. Wir Kinder aus dem Dreckshaus haben doch eine gemeinsame Geschichte. Schon vergessen?«

Ich bin nicht Anna Lincoln. Ich habe so hart dafür gearbeitet, meiner Herkunft zu entkommen und ein besserer Mensch zu werden. Ich verziehe das Gesicht und zucke mit den Schultern, während ich im Kopf ständig wiederhole: *Ich bin Anna Price. Ich bin Anna Price* … Ich habe mir ein gutes Leben aufgebaut, und bis Dean gekommen ist, lief alles rund. Ich ignoriere die nervige Stimme in meinem Kopf, die dem widerspricht. Jetzt ist nicht die Zeit, um an Ross und Yasmin zu denken. Hätte ich die Chance gehabt – und wäre ich mental dazu in der Lage gewesen –, dann hätte ich auch diese Situation gemeistert, und vielleicht hätte ich sie sogar umkehren können.

»Wir sind alle misshandelt worden. Missbraucht. Daran waren wir gewöhnt. Und ob es dir nun gefällt oder nicht, das hat stark beeinflusst, wer wir waren. Wer wir heute sind. Es hat viele Tage gegeben, an denen ich Henry fast verziehen habe. Und auch dir. Ihr wart beide Opfer der Umstände. Aber ihn jeden Tag sehen zu müssen, hat das unmöglich gemacht. Ich konnte es einfach nicht vergessen. Ich bin wohl auch nur ein Produkt dieses kaputten Systems. Das verstehe ich. Ich versuche nur, es auszugleichen, indem ich Gutes tue.«

Wie viel Zeit ist inzwischen wohl vergangen? Orangefarbene Streifen verschmelzen mit den dunkelgrauen Wolken, und die Sonne versinkt bereits hinter den großen Bäumen. Bald wird man uns nur noch schwer finden können. Aber ich nehme an, dass man von hier aus ankommende Fahrzeug hören kann. So weit sind wir nicht von unseren eigenen Autos entfernt. Wenn ich dann genug Lärm mache, könnte das die Polizei zu mir führen. Während ich darüber nachdenke, berichtet Dean, wie Finley Hall schließlich geschlossen wurde, nachdem Anschuldigungen wegen Vernachlässigung und Missbrauch ans Licht der Öffentlichkeit kamen und alle Finley Hall verließen und sich über das ganze Land zerstreuten. Dann hörte er, dass es ein großes Feuer in Finley Hall gegeben hatte, bei dem auch alle Akten vernichtet worden waren, sodass es keine Beweise mehr für all die Anschuldigungen gab. Miss Graves, Frank und all die anderen kamen auf diese Weise tatsächlich einfach mit ihren Taten davon.

»Ich habe Finley Hall sofort verlassen, als ich alt genug war, und ich hatte zu niemandem mehr Kontakt, was kein großer Verlust für mich war, denn so hatte ich meine Ruhe. Allerdings hatte ich auch Henry aus den Augen verloren. Also verbrachte ich jeden freien Moment mit der Suche nach ihm, aber irgendwann ging mir das Geld aus, und ich musste mir etwas anderes einfallen lassen. Ich nahm einen Job an, in dem es für mich ganz einfach sein würde, vermisste Personen zu finden – ich ging zur Polizei. Denn ich wollte nur eines: Henry finden.«

Ich reiße die Augen auf. Das interessiert mich nun doch. Hat er Henry noch vor mir gefunden?

»Ich war ziemlich überrascht, als ich ihn schließlich fand, und darüber, was für völlig unerwartete Dinge da ans Tageslicht kamen.«

Das Herz schlägt mir bis zum Hals, und mein Atem wird flach. Ich starre Dean an und versuche, seinen Gesichtsausdruck zu deuten.

»Er war nicht so, wie ich es all die Jahre erwartet hatte. Du wärst stolz auf deinen kleinen Bruder gewesen, Anna. Er hatte sich wirklich gemacht, besonders angesichts seiner Vergangenheit. Er hat mich übrigens auch nicht erkannt, aber an dem Tag war er auch betrunken. Er feierte seinen neuen Job. Eins muss ich ihm lassen: Er hat munter geplaudert. Aaah …« Dean seufzt und lächelt mich an. »Das Gesicht deines Bruders hat sich für immer in mein Gedächtnis eingebrannt. Zusammen mit den Gesichtern meiner anderen Opfer.«

Mein Kopf ist plötzlich so schwer, dass ich ihn nicht mehr hochhalten kann, er fällt mir auf die Brust. Nichts von alledem, was in letzter Zeit passiert ist, hat irgendetwas mit Henry zu tun, und es tut mir entsetzlich weh, dass ich das geglaubt habe. Dean hat Henry ermordet. Aber warum hat er auch mich gejagt? Wenn Henry sich an die Story gehalten hat, auf die wir uns geeinigt haben, dann hätte Dean das reichen müssen.

Hat er mit seiner Rache an Henry nicht bekommen, was er wollte?

Kapitel 43

Dean steht hinter einem Baum, pinkelt an den Stamm, und ich bekomme endlich eine Pause. Das nächste Kapitel, so hat er angekündigt, wird sich ausschließlich um Henry drehen. Das wird wohl der Teil sein, wo Henry mich verrät. Ich lasse den Kopf hängen, das Kinn auf der Brust, und gehe meine Optionen durch. Tatsächlich gibt es sogar eine, die mich definitiv retten würde, doch dafür müsste ich mit Dean reden, und mein Mund ist nach wie vor zugeklebt. Am liebsten würde ich laut schreien. Die Tatsache, dass all das, was in den letzten Tagen oder gar Jahren geschehen ist, so vollkommen unnötig war, so eine Verschwendung …

Ich zerbreche mir den Kopf darüber, wie ich das Klebeband auf meinem Mund loswerden kann. Meine Hände sind so kalt, dass es schmerzt. Ich reibe die Fingerspitzen aneinander und bin nur froh, dass meine Fesseln wenigstens das nicht verhindern. Ich muss dringend wieder Blut in meine Gliedmaßen bekommen.

Dann fällt es mir auf. Das Klebeband um meine Hände ist deutlich lockerer als gedacht. Wenn ich die Hände hin und her drehe, kann ich es vielleicht weiter dehnen.

Vor lauter Hoffnung dreht sich mir der Kopf.

Wenn es mir gelingt, meine Hände zu befreien, dann kann ich auch den Knebel herunterziehen – jedenfalls weit genug, um mir Gehör zu verschaffen. Man soll mit dem Täter reden, eine Beziehung zu ihm aufbauen, damit er einen als Menschen sieht, und man die Chance zur Flucht erhöht. Aber all das wäre hier gar nicht nötig …

Ich zittere am ganzen Leib. Der Schmerz ist überwältigend. In dem verzweifelten Wunsch zu leben, pumpt mein Körper Adrenalin durch die Adern. Das Klebeband knittert leicht und gibt ein wenig nach, als ich die Handgelenke drehe und es auseinanderziehe. Meine Haut brennt, wo sie über den Klebstoff reibt, aber ich mache weiter. Ich habe tatsächlich das Gefühl, dass es sich weiter lockert. Trotz der Kälte bildet sich Schweiß auf meiner Stirn und läuft mir den Rücken herunter, während ich weiter versuche, meine Hände zu befreien.

Mach weiter. Drehen, ziehen, drehen, ziehen …

Zweige knacken unter Deans Schritten. Er ist fertig. Meine Versuche werden immer hektischer, und als mir klar wird, dass ich fast keine Zeit mehr habe, reiße ich eine Hand nach oben, um sie zu befreien, bevor er wieder bei mir ist. Doch es ist unmöglich. Das Klebeband sitzt noch zu fest. Verzweiflung brennt in meiner Brust, und ich würde am liebsten weinen.

Heulsuse. Ich höre die spöttischen Worte in meinem Kopf. Das Bild eines Mannes verschwimmt vor meinen Augen, und ich rieche sogar seinen sauren Atem. *Willst du dich bei Mami ausheulen? Du und dein erbärmlicher Bruder, ihr verschwendet nur Platz. Ich kann einfach nicht glauben, dass ich dieselbe Luft atmen muss wie ihr.* Ich beiße mir auf die Zunge und kämpfe gegen den Flashback an. Immer wieder sage ich mir in meinem Kopf die Worte *Ich bin stark*, sage mir selbst, dass ich mein altes Leben erfolgreich hinter mir gelassen habe. Ich habe Finley Hall überlebt. Also kann ich auch das hier überleben. Meine Entschlossenheit wächst.

Ich hebe den Kopf und schaue zu Dean, der langsam näher kommt. Ich verändere meine Position. Mit ausgestreckten Beinen reibe ich die Füße auf dem Boden und erzeuge so ein Rascheln. Das wird hoffentlich die Geräusche des Klebebands übertönen, an dem ich zerre, sodass er nicht bemerkt, was ich hier versuche. Solange ich ihm aufmerksam zuhöre, wenn er wieder zu reden beginnt, wenn ich ihn glauben lasse, er hätte meine ganze Aufmerksamkeit, kann ich weiter daran arbeiten, meine Hand zu befreien und schließlich den Knebel loszuwerden. Das muss aber gut getimet sein, denn wenn ich es zu früh versuche und scheitere …

Denk gar nicht daran.

Deans Gesicht ist völlig emotionslos. Es ist, als laufe er jetzt, da ich hier bin und weiß, wer er ist, auf Autopilot.

»Oh, tut mir leid. Du musst vermutlich auch mal«, sagt er, als er sich gerade wieder an den Baum setzen will. Ich schüttele wild den Kopf. Er darf nicht sehen, dass ich das Klebeband um meine Hände bereits gelockert habe. Er zuckt mit den Schultern. »Egal. Meinetwegen kannst du dir in die Hose pissen. Das wirst du ohnehin, wenn ich erst mal richtig in Fahrt bin.«

Diese Drohung jagt mir einen Schauder über den Rücken, aber ich zeige ihm meine Furcht nicht. Ohne zu blinzeln, starre ich ihn an, bis er sich abwendet. *Schämt er sich?*, frage ich mich. Hat er ein schlechtes Gewissen wegen dem, was er mir antun will? Ich wette, er bedeckt mein Gesicht, wenn er loslegt. Die Tatortfotos, die er mir gezeigt hat, erscheinen wieder vor meinem geistigen Auge. Die Frauen waren zwar nicht zugedeckt, aber irgendwo habe ich mal gelesen, dass ein Täter seine Opfer nicht anschauen kann, wenn es persönlich wird, wenn es jemand ist, den er kennt.

Es ist geradezu unheimlich, wie sehr Dean sich verändert hat, nachdem er seine wahre Identität enthüllt hat. Seine Eigenheiten, seine Art zu sprechen, seine Bewegungen, einfach alles hat sich verändert, selbst seine Gesichtszüge. Sie sind jetzt härter, schärfer. Er reibt sich die Augen und drückt dann mit Daumen und Zeigefinger auf seinen Augapfel. Was macht er da?

»Die haben mich jeden Tag wahnsinnig gemacht«, sagt er und wirft irgendwas ins Gras. »Aber es ist schon erstaunlich, wie sehr die Augenfarbe das Aussehen eines Menschen verändern kann.«

Natürlich. Ich wusste doch, dass das Azurblau dieser Augen viel zu intensiv war. Ihre Farbe hat sich nicht wirklich verändert. Sie war immer gleich, egal in welchem Licht und egal, was er getragen hat. Aber auch ohne Farblinsen wäre ich niemals auf die Idee gekommen, dass ich Dean vor mir habe. Auch jetzt, da ich weiß, wer er ist, und da er direkt vor mir steht, wirkt er nicht vertraut. Es ist, als hätte ich die Erinnerung an ihn irgendwann verloren. Ich weiß schlicht nicht mehr, wie er als Kind ausgesehen hat, ich habe keine Fotos aus dieser Zeit, und ich habe alles, was mit Finley Hall zu tun hat, verdrängt.

Selbst wenn er sich mir damals mit Dean vorgestellt hätte, wäre ich nie auf die Idee gekommen, dass es da eine Verbindung gibt.

»Wo war ich?«, sagt er jetzt. »Ach, ja. Henry. Ich war schon zwölf Jahre bei der Polizei, als ich deinen Bruder endlich gefunden habe. Das war wirklich bizarr. Eine ganze Flut von Emotionen ist über mich hereingebrochen: Erleichterung, dass er noch lebte, Hass, dass er noch lebte, und ein Erfolgsgefühl, aber auch so etwas wie ein Gefühl des Versagens …

Das Seltsamste war jedoch, ihn zum ersten Mal als Erwachsenen zu sehen. In meinem Kopf habe ich immer nur einen Dreizehnjährigen gesehen, keinen dreißig Jahre alten Mann, und um ehrlich zu sein, hat mich das erst einmal aus der Fassung gebracht. Ich habe darüber nachgedacht, einfach wieder zu gehen. Aber ich wusste natürlich, dass er der Schlüssel für meine Suche nach Kirsty war, und mein Verlangen, das alles zu beenden, war einfach überwältigend. Ich wollte nur eins: ihn töten.«

Als er das sagt, zucke ich unwillkürlich zusammen. Es ist vollkommen klar, dass er über mich genauso denkt. Das fühle ich.

»Aber natürlich musste ich meine tief verwurzelte Wut erst einmal beherrschen, zumindest eine Weile, denn zuerst musste er mir geben, was ich wollte. Also habe ich in diesem Pub mitten im Nirgendwo einfach ein Gespräch mit ihm angefangen, denn ich wusste, dass er mich nicht erkennen würde.«

Ich hebe die Augenbrauen.

»Denn wie gesagt, Anna, dein Bruder war sturzbetrunken. Das war in vielerlei Hinsicht gut. Er hat weder hinterfragt, warum ich ihm ein Bier ausgebe, noch hat es ihn gekümmert, wer ich war, wo ich herkam oder was ich von ihm wollte. Er hat gefeiert, und dass ich einfach mitgemacht habe, hat ihm gefallen, denn er hatte keine Freunde.«

Das macht mich traurig. Henry war ein gebrochenes Kind, und das klingt, als hätte sich bis zu seinem Tod nichts daran geändert.

»Er hat mir sozusagen ein Einfallstor geöffnet, wenn du so willst. Eine Möglichkeit, über die Vergangenheit zu reden. Er hat mir erzählt, wie er und seine Schwester bei der Fürsorge gelandet sind, wie ihr euch entfremdet habt, und dass er das nicht ganz so gut verarbeitet hat. Er wurde bösartig, rachsüchtig und ist mehr und mehr außer Kontrolle geraten. Das hat er zugegeben. Ich nehme an, das sehen wir beide so.« Dean schaut in den Himmel und steht dann auf. »Es wird gleich dunkel, aber ich muss dein Gesicht sehen.« Er klopft sich den Dreck von der Hose und kommt auf mich zu. Kurz höre ich auf, mit den Händen zu arbeiten, aus Angst, er könnte mich erwischen. Ich schließe kurz die Augen und spreche ein stummes Gebet, dass er sich nicht direkt neben mich setzt. Und glücklicherweise setzt er sich mir gegenüber. Also sollte ich meine Hände immer noch bewegen können, ohne seine Aufmerksamkeit zu erregen.

»Henry hat mir auch mehr als gerne die Jagd erklärt. Er hat mir sogar einige der Rätsel genannt, was sehr hilfreich von ihm war. Und er hat erzählt, wie er die harten Jahre im Heim und die noch härteren danach überstanden hat, wie er tatsächlich irgendwann seinen Weg gefunden hat. Es wird dich sicher freuen zu hören, dass dein Bruder zum Schluss gut zurechtkam. Er hat eine Ausbildung zum Installateur gemacht.«

Es ist mehr, als ich ertragen kann. Der arme Henry. All die Jahre, da ich ihn gehasst und Angst vor ihm gehabt habe, sind wie weggewischt. Dean genießt es sichtlich, auf das unvermeidliche Finale seiner Zeit mit Henry hinzuarbeiten. Seine inzwischen braunen Augen funkeln begeistert, als er von den letzten Augenblicken meines Bruders berichtet.

»Dann habe ich ihn nach dir gefragt, habe gesagt, dass du doch sicher stolz auf ihn bist. Zuerst ist er zusammengebrochen, hat nur noch gezittert. Doch dann wurde er wütend. Er begann, dir die Schuld für seine Albträume zu geben, für die

Tatsache, dass er seine Vergangenheit nie wirklich loslassen konnte. Und schließlich hat er gesagt, dass euer Geheimnis ihn eines Tages noch umbringen würde. ›Es war ein Unfall, aber wir haben es getan‹, hat er gesagt.«

Meine Augen schmerzen, denn ich habe nicht ein einziges Mal geblinzelt. Ich warte auf die Pointe, damit Dean endlich zu dem Punkt kommt, auf den er die letzten drei Jahre hingearbeitet hat: meinen Tod.

»Du weißt, was jetzt kommt, nicht wahr?« Sein Atem geht flach, und ich verstärke meine Bemühungen, mich zu befreien. Dean ist so tief in seine Geschichte versunken, dass er wohl kaum etwas hören wird. Bald bin ich so weit. Ganz sicher. Wenn er mir nur noch ein wenig Zeit lässt, dann schaffe ich das.

»Unglücklicherweise ging es von da an bergab. Der betrunkene Henry war ja schon irritierend, aber der betrunkene und instabile Henry war eine echte Herausforderung. Ständig wiederholte er ›Es war ein Unfall‹. Doch immer, wenn ich nach Einzelheiten gefragt habe, hat er dichtgemacht. Ein paar Informationsfetzen hat er jedoch preisgegeben, und irgendwann bin ich hinter das Geheimnis gekommen, das du und Henry ewig bewahren wollten.«

Jetzt steht Dean auf, geht zum Brunnen und beugt sich über den Rand. Dabei redet er weiter.

»Du warst diejenige, die meine Schwester da runtergestoßen hat. Die sie allein gelassen hat. Scheiße«, sagt Dean. »Sie könnte noch gelebt haben. Habt ihr je daran gedacht?«

Er stößt sich wieder vom Brunnen ab, packt mich am Haar und reißt meinen Kopf zurück. Ich schreie in meinen Knebel hinein.

»›Sie ist gestorben, Mann. Wir haben sie getötet‹«, brüllt

Dean mir ins Gesicht. »Das hat dein Bruder gesagt. Kannst du dir eigentlich vorstellen, was diese Worte für mich bedeutet haben, Anna? Ich kann dir sagen, als Henry meine schlimmsten Befürchtungen bestätigt hat, da war das, als hätte mir jemand mit bloßen Händen das Herz aus der Brust gerissen.«

Ich wimmere und flehe ihn mit den Augen an, mir das Klebeband vom Mund zu nehmen. Aber Dean ist so tief in der Erinnerung an sein Treffen mit Henry versunken, dass ich glaube, er ist sich meiner gar nicht bewusst. Er redet wie durch mich hindurch. Ich bin nur ein Kanal für seine Wut.

»In diesen Momenten, kurz nach deiner Tat, hat Henry beschlossen, doch noch der liebe, kleine Bruder zu werden, denn ohne Zweifel hatte er ein schlechtes Gewissen wegen allem, was er dir angetan hat. Also hat er sich der Situation gestellt, und als ihm klar wurde, was mit dir passieren würde, sollte die Wahrheit herauskommen, da hat er dir gesagt, du sollst weglaufen. Er hat gesagt, er würde bleiben und allen erzählen, dass ihr beide einfach abgehauen seid. Das stimmt doch, oder? Er hat mir nicht mehr alle Einzelheiten erzählen können, denn als mir klar war, dass meine Schwester tot ist, konnte ich meine Wut nicht länger unterdrücken. Meine Schuld.«

Ein dumpfes Stöhnen kommt aus meinem zugeklebten Mund, denn ich weiß, dass Dean mir jetzt erzählen wird, was er getan hat.

»Ich habe die Fassung verloren, ihn nach draußen gebracht und ihn getötet, bevor er mir verraten konnte, wo ihre Leiche ist. Ich habe nie jemanden so sehr gehasst wie mich selbst, als mir bewusst wurde, was ich da getan habe. Aber nachdem ich mich wieder beruhigt hatte, da dämmerte es mir, dass ich zumindest genug Informationen hatte, um *dich* dazu zu bringen, mich zu ihr zu führen. Ich musste dich nur noch finden. Es hat zwar ein paar Jahre gedauert, aber jetzt bist du ja hier.« Dean schaut wieder zum Brunnen, schüttelt den Kopf, und sein Gesicht fällt in sich zusammen. Leise sagt er: »Und auch sie ist hier. Jetzt kann ich endlich trauern. Du wolltest mir das nehmen. Daran hast du nicht einen einzigen Gedanken verschwendet, als du die Vergangenheit hinter dir gelassen hast, nicht wahr?«

Er stößt mich wieder zu Boden und bückt sich dann rasch, um mir die Tränen aus den Augen zu wischen.

»Henry hat all die Jahre sein Bestes getan, um dich zu beschützen, Anna. Und er hat das Geheimnis mit ins Grab genommen, wie man so schön sagt … so wie du jetzt mein Geheimnis mit in dein Grab nehmen wirst.«

Mein Instinkt sagt mir, ich muss irgendwie aufstehen und weglaufen. Ich weiß zwar, dass ich nicht weit kommen würde, aber meine Beine treten ganz wie von selbst in den Boden und wirbeln Dreck auf. Es ist, als wären sie nicht länger Teil meines Körpers, als hätte mein Gehirn keine Kontrolle mehr über sie. Dean legt mir die Hand auf den Oberschenkel und lacht.

»Keine Panik, Anna. Deine Zeit ist noch nicht gekommen. Genau wie letzte Nacht.«

Ich runzele die Stirn. Wie letzte Nacht?

»Du hast dich richtig abgeschossen.« Er schüttelt theatralisch den Kopf, und mir läuft ein Schauder über den Rücken. Woher weiß er das? »Da hätte alles Mögliche passieren können, Anna, vor allem, da dein ehebrecherischer, verlogener Ehemann nicht da war, um dich zu beschützen.« Dean genießt das sichtlich. Sein Gesicht leuchtet, und seine Bewegungen werden immer hektischer, als er beschreibt, wie Ross an diesem Abend gegangen ist und ich mich betrunken habe. Wie hat er es überhaupt geschafft, ins Haus zu gelangen? Ich bekomme eine Gänsehaut, als hätte mich jemand mit Eiswasser übergossen.

»Du hast nicht die geringste Ahnung gehabt, dass ich es war, der dich ins Bett gebracht und zugedeckt hat, nicht wahr?« Er wirkt ehrlich überrascht. »Ich wusste die ganze Zeit über, dass du mich anmachst. Du wolltest mich. Das habe ich gespürt.«

Ich bin so angewidert, dass mir ganz übel wird, und ich verziehe das Gesicht, damit er auch sieht, wie ich mich fühle.

»Lügnerin«, sagt Dean und schiebt sein Gesicht wieder dicht an meins. »Du hast geglaubt, ich mag dich. Dass ich dich beschützen wollte. Und die ganze Zeit über habe ich nur daran gearbeitet, dich an einen Ort zu bringen, an dem ich dich töten kann.«

Ich zucke unwillkürlich zusammen, und Dean lacht. »Aber! Ich bin noch nicht ganz bereit. Du hast noch ein Weilchen.« Er springt auf, als hätte er einen elektrischen Schlag bekommen. »Ich habe noch eine letzte Überraschung für dich«, sagt er und lacht dann leise. »Warte kurz brav. Und nicht bewegen.« Er richtet die Pistole auf mich. »Ich will dir keine Kugel ins Bein jagen müssen. Noch nicht.«

Dean geht zwischen den Bäume hindurch in die Richtung, aus der wir gekommen sind. Mein Herz schlägt immer schneller. Er geht wieder zum Auto zurück, und ich habe das schreckliche Gefühl, ich weiß, was das heißt.

Kapitel 44

Ich winde mich panisch, ziehe und zerre mit meinen Händen, um mich zu befreien. Von unseren Fahrzeugen bis zu der Stelle hier hat es ein paar Minuten gedauert. Meinen Berechnungen zufolge habe ich mindestens fünf Minuten, bis Dean wieder zurückkehrt. Doch meine Gedanken überschlagen sich. Ich bin wie benommen, und Panik vernebelt meinen Geist.

Lauf! Steh auf, und lauf in den Wald! Vielleicht finde ich ja ein Versteck. Da könnte ich dann warten und schließlich im Bogen wieder zu meinem Auto laufen. Was hat er eigentlich mit dem Schlüssel gemacht? Und in welcher Richtung liegt die Straße? Ich drehe den Kopf und versuche, mich zu orientieren. Der Wald reicht bis an die Straße. Ich muss sie also nur erreichen und beten, dass jemand vorbeikommt und mich rechtzeitig sieht, um mich zu retten.

Jetzt habe ich schon über eine Minute mit Nachdenken verschwendet, anstatt zu handeln. Dean wird mich mit Leichtigkeit einholen und mir ins Bein schießen, so wie er es angedroht hat. Nein, meine einzige, echte Option ist, meine Fesseln zu lösen und den Knebel abzunehmen. Ich spüre meine Lippen schon nicht mehr.

Mein Atem geht unregelmäßig, und mein Herz schlägt immer schneller. Bedauern und Gedanken an all die Dinge, die ich noch in meinem Leben tun will, fluten meinen Geist, und ich kann nur noch weinen. Die Tränen sammeln sich kurz am Klebeband und fließen dann darüber hinweg. Ich lasse meinen Tränen freien Lauf, während ich gleichzeitig meinen Mund so gut bewege, wie es eben geht. Vielleicht gelingt es mir ja, auch das Band über meinem Mund wenigstens ein bisschen zu lockern. Und tatsächlich bekomme ich die Lippen so weit auseinander, dass ich die Zunge hindurchstecken kann. Der Klebstoff schmeckt metallisch … oder vielleicht ist das auch Blut. Ich stöhne, und dass dieses Stöhnen lauter ist als vorher, lässt mein Herz schneller schlagen. Ich sauge ein wenig Luft durch den Mund ein. Nicht einmal annähernd genug, aber es ist ein Anfang, und die Tränen, die jetzt fließen, sind Tränen der Erleichterung.

Ich erstarre, als ich das Knacken von Zweigen höre. *Er kommt wieder zurück*. Langsam betritt Dean die Lichtung. Und er zieht etwas hinter sich her.

Nein, nicht *etwas*, sondern *jemanden*.

Oh, mein Gott. Das ist Ross. Das muss Ross sein.

Was hast du getan?

Und dann bleibt mir fast das Herz stehen, als ich sehe, wen er da wirklich hat.

Das ist nicht Ross.

Das ist Serena!

Ihr Körper ist schlaff. Ihre Arme hängen herunter, und ihre Beine schleifen hinterher. Sie zeigt keinerlei Reaktionen, während sie über den Waldboden gezerrt wird. Ist sie tot?

»Vor siebzehn Jahren warst du mit deiner Freundin hier«, sagt Dean. Er atmet schwer vor Anstrengung. »Ich dachte, da passt es doch gut, wenn du jetzt auch eine Freundin bei dir hast.« Er lässt Serena auf den Boden fallen, wischt sich über die Stirn und stößt einen leisen Pfiff aus. »Das war weiter, als ich gedacht habe. Du stellst mich echt vor Herausforderungen, Anna.« Er lächelt.

Ich drücke die Fersen in den Boden und winde mich, so gut ich kann – alles in dem Versuch, irgendwie ein Ventil für meine Wut und meinen Frust zu schaffen. Ich höre Dean lachen. Ich gebe ihm genau, was er haben will. Ich beiße die Zähne zusammen, kneife fest die Augen zu und ziehe laut die Luft durch die Nase ein. *Denk nach, Anna! Denk nach!*

Serena stöhnt. Sie lebt. Aber nur kurz verspüre ich Erleichterung, denn mir wird sofort klar, dass es nun noch sehr viel schlimmer werden wird, dass uns beide ein schmerzvoller, schrecklicher Tod erwartet, wenn ich nichts dagegen unternehme. Ich rutsche näher an Serena heran und beuge mich im selben Augenblick zu ihr hinunter, als sie die Augen öffnet, und ich sehe pures Entsetzen in ihnen. Sie reißt den Mund auf, um zu schreien, doch ich schüttele rasch den Kopf und starre sie flehentlich an. *Kein Ton! Bitte! Herrgott, gib bitte keinen Laut von dir!* Und tatsächlich scheint Serena mich zu verstehen und schlägt sich die Hand vor den Mund. Sie ist kreidebleich. Unter ihrem linken Auge ist eine dicker, roter Bluterguss zu sehen, und ihr anderes Auge ist geschwollen. Blut klebt unter ihrer Nase, und Spritzer davon sind auf ihrem hellblauen Pullover zu sehen.

»Es tut mir leid, Anna«, flüstert sie.

Fragend kneife ich die Augen zusammen. *Warum entschuldigt sie sich bei mir?* Ich schaue zu Dean. Er steht einfach nur da, die Arme vor der Brust verschränkt, und beobachtet uns zufrieden.

»Komm schon, Serena. Erzähl's ihr«, sagt er.

Ein Schauder läuft durch meinen Körper. *Was soll sie mir erzählen?* Ich kann all die Gedanken kaum noch fassen, die mir durch den Kopf gehen. Als ich die Verbindung zwischen Craig Beaumont und Neil Holsworthy hergestellt habe, wusste ich sofort, dass Henry das zu seinem Vorteil genutzt haben muss. Eine Zeit lang habe ich sogar geglaubt, Craig könnte Henry *sein*. Und gestern, als Serena erwähnte, dass jemand die Kameras der Verkehrsüberwachung gehackt haben muss, wurde ich sofort misstrauisch, denn ich wusste, dass ich ihr nichts davon erzählt hatte. Ich habe mir eingeredet, das müsse sie auf Facebook oder sonst irgendwo gesehen haben … Habe ich meine Sorge zu schnell beiseitegeschoben? Ich starre meine Freundin ungläubig an. Henry ist tot. In Wahrheit hat Dean mich gequält. Und jetzt ist Serena hier, aber offenbar nicht als meine Verbündete. Was also hat sie damit zu tun?

War meine Freundin in Wahrheit die ganze Zeit über mein Feind?

»Sie ist ein wenig schwer von Begriff, Serena. Du wirst ihr schon helfen müssen.« Dean dreht sich zu mir um. »Wie du siehst, ist sie ein wenig benommen. Gib ihr eine Sekunde.«

»Ich … Ich wollte ihm nicht helfen«, wimmert Serena. Mein Herz setzt einen Schlag lang aus. Jetzt verstehe ich, warum sie sich entschuldigt hat. Aber sie muss überlistet worden sein. Serena laufen die Tränen über das Gesicht, während ich sie anfunkele. »Er hat mich manipuliert. Ich hätte wissen müssen, dass es zu gut klang, um wahr zu sein.«

»Zu gut, um wahr zu sein?« *Was denn, verdammt?* Eine Welle der Übelkeit bricht über mich herein, als mir klar wird, worauf das hinausläuft. Dean war der Mann, mit dem Serena ausgegangen ist. Der neue Mann in ihrem Leben, Tim, war DI Walker. Dean. Mir dreht sich der Kopf. Ohne es zu wollen, hat Serena Dean mit Informationen gefüttert, die er gebraucht hat, um sich mir zu nähern und mit mir zu spielen. Er hat eine enge Beziehung zu ihr aufgebaut, um sie genau wie mich zu benutzen. Sie war einfach nur ein Bonus.

»Genau wie du mir den Menschen genommen hast, den ich mehr geliebt habe als alle anderen, und genau wie du mir damit jede Chance auf ein normales Leben genommen hast, habe ich mich darangemacht, *dein* Leben zu zerstören, indem ich dir alles genommen habe, was du durch Lug und Trug gewonnen hast. Ich wollte, dass du leidest. Also habe ich dir Angst eingejagt, dich zu unberechenbarem Verhalten getrieben und deinen guten Ruf ruiniert – wobei Letzterer ohnehin falsch war. Du hast es mir auch ziemlich leicht gemacht, dir deinen Job zu nehmen. Die Sache mit dem Zebrastreifen war einfach perfekt. Vielen Dank. Ich bin dir gefolgt und habe alles gesehen. Als Detective hatte ich alle Mittel dazu. Und dann habe ich dir deinen Mann genommen, und jetzt werde ich dir auch noch die einzige Freundin nehmen, die dir noch geblieben ist, nachdem du die andere ermordet hast.« Mich verlässt der Mut, als ich sehe, wie Serena die Augen aufreißt. Sie starrt mich verwirrt an. »Ja, das stimmt, Serena.« Dean bückt sich, nimmt das Klebeband heraus und wickelt es um Serenas Handgelenke. »Deine Freundin hier ist eine Mörderin.«

»Anna?« Völliges Unverständnis spiegelt sich auf ihrem Gesicht, und ich kann nichts tun, um ihr zu sagen, dass er lügt.

»Anna«, sagt Dean, legt mir den Zeigefinger unter das Kinn und hebt es an. »Ihr werdet heute beide sterben, am 13. Mai, an dem Datum, dessen Bedeutung du DI Walker keinesfalls verraten wolltest. Anfangs war es sogar recht amüsant zu sehen, wie du dich gewunden hast, wenn ich dich danach gefragt habe. Aber später hat es mich nur noch angepisst. Es war, als würdest du leugnen, dass meine Schwester je existiert hat. Du hast so getan, als hättest du sie nie ermordet, als wärst du nie weggerannt und als hättest du sie nie hier verrotten lassen. Ich hoffe, du hast ein schlechtes Gewissen, weil du nie hinterfragt hast, dass Henry der Serienmörder ist. Du *wolltest*, dass er dafür verantwortlich ist, nicht wahr? Denn wenn die Tat jemals ans Licht gekommen wäre, hättest du ihm auch Kirstys Tod in die Schuhe geschoben. Was bist du nur für eine Schwester.«

Ich stoße ein Heulen aus wie ein sterbendes Tier und stampfe wieder mit den Füßen. Ich rutsche so nah an Dean heran wie möglich, starre ihn an und versuche, ihn zu zwingen, mir in die Augen zu sehen. Doch Dean rollt nur mit den Augen, während meine ihn anflehen.

Sieh mich! Lass mich sprechen!

»Hör mit dem Theater auf, Anna. Das ist mein Job. Ich werde sie zuerst umbringen«, sagt er und tritt gegen Serenas Bein. »Du sollst wissen, dass du auch die Schuld am Tod deiner besten Freundin trägst, wenn du selbst im Sterben liegst.«

Serena atmet immer lauter und schneller, und ich will die Arme um sie schlingen, sie vor ihm beschützen. Sie versucht wegzukriechen, doch Dean hält sie am Pullover fest. Panisch tritt sie um sich, ohne irgendetwas damit zu erreichen, und schließlich gibt sie auf. Tränen glitzern auf ihren Wangen.

»Warum tust du das, Tim … Dean?«, krächzt sie.

Dean scheint es zu genießen, die Höhepunkte seiner Geschichte vor Publikum auszubreiten. Und während er seine Aufmerksamkeit auf Serena richtet, arbeite ich weiter an meinen Fesseln.

»Ich war in Panik, nachdem ich Henry getötet hatte, und

habe seine Leiche schnell versteckt. Als mir schließlich klar wurde, dass ich das zu meinem Vorteil nutzen konnte, bin ich noch mal zurück und habe ihm ein paar Haarsträhnen und Finger abgeschnitten. So konnte ich an den Tatorten Spuren hinterlassen. An allen Tatorten war immer sein ›Markenzeichen‹, die Nadel im Auge, zu finden, und so haben meine Kollegen sofort die Verbindung zu Henry Lincoln hergestellt.« Er hält kurz inne und schaut uns eine nach der anderen an. »Einfach genial. Findet ihr nicht?«

Serena nickt mit aufgerissenen Augen. »Dann hast du deine Position in der Mordkommission zu deinem Vorteil genutzt.« Ihre Stimme ist leise, und sie spricht, als wäre sie beeindruckt. Das gefällt Dean, aber ich weiß es besser. Serena versucht nur, ihm zu sagen, was er hören will.

»Genau. Ich habe die Ermittlungen geleitet und hatte Zugang zu allem, was ich brauchte. Ich war in der Lage, meine Ideen, Theorien und Beweise einzubringen und den Fall so zu manipulieren, wie ich es wollte. Wenn da draußen ein Mörder frei herumläuft, vor allem ein Serienkiller, ist der Druck, endlich jemanden zu verhaften, unglaublich hoch. So ist es auch leicht, Beweise zu manipulieren, die auf eine bestimmte Person hindeuten, anstatt jenen Beweisen zu folgen, die zu dem wahren Täter führen. Niemand – und ich meine wirklich niemand – hatte auch nur den leisesten Verdacht, dass ich im Hintergrund die Fäden ziehe, geschweige denn, dass ich der Täter bin.« Dean verzieht das Gesicht zu einem Lächeln, das einem das Blut in den Adern gefrieren lässt. »Ach, Gott. Das ist lustig und deprimierend zugleich, nicht wahr?« Er grinst mich an, und trotz der Verachtung, die ich für ihn empfinde, schaue ich ihn flehentlich an, in der vagen Hoffnung, dass er mir vielleicht doch noch den Knebel abnimmt.

Serenas verängstigter Gesichtsausdruck verändert sich, als hätte jemand einen Schalter umgelegt, und sie runzelt die Stirn. Sie schüttelt den Kopf. Dean kneift die Augen zusammen, und ein Schatten legt sich auf sein Gesicht.

»Was ist?«, schnappt er.

»Bist du dir wirklich sicher, dass du deine Spuren verwischt hast?«, fragt sie. Ich höre das Zittern in ihrer Stimme, doch dann setzt sie sich weiter auf und hebt das Kinn. Selbstbewusst fährt sie fort: »Glaubst du ernsthaft, dass du auch weiterhin nicht verdächtigt wirst, wenn die Polizei hier unsere Leichen findet?«

»Habe ich etwa gesagt, dass ich eure Leichen hierlassen werde? Die anderen Frauen habe ich so ausstaffiert, dass man sie finden *musste*. Sonst wäre ich nie an Anna rangekommen. Wenn ihr beide tot seid, bin ich fertig. Ich brauche nichts von euch. Niemand wird euch je finden.«

Serenas Atmung setzt einen Moment aus, und ich sehe hilflos zu, wie ihre Angst wieder zurückkehrt und sie das Gesicht verzieht. »Man wird uns vermisst melden«, sagt sie verzweifelt. »Und man hat dich sowohl bei Annas als auch bei meinem Haus gesehen. Deine Manipulationen haben Grenzen. Irgendwann wird man dir auf die Schliche kommen.«

»Ich weiß, was du da machst.« Dean läuft auf und ab und wedelt mit der Pistole. »Mein Plan ist perfekt. Es gibt keine handfesten Beweise, die mich mit irgendwas in Verbindung bringen. Da musst du dir schon ein bisschen mehr Mühe geben.«

»Wenn Henrys Leiche gefunden wird, dann wird sich das ändern.«

Deans Kiefer verkrampft sich, und seine Lippen zucken wild. Das sehe ich sogar in dem schwächer werdenden Licht.

Indem Serena seine Fähigkeit in Frage gestellt hat, seine Verbrechen zu verbergen, hat sie ihn wütend gemacht.

Dean geht zu ihr, reißt ein Stück Klebeband ab und klebt auch Serena den Mund zu.

»Genug geredet.«

Serena reißt verzweifelt die Augen auf, als Dean zu ihren Füßen geht.

Das ist es. Dean stellt sicher, dass sie nicht weglaufen oder ihn treten kann, wenn er sie tötet. Das Herz hämmert in meiner Brust. Wenn ich jetzt nichts unternehme, dann wird es zu spät sein. Ich habe das Band um meinen Mund nur so weit gelockert, dass ich ein wenig atmen kann, aber jetzt drücke ich die Zunge mit aller Kraft dagegen und schreie.

»Stopp! Warte!« Die Worte klingen nicht so wie in meinem Kopf. Sie sind verzerrt, dumpf. Unverständlich. Dean packt mich an den Knöcheln und reißt mich zu sich. Die Haut auf meinem Rücken liegt frei und brennt, als ich über die nackte Erde gezerrt werde, und meine Schultergelenke fühlen sich an, als würden sie gleich ausgekugelt. Ich schreie, schluchze, doch Dean ignoriert mich und fesselt meine Beine noch fester aneinander. Als er fertig ist, schleppt er Serena zum Brunnen, hebt sie hoch und setzt sie auf den Rand.

Mir rauschen die Ohren. Es klingt wie das Brechen der Wellen in Ness Cove, und ich wünschte mehr als alles andere, ich wäre jetzt dort und würde weiter ein sorgloses Leben führen, mit Ross.

Doch als Dean mich in die Höhe zieht und neben Serena setzt, da weiß ich, dass es zu spät dafür ist.

Kapitel 45

Trotz der Klebebänder auf unseren Mündern ist unser gemeinsames, panisches Schluchzen so intensiv, dass es Deans Stimme verschluckt. Ich sehe, dass sich seine Lippen bewegen, höre aber nicht, was er sagt. Er geht vor uns auf und ab und fährt sich mit den Fingern durchs Haar. Schließlich verstummt Serena, als hätte sie aufgegeben. Ich heule laut auf.

»Halt's Maul! Halt dein verdammtes Maul!« Dean richtet die Pistole auf mich, und meine Schreie ersticken so schnell wie eine Kerzenflamme. Ich halte den Atem an und schaue zu Serena. Meine Angst spiegelt sich in ihrem Gesicht. Sie blinzelt und bewegt langsam die Augen in Richtung Dean. Verzweifelt versucht sie, mir etwas mitzuteilen. Sie deutet mit dem Kopf auf meine Beine und dann auf ihre. Anschließend nickt sie dreimal.

Okay. Verstanden. Auf drei treten wir beide nach Dean. Vielleicht können wir ja genug Kraft aufbringen, sodass er zu Boden geht. *Aber was dann?* Selbst wenn wir uns beide auf ihn werfen, mit all unserem Gewicht, wir können unsere Hände nicht benutzen. Er wird sofort wieder aufspringen, und er hat eine Pistole. Es wäre sinnlos.

Aber es ist auch besser, als einfach aufzugeben und uns von ihm abknallen zu lassen. Wenigstens würden wir dann in dem Wissen sterben, dass wir mit aller Kraft gekämpft haben. So könnten wir zumindest einen Rest Würde bewahren.

»Hey. *Hey!*« Dean schlägt Serena kurz mit dem Pistolenlauf auf den Kopf. »Hört auf damit.« Er tritt ein paar Schritte zurück, bis er weit genug entfernt ist, dass wir ihn mit unseren Beinen nicht erreichen können. Ich darf nicht vergessen, dass er ein Detective ist. Er ist äußerst aufmerksam und hat vermutlich schon alles gesehen. Meine Hoffnung fällt in sich zusammen, und ich bete um einen raschen Tod. Doch das entspricht nicht Deans Plan. Das weiß ich. Er hätte sich nicht solche Mühe gemacht, wenn er mir nur eine Kugel in den Kopf jagen wollte.

Ich drehe mich auf dem Brunnenrand und starre in den Schacht. Mir wird schlecht.

Dean glaubt, dass er die Kontrolle hat. Er glaubt, er kann bestimmen, wie ich sterbe. Wenn ich ihm dieses Gefühl nehme, dann hat er verloren. Wenn ich mich einfach fallen lasse, dann ist sein Plan ruiniert. Ich könnte mich selbst töten. Jetzt.

Und eines Tages, wenn er geschnappt wird und man unsere Leichen findet, dann wird die Wahrheit ans Licht kommen.

Das wird ihm eine Lehre sein.

Die Tränen brennen mir in den Augen, während mein Plan Gestalt annimmt, und mein Herz flattert wie das eines in die Enge getriebenen Tiers. Ich habe keine andere Möglichkeit mehr und will gerade Frieden mit meiner Entscheidung schließen – immerhin habe ich ohnehin nichts mehr, wofür es sich zu leben lohnt –, als eine Stimme in meinem Kopf schreit: *Du hast dich auch früher schon selbst gerettet. Das kann dir auch jetzt gelingen.* Wie wild ringe ich mit den Händen und versuche noch einmal, mich zu befreien. Serena sieht, was ich da tue, und nickt mir ermutigend zu. Dann rutscht sie nach links. Sie versucht, Deans Aufmerksamkeit zu erregen, in der Hoffnung, dass ich meine Hände befreien kann, ohne dass er es bemerkt.

»Wo willst du denn hin?«, sagt er und drückt Serena die Hände auf die Beine, sodass sie sich nicht mehr bewegen kann. Ich behalte die beiden im Auge, während ich weiter an meiner Befreiung arbeite. Ich spüre tatsächlich, wie das Klebeband wieder ein wenig nachgibt, und mir strömt das Adrenalin ins Blut, sodass mein ganzer Leib vibriert.

Fast geschafft. Ich habe fast genug Platz, um meine Hand herauszuziehen.

Dean hat all seine Aufmerksamkeit auf Serena gerichtet. Er erzählt ihr, dass er sie durchaus gemocht habe. Nicht alles sei gespielt gewesen. Sie hätten guten Sex gehabt, sagt er. Unter anderen Umständen hätten sie durchaus ein Paar werden können, aber dafür würde sie ja nun leider nicht mehr lange genug leben. Ich höre, wie Serena einen gequälten Laut von sich gibt.

»Aber es ist, wie es ist«, sagt Dean und legt ihr beide Hände auf die Brust. Ich ziehe zischend die Luft ein. Er wird Serena zuerst töten. Und zwar jetzt! Ich reiße mit aller Kraft an meinen Fesseln, mit einem lauten Geräusch kommt meine rechte Hand frei. Sofort wirbelt er herum und funkelt mich an. Er braucht nur den Bruchteil einer Sekunde, um zu erkennen, dass ich mich befreit habe, doch da bin ich schon über ihm. Ich packe seine Haare und ziehe mit aller Kraft. Einen Augenblick lang hänge ich mit meinem ganzen Körpergewicht an dem Haarbüschel in meiner Faust. Dann gelingt es mir, den anderen Arm zu heben und um Deans Hals zu legen. Gleichzeitig gelingt es Serena, Dean mit gestreckten Beinen und einem Übelkeit erregenden Geräusch in den Unterleib zu treffen. Er lässt die Pistole fallen, klappt nach vorne, und ein ›Umpf‹ verrät, dass wir ihm die Luft aus der Lunge getrieben haben. Dann lande ich hart auf dem Brunnenrand. Ein stechender Schmerz fährt mir durch die Rippen und raubt auch mir die Luft. Ich ringe nach Atem und versuche, mir das Klebeband vom Mund zu reißen, jetzt, da meine Hände befreit sind. Verzweiflung brennt in meiner Brust, als Dean meine Hände packt und mich zu sich herumwirbelt. Ich werfe den Kopf zur Seite, kann Serena aber nicht sehen.

Wo ist Serena? Oh, mein Gott! Hat er sie in den Brunnen gestoßen? Oder habe ich sie hinuntergeworfen, als ich mit Dean gerungen habe? Die Panik steigt zusammen mit meinem Puls, bis ich nur noch verschwommen sehen kann.

»Du bist genau wie dein Bruder«, krächzt Dean. »Er hat sich auch gewehrt.«

Er versetzt mir einen Stoß, doch ich klammere mich an seine Brust. Erneut zwingt er mich an den Brunnenrand zurück, und mit dem Oberkörper hänge ich bereits über dem Schacht. Ich versuche, etwas zu sagen, kann kaum atmen. Das Klebeband hängt noch immer halb auf meinem Mund.

»Sieht so aus, als wärst du jetzt dran«, sagt Dean mit gefletschten Zähnen. Ich fühle, dass er nicht mehr so stark ist wie zuvor. Vermutlich hat der Tritt in den Unterleib ihm viel von seiner Kraft geraubt. Ich muss jetzt nur noch das Beste daraus machen und zuschlagen, bevor er sich wieder erholt. Wir ringen miteinander, Muskel an Muskel und Haut an Haut, ein verzweifelter Kampf ums Überleben.

In meinem Kopf höre ich die Worte, die ich schreien will, aber nicht über die Lippen bekomme.

Es heißt, kurz vor dem Tod sehe man noch einmal sein

ganzes Leben vor sich, und als ich nur noch wenige Zentimeter von meinem eigenen Tod entfernt bin, da sehe ich in der Tat Bilder von meinen Eltern, meinem Bruder, Finley Hall, meiner einzigen echten Freundin dort und von meiner einzigen echten Freundin hier.

Überleben.

Dieses eine Wort in meinem Kopf überstrahlt alles und verleiht mir Kraft für einen letzten Gegenstoß. Ich packe Dean am Hemd, um das Gleichgewicht zurückzuerlangen. Das überrascht ihn, und mit einem furchtbaren Brüllen ziehe ich ihn herum, sodass nun er mit dem Rücken über dem Schacht hängt. Ich taumele ein Stück weg und sehe, wie Dean darum kämpft, nicht das Gleichgewicht zu verlieren. Das ist meine Chance.

Ich weiß es, aber ich zögere. Mein Gewissen steht mir im Weg. Es ist eine Entscheidung von einer Millisekunde, ob ich die Gelegenheit nutze, mir das Klebeband ganz vom Mund zu reißen und darauf hoffe, dass ich die Zeit haben werde zu sagen, was ich sagen muss, oder ob ich das hier und jetzt zu Ende bringe.

Als ich nach dem Band greife, streckt Dean die Hand nach mir aus, und ich weiß, dass ich kein weiteres Risiko eingehen darf.

Es heißt: er oder ich.

Mit allem, was ich habe, stürze ich mich auf ihn.

Dean greift mit den Händen in die Luft und versucht verzweifelt, meine Kleidung zu packen. Er will mich mitreißen. Aber die Wucht des Aufpralls trifft ihn voll. Er schreit und flucht, als ihm klar wird, was das heißt. Kurz treffen sich unsere Blicke noch einmal, und ich verspüre das Verlangen, ihn festzuhalten, und tatsächlich strecke ich auch die Hände nach ihm aus. Es geschieht ganz instinktiv. Aber meine Fingerspitzen berühren ihn nur leicht, dann ist er verschwunden, und es wird still. Dann ist ein Krachen zu hören, das einem das Blut in den Adern gefrieren lässt, und ich zucke unwillkürlich zusammen, als das Geräusch in meinem Kopf widerhallt … in meiner Erinnerung.

Dann … Stille … endgültig.

Ich reiße an dem Klebeband um meinen Kopf und meine Lippen, und ich schreie laut auf, als ich es von meiner Haut löse. Schließlich mache ich mich auf die Suche nach Serena.

Bitte, sei hier, bete ich stumm. Der Gedanke, dass jetzt drei Leichen im Brunnen liegen, ist einfach zu viel.

Dann höre ich ein leises, tiefes Stöhnen, und ich atme erleichtert auf. Ich gehe auf die andere Seite des Brunnens, wo Serena auf dem Rücken liegt.

»Er … Er ist tot, oder?«, keucht sie, nachdem ich auch ihr den Knebel abgenommen habe.

Ich schließe die Augen und sauge erst einmal frische Luft durch den Mund in meine Lungen. Tot. Dean Briggs ist tot.

»Selbst wenn er nicht tot ist«, antworte ich mit brechender Stimme, »er kann da unmöglich rausklettern.« Es ist inzwischen dunkel geworden, wenn auch nicht so dunkel wie dort in diesem Brunnen. Ich will zum Rand und mich vergewissern, dass es nicht doch einen Weg nach oben für ihn gibt. Mein Puls dröhnt in meinen Ohren, als ich mich einen Zentimeter vorbeuge und den Hals recke, sodass ich über den Rand schauen kann. Ich kann ihn nicht sehen, und ich höre auch nichts von unten. Im Brunnen ist es vollkommen still.

»Hallo?«, rufe ich. Das eine Wort, laut ausgesprochen, kratzt in meinem Hals. Ich warte, bis sich wieder Speichel in meinem Mund gebildet hat, schlucke ein paar Mal und rufe dann: »Dean?«

Ich muss sicher sein.

Nichts.

Da bricht ein tiefer, gutturaler Schrei aus mir heraus, und ich sacke zu Boden und schluchze. Serena setzt sich neben mich, schlingt mir die Arme um die Schultern und weint ebenfalls. Ein paar Minuten verharren wir so, und als Serena schließlich aufhört zu weinen, fließen meine Tränen immer noch. Es ist, als würden plötzlich Jahre des zurückgehaltenen Schmerzes und der Wut aus mir herausbrechen, und auch Erleichterung, Reue und all die Schuldgefühle.

Serena zieht mich hoch, schiebt mich auf Armeslänge weg und schaut mir in die Augen.

»Bist du okay?«

Nein, ich bin nicht okay, nicht ansatzweise, aber ich nicke trotzdem. Das ist leichter, als die Wahrheit zu sagen. Dafür ist später immer noch Zeit. Serena wirkt vollkommen verwirrt, und ich frage mich, ob ich wohl genauso aussehe. Ich wische mir mit den Händen übers Gesicht, und meine Fingerspitzen bleiben an den Klebstoffresten hängen.

»Es geht mir gut. Das wird schon«, sage ich nicht nur zu Serena, sondern zum Universum … und wenn ich das oft genug wiederhole, dann wird es vielleicht sogar so sein.

»Es tut mir ja so leid«, sagt Serena, und wieder treten ihr die Tränen in die Augen. »Ich schwöre, ich hatte keine Ahnung, wer er war.«

Meine Augen fühlen sich an, als wären sie so groß wie Golfbälle, und meine Lider sind geschwollen. Ich schüttele den Kopf. »Ich hatte auch keine Ahnung, Serena. Und ich bin schließlich diejenige, die es hätte wissen müssen.«

Serena zieht die Augenbrauen zusammen. »Ich weiß, das ist nicht der richtige Zeitpunkt, aber wir werden schon bald lange und offen miteinander reden müssen.«

»Oh, Serena … Was für ein Chaos.« Ich nehme sie wieder in den Arm. »Wie sollen wir das nur erklären? Da liegen zwei Tote im Brunnen, gestorben im Abstand von siebzehn Jahren, und einer davon ist ein Detective Inspector, und ich bin für beide Tode verantwortlich.« Es bleibt unvorstellbar für mich, was das für Konsequenzen haben wird, und eine Welle der Panik bricht über mich herein.

»Atme, Anna. Komm schon. Wir haben diesen Irren nicht überlebt, nur damit du jetzt an einem Herzinfarkt stirbst.«

»Wie kannst du nur so ruhig bleiben?«, keuche ich. Sie weiß natürlich, dass sie die einzig Unschuldige hier ist. Für sie wird das alles keine Konsequenzen haben.

Für mich dagegen jede Menge.

Ich verspüre den überwältigenden Drang zu gehen. Jetzt. Also mache ich mich auf den Weg zu dem Pfad, der zwischen den Bäumen hindurchführt.

»Anna, warte! Sollten wir nicht noch eine Weile bleiben? Ich meine, nur um sicherzugehen … Du weißt schon.«

»Was denn? Glaubst du wirklich, er erwacht wieder zum Leben wie in diesen *Scream*-Filmen?«

»Wäre das nicht typisch für dich?«

Da hat sie recht. Ich gehe wieder zu ihr, und gemeinsam beugen wir uns über den Brunnenrand und starren noch einmal in die Dunkelheit. Gedankenverloren reibe ich mir die Handgelenke.

»Es ist vorbei«, sage ich schließlich, und mir bleiben die Tränen im Hals stecken. Ich bücke mich, hebe Deans Pistole auf und werfe sie in den Schacht. »Gehen wir.« Ich kehre dem Brunnen den Rücken zu und damit – wieder einmal – meiner Vergangenheit.

Aber dieses Mal wird das letzte Mal sein. Jetzt wird mir niemand mehr hinterherjagen, denn es gibt schlicht niemanden mehr, den das alles hier noch kümmert.

Kapitel 46

Als wir zu den Autos gehen, verleihen die Schatten dem Wald etwas Unheimliches. Irgendwie habe ich das Gefühl, dass wir beobachtet werden. Doch da ist niemand mehr, der uns beobachten könnte. Serena hakt sich bei mir unter, und gemeinsam stolpern wir schweigend durchs Unterholz. Beide versuchen wir auf unterschiedliche Art, die letzten Stunden zu verarbeiten.

Als ich die nebeneinandergeparkten Autos sehe, drängen sich mir unweigerlich unangenehme Fragen auf. Die unmittelbare Gefahr ist vorbei. Dean stellt nicht länger eine Bedrohung für uns dar. Aber was wir getan haben – was *ich* getan habe – sehr wohl. Ich bin ja mit dem Leben davongekommen und bis jetzt auch mit dem Tod meiner Kindheitsfreundin, aber ein toter Detective Inspector? Wie lange wird dieses Glück wohl andauern? Mein Leben ist heute schon einmal vor meinen Augen vorbeigezogen, und jetzt geschieht es erneut.

»Der Schlüssel steckt«, sagt Serena und duckt sich in Deans Audi. »Was sollen wir damit tun?«

»In jedem Fall können wir den Wagen nicht hierlassen«, antworte ich. »Wenn das der letzte bekannte Aufenthaltsort seines Autos ist, dann werden sie das ganze Gebiet hier absuchen, und sie werden nicht lange brauchen, bis sie seine Leiche im Brunnen finden.« Mein Herz schlägt wie wild bei dem Gedanken, dass man ihn finden könnte, und schlimmer noch: das, was unter ihm liegt. Ich habe das alles nicht überlebt, um am Ende im Knast zu landen. Ich schaue Serena flehentlich an. »Wenn du ihn vielleicht woanders hinfahren könntest, dann folge ich dir. Irgendwann stellen wir ihn ab, und ich fahre uns nach Hause.«

»Warum können wir der Polizei nicht einfach sagen, dass er der wahre Mörder war? Der Mann, den sie gesucht haben. Das war Notwehr, Anna.«

»Ja, heute war es Notwehr«, sage ich. »Er ist die Person, die für die fünf Frauenmorde verantwortlich ist, aber er ist nicht für den Tod des Mädchens verantwortlich, das sie mit ihm zusammen finden werden.«

»Schau mal … Ich weiß, da ist noch vieles, was ich nicht weiß, Anna, aber ich weiß, dass das, was vor all diesen Jahren hier passiert ist, nur ein schrecklicher Unfall war. Außerdem können wir uns sicher eine gute Geschichte ausdenken, um ihm auch den Tod seiner Schwester anzuhängen. Die Polizei wird uns mit Sicherheit glauben, wenn sie sieht, was einer ihrer Detectives getan hat. Oder wir sagen, dein Bruder hätte Kirsty getötet und Dean ihn dann aus Rache ermordet, ist durchgedreht und hat sich dann auch über dich hergemacht.«

»Und was, wenn sie das nicht glauben? Denk nach, Serena … Wir haben nur, was Dean uns erzählt hat. Nur wir haben sein Geständnis gehört. Weitere Beweise gibt es nicht. Er hat doch selbst gesagt, dass sich an den Tatorten nur die Beweise befunden haben, die er dort gezielt hinterlassen hat. Sie alle deuten auf Henry hin, nicht auf ihn. Und ohne Henrys Leiche gibt es nicht den Hauch eines schlüssigen Beweises, der Dean mit irgendwas in Verbindung bringt.«

»Er hat mich *entführt*, Anna. Er hat uns beide gefesselt.

Und das lässt sich beweisen.« Serenas Blick ist wild und entschlossen. Hat sie recht? »Natürlich heißt das nicht, dass wir das *sofort* melden müssen.« Sie atmet tief durch.

»Ich kann nicht …« Ich ringe um Luft. Angst schnürt mir die Kehle zu. Ich lehne mich an mein Auto und atme langsam und tief, bis ich die Fassung wiedererlangt habe. »Ich bin mir nicht sicher genug, um dieses Risiko einzugehen.«

»Wenn wir den Wagen wegbringen, dann ist es keine Notwehr mehr, Anna. Wenn wir das Ding bewegen, machen wir uns verdächtig.«

»Ja, du hast recht. Wie auch immer wir uns jetzt entscheiden, es wird unsere Zukunft bestimmen.«

Und ich weiß, wovon ich spreche, denn mein Leben hat sich schon einmal vollkommen verändert, und zwar, als ich zum letzten Mal an diesem verfluchten Ort gewesen bin.

Kapitel 47

Damals

Entsetzt starren sie einander an, nach dem, was gerade passiert ist.

»Du … Du …«, stottert Henry. »Gott, Anna!«

Sie ruft in den Brunnen, doch da ist nur Stille. Tränen nehmen ihr die Sicht, und ihre Beine geben nach.

»Das dürfen wir niemandem sagen.«

»Was? Das müssen wir. Wir können doch nicht … einfach so …« Henrys Atem geht schnell, und der Schock lässt ihn verstummen.

Dann erfasst beide die Panik, und ihr Überlebensinstinkt übernimmt das Kommando.

»Du warst das. Das ist deine Schuld.« Henry beginnt, um den Brunnen zu laufen. »Ich gehe wieder nach Finley zurück … und hole Frank.«

»Nein! Sei doch nicht dumm. Wir müssen das genau planen. Wir dürfen jetzt nicht in Panik geraten. Wir könnten unser ganzes Leben zerstören.«

»Ich denke, du wirst feststellen, dass unsere Leben bereits zerstört *sind*.«

»Du wirst ins Gefängnis kommen, Henry. Und du glaubst, Finley sei schlimm? Du hast ja keine Ahnung!«, sagt sie, packt Henry an den Schultern und schüttelt ihn. »Wenn du etwas sagst, dann werde ich dir die Schuld in die Schuhe schieben, und wir wissen beide, dass man mir glauben wird. Du bist nicht gerade ein Engel. Und so, wie du dich benimmst, werden alle sofort mit dem Finger auf dich zeigen und nicht auf ihre beste Freundin.«

Henry bricht auf dem Boden zusammen, legt den Kopf in die Hände und schaukelt vor und zurück.

»Tut mir leid«, sagt sie. »Das ist für uns beide schlimm. Das waren wir beide. Und wir müssen uns beide hier und jetzt versprechen, dass das unter uns bleiben wird.«

»Wie kannst du nur so gefühllos sein?«

»Scheiße, ich glaube es nicht! Das fragst ausgerechnet *du*? Nach allem, was du getan hast?«

Die Anschuldigungen fliegen hin und her, bis beide vollkommen erschöpft sind.

»Und? Was sollen wir jetzt tun?«, fragt Henry schließlich.

Ihre Augen sind kalt, als sie antwortet: »Wir hatten einen Plan. Wir wollten aus Finley fliehen. Und jetzt haben wir diesen Plan eben in die Tat umgesetzt.«

»Ihr wärt gemeinsam weggelaufen? Ohne Dean und mir auch nur ein Wort zu sagen? Euren Geschwistern?« Henry wird wütend.

»Nur zu Beginn, Henry. Natürlich wären wir irgendwann wieder zurückkommen, um euch zu holen. Versprochen.«

Ungläubig runzelt Henry die Stirn. »Ja? Hättet ihr das getan?«

»Du musst dich wieder nach Finley schleichen. Geh in unser Zimmer. Unter unseren Betten findest du jeweils einen Rucksack mit Kleidung, Geld und gefälschten Ausweisen.«

»Nein. Du wirst mich in diesem Drecksloch zurücklassen,

damit ich dir den Rücken freihalte. Ich soll ihnen nur sagen, dass ihr beide weggelaufen seid. Das kann ich nicht.«

»Du musst. Bitte, Henry … Eine andere Möglichkeit gibt es nicht.«

Henry steht auf, klopft sich den Dreck von der Kleidung und wischt sich mit der Hand über das von Tränen verschmierte Gesicht. Dann beugt er sich über den Brunnenrand. »Nein, nein, nein.«

»Bitte, Henry. Tu es. Für mich.«

Er schließt die Augen und schüttelt den Kopf. In nur einer Stunde hat sich alles verändert. Ihr Spiel, die Jagd, hat auf eine Art ihr Ende gefunden, die sie nie beabsichtigt hatten. Und angesichts der furchtbaren Konsequenzen, die das alles nach sich ziehen wird, gibt irgendetwas in Henry nach.

»Okay. Ich tu's. Für dich, Anna«, sagt er. Dann löst er sich vom Brunnen und stapft durch die Bäume davon. »Bleib du nur, wo du bist«, ruft er über die Schulter zurück.

Kapitel 48

Nach einer weiteren Stunde voll quälender Diskussionen willigt Serena ein, den Audi aus dem Wald und über Nebenstraßen wegzufahren, wo es keine Verkehrskameras gibt.

»Danke«, sage ich. »Ich weiß nicht, wie ich das je wiedergutmachen soll, aber ich verspreche dir, dass ich den Rest meines Lebens dafür opfere.«

»Lass uns erst einmal die Nacht überstehen, bevor du große Versprechen machst, Anna.« Serena klingt hart, was ich ihr kaum zum Vorwurf machen kann, denn meine Versprechen zählen nicht viel. Serena lässt die Schultern hängen und nimmt mich in die Arme. »Alles wird gut«, sagt sie in sanftem Ton. Wenn ich auch diesmal meiner gerechten Strafe entkomme, dann schulde ich ihr mein Leben.

»Du solltest lieber vorausfahren. Du kennst die Gegend besser als ich«, sagt Serena. Sie löst sich von mir und geht zu Deans Auto. Ich werde den Ort aussuchen, wo wir den Audi abstellen. Ich erinnere mich daran, dass es da einen alten Steinbruch gibt. Das ist wohl die beste Wahl. Selbst wenn man Deans Auto dort irgendwann finden sollte, ist der Steinbruch weit genug vom Brunnen entfernt. Niemand wird eine Verbindung zwischen den beiden Orten herstellen. Vermutlich wird die Polizei davon ausgehen, dass ein paar Joyrider DI Walkers Fahrzeug gestohlen und dann dort stehen gelassen haben – *oder* dass er Henry Lincoln in der Gegend vermutet hat und dann alleine losgezogen ist, um ihn zu fassen. Dann würde man Henry für das Verschwinden des Detectives verantwortlich machen.

Das ist das Beste, worauf ich hoffen kann.

Es gibt keine Straßenbeleuchtung auf dem Weg zum Steinbruch. Nur meine Scheinwerfer und die des Audis erhellen den Asphalt. Die Straße wird immer schmaler, bis schließlich Heckenzweige mit lautem Quietschen über den Lack kratzen. Kurz bekomme ich Panik. Bin ich falsch abgebogen? Doch dann wird die Straße wieder breiter. Der Weg ist jetzt nicht mehr asphaltiert, sondern wir fahren über Sand, und ich atme erst einmal tief durch. Nach ein paar Minuten halte ich, steige aus und bedeute Serena, neben mir zu parken.

Sie steigt nicht sofort aus, und ich sehe ihr Gesicht. Mein Herz setzt einen Schlag lang aus. Hat sie ihre Meinung geändert? Ich könnte es ihr nicht zum Vorwurf machen. Das ist mehr als nur ein Freundschaftsdienst. Ich lege die Hand auf die Brust und spüre das Schlagen meines Herzens. Ich lasse zu, dass Serena sich schuldig fühlt, weil sie sich von Dean hat verführen lassen. Dabei habe ich geschworen, nie wieder selbstsüchtig zu sein, und doch bin ich es jetzt erneut. Ich werde Serena die beste Freundin sein, die man sich denken kann. Und hier und jetzt treffe ich noch eine Entscheidung: Ich werde nicht wieder an die Seabrook Prep zurückkehren. Ich schaue in den Nachthimmel hinauf, und die Tränen brennen mir in den Augen. Ich werde mir einen neuen Job als Lehrerin suchen, diesmal an einer Schule für benachteiligte Kinder, genau wie ich es mir vor all diesen Jahren vorgenommen habe. Ich werde beweisen, dass ich etwas Wertvolles leisten kann, indem ich mich für das Wohl von Kindern einsetze, die nicht so viel Glück haben wie die Schüler auf einer Privatschule. Und ich werde ein gutes Leben führen.

Auch wenn das heißt, dass ich es allein führen muss, ohne meinen Mann.

Die Autotür öffnet sich, und Serena tritt ins Scheinwerferlicht.

»Alles okay?« Ich gehe mit ausgestreckter Hand auf sie zu. Sie nimmt sie, und ich fühle, dass sie feucht ist.

»Okay ist es erst, wenn das vorbei ist«, erwidert sie, lässt meine Hand los und geht auf die Abbruchkante zu, an der wir geparkt haben.

»Vorsicht.« Ich ziehe an ihrem Ärmel, denn das Letzte, was ich jetzt will, ist, dass sie versehentlich in den Steinbruch fällt.

»Ich werde diese tiefen, dunklen Löcher allmählich leid«, sagt Serena. »Lass es das letzte sein, okay?«

Ich lächele. Ich kann nicht anders. Es ist irgendwie tröstend zu wissen, dass außer mir noch jemand Stress mit Humor bewältigt. »Gerne.«

Wir gehen den Plan noch einmal durch, und als wir beide sicher sind, dass wir an alles gedacht haben, steigt Serena wieder in Deans Auto und wischt ihre Fingerabdrücke mit einem Feuchttuch aus dem Handschuhfach ab. Sollte der Wagen je gefunden werden, dann wird man ihr Blut zwar im Kofferraum finden, aber das ließe sich leicht mit der Entführung erklären, und wenn man sie fragen sollte, warum sie das nicht sofort gemeldet hat, kann sie immer noch sagen, dass sie zu traumatisiert gewesen wäre. Ihre Fingerabdrücke auf dem Lenkrad wären dagegen kaum zu erklären.

Als sie fertig ist, zieht Serena den Ärmel ihres Pullovers über die Hand und löst die Handbremse. Dann gehen wir beide hinter das Auto, ziehen unsere Pullover über die Hände und schieben es näher an den Rand. Anfangs fällt uns das schwer, doch rasch wird es leichter, das Fahrzeug zu bewegen. Wenige Sekunden später stürzt das Auto in einer Kakofonie aus berstendem Glas und brechendem Metall in die schwarze Leere unter uns.

Als der Lärm verhallt ist, nimmt Serena meine Hand, und wir stehen stumm an der Abbruchkante und schauen zum Horizont. In diesem Moment sind ein paar funkelnde Lichter in der Ferne das Einzige, was uns daran erinnert, dass wir nicht allein auf der Welt sind. Ich schließe die Augen und spreche ein stummes Gebet für Henry und all die anderen, denen Dean Briggs das Leben genommen hat. Und als ich den Blick gen Himmel erhebe, bete ich auch für ihn. Möge er endlich seinen Frieden finden.

Zitternd vor Kälte und Schock steigen wir in meinen Wagen, und ich schalte sofort die Heizung an. Dann fahren wir nach Hause. Es gibt noch viel zu bereden. Wir müssen überlegen, was wir wem zu welchem Zeitpunkt sagen. Aber in einem sind wir uns einig: Die Wahrheit werden wir für uns behalten.

Ich habe ein Geheimnis gegen ein anderes getauscht.

Aber was ist unter Freunden schon ein Geheimnis?

Epilog

Damals

Öffentliche Verkehrsmittel zu vermeiden, ist zumindest in Sutton Coldfield ein Muss. Ich konnte es mir nicht leisten, auf diese Weise gefunden zu werden. Nach zwei Tagen Fahrt per Anhalter bin ich vollkommen verdreckt, und auf meinem Gesicht zeichnen sich all die Angst, Schuld und Erschöpfung ab. Meine Haut ist fahl, und da sind dunkle Ringe unter meinen Augen. Ich starre mich selbst im Toilettenspiegel einer Tankstelle an, und ich verachte die Person, die ich da sehe. Ich spritze mir Wasser ins Gesicht und reibe so fest ich kann, um all die Beweise wegzuwaschen. Es ist sinnlos. Ich habe kaum etwas gegessen und mir ist übel. Eine Frau kommt aus einer Toilettenkabine und schaut mich verstohlen an. Sie versucht, mich einzuschätzen und verurteilt mich vermutlich. Daran sollte ich eigentlich gewöhnt sein, doch heute bricht die Wut sich Bahn, und ich funkele sie an.

»*Was*?«, zische ich aggressiv. Die Frau öffnet den Mund, um etwas zu sagen, doch dann besinnt sie sich eines Besseren und geht. Ich bereue meine Reaktion bereits. Ich hätte die Frau nicht so anfahren sollen. Vermutlich hat sie sich nur Sorgen gemacht, weil sie ein zerlumptes Mädchen auf einer Tankstellentoilette gesehen hat. Kurz schaue ich zur Tür. Ich will, dass sie zurückkommt und mich fragt, ob alles in Ordnung ist. Als das jedoch nicht passiert, seufze ich und drehe mich wieder zum Spiegel um. *Vielleicht sehe ich ja älter als fünfzehn aus*, denke ich und berühre mein Gesicht. *Vielleicht brauche ich den gefälschten Ausweis ja gar nicht.*

Draußen entdecke ich eine Gruppe Menschen, offenbar Touristen, die gerade in einen Überlandbus steigen wollen. Das Ziel steht in Leuchtbuchstaben an der Front: Devon. Ich wollte schon immer am Meer leben. Ich nähere mich der Gruppe und verschmelze mit ihr, als es die Stufen hinaufgeht. Drinnen wirft der Fahrer einen Blick auf mich, und mein Herz setzt einen Schlag lang aus. Ich warte darauf, dass er mich anbellt *Was machst du da?*, aber er schweigt. Ich suche mir ganz hinten einen freien Platz und setze mich rasch. Am Anfang weiche ich den Blicken der anderen Passagiere aus. Meine Nerven sind zum Zerreißen gespannt, und ich habe Angst, dass die anderen sehen, wie ich zittere. Dann spüre ich das Vibrieren des Motors unter meinen Füßen, und ich gestatte mir, mich ein wenig zu entspannen. Es geht los.

Endlich fahre ich ans Meer.

*

Fünf Stunden später erhasche ich zum ersten Mal in meinem Leben einen Blick auf das funkelnde Meer. Das Gefühlschaos in mir droht, mich zu überwältigen. Das stärkste dieser Gefühle, die Schuld, steht im Mittelpunkt. Dazu kommt Reue wegen dem, was ich getan habe. Aber als ich weiter aus dem verdreckten Busfenster schaue, zum fernen Horizont, da überkommt mich eine innere Ruhe, das perfekte Spiegelbild des stillen Meers. Ich kann nicht ändern, was geschehen ist, aber ich kann versuchen, fortan ein gutes Leben zu führen und so viel zurückzugeben, wie mir möglich ist.

Ein Schild mit der Aufschrift ›Torquay‹ fliegt vorbei. Vor meinem Aufbruch habe ich über diese Gegend gelesen. Es wird ein guter Ausgangspunkt sein. In Touristenorten gibt es immer viel Saisonarbeit, und mit ein wenig Glück kann ich mich damit in den ersten Wochen oder gar Monaten über Wasser halten. Ich gehe vom Busbahnhof zum Informationszentrum und lasse mir eine Liste von Unterkünften in der Nähe geben. Da gibt es eine Jugendherberge mit Meerblick – billig und nett sieht sie aus –, und sie hat Einzelzimmer mit einem eigenen Bad. Ich kann mich nicht daran erinnern, wann ich zum letzten Mal ein Zimmer für mich allein gehabt habe. Und dennoch höre ich die Worte in meinem Kopf: *Das hast du nicht verdient*. Rasch versuche ich, sie zu verdrängen.

Ich habe keine andere Wahl.

Das Gebäude sieht ganz und gar nicht aus wie auf dem Foto. Es ist schon älter, schmutzig, und die abblätternde Farbe erinnert mich an den Ort, wo ich gelebt habe, bevor ich nach Finley Hall gekommen bin. Als ich das Eisengeländer der Treppe berühre, überkommt mich ein mulmiges Gefühl. Ist das wirklich ein guter Ort für mich? Aber natürlich habe ich keine Wahl. Bettler können nicht wählerisch sein, hat meine Mutter immer gesagt, wenn sie mir wieder einmal eine Schüssel Bohnen zum Abendessen vorgesetzt oder mich in gebrauchte Kleider von der Wohlfahrt gesteckt hatte.

Wenn ich alleine überleben will, dann muss ich tapfer sein. Ich nehme einen tiefen Zug von der frischen Seeluft, stoße die Tür der Jugendherberge auf und marschiere mit gespieltem Selbstbewusstsein zum Empfang. Dort steht ein Mann mittleren Alters, der mich fröhlich begrüßt. Er hat honigfarbene, freundliche Augen, mit denen er mich wissend anschaut, als er nach meinem Namen fragt. Ich halte kurz inne, in der Hand meinen Rucksack mit den gefälschten Personalausweisen, und meine Knöchel sind weiß vor Anspannung.

Ich habe Henry gesagt, dass wir geplant hätten wegzulaufen und alles gut vorbereitet wäre, damit man uns nicht finden kann. Allerdings sind die Personalausweise nicht gerade von guter Qualität. Es reicht gerade so, um uns zu Sechzehnjährigen zu machen, denen das Gesetz erlaubt, ihr Heim zu verlassen und sich selbst eine Unterkunft zu suchen. Auch sind wir davon ausgegangen, dass Miss Graves die Polizei nicht einschalten würde, um den Ruf von Finley Hall nicht in Gefahr zu bringen, denn mit Sicherheit will dort niemand, dass die Beamten sich das Kinderheim einmal genauer ansehen. Falsche Namen zu verwenden, sei allerdings viel zu riskant, hatte uns Dodgy Dave gesagt, der Typ am Ort, der die Minderjährigen mit gefälschten Ausweisen versorgt, um ihnen Zutritt zu den Klubs zu verschaffen. Ordentliche Fälschungen wiederum kosten weit mehr, als wir uns je hätten leisten können. Aber diese seien gut genug, hatte Dodgy Dave uns versichert. Henry würde Feuer in Miss Graves' Büro legen, als besondere Vorsichtsmaßnahme, hatte er gemeint, sodass es keine Akten über Kirsty Briggs oder Anna Lincoln mehr geben würde.

Das alles jetzt allein durchziehen zu müssen, macht mich wahnsinnig nervös. Meine Hände zittern heftig, als ich in meinen Rucksack greife. Ich bin mir durchaus bewusst, dass der Mann jede meiner Bewegungen beobachtet. Ich kann förmlich hören, wie er zu entscheiden versucht, ob er die Polizei rufen soll oder nicht, und in meiner Paranoia begehe ich einen Fehler. Ich hole beide Ausweise heraus, und als ich das tue, fällt auch ein Ultraschallbild mit heraus. Kurz verschlägt es mir den Atem, als ich das Schwarz-Weiß-Bild des fünf Wochen alten Fötus sehe, und meine Umgebung verblasst, als ich mich wieder an die schrecklichsten Augenblicke meines Lebens erinnere.

Mir laufen die Tränen über die Wangen. Die Reise war unendlich lang. Die Abtreibung hat mir die Möglichkeit genommen, je wieder Kinder zu bekommen. Aber vielleicht ist das auch ganz gut so. Das ist die verdiente Strafe für das, was ich getan habe. Trotzdem werde ich versuchen, mir einzureden, dass es meine Entscheidung war, denn seien wir mal ehrlich: Wer will schon Kinder in diese Welt setzen? Bei meinen Genen wäre ich vermutlich ohnehin eine furchtbare Mutter. Ich darf nicht riskieren, das Leben eines weiteren Menschen zu zerstören. Am liebsten würde ich so weit wegrennen, wie ich kann.

Plötzlich ist klar, was ich tun muss. Ich schaue auf die beiden Ausweise und stecke den mit dem Namen Kirsty Briggs wieder ein. Dann, mit einem Lächeln, gebe ich dem Mann Annas Ausweis.

»Ich bin Anna Lincoln«, sage ich zu ihm. Es fühlt sich irgendwie seltsam an, ihren Namen auszusprechen. Tatsächlich ist es das erste Mal seit jener Nacht, da Henry und ich ihn in den Brunnen geschrien haben.

Aber ich bin sicher, ich werde mich schon daran gewöhnen.

Danksagung

Ich bin wahrlich dankbar dafür, dass ich das tun darf, was ich liebe. Danke an alle, die mir dabei geholfen haben – und die mir immer noch dabei helfen –, meine Träume zu verwirklichen. Hinter mir steht ein fantastisches Team. Ich bin stolz, ein Teil von Avon, HarperCollins zu sein. Danke **allen** vom Team Avon, besonders meinem unglaublichen (und rasendschnellen) Redakteur Thorne Ryan, der mir geholfen hat, aus diesem Buch etwas zu machen, worauf ich unglaublich stolz bin, und Helen Huthwaite, deren Vertrauen und Unterstützung mir die Welt bedeuten. Ich hatte auch das Vergnügen mit der wunderbaren Elisha Lundin zusammenzuarbeiten und der Lektoratsassistentin Raphaella Demetris sowie mit Gabriella Drinkald, Maddie Dunne-Kirby und Ella Young vom Marketingteam. Auch Samantha Luton schulde ich großen Dank, die meine Bücher in die Regale der Supermärkte gebracht hat. Alle bei Avon sind so professionell, enthusiastisch und voller Begeisterung für ihre Arbeit, genau wie die vielen anderen Menschen, die dort hinter den Kulissen daran arbeiten, Bücher zu den Lesern zu bringen. VIELEN DANK. Ich danke auch meiner Korrekturleserin Felicity Radford für ihre Gründlichkeit und brillanten Vorschläge. Auch bin ich glücklich und dankbar dafür, so eine unglaublich talentierte und hilfsbereite Agentin wie Anne Williams von KHLA zu haben, die sich weit über das Notwendige hinaus engagiert. Ich könnte gar nicht in besseren Händen sein, und ich freue mich schon auf die aufregenden Zeiten, die noch vor uns liegen.

Wie immer schulde ich auch meiner Familie und Freunden großen Dank für ihre bedingungslose Unterstützung und ihr Engagement, wenn sie überall von meinen Büchern erzählen. In ihnen habe ich mein eigenes kleines, aber feines PR-Team! Für ihre alltägliche Unterstützung und dafür, dass sie so wunderbare Freunde und ebenso gute Therapeutinnen sind, danke ich den liebreizenden Libby, Carolyn und Caroline. Ihr seid einfach nur toll!

Während des Schreibens hatte ich viel zu tun, einschließlich zweier Hochzeiten und einer Geburt (Gott sei Dank war nicht ich diejenige, die geheiratet oder jemanden auf die Welt gebracht hat!). Deshalb ist das letzte Jahr wie im Flug vergangen. Aber unsere Familie ist gewachsen. Wunderbare, neue Erinnerungen sind entstanden, von denen ich weiß, dass meine Mum und mein Dad sie geliebt hätten. Ich danke euch beiden für jeden einzelnen Tag, den ihr mir geschenkt habt.

Danke auch meinen fantastischen Lesern, die all das erst möglich machen und geholfen haben, meine vorherigen Bücher auf die Bestsellerlisten zu bringen. Dank euch lohnen sich all die Mühen. Und Dank den brillanten Bloggern und Rezensenten, die ihre Liebe zu Büchern mit anderen teilen. Ich weiß eure Arbeit sehr zu schätzen.

Ihnen, liebe Leser, Danke, dass Sie zu meinem Buch gegriffen haben! Ich hoffe, Ihnen gefällt *Die Schwester des Serienkillers*. Der Titel ist zwar ein guter Indikator dafür, was Sie zu erwarten haben, und das bringt es natürlich mit sich, dass in diesem Buch auch einige düstere und sensible Themen angesprochen werden – wie in allen Psychothrillern und Krimis. Bitte, seien Sie darauf vorbereitet.

Eine starke Frau und eine gefährliche Mission in den Oman

Jean Reno
EMMA
Thriller
Aus dem
Französischen von
Monika Buchgeister
320 Seiten
ISBN 978-3-7577-0118-5

Als Physiotherapeutin mit einer besonderen Gabe ist Emma der Star eines renommierten Zentrums für Meerwassertherapie in Quiberon. Seit ihre Mutter bei einem Autounfall starb, den Emma verursacht hat, quälen sie Schuldgefühle, und sie lebt nur für ihre Arbeit. Sie hat nichts zu verlieren, als sie den Auftrag erhält, im Oman das Team eines neuen Wellnessresorts zu schulen. An der Spitze der luxuriösen Einrichtung steht Tariq, Sohn eines mächtigen Ministers, und beide fühlen sich zueinander hingezogen. Ein gemeinsamer nächtlicher Ausflug zu einem Anwesen auf gesichertem Wüstengelände ruft den französischen Geheimdienst auf den Plan. Mit einer geheimen Mission, die Emma in tödliche Gefahr bringt. Doch sie weiß, wie man überlebt …

Lübbe

»Ich habe das Geheimnis der drei Bilder entschlüsselt.«

Uketsu
HEN NA E - SELTSAME BILDER
Die Krimisensation aus Japan: innovativ, genial und hochspannend.
Kriminalroman
Aus dem Japanischen von Heike Patzschke
272 Seiten
ISBN 978-3-7577-0116-1

»Welches Leid du ertragen musstest, kann ich nicht ermessen. Wie schwer die Schuld wiegt, die du auf dich geladen hast, ist mir nicht klar. Ich kann dir nicht vergeben. Doch ich werde dich immer lieben.« Ein bewegender Blogeintrag mit Zeichnungen, die viele Rätsel aufgeben. Eine Kinderzeichnung mit einem seltsamen Haus darauf. Die letzten Skizzen eines Zeichenlehrers, der unter mysteriösen Umständen ums Leben gekommen ist. Hängen alle diese Bilder zusammen? Zumal immer wieder Menschen sterben, die mit ihnen zu tun haben? Zwei Journalisten kommen dem Geheimnis auf die Spur. Kurz darauf ist einer von ihnen tot ...

Lübbe